让日常阅读成为砍向我们内心冰封大海的斧头。

伟大的孤独

The Great Alone

[美] 克莉丝汀·汉娜 著

康学慧 译

浙江教育出版社

图书在版编目（CIP）数据

伟大的孤独 /（美）克莉丝汀·汉娜著；康学慧译
. —杭州：浙江教育出版社，2020.9（2022.10 重印）
ISBN 978-7-5722-0418-0

Ⅰ.①伟… Ⅱ.①克…②康… Ⅲ.①长篇小说—美国—现代 Ⅳ.① I712.45

中国版本图书馆 CIP 数据核字（2020）第 113604 号

THE GREAT ALONE by Kristin Hannah
Copyright © 2018 by Kristin Hannah
This edition arranged with Jane Rotrosen Agency LLC
Through Big Apple Agency, Inc., Labuan, Malaysia.
Simplified Chinese edition copyright © 2020
by Beijing Xiron Culture Group Co., Ltd.
All rights reserved.
本书中文译稿由城邦文化事业股份有限公司—春光出版事业部授权使用，非经书面同意不得任意翻印、转载或以任何形式重制。
版权合同登记号　浙图字 11-2020-323

伟大的孤独
WEIDA DE GUDU

[美]克莉丝汀·汉娜　著　康学慧　译

责任编辑：蔡　歆
美术编辑：曾国兴
责任校对：赵露丹
责任印务：曹雨辰
出版发行：浙江教育出版社
　　　　　（杭州市天目山路 40 号　电话：0571-85170300-80928）
印　　刷：河北鹏润印刷有限公司
开　　本：880mm×1230mm　1/32
成品尺寸：146mm×210mm
印　　张：14.75
字　　数：377000
版　　次：2020 年 9 月第 1 版
印　　次：2022 年 10 月第 6 次印刷
标准书号：ISBN 978-7-5722-0418-0
定　　价：55.00 元

如发现印装质量问题，影响阅读，请与本社市场营销部联系调换。
电话：0571-88909719

万物崩落，核心难以支撑，
纯然混乱肆虐世间，
血色浪潮放纵泛滥，漫溢四处
纯真的欢庆已然沉没，
极善之众毫无信念，而极恶之辈
满怀激情狂热。

——威廉·巴特勒·叶芝《复临》

一九七四

第1章

春季,暴雨随狂风横扫,屋顶发出震动声响,娇弱的花朵惨遭践踏。雨水渗透进微小缝隙,就连最坚固的地基也不堪侵蚀。几个世代以来不动如山的土地崩落,大块泥土有如煤渣,堆在下方的道路上,房屋、汽车、游泳池一并遭殃。树木倒下,压坏供电线路造成停电。河水泛滥,冲毁庭院,损坏家园。水面上升,大雨不停,原本相亲相爱的人叫骂、争吵。

在这种天空灰暗的阴沉季节,西雅图市市民通常会抱怨天气,但今年不一样。

多名年轻女性失踪。

一月,一名二十一岁的大学生消失了,警方只找到一张没人睡的床。三月,长青州立学院的女性共学生[1]离开宿舍去参加爵士音乐会,从此再也没人见过她。短短几天前,一个中央华盛顿大学的女学生去校园出席会议,之后就失踪了。

在这种危机四伏、乱象丛生的时候,所有人都很紧张,而像蕾妮这样的少女——找不到归属感的边缘人,留着中分长直发的女生,没有朋友一起上下学的女生——更是惶惶不可终日。

此刻她坐在床上,细瘦双腿拱起靠在扁平胸前,身边放着一本书角

---

[1] 共学生(co-ed):传统男校招收的女学生。——译注(书中注释,如无特殊情况,均为译注,下同。)

折起的平装版《瓦特希普高原》[1]。透过墙壁传来争吵声,她听见妈妈说:"恩特,宝贝,拜托不要这样。听我说……"然后是爸爸愤怒的回答。

又来了。吵架,吼叫,很快就会有人哭。

可想而知。

天气恶劣。

蕾妮瞥一眼床边的时钟,她必须立刻出门,否则上学一定会迟到,在中学身为转学生已经够惨了,引人注意只会雪上加霜。她从惨痛的经历中得到这个教训。过去四年,她转学了五次,从来没有办法真正融入集体,但依然顽强地不肯放弃希望。她做了个深呼吸,伸直双腿离开单人床。她小心翼翼地走出房间,经过走廊,停在厨房门口。

"可恶,珂拉。"爸爸说,"你明知道这对我而言有多难。"

妈妈朝他迈出一步,伸出双手:"宝贝,你需要帮助,不是你的错,都是因为那些噩梦……"

蕾妮清清嗓子让他们发现她在场。"嘿。"她说。

爸爸看着她,沉重叹息。他后退一步离开妈妈。他的样子非常疲惫、非常沮丧。

"我——我要去上学了。"蕾妮说。

妈妈穿着粉红色服务生制服,她从胸前的口袋里拿出一包夏娃牌香烟。她好像很累,昨晚上夜班,今天午餐时段又要去上班。"去吧,蕾妮,迟到不好。"她的嗓音温和细柔,几乎像音乐一样。蕾妮印象中没有听过妈妈大声说话。

蕾妮不敢留在家里,但也不敢离开。虽然很奇怪,甚至有点儿蠢,不过她经常觉得自己是家里唯一的大人,仿佛她是压舱石,让欧布莱特

---

[1] 《瓦特希普高原》(*Watership Down*):以一群野兔为主角的英雄式奇幻小说。故事描写一群野兔逃离即将被人类毁灭的兔场,追寻新的家园,而在一路上遭遇劫难。

家这艘满是裂缝的船不致翻覆。妈妈十分投入"寻找自我",一直在持续不断探索。过去几年,她尝试过EST[1]训练法、人类潜能开发、心灵训练、上帝一位论,甚至信过佛教。但这些她全部只跑了个过场,摘取了一些片片段段。蕾妮觉得,妈妈参加这些活动通常只得到几件T恤、几句格言,例如"是即为是,非即为非"那样的东西。无论哪种门派都没有太大的作用。

"去吧。"爸爸说。

蕾妮拿起放在餐桌旁椅子上的书包,走向大门。门一关上,她立刻听到他们又开始吵架。

"真是的,珂拉——"

"拜托,恩特,听我说——"

大雨冲走他们的声音,淹没泥泞的草坪,一条条小河流过龟裂的水泥车道。

以前不是这样的。至少妈妈这么说。越战之前,他们原本很幸福,住在肯特的拖车园区,爸爸有一份很好的技师工作,妈妈笑口常开,煮饭的时候会随着"一小片我的心"的旋律跳舞。(蕾妮对那些年仅有的记忆,就是妈妈跳舞的样子。)

后来爸爸受征召前往越南,直升机被敌人击落,爸爸成为战俘。没有了他,妈妈彻底崩溃。蕾妮第一次体会到妈妈有多脆弱。她们母女漂漂荡荡了一段时间,从一份工作换到另一份,从一个城镇搬到另一个,终于落脚在俄勒冈州的社区。在那里,她们照料蜂巢,制作薰衣草香袋拿去农民市集贩售,抗议越战。为了和嬉皮士打成一片,妈妈稍微改变了个性。

---

1 EST(Erhard Seminars Training):由沃纳·埃哈德开创的自我激励工作坊,二十世纪七八十年代非常风行,但因为手段过于激烈而引起争议。

四年前，爸爸终于回家了，但蕾妮几乎认不得他。原本英俊爱笑的爸爸，性格变得阴晴不定，脾气暴躁，难以亲近。社区里的一切似乎都惹他讨厌，于是他们搬家，然后又搬家，再搬家，但什么都不合他的意。

他睡不好，尽管妈妈信心满满地说他是全天下最厉害的技师，但他总是失业。过去的画面会突然闪现，导致他在黑暗中惨叫。他有时会陷入不好的回忆，妈妈和蕾妮过得如履薄冰。

今天早上，他和妈妈吵架还是为了同样的事情：爸爸又被开除了。

蕾妮戴上兜帽。去学校的路上，她穿过精心维护的住宅区，避开一座黑漆漆的树林（千万不能靠近），行经艾德熊快餐店，周末经常有高中生在这里鬼混，然后是加油站，虽然汽油要价一加仑五十五美分，等候加油的车辆依然排成长龙。这是最近大家最担心的问题——油价高涨、汽油短缺。

蕾妮觉得最近大人的情绪都很紧绷，其实一点儿也不奇怪。一打开报纸，就会看到气象员[1]或爱尔兰共和军放炸弹、数起飞机被劫持、富家女帕蒂·赫斯特[2]遭到绑架这些事件。慕尼黑奥运会爆炸事件震撼了全世界。没有人感到安全，这样的气候更是令人烦乱。

一群人气很高的同学聚在一起抽偷来的香烟，她从旁边悄悄走过，听到有人说："又有一个女生失踪了，你有没有听说？"

此时此刻，只要能有一个朋友，蕾妮愿意付出一切，她需要谈心的对象。

---

1 气象员（Weatherman）：地下气象组织（Weather Underground Organization）的俗称，是美国的一个极左派组织，一九六九年由反越战组织"学生争取民主社会"中的激进派分裂出来，目标是以秘密暴力革命推翻美国政府。

2 帕蒂·赫斯特（Patty Hearst）：报业大亨威廉·赫斯特之孙女，一九七四年二月四日在加州伯克利被美国极左派激进组织共生解放军绑架，四月三日，她发表声明宣布加入共生解放军，改名为"塔尼亚"，并参加一场银行抢劫案而遭到通缉。后来的心理学和社会心理学家都将她的绑架事件视为斯德哥尔摩症候群的典型案例。

话说回来，就算有人可以听她倾诉也没用。坦承烦恼又有什么意义？

没错，爸爸有时候会脾气失控，家里总是缺钱，而且为了躲债而不停搬家，不过这就是他们的生存之道，而且他们感情深厚。

不过有时候，尤其是像今天这样的日子，蕾妮会觉得恐惧不安，她觉得家人仿佛站在无底断崖边，地面随时会陷落，就像那些盖在西雅图脆弱山丘上的房子，土地吸饱雨水之后崩塌，房屋也随之滑落。

* * *

放学之后，蕾妮独自冒雨走回家。

她家位于社区车道回转处，庭院比其他人家的更杂乱：树皮色的平房，花圃空荡荡，排水管堵塞，车库门关不上，灰色腐朽屋瓦间长出一丛丛杂草。没有挂旗子的旗杆愤怒地直指天空，传达出爸爸对国家前进方向的不满。妈妈说他很爱国，但他非常讨厌政府。

她看见爸爸在车库里，坐在歪歪的工作凳上，修理妈妈的野马车。那辆车钣金撞凹了，车顶用强力胶带修补过。车里堆满纸箱，里面全是这次搬家还没拿出来整理的东西。

他像平常一样穿着磨损的军装外套，搭配褪色破洞的李维斯牛仔裤。他弯腰驼背往前靠，两只手肘放在大腿上。他的黑色长发凌乱纠结，脏兮兮的脚上没穿鞋。即使姿态颓丧、神情疲惫，他依然像电影明星一样帅。大家都这么说。

他歪着头，隔着发丝看她。他对她微笑，尽管有些勉强，但依然照亮他的脸。她爸爸就是这样，虽然情绪不稳、脾气暴躁，有时甚至有点儿可怕，但都是因为他对爱、失落、失望之类的感受太过强烈，尤其是爱。"蕾妮，我在等你。"他的嗓子因为抽太多烟而沙哑，"对不起，我乱发脾气，而且又失业了。你一定对我失望透顶了吧？"

"不会啦，爸爸。"

她知道他有多抱歉，从他的脸上看得出来。年纪比较小的时候，她偶尔会纳闷，既然不会有任何改变，抱歉又有什么用？但妈妈解释给她听："战争与受俘的经历毁坏了他的内心，就好比他的背受伤了，虽然有一天会自行痊愈，但不能因为他受伤就不爱他。你必须变得更坚强，让他能够依靠。他需要我，需要我们。"

蕾妮在他旁边坐下。他搂着她拉过去。"管理这个世界的人都是疯子。这个国家已经不是我的美国了。我想要……"他没有说完，蕾妮也没有说话。她习惯了爸爸的忧伤，习惯了他的疲惫。他经常会话说到一半停下来，仿佛生怕说出恐怖或忧郁的念头。蕾妮知道他在压抑，她明白，所以很多时候她不要开口比较好。

他从口袋里拿出一包快被压烂的骆驼牌香烟。他点起一支，她吸进那辛辣的熟悉气味。

她知道他有多痛，有时候她半夜会被爸爸的哭声吵醒，而妈妈会尽力安抚他，说些温柔的话，像是"嘘，恩特，不要再想起那时候的事了，都过去了，你在家里很安全"。

他摇头，呼出一道蓝灰色的烟。"我只是想要……更多，大概吧。不是工作，而是人生。我希望能堂堂正正走在路上，不用担心会被辱骂是杀婴儿的凶手。我想要……"他叹息，微笑。"别担心。不会有事。我们不会有事。"

"爸爸，你会找到新的工作。"她说。

"当然喽，蕾妮，明天会更好。"

他们总是这样说。

* * *

几周后,蕾妮一早起床,窝在客厅破旧的印花沙发上,打开电视看《今日秀》。她调整兔耳天线,想让画面更清晰。画面突然聚焦,芭芭拉·沃尔特斯正在报道:"最近有一起发生在旧金山的银行抢劫案,帕蒂·赫斯特,现在改名为塔尼亚,出现在现场照片中。目击证人指出,这位正是遭到共生解放军绑架的富家千金……"

蕾妮看得入迷。她依然不敢相信,军队竟然冲进少女的家里绑走她。在这样的世界上,谁能够真正平安?十九岁的富家千金怎么会变成名叫塔尼亚的革命分子?

大门砰的一声打开。

爸爸走进家门,脸上的笑容让人很难不报以微笑。他给人的感觉是好像被放大了,在天花板低矮的厨房里太过巨大,在满是水渍的灰色墙壁间显得太过鲜活。

妈妈站在炉子前,煎培根做早餐。

爸爸大步走进厨房,把放在美耐板流理台上的收音机调大声,略带杂音的摇滚乐响起。爸爸大笑着将妈妈拉进怀中。

蕾妮听到他低声说"对不起,原谅我",也看到妈妈眼中的爱意。破损、绝望、恐惧、失忆的爱,每过十五分钟就重新燃起信心的那种爱。

"永远。"妈妈抱着他,似乎生怕会被推开。

爸爸搂着妈妈的腰,拉着她走到餐桌前。他拉出一张椅子,然后说:"蕾妮,快过来!"

蕾妮最喜欢他们叫她一起的时候。她离开沙发,在妈妈身边坐下。爸爸低头对蕾妮微笑,给她一本平装书——《野性的呼唤》。"蕾妮,你一定会喜欢。"

他坐在妈妈对面,将椅子拉向桌子,脸上挂着被蕾妮称为"好主意脸"的表情。这个表情她看过很多次,每当他打算改变他们的生活时,就会出现这种表情。他想出过非常多的计划:卖掉所有东西,沿着俗称"大苏尔"的加州一号公路露营旅行一整年,饲养水貂(结果非常恐怖),去加州中部卖袋装种子赚大钱。

他从口袋里拿出一张折起来的纸,扬扬得意地往桌上一拍,用手掌按住。"你记得波·哈兰吗?"他问妈妈。

妈妈犹豫一下之后才回答:"越南的那个?"

爸爸点头。他对蕾妮说:"我和波·哈兰一起在地狱走过一遭。他是机长,我是机枪手。我们彼此互挺。直升机被击落的时候,我们一起被俘虏。"

蕾妮注意到他在发抖。他的衬衫袖子卷起来,她看到从他手腕延伸到手肘的烫伤疤痕,凹凸不平,皱缩变形,那块白中泛紫的皮肤永远晒不黑。蕾妮不知道他怎么会有这道疤——他从来不说,她也从来不问——但一定是俘虏他的敌军弄的。她猜得出来。他的背上也有这种疤,把皮肤扯成皱皱的螺旋状。

"他们逼我看他死。"他说。

蕾妮担忧地看看妈妈。爸爸从来不会提起这些。听到他说出来,她们非常不安。

他的脚点地,手指在桌上打着拍子迅速移动敲击。"不说了。重点是这个。"他打开那封信,抚平之后转过来让她们看。

欧布莱特中士:

你可真难找。我是厄尔·哈兰。

我儿子阿波写信回家的时候,经常提起和你的友谊。谢谢你照顾他。

他在最后一封信里交代我,万一他在那个鸟地方有个三长两短,希望把他在阿拉斯加的土地送给你。

地不大,约零点一六平方千米,附带一栋需要修理的小屋。不过在这里,只要够勤奋就能讨生活,远离那些疯子、嬉皮士,抛开乱七八糟的四十八州。

我没有电话,要写信给我就寄到荷马邮局。我迟早会收到。

那块地在马路底,过了挂着牛头骨的银色栅门,还没到烧焦的树,在路标约二十一千米的地方。

再次多谢。

厄尔

妈妈抬起视线。她像小鸟一样歪着头端详爸爸。"这个人……阿波,送我们一栋房子?房子?"

爸爸激动地从位子上站起来。"想象一下,我们的房子,属于我们的。在那里,我们可以自给自足,自己种菜、打猎,自由自在。珂拉,我们不是梦想这样的生活好多年了吗?远离本土的一堆狗屁,过朴实的生活。没有人会干涉我,没有人会告诉我该怎么做事,没有人会打压我的梦想。我们可以拥有自由。想象一下。"

"等一下。"蕾妮说。就算对爸爸而言,这应该也是一件大事。"阿拉斯加?又要搬家?我们才刚搬来这里。"

妈妈蹙眉。"可是……那里什么都没有,不是吗?只有熊和因纽特人?"

他拉妈妈站起来,因为太兴奋而害她站不稳,跌进他怀中。蕾妮看得出来,他的热衷其实暗藏沮丧和绝望。"珂拉,我必须去。我需要能够呼吸的地方。有时候,我觉得连皮肤都是一种束缚,想要爬出去。去到那里,记忆就不会突然冒出来。我确定。我们必须去。我们可以找回以前的生活,回到越战毁掉我之前。"

妈妈抬起头看着爸爸的脸,在他的黑发与黝黑肤色对照下,她更显苍白。

"拜托,宝贝。"爸爸说,"考虑一下……"

蕾妮看出妈妈软化了,调整自己的需求配合他,想象这个全新的世界:阿拉斯加。或许她觉得去那里就像参加 EST、学瑜伽、信佛教。一切的解答,对妈妈而言,地点、时间、事物都不重要。她只在乎他。她希望爸爸快乐,希望能够相信他,这比什么都重要。"属于我们的房子。"她说,"可是……钱的问题……你可以申请残障军人——"

"不要又提这件事。"他叹气道,"我不要补助。我只需要改变。珂拉,以后我花钱会更小心。我发誓。老头子留给我的钱还剩一点儿。我会少喝酒。你不是一直要我去参加退伍军人援助团体吗?我会去。"

蕾妮很清楚结局会是如何。她看过太多次了。最终,蕾妮和妈妈的需求都不重要。

爸爸想要新的开始。他需要。而妈妈需要他快乐。

于是他们一定会尝试这个新的办法,去这个新的地方,希望能解决所有问题。他们会去,全家一起去,奔向阿拉斯加寻找全新的梦想。蕾妮会听从爸爸妈妈的意思,并且表现出良好的态度。她将再次成为转学生。因为这就是爱。

第 2 章

蕾妮被雷声吵醒。她躺在床上，听着雨声，想象窗户下面长出蘑菇，烂泥中冒出有毒的菇伞，闪耀着诱人的光芒。昨晚午夜过后很久，她还没睡，忙着阅读关于阿拉斯加的资料，那片土地广大而险恶。那个地方以意想不到的方式令她神往。阿拉斯加被称作"最后的疆界"，似乎和她的爸爸很像，太过激烈，太过豪爽，有点儿危险。

晨光将眼前的事物染上珍珠光泽，她听见某处传来音乐——收音机播放的歌曲，声音很小。"欲罢不能的感觉。"她掀起被单下床。她走到厨房，看到妈妈站在炉台前抽烟。在灯光下，她让人感觉很虚幻，白金色的像羽毛一样蓬松自然的发型因为刚睡醒而乱糟糟的，蓝灰色烟雾笼罩着她的脸。她身上的白色坦克背心因为洗太多次而变得松垮，挂在她纤瘦的身体上，桃红色内裤的腰围失去弹性。她的喉咙底端有块紫色淤血，莫名美丽，形状有点儿像爆炸的星星，衬托出她细致的五官。

"你应该在睡觉才对。"妈妈说。

蕾妮来到妈妈身边，头靠在她肩上。妈妈的皮肤有玫瑰、让·内特香水和香烟的气味。"我们不睡。"蕾妮说。

"我们不睡。"妈妈常说这句话。你和我。她们母女之间时常交流，互相安慰，仿佛彼此相似能够增进她们之间的感情。确实，自从爸爸从战场上回来之后，妈妈经常失眠。蕾妮夜里醒来，总会看到妈妈在屋里游荡，轻薄透明的睡袍敞开，没有化妆的脸庞失去色彩，显得苍白脆弱，前额因为担忧而长出皱纹。她会在黑暗中低声自语，说些蕾妮听不清楚的话。

"我们真的要去吗?"蕾妮问。

妈妈看着放在咖啡壶上的玻璃小滤杯,黑咖啡一点一滴流出。"应该是吧。"她的语气同时有着希望与恐惧。没错,这次搬家会是精彩的冒险,但他们的冒险之桥下有着污水洪流,再好的开始也会导致最坏的结局。

"什么时候?"

"你也知道你爸爸的个性。很快。"

"我可以读完这个学期吗?"

妈妈耸肩。

"他在哪里?"

"天还没亮,他就出门了,要去卖掉他爸爸遗留的钱币收藏。"妈妈喝了一口咖啡,将马克杯放在美耐板台面上,"阿拉斯加。老天,干脆去西伯利亚算了。"她深吸一口烟之后呼出,"我需要可以商量的女性朋友。"

"我就是你的朋友。"

"你十三岁,我三十岁。我的角色是妈妈才对。我应该努力记住。"

蕾妮发现妈妈的语气里透露着绝望,她不禁感到害怕。她知道她的家庭、父母有多么不堪一击。所有战俘的子女都知道,人有多容易被毁坏。她依然戴着闪亮的银色战俘手环[1],纪念一位不能回到家人身边的上尉。

妈妈的脸色很苍白,鬓发凌乱。她的红色咖啡杯上印着:"女人属于家庭,更属于参众两院。""他需要机会,全新的开始。我们全都需要。或许阿拉斯加是我们寻找的答案。"

"就像俄勒冈、斯诺霍米什,还有保证会让我们发财的袋装种子。

---

[1] 越战期间,美国政府制作了许多不锈钢手环,刻上战俘与牺牲官兵的姓名,发送给民众,纪念他们的牺牲奉献。

别忘了,有一年他认定可以靠玩小钢珠赚大钱。就不能至少等到学期结束吗?"

妈妈叹息道:"应该没办法。去换衣服准备上学吧。"

"今天放假。"

妈妈沉默许久,然后轻声说:"上次生日,爸爸不是送你一件蓝色洋装?"

"嗯。"

"去换上。"

"为什么?"

"去就是了。快去换。我们要出门办事。我们很快就要出发了……无论我们想不想。"

尽管蕾妮感到烦躁又困惑,但还是听妈妈的话。她总是乖乖听话。这样比较轻松。她回房间翻衣橱,终于找到那件洋装。

蕾妮,你穿起来美得像幅画。

根本没有这回事。她很清楚自己的样子:又高又瘦、胸前扁平的十三岁女生,穿着一件过时的洋装,露出竹竿似的大腿,膝盖看起来像门把手。她应该是即将成为成熟女性的青春期少女,但显然她离发育还很远。她很确定,同年级的女生里,只有她月经还没来,乳房也还没隆起。

她回到厨房,妈妈不在了,只留下烧焦咖啡与香烟的气味,她瘫坐在一张椅子上,翻开《野性的呼唤》。

至少过了一个小时,妈妈才出来。

蕾妮差点儿认不得她。她将金发梳齐、喷胶,束成一个小发髻;穿着合身的牛油果绿的聚酯纤维洋装,纽扣扣到领口,系上腰带,从喉咙到指尖、膝盖都包得紧紧的,还穿了丝袜。鞋子也是老人鞋。"老天爷。"

"好啦,好啦。"妈妈点起一支烟,"我活像家长会烘焙义卖的筹备委员。"她搽的蓝色眼影霜有小亮片。她粘假睫毛时手不太稳,眼线也比平常粗。"你只有那双鞋吗?"

蕾妮低头看看形状像锅铲的地球鞋,鞋尖的设计让她的脚趾比脚跟高一点儿。因为乔安娜·博克维兹有一双,班上的同学全都羡慕得要命,所以她求了又求,好不容易才得到的。"我还有一双运动鞋,可是昨天鞋带断掉了。"

"好吧。算了。走吧。"

蕾妮乖乖跟着妈妈走出家门。她们坐上那辆钣金凹陷、底漆裸露的野马车,红色椅垫破损,后车厢关不上,只能用亮黄色弹力绳绑住。

妈妈翻下遮阳板,对镜端详妆容(蕾妮相信,在妈妈照完镜子、点上香烟之前,钥匙无法转动)。她补口红,抿抿嘴唇,用袖子的小小三角尖端抹去不完美的地方。满意之后,她将遮阳板翻回去,然后发动引擎。收音机打开,黑色小音箱大声播放《绿洲午夜》。

"你知道吗?在阿拉斯加有一百种死法。"蕾妮问,"跌落山崖、踩破太薄的冰层、冻死、饿死、甚至被吃掉。"

"你爸爸不该给你那本书。"妈妈将一盘磁带塞进音响,卡洛尔·金的歌声取代广播。"我感觉地球在转动……"

妈妈跟着唱,蕾妮也加入。在那美好的几分钟,她们做着非常平凡的事,开车沿着五号州际公路前往西雅图市中心,每次前面一有车挡路,妈妈就变换车道,握方向盘的手上夹着一支烟,每次转弯,烟灰就飘落。

她们经过加油站,一长排车辆在等候,一张告示牌上写着:汽油售罄。

过了两条街之后,妈妈把车停在银行前面。她再次检查妆容,交代一句"待在车上等",然后下车。

蕾妮靠过去锁上车门。她看着妈妈走向大门。妈妈不只是走路而已，她的步伐摇曳生姿，她的臀部轻轻左右摆动。她很美，她自己也知道。这也是妈妈和爸爸吵架的原因——男人看妈妈的眼神。他讨厌妈妈卖弄美色，但蕾妮知道妈妈喜欢引人注目（不过她很小心，从来不承认）。

十五分钟后，妈妈走出银行，步伐不再摇曳生姿。她杀气腾腾，双手握拳。她好像很生气，更正确地说，是狂怒。她细致的下颌非常紧绷。她打开车门时骂了一句"王八蛋"，用力关门时又骂了一次。

"怎么了？"蕾妮问。

"你爸爸领光了户头里的钱。除非你爸爸或我爸爸联合签名，否则银行不肯发信用卡给我。"她点起一支烟，"老天，现在都一九七四年了，我有工作、能赚钱，女人竟然需要男人签字才能拿到信用卡。妈的，难怪女人要烧胸罩，简直没天理。"

蕾妮不懂，烧胸罩对女人取得信用卡有什么帮助。

"宝贝女儿，这是男人的世界。"她发动车子。

妈妈驶出银行停车场，高速开上马路。

妈妈经常变换车道，蕾妮很难坐稳，她一直左右滑来滑去。她太专心保持重心，以致过了好几千米才发现，她们已经穿过西雅图市区迷宫般的山丘，现在车子开进一个安静的社区，两旁树木夹道，房屋堂皇，平整的车道上停着非常耗油的车辆。"我的天。"蕾妮低声说。她很多年没有来过这里了。太多年，她都快忘记了。

这条街上的房子散发着贵气。水泥车道上停着全新的豪华房车，凯迪拉克、托罗纳多、林肯大陆车款。

妈妈把车停在一栋大房子前面，灰色粗石建筑，窗户是菱形的。房子坐落在一小片高起的地上，草坪修剪完美，四周以精心维护的花圃作为界线。草坪上连一片落叶都没有。

"哇，我们好多年没有来过这里了。"蕾妮说。

"我知道。你待在车上。"

"才不要咧。这个月又有一个女生失踪了。我不要一个人坐在恐怖的西雅图街上。"

"过来。"妈妈从皮包里拿出梳子。她把蕾妮拉过去，凶狠地梳整那头红铜色长发，好像和蕾妮有仇一样。"啊！"蕾妮痛呼。妈妈将蕾妮的头发绑成两条麻花辫，从蕾妮的脑袋两边翘起，看起来活像水龙头。蕾妮的头发本来就很乱、很难整理，妈妈竟然把她弄得更丑了。

"蕾妮，进去之后你只能听。"妈妈在麻花辫上绑蝴蝶结。

"我长大了，不能绑两条麻花辫啦。"蕾妮抱怨道。

"只能听。"妈妈重复，"带着你的书，安静坐在旁边，让大人谈事情。"她打开门下车。蕾妮急忙跑到人行道上和她会合。

妈妈牵着蕾妮的手，带她走上一条步道。两边的灌木丛修剪出造型。她们来到一扇很大的门前，上面的古董黑色铰链很华丽。

妈妈瞥了蕾妮一眼，嘀咕着说："豁出去了。"然后按下门铃。铃声低沉而响亮，有如教堂的钟声，里面很快传来闷闷的脚步声。

不久之后，蕾妮的外婆打开门。她穿着茄紫色的保守洋装，腰间系着窄版腰带，脖子上戴着三股珍珠项链，这身打扮就算去跟州长吃饭也不嫌寒酸。她的栗色头发盘起，而且上了很多胶，感觉很像圣诞果干面包。她瞪大上了浓妆的眼睛。"珂拉琳。"她低声说，上前敞开怀抱。她的南方口音很悦耳，妈妈偶尔也会像这样说话，感觉像在唱歌。

"爸爸在家吗？"妈妈问。

外婆后退，失望地放下手臂："他今天要开庭。"

妈妈点头："我们可以进去吗？"

蕾妮看出这个问题让外婆很难过，扑了粉的浅色眉毛中间挤出皱纹:"当然可以。蕾妮,真高兴能再见到你。"

外婆退回阴影里。她带她们穿过门口的短通道,屋里有很多房间、很多门,一道楼梯蜿蜒通往阴暗的二楼。感觉这栋房子应该属于古老的年代——女人穿马甲、男人戴高帽的时期。

所有东西都有柠檬家具蜡和鲜花的气味。

外婆带她们去封闭式后门廊,那里有弧形窗户、大型落地窗,到处摆满植物盆栽。家具全都是白色柳条编织成的。外婆让蕾妮坐在可以欣赏外面花园的小桌旁。

"我好想你们。"外婆说,她似乎因为承认这件事而难过,转身踩着高跟鞋离开,不久之后拿着一本书回来,"我记得你很爱看书。你才两岁的时候就一直拿着书。几年前,我买了这本书要给你,可是……我不知道该寄去哪里。这本书的主角也是红头发。"

蕾妮坐下,接过那本书,她读过很多次,甚至能背诵整段内容。《长袜皮皮》——这是给小孩看的书。蕾妮早就过了那个年纪。"谢谢您,夫人。"

"拜托,叫我外婆。"她轻声说,语气中带着一丝渴望,然后转头看妈妈。

外婆带妈妈走向窗边的白色铁桌。旁边的金色鸟笼里,一对白色小鸟互相叽叽叫。蕾妮觉得它们一定很伤心,因为不能飞。

"没想到你竟然让我进来。"妈妈说。

"珂拉琳,别说这种话。这个家永远欢迎你。我和你爸爸都很爱你。"

"只是不准我丈夫进来。"

"他煽动你背弃我们。我甚至敢说,他让你背弃了所有朋友。他想独占你……"

"我不想再谈那些事情。我们要去阿拉斯加。"

外婆倒向椅背:"我的老天啊!"

"恩特继承了一栋房子和一块土地。我们要自己种菜、打猎,照我们自己的规矩生活。我们会变得纯粹,成为开拓先锋。"

"别说了。我不想听这些鬼话。你要跟他去地球的尽头,在那里没有人能帮助你。我和你爸爸想尽办法保护你,不希望你被自己的错误害惨,但你拒绝接受,对吧?你以为人生是游戏,说走就——"

"不要再念了。"妈妈厉声说。她倾身向前。"你知道来这里对我而言有多难吗?"

她说完这句话之后,两人陷入沉默,只有鸟儿拍翅的声音,一只鸟咕咕叫。

仿佛一阵冷风吹过。蕾妮确信昂贵的透明窗帘掀动了,但所有窗户都关着。

蕾妮努力想象妈妈生活在这个尊贵、保守、封闭的世界里,但实在太难。妈妈小时候受的教养和她成年后变成的模样之间的差距实在太大,似乎不可能跨越。爸爸不在的时候,妈妈带她参加很多示威游行,反核、反战,她参加过那么多 EST 课程,尝试不同的宗教,或许这一切只是妈妈抗议的方式,拒绝成为从小被教养要成为的那种人。

"珂拉琳,这个计划既疯狂又危险,拜托不要去。离开他吧,回家来,过安全的日子。"

"妈,我爱他。你不懂吗?"

"珂拉。"外婆柔声说,"拜托,听我这一次就好。他很危险——"

"我们要去阿拉斯加。"妈妈坚定地说,"我只是来道别,还有……"她欲言又止,"你到底要不要帮我们?"

外婆许久没有说话,满是青筋的苍白手臂抱胸又放开。"这次你要多少?"她终于问。

* * *

回家的路上,妈妈不停地抽烟,一支又一支。她把收音机开得很大声,完全无法交谈。其实这样也好,虽然蕾妮有很多问题,但不知从何问起。今天,她一窥藏在表象下的另一个世界,诱人的尖端露出地面,传出零零碎碎的信息。妈妈很少告诉蕾妮她认识爸爸之前的生活。他们一起私奔,凭着真爱对抗世界的故事,动人又浪漫。妈妈高中辍学,从此"以爱为生"。他们总是这么描述那段童话故事。现在蕾妮发现,所有童话故事都有森林、黑暗、伤心、逃家的女孩,这个也不例外。有人犯了错……是什么错呢?

妈妈显然对她的妈妈怀抱愤怒,但她依然去找自己的妈妈帮忙,甚至不必开口就能拿到钱。蕾妮无法理解,但她觉得害怕和不安。母女之间怎么会变得如此疏远?

妈妈把车开上车道之后熄火。收音机戛然停止,留下一片寂静。

"我去找我妈要钱的事,不要告诉你爸爸。"妈妈说,"他的自尊心很强。"

"可是——"

"没商量,蕾妮。绝对不可以告诉你爸爸。"妈妈打开她那边的车门下车,然后用力关上。

蕾妮没想到妈妈会下这种命令,她感到很困惑。离开烟雾弥漫的车子,她跟着妈妈走过前院泥泞的草地,一踩就发出咕叽声。她们经过大众汽车大小的杜松树丛,树上的枝丫乱糟糟地彼此攀爬,往大门延伸。

进门之后,她看到爸爸坐在餐桌旁,面前放着几份地图和几本书。他直接对着瓶子喝可乐。

她们一进去,他抬起头露出大大的笑容。"我查好路线了。我们往北经过加拿大不列颠哥伦比亚省，然后穿过育空地区。路程大约三千八百千米。我们的行程已经提前了，四天后出发。小姐们，在日历上做记号吧，这是我们新生活的起点。"

"可是学期还没结束——"蕾妮说。

"学校算什么？这才是真正的教育，蕾妮。"爸爸说。他看着妈妈说："我卖掉了我的庞蒂亚克GTO车，也卖掉了收藏的钱币和吉他。放袜子的抽屉里藏着一小笔现金。我们把你的野马车换成大众面包车，不过呢，老天，如果能有再多一点儿钱就好了。"

蕾妮往旁边看，对上妈妈的视线。

不要告诉他。

这样感觉不对。永远不该说谎，不是吗？这样的隐瞒显然是说谎。

即使如此，蕾妮依然没有开口。忤逆妈妈这件事，她连想都不敢想。这个世界本来就很大，想到要搬去阿拉斯加，世界更是仿佛变得有三倍大，妈妈是蕾妮唯一的真实。

第3章

"蕾妮，宝贝，快起来。我们快到了！"

她眨眨眼睛醒来，第一眼只看到沾满薯片碎末的腿。她旁边的旧报纸上堆满了零食包装。她心爱的平装版《魔戒再现》像帐篷一样翻开立起，单薄的黄色书页敞开，放在她的社会科课本上。她最珍贵的拍立得相机挂在脖子上。

这趟北上的旅程非常神奇，大部分的时间都开在加拿大的一号国道上，地面大多没有铺柏油。这是他们全家第一次真正出游，白天在灿烂阳光下开车，晚上在汹涌河流或宁静小溪旁露营。在崎岖的高山影子下，全家人聚在火堆旁，述说着梦想与未来，而实现的日子一天天接近。他们的晚餐是烤热狗，甜点则是饼干夹烤棉花糖和巧克力。他们分享故事，想象抵达旅程尽头时会找到怎样的梦。蕾妮第一次看到爸妈这么开心，尤其是爸爸。他大笑，微笑，开玩笑，承诺要摘月亮给她们。他变回记忆中参战前的爸爸。妈妈对他说的每句话都深信不疑。

通常开车旅行的时候，蕾妮都会埋头读书，但这趟旅程不一样，路边的风景经常让她不得不注意，尤其是经过不列颠哥伦比亚省的壮丽山区时。在不断变化的大地风景中，她坐在面包车后座上，想象自己是佛罗多或比尔博，主演她自己的冒险故事。

在这里，他们终于能找到幸福。她能够融入，交朋友，找到归属感。妈妈和爸爸不会再吵架。

难得一次，她能够相信。

老旧的面包车压到东西——大概是人行道边缘——车里所有东西飞

起来又落下，滚到他们带来的背包与箱子中间。车子猛然停住，冒出轮胎摩擦过热和废气的味道，一个凹陷的品客薯片罐子在车底滚来滚去。

阳光透过满是蚊子尸体的肮脏窗户照进来。蕾妮爬过没卷好的松软睡袋堆，打开侧门。车身上贴着一张"去阿拉斯加赌一把"的海报，四边用灰色强力胶带固定，纸张在冷风中掀动。

蕾妮下车。

"蕾妮，我们成功了。"爸爸来到她身边，一手搭着她的肩，"大地的尽头——阿拉斯加荷马市。人们从各地来这里补充物资。这里就像是文明的最后基地。大家都说这里是大地的尽头、大海的开头。"

"哇！"妈妈说。

他们三个站在沾满泥巴的肮脏面包车旁，车顶上绑着几个箱子。

蕾妮研究过很多图片，读过很多文章和书籍，但依然没有做好准备。阿拉斯加狂野壮阔的美令她惊讶不已。感觉这里像是另一个世界，广袤的大地很神奇，举世无双的地形景色，雪白高山耸立地平线，山里有无数冰河，如刀尖般的山峰插入碧蓝如矢车菊花色的天空，万里无云。喀什马克湾在阳光下仿佛一大片被捶打过的纯银，波浪反射阳光，拍打着灰色沙岸。海湾边点缀着船只。空气带着咸味，满是大海的气息。水鸟迎风飘浮，轻轻松松地落下又升起。

她在书上读到过知名的荷马沙嘴，长约七千二百米，像一只长长的手指伸进海湾里。海岸边有五颜六色的高架棚屋，感觉像嘉年华会，色彩缤纷，热闹非凡，用完就拆。前来探险的旅客在这里做最后停留，补充补给品之后出发前往未知的野性阿拉斯加。

蕾妮举起拍立得相机，在印制速度许可下拼命按快门。她耳边持续响起相机处理照片的声音。她取出一张又一张照片，看着影像在眼前显现。一个线条接着一个线条，海滨的高架棚屋出现在白色亮面相纸上。

"我们的地在那里。"爸爸指着喀什马克湾的另一头。朦胧的远方有一连串碧绿的土丘。"我们的新家。虽然可以说是位于基奈半岛,但没有路可通。巨大的冰河和高山让卡尼克与大陆隔绝,所以只能搭飞机或坐船。"

妈妈来到蕾妮身边。她穿着低腰喇叭裤和领口镶蕾丝的坦克背心,脸色苍白,发色金黄,仿佛是以此处的清凉色调做成的天使雕像,降临在等候已久的海岸上。就连她的笑声也很适合这里,有如挂在店铺前的风铃发出清脆悦耳的声音。清凉的微风让她的上衣紧贴在没穿胸罩的胸前。"宝贝女儿,你觉得怎样?这个镇比我想象中的好。"

"很酷。"蕾妮再次按下快门,但再多油墨和相纸也无法捕捉山区的壮丽。

爸爸转向她们,大大的笑容几乎把整张脸分成两半:"明天才有开往卡尼克的渡轮。我们先去海边找露营的地方,然后去逛逛。你们说好不好?"

"耶!"蕾妮和妈妈一起说。

车子行驶在没有铺柏油的路上,蕾妮的鼻子贴在车窗上,注视着周围的世界。她看到几栋种类很混杂的房屋,窗户闪亮的大房子旁边,紧邻着用塑胶板和强力胶带勉强支撑的破屋。这里有 A 字形简便房屋、棚屋、组合屋、露营车。停在路边的面包车有窗帘,外面摆着椅子。有些庭院受到精心照顾,干净整洁,竖起白色篱笆。其他的则堆满生锈的垃圾、废弃车辆、旧家电。大部分是一些没处理的地方。显然这就是阿拉斯加的风格。外墙的木材很不一致,显然盖房子的人找到什么就用什么。各种地方都可以当作店面,老旧生锈的清风房车、全新的木屋、路边的棚屋。这里稍微有点儿狂野,但没有她想象中那么落后。

车子转向长长的灰色海滩,爸爸将收音机的音量调大。轮胎陷进沙里,导致车速变慢。海岸从头到尾停满了车辆,卡车、厢型车、房车应有尽有。很多人显然住在这片海滩上,只要找到遮风避雨的地方就住下来,帐篷、报废车辆、用漂浮木和防水布搭建的棚屋。"这些人叫作沙嘴老鼠。"爸爸边找停车位边说,"他们在沙嘴的罐头工厂工作,也有人在私人飞机出租公司上班。"

他把车停好。两旁都有车,一辆是溅满泥水的福特伊克诺莱恩厢型车,挂着内布拉斯加州车牌,另一辆则是青柠绿的格雷姆林两人座掀背车,车窗用强力胶带粘着纸板。他们在沙地上搭好帐篷,绑在面包车的保险杠上以防万一。带着海水味的风不停吹拂。

闪耀的银白海湾绵延好几千米,直到远方的雪白山区。海浪冲上岸又退回,发出沙沙声。四周所有人都在享乐,丢飞盘跟狗玩,在沙地上堆篝火,将轻艇推进海中。这里的世界太巨大,人类交谈的声音显得渺小短暂。

他们一整天都在观光,从一个地方游荡到另一个地方。爸爸和妈妈在咸狗酒馆买了啤酒,蕾妮在沙嘴上的小棚屋买了冰激凌。然后他们去救世军二手店铺翻衣物桶,找到适合各自尺寸的橡胶靴。蕾妮买了十五本二手书(大部分有破损或水渍),一共才五十美分。爸爸买了风筝准备在海滩上放。妈妈偷偷塞了一点儿钱给蕾妮,然后说:"去买底片吧,宝贝女儿。"

在沙嘴尽头的一家小餐厅,他们围在野餐桌旁吃现捞的黄金蟹。白色蟹肉浸在融化的奶油里,蕾妮爱上那鲜甜带咸的滋味。海鸥对他们呱呱叫,吵着要薯条和法国面包。

蕾妮印象中没有比今天更美好的时光。她的爸爸妈妈从不曾如此和睦、相爱。光明的未来第一次近在咫尺。

第二天早上,他们将面包车开上庞大的"土斯塔美纳号"渡轮(当地人昵称"小土")。这艘船是阿拉斯加海上公路的一部分。这艘牢固的老船似乎最近重新上过漆,专门为偏远乡镇服务,如荷马、卡尼克、塞尔多维亚、荷兰港、科迪亚克,以及野性的阿留申群岛。车子一停好,他们三个立刻跑到上面的乘客区,直奔栏杆。码头上挤满了人,大部分的男人留着长发和大胡子,头戴卡车帽,身穿格纹法兰绒衬衫和蓬蓬的羽绒背心,脏兮兮的牛仔裤塞进棕色橡胶雨靴里。也有几个大学生年纪的嬉皮士,他们特征明显,每个都扛着大背包,穿扎染上衣和凉鞋。

巨大的渡轮倒退出船位,喷出浓烟。蕾妮几乎立刻发现,站在安全的岸上,喀什马克湾看起来很平静,但其实并非如此。出海之后的水不再是银色,也不再宁静无波。大海非常狂野,海浪顶端泛白,极度危险。前浪压着后浪,拍打船身,如此美丽、神奇、野性。她拍了十几张照片,全部塞进口袋,晚一点儿再来仔细研究,说不定可以做成拼贴画,装饰她房间的墙壁。

一群虎鲸从海浪间冒出,岩石上的海狮对着它们大叫。沿着崎岖的海岸有许多海藻床,水獭在那里觅食。

渡轮转向,慢吞吞绕过一小块隆起的翠绿土地。

这是个静谧的世界,不受从海湾吹来的狂风侵袭。绿色小岛彼此很近,青翠的地形边缘是岩石海岸,上头零星长着树。

"这一站卡尼克!"喇叭广播,"下一站塞尔多维亚!"

"来吧,欧布莱特一家。回车上去!"爸爸笑着说。他们在长排车辆间钻来钻去,找到面包车坐上去。

"我等不及想看新家。"妈妈说。

渡轮靠港,他们开车下船,驶上一条宽敞的泥土路。两旁的树木很浓密。山丘顶端矗立着一栋白色木板教堂,蓝色圆顶钟塔亟须整修,顶端立着俄国东正教十字架,比普通十字架多了一条歪斜的横木。教堂旁边有座用刺木桩围起的墓园，几座坟墓立着木制十字架墓碑。

车子爬上山丘，从另一头下去，他们第一次看到卡尼克。

蕾妮从脏兮兮的窗户往外看。"等一下。不可能是这里。"

她看到停在草地上的露营车，前面放着椅子，一些房子在华盛顿州会被称作棚屋。一间棚屋前拴着三条骨瘦如柴的狗，全都站在老旧的狗屋顶上，凶巴巴地狂吠。草坪上到处是狗无聊解闷挖出的洞。

"这是个历史悠久的古老城镇。"爸爸说，"先是由原住民开垦，然后俄国皮草商在这里落脚，最后是来淘金的冒险家。一九六四年发生了一场大地震[1]，一瞬间土地陷落了约一点五米。房屋崩塌掉落海中，路面隆起断裂。"

蕾妮呆望着外面，老旧的木栈道上有几间破破烂烂、歪歪斜斜、油漆剥落的建筑连成一排。这个镇建立在架高的木桩上，下面是一片泥滩。泥滩过去有一个码头，停满了渔船。主要道路没有铺柏油。整个镇的范围只有一个街区。

她的左手边有间叫作"踢腿麋鹿"的酒馆。那栋建筑一片焦黑，显然发生过火灾。透过肮脏的玻璃窗，她看到里面有客人。星期二上午十点就有人在被烧到只剩外壳的酒馆里喝酒。

街道靠海湾的那边则是一间废弃的旅舍，可能是一百多年前建造的，为了让俄国毛皮贩子有地方投宿。旁边有间橱柜大小的餐馆，店名叫作"渔趣"，敞开大门迎接客人。蕾妮看到几个人挤在店里的吧台前。肥油煎培根和鸡蛋的气味飘进面包车打开的窗户。码头入口处停着两辆三轮车。

"学校在哪里？"蕾妮感到一阵恐慌。在这么小的地方怎么交得到朋友？这里真的有和她同龄的人吗？

---

[1] 一九六四年三月二十七日（美国时间），阿拉斯加威廉王子湾发生地震，地震规模达九点二级。

这里根本算不上是一个镇，顶多只是个开垦基地。一百年前，垦荒篷车队会经过，但没有人停留的地方。

爸爸把车停在一栋维多利亚风格的尖屋顶的狭窄房屋前，墙壁似乎原本是蓝色的，但油漆几乎剥落殆尽，只剩零星的几块。窗户上用金色花体字写着"验金所"。有人在下面用强力胶带贴上手写招牌：交易站／杂货店。

"欧布莱特一家，进去问路吧。"妈妈急忙下车，快步走向这家店所代表的一点点文明。她打开店门，迎客铃叮咚作响。蕾妮跟在妈妈后面畏畏缩缩地进去，一手放在她的腰间。

阳光由她们身后的窗户洒落，照亮店面四分之一的空间，再过去只有一个没灯罩的灯泡提供照明。店铺后方一片幽暗。

店里有旧皮革、威士忌和烟草的气味。一排排架子靠着墙，蕾妮看到斧头、锄头，毛茸茸的雪靴和橡胶钓鱼靴，一堆堆袜子，满满几箱头灯。每根柱子上都挂着钢铁捕兽夹和链圈。店里有十多个动物标本，架子上、角落里、柜台旁。一条巨大的国王鲑被永远固定在一片闪亮的木板上。左边远处是食品区：一袋袋马铃薯、一桶桶洋葱，堆起的罐头有鲑鱼、螃蟹、沙丁鱼口味，一包包白米、面粉、砂糖，大罐装的酥油。一卷卷布料，主要是格纹法兰绒和牛仔布，边上是柴火暖炉的零件。还有她最喜欢的零食区，漂亮缤纷的包装让她想起家：品客薯片、杯装的牛奶糖布丁、一盒盒玉米片。

感觉好像劳拉·英格斯·怀德[1]光顾过这家店。

"有客人！"

---

[1] 劳拉·英格斯·怀德（Laura Ingalls Wilder，一八六七—一九五七）：美国作家，作品大部分是以其童年时代西部开拓故事为背景的系列小说，最有名的作品是《草原上的小木屋》。

蕾妮听到拍手声。一个体格庞大、顶着凌乱爆炸头的黑人女性从暗处出来。她高大、宽肩，因为身体太宽，必须侧身才能从光亮的木柜台后走出来。

她转眼就来到她们面前，粗壮手腕上的几个兽骨手环互相敲击。她年纪不轻了，至少五十岁。她穿着拼布牛仔长裙，两脚款式不同的羊毛袜，露趾凉鞋，敞开的蓝色长衬衫露出里面褪色的T恤，腰间的宽皮带上挂着一把入鞘的刀。"欢迎光临！我知道，店里乱得吓人，不过东西在哪儿我都知道，小至O形垫圈、四号电池都找得到。对了，大家都叫我大玛芝。"

"你没有修理这样叫你的人？"妈妈露出美丽的笑容，这样的笑容总是能拉近人们，让他们忍不住报以微笑。

大玛芝的笑声洪亮又有点儿喘，好像吸不到足够的空气："我最喜欢有幽默感的女人。好啦，请问尊姓大名？"

"珂拉·欧布莱特。"妈妈说，"这是我的女儿，蕾妮。"

"两位小姐，欢迎光临卡尼克。我们很少有观光客。"

爸爸正好在这时走进店里，说："我们是本地人，刚刚搬来。"

大玛芝头一缩，双下巴变成三层："本地人？"

爸爸伸出手："波·哈兰把他的土地遗赠给我。我们准备住进去。"

"真想不到。我是你们的邻居，玛芝·博梭，我家离你们才约八百米。看到门牌就知道了。这里大部分的人住在很偏远的地方，远离道路，我们算是很幸运，家就在马路旁边。到了春天，你就知道有多方便了，因为河水和泥巴让那些偏远地区根本无法进出。需要用到的东西都准备好了吗？你们可以在我的店里开个账户，现金交易、以物易物都可以。这里向来是这样的。"

"我们来这里就是为了寻找这种生活。"爸爸说，"我承认，我们手头有点儿紧，能够以物易物太好了。我是个非常厉害的技工，任何马达都能修。"

"很好。我会帮你宣传。"

爸爸点头:"好。我们需要一些培根,也买一点儿米好了,还有电池。"

"那里。"大玛芝指示方向,"在那排斧头和手斧后面。"

爸爸走向她说的地方,进入阴暗处。蕾妮听见他翻东西的声音。

大玛芝转向妈妈,将她整个人从头到脚打量一遍:"珂拉·欧布莱特,我猜来这里应该是你老公的梦想,你们没有什么规划就跑来了。"

妈妈微笑:"大玛芝,我们总是想到就去做。这样人生才刺激。"

"唉,珂拉·欧布莱特,在这里你得强悍一点儿。为了你自己,也为了你的女儿。你不能凡事依赖老公。你必须能够拯救自己和这个漂亮丫头。"

"太夸张了吧。"妈妈说。

大玛芝弯腰找到一个大纸箱,在地面上拖过来。她一阵翻找,黑皮肤的手指动作有如钢琴家,箱子传出金属碰撞的声音,终于她拿出两个挂在黑颈绳上的亮橘色大哨子。她分别帮她们挂上:"第一课:在阿拉斯加走路一定要出声,也一定要带武器。尤其是在这么偏远的地方,现在这个季节更不能大意。"

"你想吓唬我们吗?"妈妈问。

"一点儿也没错。在这里大家都知道要害怕。珂拉,很多人搬来这里,他们只带着凉鞋、相机,怀抱寻找俭朴生活的伟大梦想。但是在阿拉斯加,每年都有千分之五的人失踪,就那么消失了。那些追梦的人……唉,大多撑不过第一个冬天。他们等不及想逃出去,回到有汽车电影院、一按开关暖气就来的地方,还有阳光。"

"你讲得好像这里很危险。"妈妈不安地说。

"珂拉,会来阿拉斯加的只有两种人:寻找机会的人和逃避问题的人。最好当心第二种人。而且要当心的对象不仅是人。阿拉斯加变幻莫测，前一刻还是睡美人，下一刻就变成拿着短猎枪的泼妇。这里有句俗话，在阿拉斯加只能犯一次错，第二次就会赔上小命。"

妈妈点起香烟，她的手在发抖："玛芝，作为迎接新居民的代表，你有太多需要改进的地方。"

大玛芝再次大笑："珂拉，这句话说得太对了。因为在偏远地带住太久，我的社交技巧简直狗屁不如。"她微笑，一手按住妈妈单薄的肩膀给予安慰。"来说些你想听的话好了。卡尼克的居民关系很密切，一整年都在半岛这个地区生活的人不到三十个，不过我们很照顾自己人。我的土地离你们很近。有任何需要，什么都可以，尽管拿起业余无线电呼叫我，我会立刻冲过去。"

* * *

爸爸将一张从笔记本上撕下的纸放在方向盘上，那是大玛芝帮他们画的地图。她将卡尼克画成一个红色圈圈，一条线穿过去。那是从镇上通往水獭湾的马路（她说其实只有这条像样的马路）。那条直线上画了三个叉。第一个是大玛芝的开垦地；第二个是汤姆·沃克的地；最后一个则是欧布莱特家的土地，位于那条线的最尾端。"你们距离汤姆·沃克只有约四百米，距离我约八百米。我们全都是邻居。这里大部分的人住在远离文明的地方，要等到冬天河流结冰变成路才能见到他们。"

"好了。"爸爸说，"过了冰柱河再开约三千二百米就会看到汤姆·沃克的土地外围，那里有金属栅门作为标示。再过去一点儿就到我们的地，就在路的尽头。"爸爸任由地图飘落，开车离开小镇。"玛芝说我们不可能错过。"

他们摇摇晃晃开上一条感觉不太保险的拱桥，下面的河水像蓝水晶。

过了桥先看到一片泥泞的沼泽地，长着一丛丛黄色和粉红色花朵，然后是一个简易机场，里面绑着四架老旧的小飞机。

过了简易机场，卵石路变成泥土和岩石。道路两旁树木茂密。泥浆和蚊子拍打风挡玻璃。路上的坑洞大如水池，老旧的面包车摇摇晃晃，发出哐啷声。每次他们被甩出座位，爸爸就会说："真要命。"一路上没有房屋，没有半点儿文明的迹象，终于他们经过一条车道，堆满生锈的废弃物和破烂旧车。门牌上手写着"博梭"两个字。

接下来路况变得更恶劣、更凹凸不平。路上有大理石、倒落的树、泥水坑。道路两旁长满乱七八糟的野草，荆棘灌木和树木挡住视野，什么都看不到。远方矗立着依然白头的山峰。

现在他们真的来到荒郊野外了。

经过另一段什么都没有的道路，他们看见一道生锈的金属栅门上挂着一颗晒到褪色的牛头骷髅。

"不得不说，用动物尸体做装饰的邻居有点儿可疑。"妈妈死命抓住门把。车子经过坑洞时，门把竟然掉了下来。

爸爸突然猛踩刹车，再往前约六十米，他们就会跌落断崖。

"老天。"妈妈说。马路消失了，只剩下灌木丛和花岗岩山脊。像是大地的尽头，一点儿也不夸张。

"到了！"爸爸跳下车，用力关上门。

妈妈看着蕾妮。她们心里有同样的想法：这里什么都没有，只有树木、烂泥，起雾的时候，她们很可能会跌下这道断崖送命。她们下车之后立刻聚在一起。不远处传来波浪汹涌拍岸的声音，应该就在眼前的断崖下面。

"快看啊！"爸爸张开双臂，仿佛想拥抱这一切。他好像在她们眼前越变越大，有如一棵树，开枝散叶，变得强壮。他喜欢这片荒芜虚空，这就是他来这里想寻求的东西。

他们的土地入口狭窄,像酒瓶的颈子,两旁都是悬崖,底端受海浪不断拍打,声音震耳欲聋。蕾妮担心打雷或地震会让这块土地彻底与大陆分离,在大海上漂流,像座漂浮的堡垒岛屿。

"那就是我们的车道。"爸爸说。

"车道?"妈妈隔着树木呆望。感觉好像很多年没使用过了,路中间长出几十棵细瘦的接骨木。

"阿波离开了很长一段时间。我们得清掉这些新长出来的植物,不过现在只能走路进去了。"

"走路?"

他动手拿出行李。蕾妮和妈妈站在原处呆望着树木,爸爸将必需品放进三个背包,然后说:"好,出发吧。"

蕾妮难以置信地看着背包。

"来,蕾妮。"他举起大小有如别克车的背包。

"你要我背那个?"她问。

"如果想要食物和睡袋就得背。"他笑嘻嘻地说,"加油,佛罗多,你一定做得到。"

她让他把背包放在她身上。她觉得自己像只壳太大的乌龟,万一摔倒,她绝对无法自行站起来。她以夸张的动作小心侧身行走,爸爸帮妈妈扛起背包。

"好了,欧布莱特一家。"爸爸背起自己的背包,"我们回家吧!"

他率先往前走,双手随着步伐摆动。蕾妮听到他的旧军靴踩在烂泥上发出咕叽声。他吹着口哨向前行,有如苹果佬约翰尼[1]。

---

1 苹果佬约翰尼:约翰·查普曼(John Chapman,一七七四—一八四五),美国西进运动中的传奇人物。将苹果引入宾州等地,并且生产苹果酒。

妈妈怅然看了面包车一眼，然后对蕾妮露出微笑，但蕾妮觉得这个表情恐惧大于喜悦。"好吧，我们走。"她说。

蕾妮握住妈妈的手。

他们走进阴暗的树丛中，沿着狭窄蜿蜒的道路前进。四周传来波涛汹涌的声音。他们继续往前走，海浪的声音变小，陆地变宽，有更多树、更多土地，也更加阴暗。

"我的老天爷呀！"不久之后妈妈说，"还有多远？"她绊到一颗石头，重重跌倒。

"妈妈！"蕾妮想都没想就伸出手，背包的重量将她拽到地上。蕾妮吃了满嘴泥，她拼命想吐掉。

爸爸立刻赶过来，扶妈妈站起来。"来，珂拉，靠着我。"他说。他们重新上路。

树木挤在一起争抢空间，让小径变得阴森幽暗。曚昽的阳光从叶片间落下。他们往前走，光线的颜色与质感随之改变。长满苔藓的地面很松软，感觉像走在棉花糖上。不久之后，蕾妮发现脚踝陷在阴影中，仿佛是黑夜升起，而不是太阳落下，仿佛黑暗是这里的自然状态。

树枝打到他们的脸，他们在松软的地面上跌跌撞撞，他们之前一转眼就陷入黑暗，现在同样一转眼就进入光明。他们走上一片草原，那儿长满高度及膝的野草、野花。他们的零点一六平方千米地是一座半岛，有如长满青草的拇指印，三面环海，左右两边巨浪滔天，中间则是一小片 C 字形的海滩。水面平静安详。

蕾妮蹒跚地踏上草地，解下背包，任其重摔在地。妈妈也做了同样的动作。

就是这里，他们千里迢迢来寻找的家园。一栋因岁月而变黑的小屋，以剥除树皮的原木建造，斜斜的屋顶上长满青苔，放着十多颗褪色的白色动物头骨。前方有一块伸出的腐朽露台,放着很多张发霉的塑胶椅。左手远处,在木屋与树林之间,有几个毁坏的畜栏,白色栅门脱落,鸡窝四分五裂。

到处都是废弃物,倒在长长的青草间:一大堆生锈的轮辐,几个油桶,一卷卷泛红的铁丝。

爸爸双手叉腰,像野狼一样仰天长啸。他停下来,大地恢复寂静,他将妈妈一把抱起转圈圈。

他终于放开时,妈妈蹒跚着后退。她虽然在笑,但眼神中有种恐惧。感觉这栋屋子像牙齿掉光的老隐士住的地方,而且很小。

他们怎么能住在这种地方?难道要全家人挤在一个房间里?

"快看啊。"爸爸一只手往外挥。仿佛受他的轨道牵引,她们跟着转身望向大海。

在这傍晚时分,光线的色彩非常神奇。青草与大海仿佛从内部发光,感觉像神话故事中的魔幻国度。她第一次看到如此鲜活的色彩。海浪卷上卵石海滩,留下闪耀光泽。海的对岸,高山底端是一片浓郁深沉的紫色,顶端则是一片雪白。

下方的海滩——他们的海滩——是一片光滑的灰色石滩,带着白沫的平静浪潮反复冲刷。一道闪电形的破烂阶梯从草原通往海岸。木板因为老旧而变灰,因为发霉而变黑,每级阶梯都盖着塑胶网。这道楼梯让人感觉很不牢靠,仿佛一阵大风就能吹得四分五裂。

海水退潮了。烂泥覆盖一切,沿着海岸冒出,满是海藻与海草。岩石上露出一团团闪亮的黑色贻贝。

她想起爸爸说过这里的潮差是世界第二。第一名是加拿大的芬迪湾。她一直没有真正领略其中的意思,直到现在看到连阶梯高处都有水痕。涨潮时应该很美,但现在退潮了,放眼望去只有一片烂泥,她终于明白这件事的意义了。退潮时,坐船无法到达这片土地。

"来吧。"爸爸说,"我们去看房子。"

他牵起蕾妮的手,带她穿过青草与野花,经过各种废弃物——翻倒的桶子、一堆堆木板、老旧冰桶、破掉的螃蟹笼。一辆引擎盖有子弹型装饰的生锈卡车,因为两个轮子爆胎而倒下,旁边的草像保险杠一样高。她发现自己放慢脚步。蚊子叮咬她的皮肤吸血,发出嗡嗡声。

妈妈在门廊阶梯前停下脚步。爸爸放开蕾妮的手,跳跃登上凹陷的阶梯,打开大门进去。

妈妈站在原处片刻,做了个深呼吸。她用力拍脖子,留下一抹血迹。"唉,和我期待中的不一样。"她说。

"我也是。"蕾妮说。

她们沉默许久,然后妈妈轻声说:"走吧。"

她牵起蕾妮的手,一起走上破烂发绿的阶梯,进入昏暗的小屋。

蕾妮先注意到臭味。

粪便。有动物(她希望是动物)在屋里到处大便。

她作呕,急忙捂住鼻子和嘴巴。

屋里到处是阴影,黑暗的形状与形体,随处可见黏成一团像绳索的蜘蛛网。灰尘让她难以呼吸。地上布满死掉的虫子,至少有二点五厘米厚,每走一步都会发出踩碎硬壳的声音。

"恶心死了。"蕾妮说。

妈妈拉开花色不一的肮脏窗帘,阳光照进来,大量灰尘在光线中飞舞。

屋里比外面看起来大。地面铺着简陋的夹板,颜色五花八门,像拼布一样钉在一起。夹板上覆盖着一层虫尸,仿佛有硬壳的黑色地毯。墙壁是剥除树皮的原木,上面挂满各种废弃的东西:捕兽夹、钓鱼竿、篮子、平底锅、水桶、网子。厨房——勉强可以这么称呼——占据空间一角。蕾妮看到老旧的露营炉和没有水龙头的水槽,水槽下面有个用布帘遮住的地方。简陋的流理台上放着一台老旧的业余无线电,很可能是第二次世界大战时代遗留下来的,上面积着厚厚的灰尘。屋子中央有一座黑色柴火暖炉,金属烟囱穿过屋顶,好似一根关节明显的镀锡铁手指对准天空。一张破烂的沙发,一个印着 Blazo[1] 字样的木条箱倒扣充当茶几,一张金属桌脚的扑克牌桌,这就是全部的家具。一道斜放的狭窄原木梯通往有天窗的阁楼,左手边有间橱柜大小的卧房,门口挂着色彩迷幻的珠帘,稍微保护隐私。

蕾妮在客厅里走动(踩在虫尸上发出清脆声),一手捂着嘴,生怕会反胃:"厕所在哪里?"

在小厨房里的妈妈倒抽一口气。她猛然转身在屋里四处寻找,每一寸都不放过。然后她跑向门口,用力打开门冲出去。

蕾妮跟着走到塌陷的露台上,经过散发霉味的塑胶椅,走下半腐朽的阶梯。妈妈在抽烟。她过去找妈妈,松软的地面让脚步有种弹跳的感觉。

蕾妮来到妈妈身边时,她说:"那里。"她指着树丛间的一栋木造小屋。门上挖着半月状的透气孔[2],由此可以看出那是什么地方。

茅厕。

茅厕。

"要死了。"妈妈低声说。

蕾妮靠在她身上。她知道妈妈现在的感受,所以蕾妮必须让自己坚强起来。她们一向都是如此,她和妈妈轮流坚强。越战的那些年,她们

---

1 Blazo 是一家燃料公司,由西雅图运送瓦斯油料至阿拉斯加,两个五加仑装的油桶放进一个木条箱中。阿拉斯加人将箱子加以再利用。

2 美国人习惯在茅厕门上挖空一个新月形,作为标示与通风使用。

就是这样撑过来的。

"不会死，只是有屎。"蕾妮说。

妈妈大笑。"谢啦，宝贝女儿。我需要笑一下。"她搂住蕾妮，将她拉过去。"我们不会有事，对吧？我们不需要电视，不需要自来水，也不需要电。"她越说，声音越高亢尖锐，感觉非常绝望。

"我们会过得很好。"蕾妮尽量表现出笃定，不流露出担忧，"这次爸爸一定会快乐起来。"

"你觉得会？"

"一定会。"

这才是真正重要的事情。

第 4 章

他们卷起衣袖开始忙碌。蕾妮和妈妈打扫小屋。她们洒扫刷洗。她们发现屋里的水槽是"干式"的（这里没有自来水），她们必须拎着水桶去附近的小溪取水，煮沸之后才能饮用、烹饪、洗澡。这里没有电。屋椽上挂着瓦斯灯，夹板流理台上也放着。屋子下面有个蔬果储藏室，至少有二点四米宽、三米长，满是灰尘的塌陷架子上放着许多肮脏的空玻璃罐，以及发霉的篮子。于是她们也清扫这里。爸爸在外面清理车道，这样其他物资就能用车子载进来。

第二天结束时（顺便一提，白天非常漫长，太阳一直高挂，夜晚迟迟不来），蕾妮已经累到没力气拍照记录过程，睡前也没有精神读书。

因为阳光持续照耀，他们收工休息时已经晚上十点了。

爸爸在他们的海滩上堆起篝火，一家人围着火堆坐在倒落的树干上，吃鲔鱼三明治，喝不冰的可口可乐。他们高举红白相间的可乐罐干杯，将这片海滩正式命名为"欧布莱特滩"。爸爸找到贻贝和粗蛤蜊，他们撬开壳一口生吞。

夜晚依旧没有降临。天空只是变成很深的粉紫色。蕾妮望着舞动的橘红火焰，往天空喷出火星，木柴发出爆裂声，她的爸爸妈妈坐在对面。他们窝在一起，妈妈依偎在爸爸的肩头沉睡，爸爸一只手亲密地放在她的大腿上，两人一起披着一条羊毛毯。蕾妮拍下他们的照片。

闪光灯亮起，拍立得发出咻咻声。爸爸抬头对她微笑："蕾妮，我们在这里会过得很幸福。你有没有感觉到？"

"嗯。"或许是有生以来第一次，她真的相信。

* * *

蕾妮听见有人敲门的声音而醒来——也可能是有东西在撞门。她匆匆爬出来,然后将睡袋踢到旁边,因为太慌张而踢倒了摞在一起的书本。楼下传来拨开珠帘的声音,然后是爸妈奔向门口的重重脚步声。蕾妮急忙穿上昨天的脏衣服,快速爬下梯子。他们三个走出木屋,一起站在脏乱的露台上。

大玛芝和另外两个妇女站在院子里,她们身后有一辆越野摩托车侧倒在草地上,旁边停着一辆全地形越野沙滩车,上面放着一卷塑胶网。

"哈喽,欧布莱特家!"大玛芝开朗地说,挥舞杯碟尺寸的手打招呼。

"我带了几个朋友来。"大玛芝指指和她一起来的两个人。一个像森林妖精,娇小的体形有如儿童,灰色鬈发像罐喷彩带;另一个则又高又瘦。她们三个全都穿着法兰绒衬衫,脏污的牛仔裤塞进棕色及膝橡胶靴里。她们各自拿着不同的工具,电锯、锥子、手斧。

"我们来帮忙,让你们顺利开始新生活。"大玛芝说,"也带来一些你们会用到的东西。"

蕾妮看到爸爸蹙眉:"你觉得我们需要同情,还是我们很笨?"

"恩特,我们这里的人一直都这么做。"大玛芝说,"相信我,无论你读过多少书、做过多少研究,在阿拉斯加的第一年冬天还是很难准备周全。"

森林妖精上前。她又瘦又小,鼻子很尖细,感觉能切面包。她的衬衫口袋里塞着一双皮手套。虽然她很娇小,但散发出干练的气质,仿佛靠着钢铁意志与一把小刀就什么都能做到。"我是娜塔莉·威金斯。大玛芝说你们不太了解这里的生活。十年前,我也一样。我跟着一个男人来到北方。很典型的故事。男人跑了,但我找到新生活。现在我有自己的渔船了。我能够理解带你们来到这里的梦想,但光有梦想不够。你们需要尽快学习。"娜塔莉戴上黄色大手套。"我再也没有找到值得交往的男人。你们知道吗?大家都这么形容在阿拉斯加找男人这件事:机会很多,但货色有限。"

另一位妇女上前来。她高挑窈窕,米黄色长辫子几乎垂到腰间,眼睛的颜色非常浅,仿佛从泛白的天空借来色彩:"欢迎来到卡尼克。我是吉妮娃·沃克,可以叫我小吉、吉妮、发电吉。怎么称呼都行。"她的笑容推高脸颊。"我原本和家人住在费尔班克斯,但我爱上丈夫的土地,所以就留下来了。我已经在这里生活二十年了。"

"你们至少需要温室和高藏屋。"大玛芝说,"阿波从迪马尼手上买下这块地的时候,做了很多大计划,但阿波去参战了……而且他本来就是个虎头蛇尾的人。"

"高藏屋?"爸爸问。

大玛芝郑重点头:"高藏屋是架高的小型建筑。肉类放在里面保存,这样才不会被熊吃掉。这个季节,熊会拼命找东西吃。"

"来吧,恩特。"娜塔莉拿起放在脚边的电锯,"帮我架设临时锯木场。你负责砍树,我锯成木板。要紧的事先处理,知道吗?"

爸爸点头。他回屋里穿上羽绒背心,然后和娜塔莉一起去树林。不到几分钟,蕾妮听见电锯运转、斧头砍树的声音。

"我来搭菜圃和温室。"吉妮娃说,"阿波好像留下一堆PVC管……"

大玛芝走向蕾妮和蕾妮妈妈。

微风吹来,气温瞬间降低。妈妈双手抱胸。她只穿着死之华乐队的T恤和大喇叭牛仔裤,一定很冷。她裸露的手臂上冒出鸡皮疙瘩。一只蚊子停在她的脸颊上。她用力一拍,留下一抹血迹。

"这里的蚊子很可怕。"大玛芝说,"下次我来的时候带防蚊液给你。"

"你住在这里多久了?"妈妈问。

"十年,我人生中最美好的时光。"大玛芝回答,"偏远地带的生活很苦,但一早用自己钓起的鲑鱼,搭配亲手用鲜奶油捣出的黄油,什么都比不上那样的滋味。在这里,没有人会告诉你该做什么、怎么做。我们每个人都靠自己找出生存之道。只要够强悍,这里就是人间天堂。"

蕾妮敬佩地看着这个外表粗犷的大块头女人。她第一次看到这么高大强壮的女人。大玛芝仿佛能砍倒大树,扛在肩膀上往前走。

"我们需要全新的开始。"妈妈说。蕾妮感到很意外。妈妈通常会回避这种不堪的现实。

"他去过越南?"

"战俘。你怎么知道?"

"看得出来。加上……阿波把这片地留给你们。"大玛芝看看左边。爸爸和娜塔莉忙着砍树。电锯的嗡嗡声震动空气,树木断裂时发出咔咔声,最后砰的一声倒地。"他很糟糕吗?"

"不、不会。"妈妈说,"当然不会。"

"回忆闪现?做噩梦?"

"来北方之后就没有了。"

"你很乐观。"大玛芝说,"这样很好。哎,珂拉,你快去换衣服吧。你露出那么多白皮肤,蚊子都快发狂了。"

妈妈点头,回到屋里,顺从地换衣服。

"还有你,小姑娘,你有什么故事?"大玛芝说。

"我没有故事。"

"每个人都有故事。或许你搬来这里之后,故事才刚开始。"

"或许吧。"

"你会做什么?"

蕾妮叹息。"我擅长阅读和拍照。"她指指挂在脖子上的相机,"好像没什么用。"

"那就学吧。"大玛芝说。她靠过来,弯腰在蕾妮耳边故作神秘地悄悄说:"孩子,这个地方有魔力。只要敞开自己接纳,就会明白我的意思。不过也会有危险,希望你记住。好像是杰克·伦敦[1]说的吧,'在阿拉斯加有一千种死法'。千万要提高警惕。"

"当心什么?"

"危险。"

"危险会从哪里来?气候?熊?狼?其他东西?"

大玛芝望着庭院另一头,爸爸和娜塔莉在那里忙着砍树、加工。"到处都有可能。气候和孤寂会让一些人发疯。"

蕾妮还来不及继续发问,妈妈回来了,穿着适合工作的牛仔裤和运动服。"珂拉,可以帮忙准备咖啡吗?"大玛芝问。

妈妈大笑,和蕾妮互撞一下屁股:"大玛芝,看来你找到我唯一会做的事情了。"

* * *

大玛芝、娜塔莉、吉妮娃陪着蕾妮和爸爸妈妈忙了一整天。阿拉斯加人工作时很安静,需要沟通时只靠哼声、点头、手指。娜塔莉把电锯放进一个像笼子的东西里,独自将爸爸砍下的大树锯成木板。树木倒地的声音不绝于耳,每棵树倒下,就有更多阳光照进来。

吉妮娃征召蕾妮一起工作。她教蕾妮锯木头、敲钉子、建筑高出地

---

[1] 杰克·伦敦(Jack London,一八七六——一九一六):二十世纪美国著名现实主义作家,著有《野性的呼唤》等多部名作。

面的菜圃。她们一起用 PVC 管和木板搭建结构,整个完成之后就是温室。她们在倒塌的鸡窝里找到又大又重的一卷塑料布,蕾妮和吉妮娃合力搬出来。她们往地上一扔,塑料布弹了几下。

"呼。"蕾妮说。她喘得厉害,满脸通红,前额冒出的汗水让两边的毛糙头发变得扁塌。不过菜圃带给她荣誉感和使命感,虽然现在还只是骨架,但已经有基本的样子了。她很期待栽种将成为食物的蔬菜。

她们做事的时候,吉妮娃聊着该种哪些蔬菜,如何收成,以及冬季来临时这些菜有多重要。

这些阿拉斯加人经常把冬季挂在嘴上。虽然现在才五月,还是夏天,但她们已经投入为过冬做准备了。

"喘口气吧,孩子。"吉妮娃终于站起来,"我得去茅房。"

蕾妮蹒跚着走出温室骨架,穿过长满青草的前院,发现妈妈独自站着,一手夹着烟,另一手端着咖啡。

"我觉得我们好像掉进了爱丽丝梦游仙境的兔子洞。"妈妈说着坐回破裂的越野车人造皮坐垫上。她旁边放着从屋里搬出来的扑克牌桌,吃过午餐后还没收拾——妈妈做了一堆烤饼干和煎博洛尼亚大红肠给大家吃。食物早已吃光了,充当托盘的纸板上只剩一点儿残渣,还有几个用过的露营金属盘。

空气中有着烧木柴的烟味、香烟味、新木柴的香味,还传来了电锯运转的声音、木板堆起的声音、敲钉子的声音,以及人们的呼喊声。

蕾妮看到大玛芝走过来。她好像很累,满身大汗,但笑容可掬。"咖啡可以分我喝一口吗?"

妈妈把杯子递给大玛芝。

她们三个站在那里,望着在她们眼前渐渐变化的开垦园。树木倒下,锯成木板。"你的恩特做事很勤奋。"大玛芝说,"他懂一些技巧。他说他爸爸经营农场。"

"嗯。在蒙大拿。"妈妈说。

"真是个好消息。畜栏修好之后，我可以卖一对生育期的山羊给你们。我会算便宜一些。山羊奶可以喝，也可以做成奶酪。看《大地母亲新闻》(*Mother Earth News*)可以学到很多东西。改天我带一些给你。"

"谢谢。"妈妈说。

"吉妮娃说和蕾妮一起做事很愉快。这样很好。"她拍拍蕾妮，因为力气太大，蕾妮差点儿往前栽倒，"不过，珂拉，说真的，我翻看了一下你们的物资，希望你不要介意。你们现在的储备绝对不够过冬。你们的财务状况如何？"

"有点儿紧。"

大玛芝点头。她的表情变得很严肃："你会射击吗？"

妈妈大笑。

大玛芝毫无笑容："我是认真的，珂拉。你会射击吗？"

"枪？"妈妈问。

"对，枪。"大玛芝说。

妈妈的笑容消失了："不会。"她在一块突起的岩石上捻熄香烟。

"唉，这种人我看多了。奇恰客[1]跑来这里，怀抱梦想，却没有计划。"

"奇恰客是什么？"蕾妮问。

"没经验的垦荒新手。总之，在阿拉斯加，重点并非你来的时候是怎样的人，而是以后会变成怎样的人。两位小姐，你们身在荒野中，不是虚构，不是寓言，不是童话，而是现实，严酷的现实。冬天很快就会来临，相信我，绝对和你们以前体验过的冬天很不一样，来得既快又狠。

---

[1] 奇恰客（Cheechako）：指初次来到阿拉斯加，却不懂当地的气候、文化，缺乏生活技能的人。

你们必须学习如何生存。你们必须学会开枪、猎杀，这样才能喂饱自己、保护自己。在这里，你们不再位于食物链顶端。"

娜塔莉和爸爸走过来。娜塔莉扛着电锯，用揉成一团的头带抹去前额上的汗。她非常纤细，不比蕾妮高多少，很难想象她竟然能扛着沉重的电锯走来走去。她走近之后，蕾妮才发现她有多漂亮，鼻子细，下巴尖，头发上满是木屑。

她在妈妈身边停下脚步，将电锯的圆头顶在橡胶靴的尖端："好了，我得回家喂牲口了。我画了详细的高藏屋建筑图给恩特。"

吉妮娃走过来。她全身到处是黑色的泥土，头发、脸庞、衬衫前襟上也喷到很多："蕾妮的工作态度很好。父母教得不错。"

爸爸一手搭在妈妈的肩上："真的太感谢你们了。"汗水从前额流进眼睛，刺得他一直眨眼。

"没错。你们来帮忙，真的让我们非常感动。"妈妈说。

娜塔莉一笑起来像个精灵："珂拉，我们很乐意。千万别忘记，晚上睡觉的时候要把门锁好。天亮之前，不要出门。如果需要夜壶，去交易站大玛芝那里买。"

蕾妮知道自己的表情目瞪口呆。要她尿在夜壶里？

"这个季节的熊很危险，尤其是黑熊，会因为兴致来了就攻击任何东西。"大玛芝说，"此外还有野狼、麋鹿等各种动物。外出的时候一定要配枪，尤其是晚上，就算只是去茅房也一样。"大玛芝从娜塔莉手中接过电锯，轻轻松松扛在肩上，仿佛那只是一根轻木条。"这里没有警察，要打电话得去镇上，所以恩特，你必须教她们母女用枪，而且要尽快。我会列一张过冬需要的基本物资清单给你。你必须趁秋天猎到一头麋鹿。虽然说在猎麋鹿的季节打猎会比较好，不过……你知道，重点是冰库里要有肉。"

"我们没有冰库。"蕾妮指出。

不知道为什么,三位阿拉斯加妇女同时大笑。

爸爸郑重点头:"知道了。"

"好。下次见。"她们三个异口同声地说。她们挥挥手,走向通往大路的小径。没多久就看不见了,声音消失,身影融入树木的阴影中。

她们离开之后,周围变得好安静,一阵冷风吹过,摇动他们上方的树顶。一只老鹰飞过,雄壮的爪子抓着一条银色的鱼,足足有滑板大小。蕾妮看到一棵常青树的顶端挂着一个狗项圈。一定是老鹰抓走了有人养的狗。可怜的宠物如今只剩项圈高挂在半空中。老鹰会不会抓走像豆藤一样细瘦的女生?

提高警惕。学会用枪。

他们居住的这片土地,退潮时无法坐船抵达,这座半岛上只有几十个人,却有千百只野生动物,气候严峻到足以让人丧命。冰河将整座半岛与大陆隔绝。没有警察局,没有电话,没有人会听见惨叫。

蕾妮第一次真正体会偏远的意义。

* * *

三天后,煎培根的香味唤醒蕾妮。她坐起来,酸痛传遍四肢上下。

她全身都在痛,蚊子咬的地方很痒。三天(在这里白天没完没了,将近午夜都还有阳光)的辛劳真正让她脱胎换骨,以前没有肌肉的地方冒出肌肉。阿拉斯加的生活就是一大堆苦工。因为整天劳动,她甚至无暇去想到底喜不喜欢在这里的生活。没有时间可以停下来思考,只有工作和睡觉。

她爬出睡袋,穿上很贴臀部的牛仔裤(她睡觉时穿着运动服和袜子）。她嘴里的味道很恐怖，昨晚她忘记刷牙了。因为不会一转水龙头，水就来，而是得用桶子拎过来，所以她得学会省水。

她爬下梯子。

妈妈在厨房，站在露营炉前，将燕麦倒进装满热水的凹陷银色锅子里。培根在黑色铸铁锅里煎得嗞嗞作响，不时爆油，他们发现有几个这样的锅子挂在简陋厨房的墙上。

蕾妮听见远处传来榔头敲打的声音。这个声音已经成为他们生活的背景音乐。爸爸从日出操劳到日落，这中间的时间非常长。他已经修理好鸡窝和羊栏了。

蕾妮站着不动一分钟了："我得去厕所。"

"真惨。"妈妈说。

蕾妮不情愿地走向门口，穿上厚底靴，走到外面碧蓝的天空下。色彩太鲜艳，整个世界让人感觉不像真的：空地上青草和野花随风摇曳，之字形灰色阶梯通往青玉色调的大海，波浪起伏拍打卵石海岸。远方，深蓝的大海来回冲刷陡峭的绿色大地，不可思议的壮丽峡湾，不知多少年前由冰河雕塑而成。她想回去拿拍立得拍摄庭院，她已经拍很多张了，而且她已经发现必须节省底片才行。在这里要买底片绝不容易。

茅房位于峭壁上，旁边长满细瘦的云杉，俯瞰冰冷的岩岸，下面没有沙，只有巨大的漂浮木与灰黑色岩石。有人在马桶座上写着"我从未承诺会给你玫瑰花园"，并且转印上花朵图案。

她小心翼翼地掀起盖子，用袖子包住手指，坐下时视线远离那个洞。她的眼前有扇窗，可以看到海浪拍打嶙峋黑色岩石的景色。海水冲刷、纠缠着一棵只剩下树干的大树。

上完厕所之后，蕾妮走回木屋。一只白头鹰从头顶飞过，滑翔盘旋很长一段时间，然后往上拉高飞走。她看到一棵树上挂着大鱼的残骸，在太阳下闪闪发光,有如圣诞树的装饰品。一定是老鹰吃完肉之后丢弃的。右边远处,高藏屋已经完成了一半——目前四根剥皮原木撑起一个长宽各约一米的木造平台,离地约三点六米。下面的菜园还只是六块高起的空空土地,塑料管和木材搭起像裙撑的结构,需要盖上塑料布。

她走过长满青草的前院。爸爸大喊:"蕾妮!"他踩着独有的活跃大步伐走来。他的头发很脏,乱七八糟沾满灰尘,衣服上全是油污,双手脏兮兮的。他的脸和头发都沾着木屑。他对她微笑着挥手。

他欢喜的表情让她不禁停下脚步。她记不得多久没有看过他笑得那么开心了,像在圣诞节早上拆礼物的小朋友。"老天,这里真美。"他说。

他一只手拿出塞在牛仔裤口袋里的红色头带擦手,另一只手搂着她的肩膀,一起走向木屋。

妈妈刚把早餐端上桌。

扑克牌桌的一只桌脚坏了,摇晃得很严重,于是他们站在客厅,端着金属露营碗吃燕麦粥。爸爸将一匙燕麦塞进嘴里,同时嚼着培根。最近他嫌吃饭太浪费时间,外面有很多事情要做。

吃完早餐,他们立刻各自去忙。蕾妮和妈妈继续清理小屋。灰尘、泥土和虫尸堆积了好几层。所有地毯都必须拿去露台挂起来用扫把拍打,但扫把本身也一样脏。妈妈拆下所有窗帘放在院子里的大油桶里。蕾妮去河边提水,她们往油桶里倒进水和洗衣皂。蕾妮在大太阳下站了一个小时,浑身是汗,搅动泡在肥皂水里的窗帘,然后拉出湿答答的沉重布料,放进另一个装满清水的油桶里洗去肥皂。

现在她跪在草地上,将湿窗帘一条条用旧式脱水机碾压。这份工作繁重操劳,让她精疲力竭。

她听见妈妈在院子不远处,唱着歌,清洗另一批衣物。

蕾妮听见了引擎声。

她站起来，揉揉酸痛的后腰。

声音越来越大，她听见轮胎压过岩石、激起泥水的声音……老旧的大众面包车从树丛中出现，停在院子里。

爸爸按了几下喇叭。树上的小鸟吓得飞起来，气愤地叽叽鸣叫。

妈妈停止搅动衣物，抬起头察看，包住金发的头巾整个汗湿了，蚊子在她洁白的脸颊上留下一片红肿花纹。她举起一只手遮住眼睛。"你做到了！"她大喊。

爸爸下车，挥手要她们过去。"欧布莱特一家，先放下工作吧！我们去兜风！"

蕾妮开心地尖叫。她迫不及待地想远离辛劳的苦工。她抱起碾干的窗帘，走向妈妈绑在两棵树上的松垮晒衣绳，一一挂起来晾干。

蕾妮和妈妈笑着爬上老旧面包车。他们已经把所有行李搬下车了（扛着沉重的背包来回好几趟），只剩下几本杂志和空可乐罐还放在座位上。

爸爸和排挡杆奋力搏斗一番，成功推到一挡。面包车在院子里回转，发出像老人咳嗽的声音，车身震动，金属咔咔作响，轮胎重重陷进坑洼。

蕾妮看到爸爸清出的车道。他提高音量压过引擎的哀声抱怨："这条路原本就有，只是长出了一堆柳树，只要清理掉就行了。"

路很难走，宽度比车身大不了多少。树枝拍打风挡玻璃，刮过车身。他们的海报被扯掉，飞进树丛里。到处是坑洞、石头，平整的泥土非常少，面包车不停跳起又落下。车子开进树木投下的阴影里，轮胎慢慢压过暴露的树根与裸露的花岗岩。

车道尽头终于出现阳光，他们开上了一条真正的泥土道路。蕾妮这才放开死命抓住门把的手。

他们摇摇晃晃经过沃克家的金属栅门与博梭家的门牌。蕾妮往前靠，看到沼泽地与简易机场时非常兴奋，这表示再往前一点儿就能抵达卡尼克镇。

小镇！短短几天前，她觉得那里连小村落都称不上，但是住在阿拉斯加与世隔绝的偏远地区，不用多久就会彻底改变一个人的观念。卡尼克有商店。蕾妮可以买底片，甚至可以买巧克力棒。

"扶好。"爸爸说完之后往左转进树林。

"我们要去哪里？"妈妈问。

"去跟波·哈兰的家人道谢。我准备了一加仑的威士忌送给他父亲。"

蕾妮拨开窗帘，透过脏兮兮的车窗往外看。灰尘让景色变得雾茫茫，世界让人感觉有点儿超现实。不过她看得出外面是一片很深的树林，车子在崎岖的地面上爬坡。好几千米的路程，除了树木和土堆，什么都没有。路边偶尔会出现被遗弃在草丛中生了锈的车辆，在阴暗处看来，铁锈的颜色像血。

路上没有房屋或信箱，只有弯进树林里的几条泥土小径。就算真的有人住在这里，他们也不希望被别人知道。

路很崎岖，地面高低不平，到处是石头，车轮压出两道荒凉的路径。车子爬上山坡，树木变得更加浓密，阳光逐渐被遮蔽。开进去大约四千八百米时，他们看到第一个告示："禁止擅闯，尽早回头。没错，我们说的就是你。内有猛犬与枪支。嬉皮士快滚。"

山坡顶端，道路尽头立着另一个告示："擅闯等着挨子弹。打不死再补一枪。"

"老天。"妈妈说，"你确定没有找错地方？"

一个拿着来复枪的人出现在他们面前，他站在那里，双腿分得很开。他戴着肮脏的卡车司机帽，底下冒出蓬乱的棕色头发："你们是谁？想做什么？"

"我们好像应该回头。"妈妈说。

爸爸用力摇下车窗之后探出头："我们来找厄尔·哈兰。我是阿波的朋友。"

那个人皱着眉头考虑了一下，终于点头让开。

"我觉得不太好耶，恩特。"妈妈说，"感觉不对劲儿。"

爸爸挂挡。老旧面包车发出轰隆声往前驶去，压到石头和土堆而弹跳晃动。

车子开进一片宽敞低矮的泥泞土地，零星长着几丛黄色杂草。原野边缘矗立着三栋房子。呃，其实只能算是棚屋，感觉好像是用手边现成的东西——夹板、波纹塑胶、剥除树皮的原木随便搭建的。一辆没有车轮的校车陷在深深的烂泥里，车窗装了窗帘。几条瘦巴巴的狗被拴住，它们将链子扯到最紧，在很丑的狗屋前咆哮狂吠。几个油桶正在烧东西，冒出燃烧橡胶的恶臭气味。左手边远处有一个射击场，几捆稻草上贴了练习射箭用的靶。

几个穿着脏衣服的人从木屋和棚屋走出来。男人不是绑马尾就是剃平头，女人全都戴着牛仔帽。所有人腰间都佩带着枪和收在鞘里的刀。

正前方，一栋有着斜屋顶的原木屋，一位白发老人走出来，拿着一把像是古董的枪，感觉很重。他体格干瘦，留着一把很长的白色大胡子，嘴里紧紧咬着一根牙签。他走下泥泞的院子。他一出现，狗立刻疯狂，咆哮、吠叫、匍匐在地。几条跳上狗屋叫个不停。老人举枪瞄准面包车。

爸爸打开车门，发出嘎嘎声。

"不要下车。"妈妈抓住他的手臂。

爸爸甩开妈妈的手。他拿起带来的威士忌，踏进深深的烂泥中。他没有关上车门。

"你是谁？"白发老人大喊，没有牙的嘴口沫横飞，牙签上下抖动。

"伯父，我是恩特·欧布莱特。"

老人放下枪："恩特？是你？我是厄尔，阿波的爸爸。"

"伯父，是我没错。"

"真想不到。和你一起来的人是谁？"

爸爸转身挥手要蕾妮和妈妈下车。

"唉，可真是个好主意。"妈妈嘀咕着开车门。

蕾妮跟着下车。她踏进烂泥里，听到靴子被吸进去的声音。

院子里所有人都停下盯着他们看。

爸爸把妈妈拉过去："这是我妻子珂拉，还有小女蕾妮。姑娘们，这位是阿波的爸爸，厄尔。"

蕾妮看出妈妈的笑容有多勉强。有一次，她们在弗雷德·迈耶购物中心遇到妈妈的高中同学，她们每个都打扮得漂漂亮亮的，妈妈对其中一个人也露出这样的笑容。"你好，很高兴认识你。"

"大家都叫我狂厄尔。"老人说。他快步走向他们站着的地方，一把接过爸爸手中的威士忌，带他们进他的木屋。"快进来，快进来。"

蕾妮差点儿在门口绊倒，不得不强迫自己走进阴暗狭小的屋内，里面飘着体臭和霉味。墙壁旁边堆满各种物资，食物、加仑装的水、几箱啤酒、几箱罐头、堆成小山的睡袋。一面墙摆满武器。装满枪支刀械的箱子随意摆放。窗台上堆满了一层层的弹药。墙上的钩子挂着老式十字弓和流星锤。

狂厄尔坐在用 Blazo 木条箱做成的椅子上。他打开那瓶威士忌，直接对着嘴灌，一口气喝下非常大的量，蕾妮担心他会被呛死。然后他将酒瓶交给爸爸，爸爸喝了很久之后才还给狂厄尔。

妈妈弯下腰，从一个装满防毒面具的箱子里拿起一个。"你、你们搜集战争纪念品？"她提心吊胆地问。

狂厄尔又喝了一口酒，他一口所能喝进的量非常不可思议。"不是。

那些东西不是摆着好看的。世界疯了,人得想办法自保。我在一九五一年来到这里时,阿拉斯加还不是一个州。即使在那时候,南边的四十八州已经不能住人了。每户人家都在后院建了防空洞。学校教小孩子用防毒面具。我带着家人来到北方。我们什么都没有,只有一把枪、一包糙米。我们打算住在荒野里,安全撑过即将来到的核冬天[1]。"他又喝了一口,倾身向前。"这些年南边没有改善,反而变得更糟了。那些人把经济搞得一团乱……害惨了参战的可怜孩子。这个国家已经不是我的美国了。"

蕾妮看出爸爸把这些话像喝酒一样全吞进去,而且非常喜欢那滋味。

"同样的话,我已经说很多年了。"爸爸说。蕾妮第一次看到他露出这种表情,赞叹又敬佩,仿佛他一辈子都在期待能听到这些话。

"南边那里,"狂厄尔接着说,"'外界',大家排队等加油,石油输出国组织爽爽笑着领钱。你以为古巴危机[2]之后,苏联就忘记我们了吗?仔细想想吧。黑豹党[3]对我们挥舞拳头,非法移民偷走我们的工作。人民能怎么办?静坐,对没有人的邮局扔炸弹,扛着标语在街上游行。哼,我可不来那一套,我早就做好计划了。"

爸爸倾身向前,眼睛发亮:"什么计划?"

---

1 "核冬天假说"是关于全球气候变化的理论,预测大规模核战争可能产生的气候灾难。核冬天理论认为使用大量的核武,会让大量的烟和煤烟进入地球大气层,可能导致非常寒冷的天气。

2 古巴危机:一九六二年,苏联为了巩固卡斯特罗的政权,帮助建造秘密导弹基地,且供应导弹,但被美军侦察出来,美国总统肯尼迪要求苏联撤回在古巴的导弹,否则美将予以炸毁,同时宣布美进入紧急状态,并下令海空军严格检查古巴的武器输入。苏联乃提出美撤出土耳其的导弹作为交换条件,被拒。双方僵持不下,差点儿引发另一场战争。最后在取得美保证不进攻古巴后,苏联同意拆除导弹,并由联合国秘书长监督拆除。

3 黑豹党(Black Panthers):一九六六年至一九八二年在美国活跃的非裔民族主义和社会主义组织,其宗旨为促进美国黑人的民权,另外也主张黑人应该有更为积极的正当防卫权利,即使使用武力也是合理的。

"我们在这里做准备,我们一应俱全。"

枪支,防毒面具,弓箭,弹药。

狂厄尔在为世界末日做准备。

妈妈说:"你该不会真的相信——"

"噢,我相信。"狂厄尔说,"在南边,白人男性变成地位最低的一群人,得等别人先占好位子才能上桌。"他看着爸爸。"欧布莱特,你应该明白我的意思吧?"

"当然懂。我们都懂。可以让我们加入吗?"爸爸问。

狂厄尔喝了一大口酒,抹抹有白沫的嘴唇擦去酒渍。他眯起湿湿黏黏的眼睛,来回打量蕾妮和妈妈。"这个嘛,目前只有我们自己家人,但我们很认真。不可以跟陌生人说。大难临头的时候,万一那些人知道我们躲在哪里就不好了。"

有人敲门。狂厄尔说:"进来。"门打开,一个感觉很强韧的娇小女子站在门口,她穿着迷彩裤,T恤上印着黄色笑脸。虽然她应该有四十岁左右,但依然把头发扎成两条麻花辫。她身边的男人像房子一样高大,留着棕色长马尾,前额的头发不停掉进眼睛里。她怀里抱着一摞保鲜盒,髋部旁边挂着枪套。

"不要被我爸爸吓到。"那个女人露出灿烂的笑容。她走进屋里,一个小孩躲躲藏藏跟着,一直黏在她身边,那是个女孩,大约四岁,没穿鞋,脸很脏。"我是瑟玛,厄尔的女儿。阿波是我大哥。这是我先生,泰德。这孩子是玛丽贝,我们叫她娃娃。"瑟玛笑得更开心了,一只手放在小女孩的头上。

"我是珂拉。"妈妈伸出手,"那是蕾妮。"

蕾妮露出踌躇的笑容。瑟玛的丈夫泰德,一双小眼睛直直盯着她。

瑟玛的笑容温暖真挚:"蕾妮,星期一你要去上学吗?"

"这里有学校？"蕾妮说。

"当然有。虽然不大，但你一定能交到朋友。有些孩子甚至从很远的熊湾过来。这学期好像还剩一个星期。这里比较早放假，因为孩子需要帮忙做事。"

"学校在哪里？"妈妈问。

"在阿尔卑斯街，酒馆后面，距离一二百米而已，教堂丘下面。你们一定找得到。星期一上午九点上课。"

"我们一定到。"妈妈对蕾妮微笑。

"好。很高兴你们搬来这里，珂拉、恩特、蕾妮。"瑟玛微笑看着他们，"阿波经常从越南写信回来。他非常重视你们。大家都很期待能认识你们。"她走向恩特，拉着他的手臂带他出去。

蕾妮和妈妈跟着出去，听到狂厄尔蹒跚着站起来，嘀咕抱怨瑟玛抢了他的场子。

外面聚集着一群高矮不一的人，有中年男女，还有幼童和年轻人。每个人手里都拿着东西。

"我是克莱德。"一个留着圣诞老人大胡子，眉毛粗得像遮雨棚的人说，"阿波的弟弟。"他拿出一台电锯，刀锋包在亮橘色塑胶壳里。"刀锋还能用，马达也还能撑一段时间。"一个女人和两个二十岁左右的年轻人上前站在他旁边，还有两个脸很脏的小女孩，年龄七八岁。"我太太唐娜，双胞胎戴若和戴夫。那两个是我的女儿，爱涅丝和玛莎。"

他们人数不多，但每个人都很友善亲切。他们的声音交融在一起分不清。他们给见到的每个人都送一份礼物：钢锯、几卷绳索、厚重塑料布、几卷强力胶带、一种叫作乌鲁的刀——银色刀锋的形状像扇子。

没有和蕾妮同龄的人。唯一的青少年是十六岁的艾索，他看也不看蕾妮。他独自站在一旁，对着一根树干抛掷巨大的锯齿刀。他的黑色长发很脏,眼睛形状像杏仁。

男人一个个走向烧火的油桶,轮流喝着那瓶威士忌。瑟玛说:"你们需要尽快种菜。"

瑟玛带蕾妮和妈妈去了一个很大的菜园。金属杆上挂着松垂的渔网,充当围篱防止动物闯入。

大部分的蔬菜很小,只是黑色土丘上的一点儿绿,几乎看不见。渔网底下有几团恶心的玩意儿放在那里晒干,好像是海草,旁边还有一堆堆发臭的鱼残骸、蛋壳、咖啡渣。

"你们会种菜吗?"瑟玛问。

"我会分辨哈密瓜有没有熟。"妈妈大笑。

"我很乐意教你们。在这里,生长季节很短,所以必须非常努力。"她从旁边的地上拿起一个凹陷的金属水桶,"我可以分你们一点儿马铃薯和洋葱。现在还会继续长。还可以给你们一些胡萝卜苗。也可以分几只活鸡给你们。"

"哦,你太客气了——"

"相信我,珂拉,你不知道冬天有多长、来得有多快。这里的很多男人在冬天会离开,去新的输油管[1]工地赚钱。我和你,这些当妈妈的女人,得待在开垦园照顾孩子,让他们好好活着。这个任务并不轻松,我们得学会一起合作。只要能帮忙,我们一定会伸出援手。我们以物易物。明天我会教你怎么做鲑鱼罐头。你必须现在就开始准备过冬的储备粮食。"

"你说得好可怕。"妈妈说。

瑟玛摸摸妈妈的手臂:"我们是从堪萨斯城搬来的。我记得刚来的时候,我妈整天除了哭什么都没办法做。她第二年冬天就过世了。到现在

---

[1] 纵贯阿拉斯加的管道,俗称阿拉斯加输油管,是连接美国阿拉斯加州北部产油区和南部港口,再转运到美国本土炼油厂的管道运输系统。一九七四年动工,一九七七年落成。

我依然相信她是凭意志力寻死。她实在承受不了黑暗与寒冷。珂拉,在这里女人必须很强悍,不能等着别人来拯救你和你的孩子。你必须愿意拯救自己。你必须尽快学习。在阿拉斯加只能犯一次错,只有一次。第二次就会丢掉小命。"

"我们好像没有做足准备。"妈妈说,"或许我们错了,不该来这里。"

"我会帮忙。"瑟玛承诺道,"我们都会帮忙。不要推辞。"

第 5 章

无尽的白天打乱蕾妮的生物钟,她有种奇怪的感觉,好像和宇宙脱节了,仿佛在阿拉斯加连唯一可靠的时间也不一样了。她睡觉时是白天,起床时还是白天。

现在时间是星期一上午。

她站在客厅窗前,望着最近刚清理过的草地,想看见自己的倒影。白费工夫,天实在太亮了。

她只能看见朦胧的身影,看不清细节,但她知道自己不好看,即使以阿拉斯加的标准也一样。

首先是她的头发,这永远是最大的问题,又长又乱而且是红色。然后是红发人的标准配备:白过头的皮肤,而且鼻子上长了很多雀斑,像撒了红椒粉。她的五官中唯一漂亮的就是那双青蓝色的眼睛,但肉桂色睫毛无法衬托它。

妈妈来到她身后,双手按住蕾妮的肩膀:"你很漂亮,而且一定能在新学校交到朋友。"

妈妈总是这么说,蕾妮虽然很想从中找到安慰,但每次的结果都和妈妈说的不一样。她转学太多次,从来无法找到归属感。每次第一天上学,她一定会有什么不对劲儿的地方,头发、衣服、鞋子。对中学生而言,第一印象非常重要。她从惨痛的经验中学到这个教训。十三岁的少女一旦犯下时尚错误就很难翻身。

"我八成是全校唯一的女生。"她夸张地叹息。她不想怀抱希望,希望破灭比不抱希望更惨。

"你肯定会是最漂亮的女生。"妈妈帮蕾妮把头发塞到耳后,用温柔的动作提醒蕾妮,无论发生什么事,她永远不孤单,她还有妈妈。

小屋的门打开,一股冷风吹进来。爸爸拎着两只绿头鸭进来,断掉的脖子松垂,鸭嘴拍打着他的大腿。他把枪放回门边的架子上,将猎物放在水槽边的流理台上。这件事蕾妮到现在还无法习惯——在厨房地板上铺塑料布宰杀动物。

"天还没亮,泰德就带我去他埋伏打猎的地点。晚餐有鸭子吃了。"他钻到妈妈身边,亲吻她的脖子。妈妈笑着拍开他:"要喝咖啡吗?"妈妈进厨房,爸爸看着蕾妮。"今天不是要去上学吗?你怎么这么忧郁?"

"我没事。"

"我知道你在烦恼什么。"爸爸说。

"才怪呢。"她的语气像心情一样郁闷。

"我看看噢。"爸爸以夸张的表情蹙眉。他把她留在那里,走进他的房间。不久之后,他拿着一个黑色垃圾袋出来放在桌上。"说不定这个会有帮助。"

可不是,她刚好需要垃圾。

"打开看看。"爸爸说。

蕾妮不甘愿地撕开袋子。

里面有一条橘黑线条的喇叭裤、一件毛茸茸的象牙白渔夫风织花毛衣,那件毛衣应该原本是男装尺寸,但是缩水了。

老天爷。

蕾妮或许不懂时尚,但那条裤子绝对是男装,至于那件毛衣……恐怕在她出生之前就过时了。

蕾妮瞥见妈妈的眼神。她们都很清楚他有多努力,也很清楚他有多失败。在西雅图,这样的打扮等于社交自杀。

"蕾妮?"爸爸的表情因为失望而垮了下来。

她硬挤出笑容:"太完美了,爸爸,谢谢。"

他叹息微笑:"噢,那就好。我花了很多时间翻二手衣桶。"

救世军。这么说来,他早就计划好了,之前他们在荷马的时候,他就已经想到她需要新衣服。这份心意几乎让这些难看的衣服变漂亮了。

"去换上吧。"爸爸说。

蕾妮勉强微笑。她去爸爸妈妈的卧房换衣服。

毛衣太小,毛线太厚重,她几乎无法弯起手臂。

"真漂亮。"妈妈说。

她努力微笑。

妈妈拿着一个小熊维尼便当盒过来:"瑟玛觉得你会喜欢。"

这下蕾妮的社交生活注定完蛋了,但她毫无办法。

"我们该出发了,我不想迟到。"她对爸爸说。

妈妈用力拥抱她,轻声说:"祝你一切顺利。"

蕾妮走出家门,坐上面包车的前座,他们出发,在凹凸不平的小径上一路弹跳晃动,然后转向小镇,在大马路上经过称为机场的那块空地。即将过桥的时候,蕾妮大喊:"停车!"

爸爸猛踩刹车,转向她问:"怎么了?"

"可以让我从这里走过去吗?"

他失望地看她一眼:"什么?"

她太紧张,顾不得安抚他受伤的情绪。无论她转学过多少次,有一件事始终不变:一旦上了中学,爸爸妈妈就必须退居幕后。因为他们而丢脸的概率高到破表。"我已经十三岁了,而且这里是阿拉斯加,我们要学会强悍。"蕾妮说,"好啦,爸爸,拜托啦。"

"好吧。我愿意为你让步。"

她下车,独自穿过小镇,经过一个抱着一只鹅盘坐在路边的男子。她听见他对鹅说:"不可能,玛蒂达。"她加快脚步走过去,经过充当钓鱼导览公司店面的肮脏帐篷,绕过马路转弯的地方。左手边的草丘上,矗立着白色木板搭建的俄国东正教教堂,屋顶上的十字架多了一条斜杠。

只有一间教室的学校,坐落在小镇后方一块长满杂草的空地上。后面有一片黄黄绿绿的沼泽,一条河呈斜斜的 S 字形穿过高草。校舍是一栋以剥皮原木搭建的 A 字结构的简易建筑,金属屋顶斜度很大。

蕾妮站在敞开的门前偷看里面。教室比外面看起来大,至少有四点二米见方。后面的墙上挂着一面黑板,上面用大写字母写着"西华德的蠢事"[1]。

教室前方,一位原住民女性站在大桌子后,面向门口。她看上去十分坚毅,肩膀很宽,一双大手好像非常能干,黑色长发编成两条松松的麻花辫,脸庞的颜色像咖啡牛奶。她的下唇到下巴的位置有线条刺青,很像那种叫作条形码的新玩意儿。她下身穿着褪色的李维斯牛仔裤,裤管塞进橡胶靴里,上身则是男装法兰绒衬衫搭配麂皮流苏背心。

一看见蕾妮,她大声说:"你好!欢迎!"

教室里的学生纷纷转头,桌椅发出刮地的声响。

一共只有六个学生,两个比较小的孩子坐在第一排,都是女生。她想起曾经在狂厄尔那里见过她们:玛莎和爱涅丝。她也认出那个神情乖戾的少年艾索。还有两个不停嬉笑的原住民女童,八九岁,桌子靠在一起,都戴着干枯的蒲公英花冠。教室右手边有两张侧边靠在一起的桌

---

[1] 一八六七年美国政府从沙俄购买俄属北美(今日的阿拉斯加)的事件。当时的国务卿西华德(William Henry Seward,一八〇一一一八七二)负责谈判,所以这个事件被讥为"西华德的蠢事"(Seward's Folly)。

子,面向黑板,一张空着,另一张坐着一个瘦瘦的男生,金发及肩。他似乎是唯一对她感兴趣的学生。他一直保持转过身的姿势,到现在还在看她。

"我是蒂卡·罗德斯。"老师说,"我和我先生住在熊湾,所以有时候冬天我没办法过来,但我会尽力。我希望学生也能尽力。"她微笑。"你是蕾诺拉·欧布莱特吧?瑟玛说过你会来。"

"大家都叫我蕾妮。"

"你几岁?十一?"罗德斯老师打量蕾妮。

"十三。"蕾妮感觉脸颊发烫,真希望月经快点儿来,胸部快点儿发育。

罗德斯老师点头。"很好。迈修也十三岁。过去那里坐下吧。"她指着那个金发的男生。"去吧。"

蕾妮紧抓住超蠢的小熊维尼便当盒,因为太用力而手指疼痛。经过艾索的座位时,她说:"你、你好。"他给她一个"谁想理你?"的眼神,继续埋头在Pee-Chee牛皮纸文件夹上画一个像是巨乳外星人的东西。

她笨拙地坐进那个十三岁男生旁边的位子。"嘿。"她含糊地说,侧眼看他。

他露出大大的笑容,一口牙歪歪斜斜。"感谢老天。"他拨开落在脸上的头发,"我还以为一整年都得和艾索坐在一起呢。我觉得那小子以后一定会进监狱。"

蕾妮忍不住笑了起来。

"你是从哪里来的?"他问。

蕾妮从来不知道该怎么回答这个问题。因为要回答,必须在来这里之前有个稳定的住处,但她从来没有。她从来不把任何地方当家。"我的上一个学校在西雅图。"

"你一定觉得像掉进魔多了吧?"

"你读过《魔戒》?"

"我知道,超级酷。不过这里是阿拉斯加。冬天黑得要命,又没有电视可看。我爸爸总是抱着业余无线电听那些老家伙唠唠叨叨,但我没办法。"

蕾妮感受到一种全新的情绪,她不知道如何归类。"我最爱托尔金了。"她轻声说。能够老实说出这句话,感觉很奇特。之前那所学校的同学比较喜欢电影、音乐,没有人想读书。"还有赫伯特[1]。"

"《沙丘》系列棒呆了。'恐惧会杀害心灵。'对极了,老兄。"

"还有《异乡异客》[2]。那就是我在这里的感觉。"

"难免的。在最后的疆界,一切都不寻常。北方有个小镇的镇长是狗。"

"不会吧?"

"真的。一只雪橇犬。他们投票选出来的。"迈修一手按住胸口,"这么夸张的事情想掰也掰不出来。"

"刚才在路上,我看到一个人抱着一只鹅坐在路边。他好像在跟鹅说话。"

"那是疯子彼德和玛蒂达。"

蕾妮大笑。

"你的笑声很奇特。"

蕾妮觉得非常丢脸,脸颊发烫,从来没有人告诉她这件事。真的吗?她笑起来是什么声音?噢,老天。

"对、对不起。我不知道为什么说那句话。我的社交技巧烂透了。大

---

1 弗兰克·赫伯特(Frank Herbert,一九二〇——九八六),美国科幻小说家,作家。
2 《异乡异客》(*Stranger in a Strange Land*):美国科幻小说作家罗伯特·海因莱因(Robert A. Heinlein,一九〇七——九八八)的作品。故事描述一个在火星上出生长大的人回到地球上,认识、接触和最终改变人类社会的经历。

部分的时间我只和家人说话。我不知道多久没有和同龄的女生说话了,你是第一个。那个,你很漂亮。只是这样。我在胡言乱语,对吧?你大概会尖叫逃跑,要求换去坐在艾索旁边,就连那个未来的杀人犯都比我好。好,我马上闭嘴。"

从"漂亮"之后,蕾妮就一个字也听不见了。

她努力告诉自己他没有别的意思。但当迈修看着她,她感觉可能的未来在展开——虽然听起来疯狂又愚蠢。她想着我们可以做朋友,不是一起坐校车、吃午餐的那种泛泛之交。

朋友。

那种在很多重要的事情上想法一致的朋友。就像《魔戒》的山姆和佛罗多,《清秀佳人》的安妮和戴安娜,《局外人》[1]的波尼博伊和约翰尼。她闭上眼睛,发现自己身在梦想世界,左手边有一层薄纱,她跨过去,发现迈修在另一头等着她。

"蕾妮?"他说,"蕾妮?"

哦,我的天。他叫她两次了,她像个傻瓜一样呆望着他,看到的却是梦想世界中的他。

"嗯,我懂。有时候,我也会神游。我妈说都是因为我一天到晚待在幻想世界里,和一群虚构的人在一起。话说回来,我妈从圣诞节就在读《路边动物园》(*Another Roadside Attraction*)。"

"我确实会那样。"蕾妮承认道,"有时候,我会……神游。"

他耸肩,仿佛表示这没什么奇怪:"嘿,明天晚上有烤肉派对,你听说了吗?"

---

1 《局外人》(*The Outsiders*):美国作家苏珊·依·辛顿(S. E. Hinton,一九四八—)于一九六七年出版的作品,描述"油头小子"与"公子哥儿"两派少年的对立冲突。波尼博伊与约翰尼是死党,在一次打斗中,约翰尼为救波尼博伊而杀人,两人躲在教堂中避风头。教堂失火,两人英勇救人,但约翰尼重伤死去。

* * *

"你会去派对吗?"

等爸爸来接她回家的时间,蕾妮在心中反复回味这句话。她很想说会去,而且真的会去。她很久没有这么渴望一件事了。

但她的爸爸妈妈不是会参加社区烤肉派对的人。说真的,他们从不参加任何社区活动。欧布莱特不是那种家庭。那是属于温馨家庭影集"欢乐满人间"和"脱线家族"的活动。他们以前住的地方,社区经常举办各种聚会。后院烤肉派对上,爸爸们穿着V领上衣,喝威士忌,烤汉堡,妇女聚在一起抽烟,喝马丁尼,端出一盘盘培根鸡肝卷,小孩在旁边尖叫奔跑。她知道,因为有一次她隔着栏杆全看到了,摇呼啦圈,玩滑水道,开洒水器消暑。

爸爸终于来了,蕾妮爬上面包车,用力关上门。他是最晚来的家长。他问:"蕾妮,学校怎样啊?"

"今天教美国向俄国买下阿拉斯加的历史,还有阿拉斯加山和楚加奇山脉的地理环境。"

他"嗯"一声表示可以接受,然后挂挡开车。

蕾妮考量她想说的话。班上有个和我同龄的男生,他是我们的邻居。不行,提起男生绝对行不通。

我们的邻居要举办烤肉派对,他们邀请我们一起去。

但爸爸最讨厌这种事情,至少在他们以前住过的地方是这样。

车子在泥土路上摇摇晃晃,两旁扬起灰尘,终于转进他们家的车道,绿荫将他们吞没。一回到家,她就发现院子里有一大群人,大部分是哈兰家的人,每个人都在工作。他们不用交谈就能顺畅配合,像舞者一样聚集又分开。克莱德用那种像笼子的东西将原木锯成板子。泰德将木板钉在高藏屋的侧边骨架上,就快完工了。唐娜在整理柴薪。

"我们的朋友来帮忙做过冬的准备。"爸爸说,"不,他们不只是朋友,蕾妮,他们是同志。"

同志?

蕾妮蹙眉。

"蕾妮,世界就该这样。人们互相帮助,而不是为了一点儿小钱争得你死我活。"

蕾妮无法不注意,不分男女,每个人的腰间都挂着枪套。

爸爸打开车门。"这个周末,我们要一起去斯特灵,在基奈河上的'农夫洞'钓鲑鱼。听说国王鲑很难钓。"他踏上松软的土地。

狂厄尔举起戴手套的手对爸爸挥了挥,爸爸立刻过去找他。

蕾妮经过一个新建起的东西,二点七米高、一点二米宽,四边用黑色厚塑料布盖住(蕾妮相当确定,那应该是拆开的垃圾袋)。门开着,里面堆满红鲑,沿着脊椎片成两半,打开挂在树枝上。瑟玛跪在地上,调整封闭铁箱里的火。一股黑烟冒出,往上飘向挂在树枝上的鲑鱼。

妈妈在院子里杀鱼,抬起头看蕾妮。她的下巴沾到粉红色的鱼内脏。"那是烟熏室。"妈妈往瑟玛的方向一撇头。"瑟玛正在教我怎么熏鱼。显然那是一门艺术,太热,鱼肉会熟,应该要同时完成烟熏与干燥。很好吃噢。第一天上学还好吗?"她用红色头巾包住头发,以免头发掉进眼睛里。

"很酷。"

"你的衣服和便当盒没有造成社交自杀的惨剧?没有坏女生取笑你?"

蕾妮藏不住笑容:"我的年级没有女生。不过……有一个男生……"

这句话挑起妈妈的兴致:"男生?"

蕾妮感觉自己脸红了:"只是朋友,妈妈,不过刚好是男生。"

"嗯哼。"妈妈点起香烟,忍住不笑,"他长得好看吗?"

蕾妮不理会:"总之,他说明天晚上有场社区烤肉派对,我想去。"

"嗯。我们会去。"

"真的?太棒了!"

"是啊。"妈妈笑着说,"我说过在这里会不一样。"

* * *

到了为派对打扮的时候,蕾妮完全没了主意。老实说,她不知道自己怎么了。

她根本没有几件衣服可挑选,但她并未因此放弃,还是尝试了几种不同的搭配,最后决定穿格纹聚酯纤维喇叭裤,搭配绿色螺纹领衫,加上仿麂皮背心,主要是因为她累了,尽管很想打扮漂亮,但她不可能变漂亮。她想尽办法也搞不定头发。她用手指往后拨,编成一条拳头那么粗的毛糙麻花辫。

她在厨房找到妈妈,妈妈正忙着把厚厚一块玉米面包装进保鲜盒。她把像羽毛一样蓬松自然的及肩金发打理得闪闪发亮。看得出来她刻意想让人惊艳,穿着紧身喇叭裤配贴身白毛衣,搭配一条绿松石印第安石榴花项链,那是几年前在亚利桑那州的保护区买的。

妈妈将盒盖下的空气挤掉时似乎有些心烦。

"你在担心,对吧?"

"为什么这么说?"妈妈对她灿烂地笑了一下,但眼神没那么容易说变就变。她好几天没有化妆了,今天的妆容让她显得活泼又美丽。

"记得那次在园游会发生的事情吗?"

"不一样啦。那个人想骗他。"

蕾妮印象中不是这样的。他们在俄勒冈州参加园游会，原本玩得很开心，但爸爸开始喝啤酒。然后有个男的对妈妈言语轻佻（她也轻佻回去），爸爸大抓狂。他用力推那个人，害那个人的头撞上啤酒屋的帐篷，接着爸爸开始大吼大叫。保安来的时候，爸爸一直要打人家，结果保安报警了。蕾妮发现有两个同学在旁边目睹这场争执，她觉得快丢脸死了。他们看到她爸爸被拖上了警车。

爸爸打开木屋的门进来。

"我的两个美人儿准备好去参加派对了吗？"

"当然喽。"妈妈急忙笑着说。

"那走吧。"

他们全部挤上面包车出发。没过多久——距离不到四百米，而且路很直——车子来到挂着褪色牛头骷髅的钢铁栅门前。栅门开启，欢迎访客。

沃克开垦园，距离他们最近的邻居。

爸爸缓缓开进去。车道呈平缓的S形（长满苔藓的地上压出两条胎痕，被压扁的青草如缎带蜿蜒，路面凹凸不平），两旁长着细瘦的云杉，树干是黑色的。左手边有些地方树丛比较稀疏，蕾妮看到远处有一抹碧蓝，但是直到车子开进空地，蕾妮才看清景色。

"哇。"妈妈说。

他们来到位于平静碧蓝海湾上的一片山脊。这块地非常大，杂树都清理干净了，只留下慎重挑选的几棵，牧草非常翠绿，很像人工草坪。

一栋两层原木房屋矗立在最高点。房屋正面呈三角形，装设有很大的梯形窗户，还有往前伸出的环绕式露台。这栋房子让人感觉像大船的船首，被怒涛冲上海岸，从此搁浅，只能永远痴痴地凝望所归属的大海。露台上放着几张款式不一的椅子，一律面向壮丽的海景。房屋后方有几个畜栏，住着许多养得很好的牛、羊、鸡。高度及膝的杂草中，四散堆放着一卷卷有刺的金属网、木条箱、栈板、坏掉的拖拉机、生锈的挖土机铲子、几辆快报废或已经报废的卡车。一个木造小屋不停冒出烟雾,不远处有几个蜂箱挤在一起。在一块没有树的地方,她看到茅厕的尖屋顶。

下方的水面上,一座灰色码头伸入碧蓝大海。码头尽头,一道老旧的拱门上印着"沃克湾"字样。一架水上飞机系在码头上,还有两艘亮银色的渔船。

"水上飞机。"爸爸嘀咕,"富二代真爽。"

他们把车停好,步行穿过高草,经过一辆装着黑色铲斗的明黄色拖拉机、一辆还很新的全地形沙滩车。蕾妮站在高处,看到海滩上聚集着许多人,十多个人围着一堆很大的篝火。火焰飞向浅紫色天空,发出像是弹手指的噼啪声响。

蕾妮跟随父母走下阶梯到海滩。从这里可以看到参加派对的所有人。一个留着金色长发的宽肩男子坐在倒下的树干上弹吉他。大玛芝把两个白色塑胶水桶翻过来当鼓,蕾妮学校里的罗德斯老师正在疯狂拉小提琴,娜塔莉演奏手风琴的功力惊人。瑟玛唱着《公路之王》,到了"意义就是毫无意义"那一句,所有人一起加入。

烤肉架似乎是用旧油桶改装成的,克莱德和泰德负责烤肉。狂厄尔站在旁边,拿着一个陶壶对嘴喝。蕾妮看到同校的两个小女孩玛莎和爱涅丝,她们在水边和娃娃一起弯腰捡贝壳。

妈妈抱着装满玉米面包的保鲜盒走下海滩。爸爸紧跟在后,拿着一瓶五分之一加仑的威士忌。

那个弹吉他的高大宽肩男子放下乐器站起来。他的打扮和这里的其他男人一样,法兰绒衬衫搭配褪色牛仔裤、橡胶靴,即使如此,他依然鹤立鸡群。他仿佛是为了这片荒野大地而生,好像可以奔跑一整天,用手斧砍倒年岁悠久的大树，扛着树干轻快跳跃渡过湍急河水。就连蕾妮也觉得他很帅——以老人而言算帅啦。"我是汤姆·沃克。"他说，"欢迎光临我的开垦园。"

"我是恩特·欧布莱特。"

汤姆和爸爸握手。

"这是我妻子珂拉。"

妈妈对汤姆微笑，和他握手之后回过头："这是我们的女儿，蕾妮，今年十三岁。"

汤姆对蕾妮微笑："嘿，蕾妮，我儿子迈修提起过你。"

"真的？"蕾妮说。不要笑得太开心，怎么这么傻？

吉妮娃·沃克钻到丈夫身边。"嘿。"她对珂拉微笑，"看来你们已经见过我老公了。"

"前夫。"汤姆·沃克搂着吉妮娃，"我爱这个女人，她对我而言像空气一样不可或缺，但我受不了和她一起生活。"

"但是也受不了没有我的生活。"吉妮娃微笑，朝左边一撇头，"那是我现在的男人，卡尔宏·莫维。他不像汤姆那么爱我，但比汤姆对我好太多了，而且他不会打呼。"她淘气地用手肘捅捅沃克先生的侧腰。

"听说你们的准备不太充足。"沃克先生对爸爸说，"你们必须尽快学习。尽管找我帮忙，不必不好意思。我永远很乐意。无论你们需要借什么，我都有。"

爸爸虽然道谢，但蕾妮听出他的语气不对劲儿，因此紧张起来。他似乎突然变得暴躁，好像被惹火了。妈妈也听出来了，忧心忡忡地看着他。

狂厄尔蹒跚着走过来。他的T恤上印着"钓鱼很多年，放饵我最强"。他醉酒傻笑，身体摇摇晃晃，步伐跌跌撞撞。"大个子汤姆，你要帮助恩特？可真伟大噢，就像约翰王[1]帮助可怜的农奴。你的好兄弟州长说不定也会帮你一把。"

"老天，厄尔，不要又来了。"吉妮娃说，"我们来演奏音乐吧。恩特，你会什么乐器吗？"

"吉他。"爸爸说，"但我卖掉——"

"太好了！"吉妮娃挽着他的手臂，拉他离开狂厄尔，走向大玛芝和聚集在沙滩上的临时乐团。她将沃克先生刚才放下的吉他交给爸爸。狂厄尔蹒跚着走向篝火，拿起他的陶壶。

妈妈穿着紧身裤，一头金发在海风中飘扬，蕾妮纳闷妈妈知不知道她有多美。她的美有如歌唱家的声音般清澈完美，却像开在北国的兰花一样与此地格格不入。

没错，她很清楚自己有多美。沃克先生也看出来了。

"我帮你去拿点儿饮料好吗？"他问妈妈，"啤酒可以吗？"

"当然好，汤姆。我刚好想喝啤酒呢。"妈妈让沃克先生带她走向餐台，那里有个装满雷尼尔啤酒的冰桶。

妈妈跟着沃克先生，以她独有的方式摇曳生姿，轻盈翩然，仿佛脚不沾地。她的臀部跟随音乐节奏摇摆。她以若有似无的动作轻触他的手臂。他的视线没有离开过她的脸庞，一次也没有。

"蕾妮！"

她听到有人喊她的名字，于是转过身。

迈修站在上面，离阶梯不远，挥手要她过去。

她爬上阶梯，他在那里等着，两手各拿着一瓶啤酒。"你有没有喝过啤酒？"他问。

---

[1] 约翰王（King John，一一六六—一二一六）：英国史上最不得人心的国王，以矮小、丑陋、怯懦、残忍闻名。由于横征暴敛触怒了英国民众，贵族武装逼迫约翰王签署《大宪章》。

她摇头。

"我也没有。来吧。"他走进左手边的树丛里。他们沿着一条泥泞的小径往下走,经过几处露出地面的岩石。他带她走到一小块空地,地上长着厚厚的苔藓,透过云杉的缝隙能够看到派对现场。这里距离海滩大约四点五米,但感觉像是另一个宇宙。在那里,大人欢笑、谈天、奏乐,幼童在石滩上翻找完整的贝壳,艾索独自在旁边用刀刺腐朽的树干。

迈修坐下,伸长双腿,背靠着树干。蕾妮在他旁边坐下,距离虽然很近,但又不会碰到他。

他打开一瓶啤酒,气泡发出咝咝声响,递给她。她立刻闻到熟悉的麦香。她皱着鼻子喝了一小口。啤酒在她的喉咙里冒泡,味道很难喝。

"好恶心。"迈修说。她大笑。她接着喝了三小口,然后靠在树干上。一阵清凉的微风从海滩吹来,带来海水咸味与烤肉的浓郁香气。树丛后面就是热热闹闹的派对。

他们融洽地静静坐在一起,蕾妮感到很神奇。通常她和想交朋友的人在一起的时候,都会紧张到不行。

海滩上的派对进行得正热烈。透过树丛的缝隙,他们看得一清二楚。人们互相传着一个玻璃罐。蕾妮的妈妈在跳舞,扭腰摆臀,甩着长发。她有如森林精灵,从身体里发出光芒,吸引着那群酒醉的粗鲁森林居民。

啤酒让蕾妮感觉醺醺然、飘飘然,仿佛身体里充满气泡。

"你们为什么搬来这里?"迈修问。她还没回答,他用力把啤酒罐往岩石上砸扁。

蕾妮忍不住大笑,只有男生才会这么做。"我爸爸有点儿……爱冒险。"她决定这么说(绝对不可以说出真相,绝对不可以说爸爸经常失业,没办法安定下来,尤其不可以说出他喝太多酒,而且会大吼大叫),"我猜他大概厌倦了西雅图。你们呢?什么时候来的?"

"我的爷爷艾克哈·沃克在大萧条时期来到阿拉斯加。他说不想排队等人施舍稀稀的汤。于是他收拾家当,一路搭便车去了西雅图,边打工边设法来到北方。据说他曾经步行横越阿拉斯加,甚至登上过阿拉斯加峰,他背上绑着一把梯子,遇到冰河裂口就架在上面走过去。他在诺姆认识我奶奶。她经营一家洗衣店兼餐馆。他们结婚之后决定要垦荒。"

"也就是说,你的祖父母、父亲、你,都是在那栋房子里长大的?"

"呃,大房子是很后来才盖的,但我们都在这片土地上成长。我妈的家族住在费尔班克斯。我姐姐去上大学,和那边的亲戚住在一起。我父母几年前离婚了,所以妈妈在开垦园里盖了自己的新房子,和她的男朋友住在一起。卡尔是个大烂人。"他笑嘻嘻地说,"不过我们相处得很好。冬天的时候,他会陪爸爸下棋。很奇怪,不过阿拉斯加就是这样。"

"哇,我甚至无法想象一辈子住在同一个地方。"她听出自己的语气流露出向往,觉得很难为情。她举高啤酒罐,喝光最后一点儿泡沫。

临时乐团提高音量。他们完全放开了,狂敲鼓,乱弹吉他,拼命拉小提琴。

瑟玛、妈妈、罗德斯老师一起跟着音乐扭屁股,大声唱着:"科罗拉多高——山——上……"

站在烤架旁的克莱德大喊:"麋鹿汉堡好了!谁要加奶酪?"

"走吧。"迈修说,"我快饿扁了。"他牵起她的手(感觉很自然),带她穿过树丛,去海滩。他们刚好走到爸爸和狂厄尔后面,他们两个躲在一边喝酒,狂厄尔用玻璃罐和爸爸碰杯,用力敲出响亮的声音。"那个汤姆·沃克,以为他的屁是香的。"爸爸说。

"等到大难临头的时候,他会爬着来求我们,因为我们准备好了。"狂厄尔口齿不清地说。

蕾妮呆住,感觉非常丢脸。她看着迈修,他一定也听见了。

"含着金汤匙出生。"爸爸接着说,他口齿不清,而且说话很慢。

狂厄尔点头,脚步一晃撞上爸爸。他们互相扶持。"自以为比我们高尚。"

蕾妮甩开迈修的手,羞耻让她觉得很渺小、很孤单。

"蕾妮?"

"对不起,让你听到那种话。"她感到惊恐又尴尬。爸爸口齿不清乱骂人就算了,妈妈也很夸张,黏在沃克先生身边,她抬头对他笑的样子一定会惹祸。

就像以前一样。阿拉斯加应该不一样才对。

"怎么了?"迈修问。

蕾妮摇头,熟悉的忧伤悄悄爬上心头。她永远无法告诉他,在这样的家庭生活是什么感觉,有时候爸爸让她很害怕,而妈妈太爱他,以致用危险的方式逼他证明他有多爱她,例如和别的男人调情。

这是蕾妮的秘密,她的重担,她不能说出去。

这么长的时间,这么多年,她一直梦想能够交到真心的朋友,会告诉对方自己所有事情的朋友。她怎么会看不出这么明显的障碍?

蕾妮不可能交到真心的朋友,因为她做不到。"对不起。"她含糊地说,"没什么。去吃东西吧,我好饿。"

第6章

　　派对结束之后，回到小屋，蕾妮的父母搂搂抱抱，像青少年一样激情亲热，撞上墙壁，呼吸沉重，身体紧贴。酒精加上音乐（或许还有汤姆·沃克的好感），让他们疯狂想占有对方。

　　蕾妮急忙跑上阁楼，用枕头捂住耳朵，哼唱着《快来寻开心》(Come On Get Happy)。屋里终于安静下来之后，她手脚并用爬向她在救世军二手店买的书。一本诗集吸引她的注意，作者叫作罗伯特·谢伟思[1]。她带回床上去看，翻到一首标题为《山姆·麦吉的火葬仪式》的诗。她不需要点油灯，因为虽然时间很晚了，但外面的天色依然很亮。

为黄金狂热之人

在永夜阳光下

做出种种奇事

北极小径藏有秘密

无数让人血液冰冷的故事……

　　蕾妮发现自己爱上诗人笔下严酷美丽的世界。她完全被掳获，不可自拔地继续读下去，下一首是"恶汉麦格鲁"与"人称小露的女子"的故事，接着是《育空魔咒》。此乃育空法则，清楚明了："愚昧软弱之徒莫遣之，强壮理智之士速来此。"所有文字的组合都揭露出这片奇异大地

---

[1] 罗伯特·谢伟思（Robert Service，一八七四——九五八）：英籍加拿大诗人，擅长描写育空地区景物与人文，生动叙述淘金潮的现象。

不同的面貌,即使如此,她依然无法彻底停止想迈修。她不停回想起在派对上他听到她爸爸恶毒言语的尴尬场面。

她该对他说什么?他还会想做她的朋友吗?

这个问题困扰着她,让她心头乱糟糟的无法入睡。她几乎敢发誓她完全没有睡着,但是第二天她却被爸爸叫醒了。"睡美人快醒醒。妈妈在准备口粮,我需要你帮忙。距离上学还有一段时间。"

口粮?爸爸突然变成牛仔了吗?

蕾妮穿上牛仔裤和宽松毛衣,下楼穿鞋。到了外面,她看到爸爸爬上那个像是高架狗屋的东西——高藏屋。一道用剥皮原木做成的扶梯架在上面,和屋里通往阁楼的楼梯一模一样。爸爸站在靠近顶端的地方钉屋顶的木板。"蕾妮,帮我拿钉子。"他说,"我要一把。"

她拿起装满钉子的蓝色咖啡罐,爬上梯子站在他旁边。

她拿出一根钉子递给他:"你的手在抖。"

他低头望着在颤抖的手中跳动的钉子。他的脸色像羊皮纸一样惨白,眼袋颜色很深,眼睛好像淤血了。"昨天晚上我喝太多,所以没睡好。"

蕾妮感到一阵担忧。对爸爸而言,失眠很不妙,会让他焦虑。来到阿拉斯加之后,他一直睡得很好,今天是第一次出问题。

"蕾妮,喝酒有很多坏处。我也知道不该喝酒。唉,喝都喝了。"他将最后一根钉子钉好,固定充当铰链的麂皮工作手套(这是大玛芝想到的点子,阿拉斯加人很善于利用废物)。

蕾妮爬下梯子,跳到地上,装钉子的福爵牌咖啡罐随着动作哐当作响。

他将榔头插进腰带,开始往下爬。

爸爸跳下来落在蕾妮身边,揉揉她的头发:"看来你是我的小木匠呢。"

"我不是你的图书馆管理员吗？还有小书虫？"

"你妈妈说你想做什么都可以，什么鱼和自行车的鬼话。"

没错，蕾妮听过。好像是格洛丽亚·斯泰纳姆[1]说的。天晓得？妈妈老爱引用格言。蕾妮无法理解，就像她不懂烧掉好好的胸罩为什么能拿到信用卡。话说回来，都已经一九七四年了，有工作的女人竟然不能凭自己的名字申办信用卡，也不能拥有自己的银行账户，实在很没有道理。

宝贝女儿，这是男人的世界。

她跟着爸爸从高藏屋走向露台，经过新温室的骨架和用垃圾袋拼凑的烟熏室。房子的另一边，新买的鸡在新建的鸡窝里啄地。一只公鸡趾高气扬地站在通往鸡窝入口的坡道上。

爸爸站在水缸旁，舀出一瓢水洗脸，变成棕色的水流下他的脸颊。他走向露台，坐在最底层的阶梯上。他气色很差，好像大醉了很多天，现在还在宿醉中（就像他以前做噩梦、乱发脾气的时候那样）。

"你妈好像喜欢汤姆·沃克。"

蕾妮提高警惕。

"你有没有看到他用钱砸人的嘴脸？'恩特，我可以借你我的拖拉机'，还有'要不要我载你去镇上'。蕾妮，他瞧不起我。"

"他跟我说，他觉得你是英雄，你们这些士兵在那里的遭遇非常令人遗憾。"蕾妮说。

"真的？"爸爸拨开落在脸上的头发，皱起晒伤的前额。

"爸爸，我喜欢这里。"蕾妮轻声说，忽然发现确实如此。过去几天，

---

[1] 格洛丽亚·斯泰纳姆（Gloria Steinem，一九三四— ）：美国女权主义者、记者、社会政治运动家。她说过："女人不需要男人，就像鱼不需要自行车。"

阿拉斯加让她很有家的感觉，西雅图从来没有。"我们在这里很幸福。我看得出来你也很开心。或许……或许喝酒对你不太好。"

在紧绷的气氛中，他们沉默了一下。蕾妮和妈妈有无言的默契，绝不能提起他喝酒、发脾气的事情。

"蕾妮，你说得没错。"他沉思着转过身，"走吧，我送你去学校。"

* * *

大约一个小时之后，蕾妮抬头望着只有一间教室的校舍。她将书包挂在一边的肩膀上，慢吞吞走向学校大门，便当盒敲着她的右大腿。要是妈妈看到，一定会说她拖拖拉拉。蕾妮只知道她不想这么快进教室。迈修听到她爸爸说他爸爸的坏话，她要怎么解释？

她就快走到门口时，门砰的一声打开，学生有说有笑地挤在一起出来。迈修的妈妈吉妮娃站在学生之中，她举起因为劳动而脱皮的手要大家安静。

"噢，蕾妮！太好了！"沃克太太说，"你迟到好久，我以为你不来了呢。蒂卡今天没办法来学校，所以我来代课。哈！老实说吧，我自己当年差点儿毕不了业呢。"她自嘲地大笑。"因为我在学校的时候对学业毫无兴趣，只顾着看男生，所以今天我们去郊游吧。天气这么好，关在教室里太可惜了。"

蕾妮跟着沃克太太走，她搂住蕾妮拉过去："真高兴你搬来这里。"

"我也是。"

"你来之前，迈修死都不肯用体香剂，现在他会穿干净的衣服了。对于我们这些和他住在一起的人而言，简直是美梦成真。"

蕾妮不知道该怎么回答。

他们一群人浩浩荡荡地走向港口，有如电影《森林王子》里的象群。蕾妮感觉到迈修注视着她。她两次抓到他一脸迷惑地盯着她看。她急忙转过头。他八成正在烦恼该怎么结束这段刚萌芽的友谊。

他们抵达港口的客船码头，许多渔船在旁边随海浪摇晃，发出嘎嘎声响。沃克太太将学生分组，然后分派轻艇："迈修、蕾妮，你们用绿色那艘，穿上救生衣。迈修，照顾蕾妮。"

蕾妮照吩咐爬下码头登上轻艇，面向船头。

迈修跟着下去。他上船时轻艇晃动，发出声响。

他面对她坐下。

蕾妮没有划过轻艇，但她知道这样不对："你不是应该面向另外一边吗？"

"迈修·德纳利·沃克，你在搞什么鬼？"他妈妈由旁边划过，船上载着娃娃，"你是羊角风发作了还是怎样？你知道我叫什么名字吗？"

"妈，我想和蕾妮说几句话，等一下再赶上你们。"

沃克太太看了儿子一眼表示理解："不要讲太久。现在是校外教学，不是你们的第一次约会。"

迈修唉声叹气道："噢，老天，你怪透了。"

"我也爱你。"沃克太太大笑着划走。"来吧，孩子们。"她对其他轻艇大喊，"往鹰湾出发。"

只剩下他俩的时候，蕾妮对迈修说："你一直盯着我看。"

迈修把桨放在腿上。海浪拍打他们的轻艇，发出空洞的声响，逐渐漂离码头。

她知道他在等她开口，她只有一句话可说。风吹过她的头发，让螺丝卷长发从橡皮筋中松脱，一绺绺红发横在她脸上颤动。"昨晚的事，我很抱歉。"

"为什么道歉?"

"拜托,迈修,你不必这么好心。"

"我真的不知道你在说什么。"

"我爸爸醉了。"她谨慎地说。虽然才短短几个字,但已经是她透露得最多的一次了,她觉得自己背叛了家人,说不定甚至会有危险。她看过很多美国广播公司的《课后特殊时间》,知道有时候政府会从不稳定的父母身边带走孩子。只要有一点儿小问题,男人就会拆散家庭。她不想兴风作浪,害爸爸倒霉。

迈修大笑:"他们全都醉了,没什么啦。去年狂厄尔醉倒在烟熏室里尿尿。"

她笑不出来,伤害太深:"我爸爸偶尔……喝醉以后……会乱发脾气。他会说些莫名其妙的话,但他其实不是真的那么想。我知道你听见他骂你爸爸了。"

"这种话我听多了,尤其是狂厄尔。疯子彼德也不太喜欢我爸爸,比利·何乔有一次还想杀死他。没有人知道为什么。阿拉斯加就是这样。冬天太长加上喝太多酒,难免有人会做些奇怪的事。我不会放在心上。我爸爸也一样。"

"等一下。意思是说,你不介意?"

"这里是阿拉斯加。我们过好自己的日子,也让别人过他们的日子。我不在乎你爸爸是不是讨厌我爸爸。重要的是你,蕾妮。"

"重要的是我?"

"对我而言,你很重要。"他的声音提高八度还破嗓了。他看着蕾妮的眼神非常认真,像是在每个字下面画重点线。

蕾妮觉得轻飘飘的,好像快从轻艇上飞起来了。她刚刚说出最黑暗、最可怕的秘密,但他依然喜欢她。"你真疯狂。"

"一点儿也没错。"

"迈修·沃克,不要再聊天了,快点儿划船。"沃克太太对他们大喊。

"那么,我们是朋友,对吧?"迈修说,"无论发生什么事?"

蕾妮点头:"无论发生什么事。"

"赞啦。"迈修转过身面向船首,划动船桨往远方的海岸前进。"等一下到了那里,我给你看一个很酷的东西。"他回头说。

"什么东西?"

"沼泽里全是青蛙蛋,黏黏滑滑的,恶心得要命。说不定我可以骗艾索吃一点儿噢。那家伙疯得很彻底。"

蕾妮拿起船桨。

她很高兴他看不到她脸上大大的笑容。

* * *

蕾妮走出学校,被迈修逗得大笑,但一抬头就看到爸爸妈妈在面包车上等她,两个都在。妈妈从车窗探头出来对她挥手,动作很夸张,好像在试镜征选电视节目《价格猜猜猜》的来宾。

"老天,可真是公主般的待遇。"

蕾妮笑着和他道别,然后爬上面包车后面。

爸爸发动车子,摇摇晃晃沿着泥土路离开小镇:"我的小书虫,今天有没有学到有用的东西呀?"

"呃,我们去鹰湾郊游,搜集叶子做生物课的作业。你知道吗?毒莓的果实一吃下去心脏就会麻痹。海韭菜会造成呼吸衰竭。"

"这下可好,现在连植物也会要我们的命了。"妈妈说。

爸爸大笑:"很棒噢,蕾妮,终于有个老师教点儿实用的东西了。"

"今天还有教克朗代克淘金潮[1]的历史。加拿大骑警只允许自备炉子的人穿过齐尔库特隘口。真的是背在背上噢。不过大部分来采矿的人花钱让印第安人背补给品。"

爸爸点头:"有钱人把真正高尚的人当畜生。这就是文明历史的缩影。美国就是这样被毁掉的。那些贪心的人只会搜刮、搜刮、搜刮。"

蕾妮发现,自从认识狂厄尔之后,爸爸越来越常说这种话。

爸爸转进他们家的车道,在凹凸不平的路面上摇晃前进。终于到了开垦园,他用力刹车,然后说:"好,欧布莱特一家,今天我的两个姑娘要学射击。"

妈妈转头看他:"射击?"

他已经下车走进高草中,从鸡窝后面拖出一捆发霉变黑的干草。

妈妈点起香烟。烟味在臭烘烘的车上久久不散,在她的金发上方形成灰色冠冕。"一定好玩死了。"她的语气毫无喜悦。

"我们必须学会射击,大玛芝和瑟玛都说过。"

妈妈点头。

"呃,妈妈?爸爸对沃克先生……有点儿敏感,你应该有发现吧?"

妈妈转身,她们四目相对。"有吗?"她冷冷地说。

"你明明知道。那个,我想说,你知道,他每次看到你……你知道,和别的男人有说有笑……他就会脾气失控。"

爸爸用力敲车头,声音非常大,妈妈吓得缩起来,发出像是强忍尖叫的声音。她的香烟掉了,她慌张地弯腰寻找。

---

[1] 克朗代克淘金潮,亦称作育空淘金潮,一八九六年,探矿者乔治·卡马克(George Carmack)在克朗代克河附近发现金矿。消息于次年传遍美国,许多人前往加拿大育空地区的克朗代克河附近寻找金矿,但只有极少数人真正发财。前往克朗代克淘金必须经过齐尔库特隘口,由于去了之后便难以回头,而当地物资稀少,所以加拿大政府为确保淘金客存活,列出必须携带的物资清单,重达一吨,包含一年份的粮食与各种用具。

蕾妮知道妈妈不会回答,这是他们家另一个奇怪的地方。爸爸会发狂,但妈妈似乎引以为乐,就好像她必须时时确定他有多爱她。也或许在妈妈眼中,爱是一种滑溜溜的东西,抓不住却又害怕失去。

爸爸催促蕾妮和妈妈下车,走过凹凸不平的院子,到处是一丛丛高度超过膝盖的杂草,来到他准备的射击场地,他在那捆干草上贴了一个靶。

他用记号笔在靶纸上画了一颗头,然后从皮革枪袋中拿出来复枪,瞄准、射击,正中人头中央。几只鸟从树林中惊起,在蓝天中四散乱飞,气愤地对爸爸叽叽大叫,抱怨他打扰它们休息。一只巨大的白头鹰飞来占据树上的位置,翅膀张开足足有一点八米。它栖息在最高的枝丫上,黄色的喙向下指着他们。"我希望你们能做到这样。"爸爸说。

妈妈呼出一口烟:"宝贝女儿,看来我们得在这里待很久了。"

爸爸将来复枪交给蕾妮:"好了,蕾妮,来看看你有没有天分,从瞄准器往外看——不要靠太近——锁定目标之后扣扳机。慢慢来,稳一点儿,调整呼吸。好,瞄准。可以开枪的时候,我会告诉你。仔细看——"

她的心跳加速,肾上腺素在全身奔流。她举起来复枪,瞄准时心里想着:哇,迈修,我等不及想告诉你——结果不小心扣下扳机。

枪柄打中她的肩膀,强大的力道让她摔倒,瞄准器撞上她的眼睛,发出好像骨头裂开的声音。

蕾妮痛得大叫,扔下来复枪,跪倒在泥泞中,一手捂住抽痛的眼睛。她因为剧痛而反胃,差点儿呕吐。

她还在惨叫痛哭,这时有个人跪在她身边,一手抚摩她的背。"真是的,蕾妮,"爸爸说,"我还没叫你开枪。没事了,深呼吸,菜鸟常犯这种错。没事了。"

"她还好吧?"妈妈尖叫着问。

爸爸扶蕾妮站起来。"别哭了,蕾妮。"他说,"现在不是为了争取奖学金上大学而练唱歌参加选美比赛。你必须听我说,我教你射击,是为了保住你的命。"

"可是……"痛死了,她的眼睛后方头痛欲裂。她睁不开眼睛,看不清东西,半个世界都模糊了。爸爸竟然不在乎她有多痛,这让她更伤心。她不禁自怜。她敢说汤姆·沃克绝不会这样对待迈修。

"不准哭,蕾诺拉。"爸爸摇了一下她的肩膀,"你不是说你喜欢阿拉斯加,想要融入这里的生活吗?"

"恩特,拜托,她不是军人。"妈妈说。

爸爸将蕾妮转过来,按住她的肩膀用力摇:"我们离开西雅图的时候,有多少女生遭到绑架?"

"很、很多,每个月都有一个,有时候还不止。"

"她们是什么人?"

"普通的女生。大部分是青少年?"

"帕蒂·赫斯特在家里遭到绑票的时候,她的男朋友也在场,对吧?"

蕾妮抹抹眼睛、点点头。

"蕾诺拉,你想成为受害者还是生存者?"

蕾妮的头很痛,无法思考:"生、生存者?"

"在这里,我们必须有万全的准备。我希望你能够保护自己。"他说到这里有些哽咽。她看出他努力掩饰的感情。他爱她,所以希望她能照顾自己。"万一我不在家的时候出事呢?万一熊撞破家门或被狼群包围,你该怎么办?我需要知道你能保护妈妈、拯救自己。"

蕾妮用力吸鼻子,努力控制情绪。他说得没错,她必须坚强。"我知道。"

"好,拿起枪。"爸爸说。

蕾妮拿起满是泥巴的枪，瞄准。

"瞄准器不要太靠近眼睛。这种枪的后坐力不是闹着玩的。对了，像这样举起来。"爸爸用温柔的动作调整枪的位置，"手指放在扳机上，不要用力。"

她办不到，她很怕枪又会打中眼睛。

"开枪。"爸爸说。

她做个深呼吸，食指沿着扳机滑动，感受冰凉的金属弧度。

她压低下巴，离瞄准器更远一点儿。

她强迫自己专注。海浪拍岸、乌鸦啼叫、风吹树林，所有声音全部消失，她强烈的心跳让一切归于寂静。

她闭上左眼，凝视瞄准的小圈，尽可能让自己平静下来。

世界集中缩小成一个圆，一开始很模糊，双重影像。她闭起另一只眼睛。

专注。

她看到那捆干草，贴在上面的白纸，人头和肩膀的轮廓，清晰的程度令她感到不可思议。她调整来复枪的位置，瞄准人头正中央。

她缓缓扣下扳机。

来复枪砰的一声往后弹，再次重击她的肩膀，力道让她摇晃后退，但瞄准器没有打到她的眼睛。她听到子弹咻咻破空而去，然后啪的一声击中东西。

子弹打中干草，没有打中靶，就连白纸的外围都没打到，只打中了干草，但这个小小的成就带来惊人的自豪。

"蕾妮，我就知道你行的。等到完成训练，你一定会像狙击手一样厉害。"

第7章

蕾妮到校的时候，罗德斯老师站在黑板前写阅读进度的页数。"啊，看来有人把瞄准器放得太靠近眼睛了。"老师说，"需要阿司匹林吗？"

"菜鸟常犯的错。"蕾妮几乎以脸上的伤为荣。这代表她逐渐成为阿拉斯加人了。"我没事。"

罗德斯老师点头："坐下打开历史课本。"

蕾妮走进教室，她和迈修对看一眼。他的笑容非常大，她清楚地看到他的满嘴歪牙。

她侧身坐下时，两人的桌子碰撞了一下。

"几乎每个人第一次射击都会打到眼睛。我那时候眼圈黑了至少一个星期。会痛吗？"

"刚打到的时候非常痛。不过学射击真的很酷，我不——"

"麋鹿！"艾索大喊，从椅子上跳起来跑到窗前。

蕾妮和迈修跟着跑过去。所有学生一起挤在窗前观看，一只鹿角有十二根分叉的巨大公麋鹿，踏着沉重的步伐穿过校舍后面的操场。它撞倒野餐桌，将灌木连根拔起吃掉。

迈修弯腰靠近蕾妮，肩膀与她轻轻触碰："我们编个理由逃课吧。午休之后，我会说要回家帮忙。"

逃课这个主意让蕾妮觉得相当刺激，她从来没有翘过课："我可以说头很痛。只是三点放学的时候，我得回来。"

"酷。"迈修说。

"好了，好了。"罗德斯老师说，"看够了。蕾妮、艾索、迈修，拿出阿拉斯加州史课本，翻到第一百一十七页……"

这天接下来的时间，蕾妮和迈修紧张地盯着时钟。午休时间快到的时候，蕾妮跟老师说她头很痛，要请假回家休息。"我可以走路去杂货店，用业余无线电呼叫我爸妈。"

"没问题。"罗德斯老师一口答应，完全没有怀疑她说谎。蕾妮急忙离开教室关上门，她走到路边躲在树丛里等候。

一个半小时后，迈修满脸笑容大步走出学校。

"我们要去哪里？"蕾妮问。有什么地方可去？这里没有电视，没有电影院，没有可以骑单车的平整马路，没有可以喝奶昔的得来速餐厅，没有溜冰场、游乐场。

他牵着她的手，带她走向一辆满是泥巴的全地形沙滩车。"上车吧。"迈修跨上沙滩车，在老旧的黑色椅垫上坐定。

蕾妮觉得这样不太妙，但她不希望迈修觉得她胆小，于是她爬上后座。她别扭地抓住他的腰。

油门一催，车子出发，激起一团灰尘，引擎发出尖锐的声响，石头从宽轮胎下飞出。车子驶出小镇，轰隆隆过桥上了那条泥土路。过了简易机场，转弯进入树林，摇晃着经过一道壕沟，进入一条小径，车子开上之前她根本没看见的一条路。

车子骑上坡，进入一片高原。蕾妮看到一湾碧蓝海水，波涛拍岸。迈修放慢车速，熟练地驶过一片崎岖地面，车轮下已经没有路了。蕾妮被甩来甩去，不得不抱紧他。

终于，他停车熄火。

他们立刻进入一片寂静，只有下方海浪拍打黑色花岗岩的声音。迈修从三轮沙滩车上的包包里翻出一副望远镜："来吧。"

他走在前面带路，脚步稳稳地踩在崎岖多岩石的地面上。有两次蕾妮脚下的岩石松脱,差点儿害她摔倒,但迈修有如山羊一般适应这里的地形。

他带她走到一片有如弯起的手掌伸出海面的空地。两张手工椅子放在面向树林的位置。迈修懒洋洋地坐下,指指另一张椅子要她也坐下。

蕾妮将书包放在草地上,然后坐在椅子上。迈修拿着望远镜观察树林。"在那里。"他把望远镜交给她,指着一丛树,"露西和瑞克。我妈帮它们取的名字。"

蕾妮透过望远镜看出去,从左到右缓缓移动,一开始只看到树木、树木和更多的树木,然后一个白点闪过。

她往左移动几度。

树木高处,两只白头鹰栖息在浴缸大小的巢里,其中一只正在喂食三只雏鸟。小宝宝高举鸟喙,互相挤来挤去,争抢反刍的食物。在波涛声中可以听到它们叽叽喳喳吵闹的叫声。

"哇。"蕾妮很想拿出书包里的拍立得相机(她去哪里都带着),但白头鹰距离太远,简单的相机拍不到。

"从我有记忆以来,它们每年都回来产卵。我妈第一次带我来的时候,我还很小。你真该看看它们筑巢的过程,非常不可思议。而且它们是终身伴侣。我一直很想知道,万一露西有个三长两短,瑞克会怎么样。我妈说那个鸟巢的重量将近一吨。从小到大,我不知看过多少雏鸟离巢。"

"哇。"蕾妮微笑着看一只雏鸟拍动翅膀,企图爬到其他雏鸟身上。

"不过我们很久没来了。"

蕾妮听出迈修的语气略带怅惘,于是放下望远镜看他:"你和你妈?"

他点头:"她和爸爸离婚之后就没来过了,我一直很难过。或许是因为我姐姐爱莉斯佳为了上大学搬去费尔班克斯。我很想念她。"

"你们姐弟好像很亲。"

"嗯。她很酷。你一定会喜欢她。她一直很想去大城市,不过她绝对待不久,一定会回来。爸爸说我们两个都要上大学,这样才知道人生有什么选择。老实说,他在这件事上相当霸道。我不需要上大学也知道长大要做什么。"

"你已经知道了?"

"当然。我想当飞行员,像我舅舅文特一样。我最喜欢飞上天空。不过我爸爸说这样还不够。看来我非得要懂化学之类的鬼东西。"

蕾妮能够理解。她和迈修都只是孩子,没有人在乎他们的想法,很多事情都瞒着他们。他们只能在大人给予的世界里糊里糊涂地活下去,很多毫无道理的事情让他们迷惑,但他们很清楚自己在食物链的地位有多低。

她往后靠在龟裂的椅背上。他说出了自己的心事,很重要的事情。她也必须说出来才行。真心的朋友不就是这样吗?她用力咽了一下,轻声说:"你很幸运,有个会为你着想的爸爸。我爸爸从战场回来之后,一直……怪怪的。"

"怎么个怪法?"

蕾妮耸肩。她不知道从何说起,也不知道该怎么说才不会泄露太多。"他晚上睡不好,会做噩梦,天气差的时候也会发作。有时候啦。不过自从搬来这里之后,他就没有做过噩梦了,说不定他的状况改善了。"

"难说噢。在这里,冬天就像没完没了的黑夜。在黑暗中,有些人会发狂,尖叫奔逃,对宠物和亲友开枪。"

蕾妮感觉胃部纠结。她从来没有认真想过这件事:冬天。现在有多明亮,到时就有多黑暗。她不愿意想冬季永夜这件事。"你最担心什么?"她问。

"我担心我妈会离开。我知道,她在开垦园盖了房子住下来,我爸爸妈妈依然彼此相爱,只是方式很诡异,不过已经和以前不一样了。有一天她回家,突然说她不爱我爸爸了。她爱那个怪胎卡尔。"他在椅子上转身看蕾妮,"人突然说不爱就可以不爱,这样很恐怖,你懂吗?"

蕾妮太清楚这样的恐惧。世界很可怕,家庭很脆弱,家可以说是以希望建构起来的,那么万一有一天希望崩塌了呢?"嗯。"

"希望学校不要那么快放假。"他说。

"我懂。离暑假只剩三天了,到时候——"

学期一旦结束,蕾妮就必须整天在开垦园工作,迈修也一样。他们很难有机会见面。

* * *

学期的最后一天,蕾妮和迈修互相许下一个又一个承诺,说好九月开学之前一定要想办法见面,然而现实硬生生挡在两人之间。他们只是少年,什么都无法自己决定,尤其是什么时候要做什么。那天放学时,蕾妮走向在路边等候的面包车,心中孤单痛楚。

坐在驾驶座上的妈妈问:"宝贝女儿,你怎么好像没什么精神?"

蕾妮坐上前座。既然不可能改变,抱怨也没用。现在才三点,白天还很长,这表示要做好几个小时的家事。

一回到家,妈妈说:"我有个好主意。去拿那条条纹毛毯,还有冰桶里的巧克力棒。我在海滩等你。"

"要做什么?"

"什么都不做。"

"什么?爸爸绝不会允许。"

"反正他不在家。"妈妈说。

蕾妮一秒钟也没有浪费,冲回家拿东西(以免妈妈改变心意)。她从厨房的冰桶里拿出细长的好时巧克力棒,然后抓起披在沙发椅背上的毛毯。她把毯子当披风裹在身上,跑下摇摇晃晃的阶梯,走向那片被海水冲刷的灰色的弯弯石滩,这是他们家的私人海滩。左手边有几个黑暗神秘的石窟,数世纪以来海水侵蚀出的杰作。

妈妈站在海滩上长出的高草丛中,已经点起一支烟。蕾妮相信将来想起童年,回忆一定会洋溢着海水、香烟与让·内特香水的气味。

蕾妮将毯子铺在凹凸不平的地上,和妈妈一起坐下,她们伸长腿,脚踝交叉,上半身互相靠近。在她们眼前,碧蓝大海不停往前涌,冲过卵石,发出沙沙声响。不远处,一只水獭仰浮在水面上,用黑色小前爪敲开蛤蜊。

"爸爸去哪里了?"

"和狂厄尔去钓鱼了。爸爸好像想跟厄尔借钱。家里最近有点儿吃紧。跟我妈要来的那笔钱还剩一点儿,不过我一直用来买香烟和拍立得底片了。"她对蕾妮温柔地微笑。

"狂厄尔对爸爸的影响似乎不太好。"蕾妮说。

妈妈的笑容消失了:"我懂你的意思。"

"不过他在这里很开心。"蕾妮尽可能不去想之前迈修说的话,冬天就快来了,到时将会非常黑暗、寒冷。

"真希望你记得你爸爸去越南之前的样子。"

"嗯。"蕾妮听过很多那个时候的事,她很爱听。妈妈最喜欢讲"之前"的事,回忆他们最初的模样。那些故事有如她深爱的童话。

她知道妈妈怀孕时才十六岁。

十六岁。

蕾妮九月就满十四岁了。真神奇,之前她从来没有认真想过这件事。当然,她知道妈妈几岁,但她从不曾将两件事放在一起思考。十六岁。

"你怀我的时候,只比我现在大两岁。"蕾妮说。

妈妈叹息:"那时候我才高二。老天,难怪我爸爸妈妈会抓狂。"她歪着头对蕾妮露出笑容,非常迷人。"像他们那样的人,不可能理解我这样的少女。他们讨厌我的打扮、音乐,我讨厌他们的规矩。十六岁的我自以为什么都懂,也常这样对他们说。他们送我去念天主教女校,在那里,只要胆敢把裙子折短,露出膝盖上方两三厘米,就已经算是很叛逆了。我们受到的教育是要跪下祷告、嫁个好丈夫,不可以当医生,只能当护士,不过无论什么职业都比不上嫁个好丈夫。

"你爸爸来到我的生命里,有如一道狂放的大浪,让我神魂颠倒。他说的每句话都推翻了我保守的世界,改变了我。我忘记了没有他该怎么呼吸。他说我不需要上学。那时候是二十世纪六十年代,世界以光速变化。他说的每个字我都深信不疑。我爸爸妈妈是五十年代的老古板,我们是六十年代的新人类。我和你爸爸太相爱,所以忘记要小心,结果我怀孕了。我告诉我爸爸,他气炸了,要把我送去所谓的未婚妈妈之家。我知道他会把你送走,不会留在我身边。那一刻,我恨死他了,我从来没有那么恨过一个人。"

妈妈又叹息:"于是我们逃跑了。我才十六岁快满十七,你爸爸二十五岁。你出生的时候,我们一毛钱也没有,住在拖车园区,但这些都无所谓。我们有天下最完美的宝宝,钱和新衣服这些东西根本不算什么。"

妈妈往后靠:"以前他常常抱你,先是拥在怀里,稍微大了就扛在肩上。你很爱他。我们用爱把世界挡在门外,但世界却来势汹汹。"

"战争。"蕾妮说。

妈妈点头:"你爸爸接到征召令的时候,我求他逃跑,求他逃去加拿大。我们吵了又吵。我不想成为士兵的妻子,但他接到征召令,他决定要去。于是我帮他收拾衣物,连我的眼泪一起打包,就这样送他上战场。他原本应该只去一年就会回家。没有了他,我不知道该去哪里、该怎么活下去。我花光了身上的钱,只好搬回父母家,但我实在受不了。我们整天只会吵架。他们一直要我和你爸爸离婚,说这样才是为你好,最后我再次离家出走。就是这时候,我找到那个社区,那里的人不会批评我这么年轻就生小孩。后来你爸爸的直升机被击落,他被俘。整整六年,我只收到他写来的一封信。"

蕾妮记得那封信,也记得妈妈读完之后哭得有多惨。

"他终于回家了,但样子变得像个死人。"妈妈说,"但他爱我们,像爱空气一样爱我们。他说我不在他怀里他就睡不着,不过就算有我在,他也睡得很少。"

妈妈每次说这个故事,总会在这里突然讲不下去,童话结束了。巫婆狠狠关上门,流浪的孩子再也逃不出去。从战场回来的那个人,不是当初登机去越南的人。"不过他来这里以后好多了。"妈妈说,"你不觉得吗?他几乎又变回以前的样子了。"

蕾妮低头望着朝她毫不留情地涌来的一寸寸升高的海水。无论怎么做都不可能阻挡海水涨潮。人只能牢记涨潮和退潮时间,预先准备,做出明智的选择,只有这样才能保护自己。"你知道吧?这里的冬季会足足黑半年,经常下雪、气温很低,还有暴风雪。"

"我知道。"

"你每次都说坏气候会让他的状况变严重。"

蕾妮感觉到妈妈的退却。这是她不想面对的现实。她们都很清楚原因。"在这里不会啦。"妈妈说着在旁边带着水沫的地上捻熄香烟。她又说了一次,为了求心安。"在这里不会。他在这里很开心。等着瞧吧。"

* * *

漫长的夏日渐渐过去，蕾妮的焦虑也慢慢平息。阿拉斯加的夏季无比神奇。在无尽的阳光下，很难去烦恼黑暗的未来。源源不绝的日照，白天长达十八个小时，短暂天黑之后又开始新的一天。

阳光，劳动，这就是阿拉斯加的夏季。

有太多事情要动工、要完成。所有人无时无刻不在讲这件事，在餐馆排队的时候、在交易站结账的时候、搭渡轮去镇上的时候。有没有钓到很多鱼？打猎顺利吗？菜长得好不好？每个问题都围绕着储存粮食、准备过冬。大家都在为此忙碌。

冬季是最重要的大事。蕾妮终于懂了。在这里无论做什么，都是为了迎接即将到来的寒冬。即使在晴朗的日子去钓鱼，也是为了冬天有鱼吃，就算再好玩也是严肃的工作，似乎最微小的事情就能决定生死存亡。

她和爸爸妈妈不停操劳，早上五点起床，胡乱吃点儿早餐，然后开始做各种杂事。他们重建羊栏，砍柴，种菜，做肥皂，钓鲑鱼，熏鲑鱼，鞣制皮革，制作鱼类和蔬菜罐头，缝补袜子，用强力胶带粘牢所有东西。他们走动、搬运、敲打、建造、刮除。大玛芝卖给他们三头山羊，蕾妮学会了如何照料。她也学会了采野莓做果酱，剥蛤蜊，将鲑鱼卵做成天下最棒的鱼饵。傍晚，妈妈煮的晚餐也是新菜色——几乎每道菜都有鲑鱼或大比目鱼，加上菜园采的蔬菜。爸爸清洁枪支，修理狂厄尔卖给他的捕兽夹，读书学习如何将动物尸体处理成可以食用的肉。以物易物、劳力交换、帮助邻居，这就是这里所有人的生存之道。随时可能有人把车开上你家的车道，拿出多余的肉类、几块发霉的木板、一桶蓝莓，要求换取某些东西。

派对有如雨后春笋。有人带来装满鲑鱼的冰桶、一箱啤酒，用业余无线电呼叫其他人来同乐。小船载着捕鱼的人靠岸，水上飞机停泊海湾。一转眼，大家就在某处海滩上围着篝火，谈天说笑饮酒，狂欢到午夜还不罢休。

那年夏天，蕾妮成人了，至少她这么想。她满十四岁，初经来潮，开始穿胸罩。她的脸颊、鼻子、眉间冒出青春痘，有如一座座迷你粉红火山。刚开始长的时候，她很怕遇到迈修，担心进入青春期之后的怪模样会让他讨厌，不过他似乎没察觉她的皮肤变成了敌人，能够见到他依然是生活中最精彩的时候。每当有机会相聚，他们就会离开人群，窝在一起聊天。他默背罗伯特·谢伟思的诗给她听，带她去看很特别的东西，例如一窝蓝色鸭蛋或沙地上巨大的熊脚印。她拍照，拍他带她去看的东西、拍他，在各种不同的光线下拍摄，然后整理成集锦贴在阁楼卧房的墙上。

夏季来得快，去得也快。阿拉斯加的秋天不是一个季节，只是短暂的过渡期。九月开始下雨，一直下个不停，地面变成烂泥，河水暴涨泛滥，淹没崩塌的河岸，冲走大块泥土，造成河流改道。

他们家周围的棉白杨树仿佛一瞬间变成金黄，好似彼此窃窃私语，树叶蜷缩，变成黑色的小笛子，飘落在地面上，有如堆起的蕾丝。

秋天来临，学校开学，蕾妮觉得童年又回来了。她在教室和迈修见面，坐在他旁边的位子上，将椅子拉近。

他的笑容唤醒了她，让她想起生活并非只有劳动。那个夏季，他让她见识到友谊的特殊之处：就算暂时放下，重聚时也能立刻重拾，就像从来没有分开过一样。

* * *

九月底一个寒冷的星期六晚上，忙了一整天之后，蕾妮站在窗前望着黑漆漆的院子。她和妈妈都累坏了，从日出忙到日落，将鲑鱼季最后的渔获做成罐头——准备罐子、刮除鱼鳞，将带着银皮的肥美橘色鱼肉切成长条，然后去除黏黏滑滑的恶心鱼皮。她们将鱼肉装进罐子里，再放进压力锅中煮，最后将罐头一个个搬到地下储藏室，堆放在新装好的架子上。

"如果有十个聪明人和一个神经病在一起，不用想也知道你爸爸会欣赏谁。"

"哈？"蕾妮问。

"不重要。"

妈妈进来站在蕾妮身边。屋外夜色降临，满月洒落蓝白色光芒，照亮所有东西。深蓝丝绒般的天空中缀满点点繁星，散发出椭圆形光晕。银河在天际抹上一道白。北方的夜晚，天空大得不可思议。相较之下，地面的世界显得渺小无比，只是一点儿火光，只是月光映在碎浪上的一道白色扭曲倒影。

爸爸和狂厄尔坐在黑暗中。他们站在烧着火的汽油桶旁，将一个玻璃罐传来传去。他们烧的垃圾冒出黑烟，其他人早在几个小时前已经回家了。

狂厄尔突然拿出手枪射击树木。

爸爸狂笑。

"他们要待在外面多久？"蕾妮问。之前她去上厕所的时候，听到他们交谈的部分内容——霸占国家……必须自保……很快就会变成无政府状态……核弹爆炸。

"天晓得！"

妈妈发出烦躁的叹息。她煎好狂厄尔带来的麋鹿肉排，烤了马铃薯，在桌上放好露营盘和餐具，用蕾妮的一本平装小说垫桌脚。

之后过了好几个小时，现在肉排应该已经像旧靴子一样硬了。

"真是够了。"妈妈终于说着走到屋外。蕾妮悄悄来到门口，推开门听。山羊听到脚步声开始咩咩叫。

"嘿，珂拉。"狂厄尔歪着头露出笑容。他站都站不稳，身体往右晃，差点儿摔倒。

"厄尔，要不要留下来吃饭？"妈妈问。

"不了，多谢。"狂厄尔左右摇晃，"我得回家，不然我女儿会要我的老命。她煮了鲑鱼奶油浓汤。"

"那下次吧。"妈妈转身准备回屋里，"来吧，恩特，蕾妮饿了。"

狂厄尔蹒跚着走向卡车，上车之后发动，车子走走停停，喇叭响个不停。

爸爸穿过院子，太过谨慎地踩着小步子，显然喝醉了。蕾妮之前看过他这样。他进屋之后用力关上门，摇摇晃晃走向餐桌，半跌进座位。

妈妈端来托盘，里面盛着肉排和烤到金黄的马铃薯，另外还有一条刚出炉的酵母面包，这是瑟玛教他们做的，从制作酵头开始。这是所有垦荒园的常备品。

"看……来很好吃。"爸爸叉起一块麋鹿肉塞进嘴里，咀嚼时发出很大的声音。他混浊的眼睛往上看。"你们两个有很多事情要快点儿学会。我和厄尔讨论过。大难临头的时候，你们两个一定会最先牺牲。"

"大难？你到底在胡说些什么？"妈妈说。

蕾妮用眼神警告妈妈。她应该很清楚，他喝醉的时候不能乱说话。

"毁灭世界的大灾难。你知道，戒严，核弹爆炸，大规模天灾。"他撕下一大块面包，蘸了一下咸咸的肉汁。

妈妈往后一靠，点起香烟打量他。

别这样，妈妈，蕾妮在心里想，什么都别说。

"我不……不喜欢这些世界末日的鬼话,恩特。我们要为蕾妮着想。她——"

爸爸用拳头猛捶桌子,所有东西为之震动。桌子倒了,盘子滑落地板,大声砸在木头上。"可恶,珂拉,你就不能支持我一次吗?"

他站起来,走向挂在大门边的一整排派克大衣[1]。他的动作很生硬。她似乎听到他说该死的蠢货,还有其他嘀嘀咕咕的咒骂。他甩甩头,手握拳又松开。蕾妮察觉不对,一股几乎没有压抑的狂乱情绪迅速猛烈蹿升,无法控制。

妈妈伸出手。

爸爸拿起一件派克大衣,套上靴子之后出去,用力甩上门。

蕾妮对上妈妈的视线,锁住不动。那双宽宽的蓝眸将所有微小情绪表露无遗,蕾妮看到自己焦虑的倒影。"他真的相信那些世界末日的事情?"

"好像是。"妈妈说,"或许他只是想要相信。天知道?不重要,反正只是说说而已。"

蕾妮知道什么才重要。

天气越来越恶劣。

他也一样。

* * *

第二天放学的时候,蕾妮问迈修:"到底是什么样子?"其他学生在旁边收拾东西准备回家。每个人都拖拖拉拉,因为回家之后要帮忙做好

---

[1] 派克大衣(parka):源自北极地区的因纽特人,以动物毛皮制成,长度一般及膝,兜帽镶毛皮以保护脸部,配有厚内衬,外防水、内防体温流失。

几个钟头的事。

"什么?"

"冬天。"

迈修想了一下:"恐怖又美丽。体验过一次,就会知道自己是不是当阿拉斯加人的料。大部分的人撑不到最后就跑回外界去了。"

"伟大的孤独。"蕾妮说。罗伯特·谢伟思如此称呼阿拉斯加。

"你一定没问题。"迈修诚挚地说。

她点头,真希望能对他坦白,她不只担心外面会有危险,家里也会有危险。

很多事情可以告诉迈修,但这件不可以。她可以告诉他,她爸爸喝太多酒,偶尔会大吼大叫、脾气失控,但她不能说出有时候他让她觉得很害怕。说出口等于背叛爸爸,她连想都不敢想。

他们并肩走出只有一间教室的校舍。

面包车已经在外面等了。最近车子的状况越来越糟,到处是凹陷、剐伤,保险杠用强力胶带固定。有一次开过坑洞时消音器被震掉了,所以现在这辆可怜的老车发出的噪声可比赛车。爸爸妈妈都在车上等她。

"拜拜。"蕾妮对迈修说,然后走向车子。她将书包扔进后车厢,然后爬上车。"嘿,爸妈。"蕾妮说。

爸爸挂挡倒车回转。

"狂厄尔要我去教他家的人一些事情。"爸爸转向哈兰路,"我们昨天晚上商量过。"

没过多久,车子爬上山坡,开进围墙中的庄园。

妈妈开门下车。蕾妮紧跟在后,厚底靴陷入湿软泥地。

艾索的老旧福特卡车开进来,停在面包车旁边。艾索、爱涅丝、玛莎下车,走向聚集在狂厄尔小屋门廊前的人。

狂厄尔站在腐蚀歪斜的门廊上，弯弯的腿分得有点儿太开，让人感觉不太舒服，皮肤松弛的脸部周围，扁塌的白发披散，发根油腻、发尾毛糙。他穿着脏兮兮的牛仔裤，裤腿塞进棕色橡胶靴，法兰绒工作衬衫下摆和袖口都磨坏了。他举起双手大大一挥。"靠近点儿，快过来，恩特，恩特，来我旁边，孩子。"

人群窃窃私语，大家纷纷转头。

爸爸大步从瑟玛与泰德面前走过，对克莱德微笑，经过时用力拍拍他的背。爸爸走上门廊，站在狂厄尔身边。与矮小的老人相较之下，他显得高大精瘦，丰盈黑发搭配浓密的黑色八字胡，超级帅气。

"我们两个昨晚在聊外界发生的狗屁事。我们的总统是公认的骗子，一架环球航空的飞机在空中爆炸，已经没有人能平安了。"

蕾妮转头看妈妈，她耸肩。

"我儿子阿波是家里最好的一个。他热爱阿拉斯加，也爱祖国美利坚合众国，甚至于自愿去参加那场可恶的战争。我们失去了他。不过，即使他身在地狱，依然为我们着想，没有忘记他的家人。他重视我们的平安与保障，于是送来他的朋友恩特·欧布莱特，让他成为我们的一分子。"狂厄尔用力拍爸爸的背，差点儿把他往前推倒，"我观察恩特一整个夏天了，我很确定，他希望我们变得更好。"

爸爸从后口袋里拿出一张折起的报纸高高举起。头条标题写着：环球航空八四一号班机遭放置炸弹造成八十八人死亡。"虽然我们住在与世隔绝的荒野，但毕竟还是会去荷马、斯特灵、索尔多特纳。我们知道外界发生了什么事。爆炸事件频繁，爱尔兰共和军、巴勒斯坦解放组织、气象员全都有份。大家杀来杀去，绑架案层出不穷。华盛顿州有那么多年轻女性失踪，现在犹他州也发生杀害女性的案件。共生解放军，印度核试爆，要不了多久，第三次世界大战就会爆发，可能是核战……也可能是生物战。一旦开战，就真的大难临头了。"

狂厄尔点头，喃喃附和。

"妈妈？"蕾妮小声问，"这是真的吗？"

妈妈点燃一支烟："事情可能既是真的也不是真的。快安静，惹他生气就不好了。"

爸爸成为注目焦点，他乐在其中："你们大家已经为物资短缺做好准备。你们的庄园完全可以自给自足。你们的集水系统很厉害，食物储备也非常充足。你们探勘出好几处干净的水源，打猎的技术也一流。你们的菜园如果能更大一点儿会更好，不过照料得非常好。无论发生什么事情，你们都能活下去，但你们无法应付戒严造成的后果。"

"什么意思？"泰德问。

爸爸感觉……不太一样，好像长高了。蕾妮第一次看到爸爸这么抬头挺胸、意气风发的模样。"核战、严重天灾、电磁脉冲、地震、海啸、龙卷风、里道特或雷尼尔火山爆发。一九〇八年在西伯利亚发生过一起爆炸事件，威力超过一千颗广岛核弹。各种数不清的灾难可能会使这个疯狂、腐败的世界毁于一旦。"

瑟玛蹙眉："噢，拜托，恩特，没必要吓唬——"

"安静，瑟玛。"狂厄尔怒斥。

"无论哪种状况，人为惨剧或自然灾难，法律和秩序会立刻瓦解。"爸爸说，"仔细想想，没有电力，没有通信，没有杂货店，没有干净的食物，没有水，没有文明，戒严。"

爸爸停顿一下，逐一注视每个人的眼睛："像汤姆·沃克那样的人，坐拥豪宅、高级船只和挖土机，他们一定来不及应变。一旦没有了食物、医药，拥有土地、财产又有什么意义？完全没有，就这么简单。像汤姆·沃克那种人，一旦发现他们毫无准备，你们知道他们会怎么做吗？"

"怎么做？"狂厄尔仰望爸爸，仿佛他是上帝的使者。

"他会来这里，来敲我们的门，求我们帮忙，求我们这些被他看不起的人。"爸爸停顿，"我们必须学会如何保护自己，赶走那些觊觎我们物资的匪徒。首先，我们必须准备避难包，把求生必需的物品放在背包里，一拿就能走。我们必须带着需要的东西，在最短的时间内消失。"

"说得好！"有个人大喊。

"可是这样还不够。虽然现在我们准备得很充足，但保安太松弛。阿波把土地留给我，就是为了让我来到这里，找到你们，告诉你们光是为求生做准备绝对不够。你们必须奋战，保护属于你们的东西，想来抢夺的人一律杀无赦。从今天开始，我要教你们保安基本常识——枪支安全、射击练习。不过，当大难临头的时候，除了枪支还有其他东西可以防身，接触型武器能够打断骨头，利刃能够割断动脉，箭可以射穿人体。我保证，在初雪落下之前，我们每个人都将做好万全的准备，随时可以面对最糟的状况。危险来临的时候，你们每一个人，从最小的到最老的，都将能够保护自己和家人。"

狂厄尔点头。

"好，大家排好队。我想看看你们射击的水平如何，先从这里开始吧。"

第 8 章

到了十一月一日，白天缩短的速度太快，蕾妮吓到无法呼吸。她深切感受到每分每秒都在失去日光。早晨拖拖拉拉到九点才破晓，下午五点黑夜便占领世界。现在的白天时间不到八个小时，夜晚长达十六个小时。

气候变得难以预测，下雨变下雪，然后变回下雨。现在天空仿佛漏水了，雨水夹杂着冰雪，非常寒冷。雨水积成洼，如小河般流窜，结冰之后形成一大片点缀杂草的泥泞冰块。恶劣的气候让状况变得更难挨。蕾妮必须在泥泞中做家事。喂完羊和鸡之后，她拎着两只水桶跋涉到屋后的树林。棉白杨变得光秃秃的，秋季的时候叶子落光，只剩下裸露的骨架伸长了手想互相接触。有心跳的动物都找地方窝着躲避冰雨。

她爬上坡往河流走去，一阵寒风拉扯她的头发，外套猎猎作响。她缩起肩膀、低着头。

要来回五趟才能装满放在小屋旁的水缸。下雨虽然有助于蓄水，但太不可靠。水就像柴火一样，绝不能碰运气。

她满身大汗，从小溪打起一桶水，溅出的水洒在靴子上，就在这时，夜幕落下。确实是落下，来得又快又猛，仿佛锅盖哐的一声盖上锅子。

蕾妮转身要回家，眼前却只有一片无尽的黑暗，伸手不见五指，没有星月照亮小径。她翻找派克大衣口袋里爸爸给她的头灯，调整好头带之后点亮。她由枪套里取出手枪塞在裤腰里。

她的心脏在胸腔里敲打，弯腰拎起装满水的两只桶。金属把手陷进戴着手套的手中。

冰雨变成雪，百万片小雪花刺痛她的脸颊与前额。

冬天来了。

熊还没有开始冬眠，对吧？现在的熊最危险，为了准备冬眠而狂吃。

她看到黑暗中有双黄色眼睛盯着她。

不，只是想象力作祟。

脚下的地面突然下陷。一个踉跄，水从桶里溅出弄湿了她的手套。别慌，别慌，别慌。

头灯照亮前方倒在地上的树木。她用力喘着气跨过去，听见树皮和牛仔裤摩擦的声音。她继续往前走，上坡、下坡，绕过一处浓密黑暗的树林。前方终于出现亮光。

灯。

小屋。

她想跑。她等不及想回家，想被妈妈抱在怀里，但她并不蠢。她已经犯了一个错——没有留意时间。

接近小屋时，黑夜稍微变淡一点儿。她在黑暗中看到深灰色的轮廓：穿透屋顶的暖炉烟囱，屋侧的一扇窗户灯火通明，人影晃动。空气中有烧木柴的烟味，仿佛在欢迎她回家。蕾妮快步绕到小屋旁边，掀起随便拼凑的盖子，将水倒进水缸。水倒下去落在缸中的短短几秒，蕾妮判断出里面的水量大约为四分之三。

蕾妮抖得太厉害，试了两次才打开门闩。

"我回来了。"她走进屋里，全身发抖。

"闭嘴，蕾妮。"爸爸怒斥。

妈妈站在爸爸面前。她似乎情绪很激动，穿着破旧的运动裤和大毛衣。"嘿，宝贝女儿，"她说，"把大衣挂起来，脱掉靴子。"

"珂拉，我在跟你说话。"爸爸说。

蕾妮听出他的语气有多愤怒,看到妈妈畏缩着。

"你得把那包米还回去,告诉大玛芝我们没钱付账。"他说。

"可是……你还没有猎到麋鹿。"妈妈说,"我们需要——"

"所以是我的错喽?"爸爸怒吼。

"你知道我不是那个意思。可是冬天快来了,我们需要更多粮食,但钱——"

"你以为我不知道家里需要钱?"他对着面前的椅子用力一挥,椅子倒地发出很大的声响。

他的眼神突然变得狂乱,眼白翻出,蕾妮吓坏了,后退了一步。

妈妈走过去轻抚他的脸,想让他平静下来:"恩特,宝贝,我们会想出办法。"

他退开,然后走向门口,拿起挂在窗边的派克大衣之后打开门,令人目盲的肆虐酷寒蹿进屋中,他出去之后用力甩上门。不久之后,面包车的引擎发出巨大声响,车头灯由窗户射进屋中,让妈妈整个人变成白金色。

"因为天气不好,他才会那样。"妈妈点起一支烟,目送他离去。她美丽的肌肤在车头灯下显得气色很差,近乎蜡黄。

"天气还会变得更糟。"蕾妮说,"每一天都会变得更黑、更冷。"

蕾妮心中突然感到恐惧,妈妈的表情一样害怕:"嗯,我知道。"

* * *

寒冬笼罩阿拉斯加,壮丽景色消失,只剩小屋里的天地。上午十点十五分太阳才升起,放学之后十五分钟便又落下。白天不到六个小时。雪下个不停,天地万物变得白茫茫的。雪吹落成堆,在窗玻璃上结成蕾丝图案，什么都看不见，他们只能看着彼此。在短暂的白天，天空一片灰蒙蒙。有些日子昏暗到只像是光的回忆，根本没有亮的感觉。狂风席卷大地，发出凄厉的呼啸。柳兰冻结，像是立在雪地中的精致冰雕。因为气温太低，所有东西都出了问题——车门打不开、窗玻璃冻裂、汽车引擎无法发动。业余无线电整天都有人在警告气候即将恶化，报告又有哪些人冻死，在阿拉斯加冻死人很平常，就像睫毛结冰一样。人们因为最微小的错误而赔上性命：车钥匙掉进河里、汽车没油、雪地机动车抛锚、转弯太急。蕾妮不管去哪里、做什么，都会有人给她警告。冬天才刚开始，但感觉已经像是过了无尽的时间。海岸结冰封锁，贝壳与石头蒙上冰霜，整片海滩有如亮片领子。风呼啸着吹过开垦园，整个冬天没有停过，雪白大地瞬息万变。树木面对寒风只能弯腰，动物筑窝、钻洞躲藏。人类也差不多，在酷寒中缩起身体，格外小心。

蕾妮的生活缩小到极限。状况好的日子，车子能够发动，气候还能忍受，她就可以去上学；状况差的日子，整天只有工作，在令人丧气的无情酷寒中完成一件件杂务。蕾妮集中精神做每件必须做的事，上学、写作业、喂牲畜、打水、破冰、缝袜子、补衣服、陪妈妈煮饭、打扫家里、为暖炉添柴。木柴的用量越来越大，每天都得劈柴、搬运。白天越来越短，除了生存必需的机械化劳动之外，无暇思考任何事情。他们用纸杯种菜苗，放在阁楼下面的桌子上，就连周末在哈兰庄园进行的生存训练也暂停了。

天气已经够恶劣了，但因为酷寒而困坐家中让状况变得更糟。

冬季让活动减少，欧布莱特一家只剩下彼此。每天他们一起窝在暖炉前，度过一个又一个漫长的黑夜。

所有人的情绪都很紧绷。爸爸妈妈吵个不停，为了钱，为了家务，为了天气，就算无缘无故也能吵。

蕾妮知道爸爸很焦虑，他们的补给品不足，钱更是完全花光了。她看出这个问题让他有多忧虑，日夜蚕食着他；她也看出妈妈多小心地观察他，他日渐增加的焦虑令妈妈忧心忡忡。

看得出来他正在奋力保持冷静，他不时面部抽搐，而且有时候不愿意看她们。他天还没亮就起床，尽可能在外面操劳，天黑之后很久才回屋里，满身是雪，胡子、眉毛结冰，鼻尖发白。

显然他很努力控制脾气。随着白天越来越短、黑夜越来越长，他开始在晚餐后来回踱步，激动焦虑，低声自语。在那些状况不好的夜晚，他总会匆忙离家，带着狂厄尔卖给他的捕兽夹，独自去树林深处狩猎，回家时总是精疲力竭、形色憔悴，然后平静，变回他自己。通常他都会成功捕获猎物，将狐皮或貂皮拿去镇上卖。他赚到的钱勉强够一家人糊口，但就连蕾妮也察觉储藏粮食的地窖里有很多空位。每餐的量总是不够吃饱。妈妈跟外婆借的钱早就花光了，而且没有其他来源，于是蕾妮不再拍照，妈妈很少抽烟。大玛芝偶尔会趁爸爸不注意时送她们香烟或底片，但她们很少去镇上。

爸爸用心良苦，即使如此，蕾妮依然感觉像和野兽住在一起。就像阿拉斯加人常聊起的那些嬉皮士，他们跑来养狼和熊，结果全都被杀死了。那些动物是天生的掠食者，虽然看起来很温驯，甚至很友善，会亲热地舔主人的喉咙，会磨蹭讨摸摸。但你知道，或应该要知道，和你一起生活的动物是野兽，项圈、牵绳、饲料或许让这些野兽的行为变得温和，但它们最基本的天性不会改变。只要一秒钟，连呼口气都来不及的时间，野狼就会恢复天性，对你露出利齿。

蕾妮一整天提心吊胆，随时观察爸爸的一举一动、说话语调，真的非常累人。

妈妈显然已经无法承受了，焦虑让她双眼无神、皮肤暗淡。也可能只是因为像蘑菇一样整天在阴暗的环境下生活，所以肤色才变得惨白。

十二月初，一个特别冷的日子，蕾妮被尖叫声吵醒。有个东西重重落在地板上。

她立刻知道是怎么回事，爸爸做噩梦了，这个星期第三次。

她爬出睡袋，走到阁楼边缘往下看。妈妈站在房门口的珠帘旁，高举一盏油灯。在白色光晕中，她显得很害怕，头发乱七八糟，穿着运动衣裤。柴火暖炉在黑暗中散发出一点儿橘光。

爸爸像只野兽，踢打、撕扯、咆哮，说些她听不懂的话……然后他粗鲁地打开一个个箱子找东西。妈妈小心翼翼地接近，一手按住他的背。他把她往旁边一推，因为太用力，她撞上原木墙发出很大的声音，接着发出惨叫。

爸爸停止动作，猛然站直，鼻翼掀动。他的右手握拳又张开，一看到妈妈，一切瞬间改变，他放松肩膀，羞耻地垂下头。"老天，珂拉。"他嘶哑呢喃，"对不起，我……不知道自己在哪里。"

"我明白。"她的眼眸闪烁着泪光。

他走过去将她揽进怀中抱住。他们一起跪倒，前额贴在一起。蕾妮听见他们在说话，但听不清楚内容。

蕾妮爬回睡袋里，尽可能重新入睡。

* * *

"蕾妮，起床，我们去打猎。我得离开这栋天杀的房子。"

她叹息着在漆黑中穿衣服。阿拉斯加冬季的第一个月，她已经学会模仿那些住在海床上的磷光无脊椎动物，它们的生活无法接触光线、色彩，只好自己努力发亮。无尽的雪夜有如一道帘幕落在世界上。

客厅里,柴火暖炉铁门上的小窗户提供一小点儿橘光。她隐约能看见父母的身影站在暖炉旁,听到他们的呼吸声。暖炉上的金属壶里,沸腾的咖啡在黑暗中散发着香气。

爸爸举高点亮的油灯。在橘色灯光下,他很憔悴、很紧绷。他的右边眼角在抽搐。"你们准备好了吗?"

妈妈似乎十分疲惫。她穿着宽松的派克外套和隔热裤,没有化妆,模样太娇弱,无法承受气候的摧残;太疲倦,无法长途跋涉。这个星期,爸爸做噩梦的次数增加,经常半夜尖叫,她睡眠不足。

"当然。"妈妈说,"我最喜欢星期天一大早六点去打猎。"

蕾妮走向墙上的挂钩,拿起一件灰色派克大衣和隔热裤,这些是在荷马的救世军二手店找到的,那双通常昵称为"兔靴"的白色保暖军靴,则是迈修送她的二手鞋。她从大衣口袋拿出羽绒手套。

"很好。"爸爸说,"出发吧。"

黎明前的世界寂静黑暗。没有风,没有树枝摇动的声音,只有下个不停的白雪,到处一片雪白。蕾妮在雪中跋涉走向畜栏。山羊挤在一起,看到她就开始咩咩叫,互相撞来撞去。她扔给它们一团干草,然后去喂鸡,最后打破水槽结的冰。

她上车时,妈妈已经坐好了。蕾妮爬上后车厢。天气这么冷,引擎要很久才能发动,窗户除霜的时间更久。爸爸装上雪链,将一袋用具扔在前面两个座位之间凹下去的地方。蕾妮坐在后面,双手抱胸不停发抖,时睡时醒。

开上大马路之后,爸爸往右转,往镇上的方向开去,但还没到简易机场,他左转驶入通往废弃铬矿场的路。车子在堆得很硬的雪地上开了好几千米,路连续呈之字形蜿蜒,好像要开进山腰里。到了高山上的森林深处,他猛踩刹车把车停住,然后给她们一人一个头灯、一把猎枪,然后扛起背包打开车门。

风雪的寒冷涌入车中。在这么高的地方,气温应该接近零下十四摄氏度。

她戴上头灯,调整头带之后开启,在正前方投下一道光束。

没有星星,没有星光,雪下得又大又急。没有尽头的深幽,树木窸窣私语,掠食动物躲藏埋伏。

爸爸率先出发,踩着雪鞋在雪地跋涉,开出一条路。蕾妮让妈妈走在中间,自己殿后。

他们走了好久,蕾妮的脸颊从冷变热再变得麻木。走得太久,她的睫毛和鼻毛都结冰了,汗水积聚在长内衣下,感觉很痒。到了一定的程度,她开始散发体臭,她不禁怀疑,还有什么生物会嗅到她的味道。在这里,猎人一转眼就会变成猎物。

蕾妮非常累,只顾着往前走,缩起下巴、驼着背,没有发现在不知不觉中,她能够看到自己的脚、靴子、雪鞋。一开始只有灰色的微光,感觉不太真实,从雪地上隐约泛起变得更微弱,接着黎明破晓,像鲑鱼肉一样粉红的光,温润地渐渐移动。

天亮了。

蕾妮终于能看清四周。他们走在结冰的河上。她非常惊恐,她竟然盲目地跟着爸爸走上这片滑溜溜的平面。万一冰层不够厚呢?只要踏错一步,就会栽进冰冷的河水中被冲走。

爸爸踏着自信的脚步往前,似乎完全不在意脚下的冰够不够厚。到了对岸,他砍倒满是积雪的矮小灌木丛开路,他往下看,歪着头好像在听声音。他的胡子上满是白雪,上方的皮肤冻得发红。她知道他在寻觅迹象——兔子粪便、足迹、经过时留下的痕迹。白靴兔通常会在黎明或黄昏时出来觅食、走动。

他突然停住。"那里有只兔子。"他对蕾妮说,"在树丛边。"

蕾妮往他指的方向看过去,一片雪白,连天空也是。在这片白上加白的世界,很难分辨形体。

就在这时,有动静了,肥肥的白兔往前跳。

"嗯,我看到了。"她说。

"好,蕾妮,这是你的猎物。呼吸,放松,等候开枪的时机。"爸爸说。

她举起枪。她已经练习打靶好几个月了,很清楚该怎么做。她没有屏住呼吸,而是吸气、吐气,全神贯注地瞄准兔子。她静静等候。世界消失,变得很简单,只有她和兔子,猎人与猎物,彼此相连。

她扣下扳机。

感觉仿佛一切都在瞬间同时发生:开枪、击中、死亡,兔子往旁边倒下。

干净利落的一枪。

"非常好。"爸爸说。蕾妮把枪背在肩上,他们三个排成一排,走向树林边缘去找蕾妮打死的猎物。

找到兔子的时候,蕾妮往下看,洁白柔软的身体溅满鲜血,躺在血泊中。

她杀死了动物,让家人晚上有东西吃。

杀死动物,夺走生命。

她不知道该做何感想,或许可以说她心中同时有两种矛盾的情绪——自豪又悲伤。老实说,她差点儿哭出来,但现在她是阿拉斯加人了,这就是她的人生——没有猎杀,就没有食物。

爸爸跪在雪地上将兔尸翻过来背朝下,她发现他的手在抖,而且由他紧绷的语气判断,他应该正在头痛。

蕾妮知道什么都不会浪费。毛皮将做成帽子，骨头用来熬汤。今晚妈妈会用手工做出的羊奶油煎兔肉，加上洋葱和大蒜调味。他们甚至会奢侈地放进几颗马铃薯。爸爸绑紧袋子，蕾妮嗅到血腥味，提醒她时间紧迫。他们在一片雪白荒野中，身上有血味。掠食动物肯定在一旁观察，等候翻转食物链的时机。

他将刀插进兔子尾端，往上割开，刀子一划，切开皮和骨头。到了胸骨处，他放慢速度，将一只染血的手指伸进刀锋下，谨慎下刀，避免不小心切到内脏。他将兔子肚子打开，伸手进去拉出肠子扔在雪地上，冒着热气的粉红内脏堆起。

他挑出还在跳动的小小心脏递给蕾妮，血从他的指缝滴落："是你猎的，吃掉心脏。"

"恩特，拜托别这样。"妈妈说，"我们不是野蛮人。"

"我们就是野蛮人。"他的语气锐利如刀，冰冷如吹在他们背上的寒风，"快吃。"

蕾妮的视线转向妈妈，她似乎像蕾妮一样害怕。

"最好别让我再说一次。"爸爸说。

他平静的语气比吼叫更恐怖。蕾妮感觉恐惧涌起，沿着脊椎扩散，她伸手接过那个器官。（心脏还在跳吗？还是她的手在发抖？）

爸爸眯起眼睛注视着，她将心脏放进口中，强迫嘴唇合上。她立刻反胃。心脏黏黏滑滑，一咬下去立刻在嘴里爆开，鲜血与泪水混合出浓浓的金属味，她感觉血液从一侧嘴角流出。

她吞下去，作呕，抹去嘴唇上的血，感觉温热的液体沾到脸颊。

爸爸抬起头，刚好与她的视线接触。他感觉疲惫，但很清醒。在他的眼中，她看到太多的爱与悲伤，多到人体无法容纳。有个东西在他的内在撕裂，现在正在进行中。另一个人住在他的心里，很坏的人，在黑暗中企图挣脱。

"我只是想让你自立自强。"

这句话感觉像在道歉，但为了什么？因为他偶尔会发疯？因为教她打猎？因为逼她吃兔子的心脏？因为做噩梦害全家都不能睡？

会不会是因为他还没做，但担心会做出的事情？

* * *

十二月，爸爸很敏感、很紧绷，喝太多酒，经常喃喃自语。他做噩梦变得更加频繁，每个星期都会发作三次。他的尖叫变成家里固定的声音。

他总是坐立不安、蛮横霸道、咄咄逼人。无论吃饭、睡觉、呼吸、喝酒，他随时满脑子都是求生。妈妈说他又变回士兵了。蕾妮在他身边都不敢开口，生怕说错、做错任何事。小屋里的沉重气氛令人难以承受。

蕾妮放学后和周末都必须辛苦劳动，照理说夜里应该睡得像死人一样，但她睡不着。这个星期每天晚上，她都躺在床上烦恼。她对世界的恐惧与焦虑被磨得像刀锋一样利。

例如今晚。

虽然她很累，但还是躺在床上听他尖叫。等到她好不容易睡着了，又落入烈火梦魇，一个危机四伏的地方，战火四起，动物遭到屠杀，年轻女性被绑架，男人惨叫、举枪滥射。她醒来时为妈妈感到害怕，尖叫着呼喊迈修，但是在这个分崩离析的世界，没人听得见少女孤独的呼喊。此外，她不能告诉迈修。这件事不能说。有些恐惧只能独自背负，就像佛罗多那样。山姆虽然在身边，却不能帮忙分担。

"蕾妮！"

她听见远处有人喊她的名字。这是什么地方？时间应该是深夜。

"蕾妮。"

有人抓住她，将她拉下床。她尖叫，一只手捂住她的嘴。

她认出他的气味。"爸爸？"她在他的手掌下说。

"快来。"他说，"快。"

她跌跌撞撞地走向梯子，在他后面爬下去。

黑暗。

一盏灯都没有点亮，但她听见妈妈沉重的呼吸。

爸爸带蕾妮走向最近刚修好的扑克牌桌，扶她坐下。

"恩特，别这样——"妈妈说。

"闭嘴，珂拉。"爸爸说。

有个东西被扔到桌面上，发出很大的声响。"这是什么？"他站在她身后逼问。

她伸出手，指尖摸索着桌上那样东西坚硬的表面。

来复枪，被拆成好几块了。

"蕾妮，你需要加强训练。大难临头的时候，状况会和现在很不一样。万一发生在冬天呢？到时候会一片黑暗，你会毫无防备，刚刚醒来还糊里糊涂。找借口只会害你送命。我希望即使在黑暗中，即使很害怕，你依然能够做好每件事。"

"恩特，"妈妈在黑暗中说，语气很激动，"她只是个孩子，让她回去睡。"

"当所有人都在挨饿，只有我们有食物，他们会在乎她只是个孩子吗？"

蕾妮听见按下秒表的声音。"快，蕾妮，把枪清好之后重新组装。"

蕾妮伸出手，摸索冰凉的来复枪零件，一一拿到面前。黑暗令她不安,导致速度变慢。她看见火柴点燃,嗅到烟味。

"停。"爸爸说。手电筒亮起,光线带来存在感,对准桌上的来复枪。"不及格,你死了。暴徒抢走你的食物,其中说不定有人想强暴你。"他拿起来复枪,拆开之后将零件放在桌子中央。在强光下,蕾妮看到枪支零件、通枪条、抹布、Hoppes 9溶液、防锈剂、几把起子,她尽可能记住每件东西的位置。

他说得没错,她必须学会,否则会失去性命。

专注。

灯熄了,按下秒表。

"开始。"

蕾妮伸出手,努力回想刚才看到的东西的位置。她将来复枪零件拉过去,迅速组装之后,用螺丝锁上瞄准器。她正准备拿抹布的时候,秒表停了。

"死了。"爸爸轻蔑地说,"再一次。"

* * *

十二月第二个星期六,他们和邻居一起举行砍圣诞树派对。大家健行到荒地,各自挑选树木。爸爸砍倒一棵常青树,拖到他们的雪橇上拉回小屋,放在阁楼下的角落。他们用拍立得家庭照片和假的鱼饵装饰。几份礼物用发黄的《安克雷奇矿工时报》包好,放在清香的绿色树枝下。他们用魔术笔画上线条假装缎带。瓦斯吊灯营造出室内温馨的气氛,灯光与依旧黑暗的早晨形成强烈对比。狂风吹袭屋檐,不时会有树枝猛撞上木屋。

现在是星期天早上,妈妈在厨房做酵母面包,小屋里飘着烘烤面包时略带酵母酸味的芳香。爸爸窝在业余无线电前面，听着杂音很重的通信，手指不停调整转钮。蕾妮在静电杂音中听见狂厄尔的声音，刺耳的狂笑响亮清晰。

蕾妮缩成一团坐在沙发上，阅读老旧的平装版《去问爱丽丝》，这是她在二手店里找到的。这里的世界让人感觉小得不可思议，为了保暖，窗帘全部拉上，门也紧紧闩上，避免冷风与野兽侵袭。

"怎么回事？再说一次，请回答！"爸爸说。他在业余无线电前弯腰聆听。"玛芝，是你吗？"

蕾妮听见无线电传出大玛芝的声音——因为静电干扰而变得破碎。"紧急求救。失踪……搜救部队……沃克小屋过去一点儿……在大马路上会合。结束。"

蕾妮放下书。

"大玛芝，快回答。"爸爸说，"是谁？谁失踪了？厄尔，你在吗？"

只有静电杂音。

爸爸转过头："快去穿衣服，有人需要帮助。"

妈妈取出烤到一半的面包放在流理台上，用干净的布盖住。蕾妮穿上最保暖的衣物：裤脚折起的卡哈特隔热裤、派克大衣、兔靴。接到大玛芝的呼叫之后不到五分钟，蕾妮已经坐上面包车，等候引擎发动，这需要一段时间。气温这么低的时候，面包车要暖很久才能发动。爸爸在外面清除风挡玻璃上的冰，然后检查雪链。即使车头灯亮着，但因为风挡玻璃上的冰雪太厚，她还是看不清爸爸的脸，他的五官一片模糊，只剩下阴影和轮廓。他的四周一片漆黑，只有车头灯的两道光束。

即使在车内，蕾妮呼吸时依然能看见白雾。

爸爸终于将风挡玻璃清理到能看见前方的程度，他坐上驾驶座："天气这么差，失踪很糟糕。"

爸爸缓缓绕过深达车轴的积雪,转向他们的车道。路上积雪很厚,整片白茫茫的,看不见轮胎留下的痕迹,两旁的树木全都被白雪覆盖。空调吹出的暖气带着塑胶气味,发出的噪声很像马匹在暴风中互相嘶鸣。

接近镇上的时候,眼前白幕般的大雪中逐渐出现车辆——深色的大型物体,车头灯照耀。蕾妮看见前方有琥珀色和红色的灯光闪烁,应该是娜塔莉驾驶着她的铲雪车,带头开往旧矿场,那条路几乎看不见。

爸爸松开油门。面包车放慢速度,停在一辆大型双轴小卡车后面,那是克莱德·哈兰的车。

抵达空地时,蕾妮看到好几辆全地形沙滩车和雪地机动车(蕾妮心中依然认为那叫作雪上摩托车,但在这里没有人那么说)停成歪歪斜斜的一排。这些车主都住在荒郊野外,没有道路通往他们的开垦园。每辆车都开着灯,引擎没有熄火。雪花从光束间落下,带来一种仿佛属于异世界的诡异感觉。风把所有东西吹得乱飞,发出尖锐的呼啸。

爸爸将车停在一辆雪地机动车旁边。蕾妮跟着爸爸妈妈走进大雪与狂风中,这样的寒冷会深入骨髓。他们看到狂厄尔和瑟玛,于是走过去找他们。

"怎么回事?"风声太大,爸爸说话必须用吼才能听见。

狂厄尔和瑟玛还没来得及回答,蕾妮听见尖锐的哨声。

一个穿着厚重蓝色隔热派克外套的男人走出来,由头上的宽檐帽可以看出他是警察。"我是寇特·瓦德,谢谢大家赶来。吉妮娃和迈修失踪了。他们一个小时前就该回到家。你们应该很清楚,时间非常关键。我们只有不到六个小时的白天可以寻找。"

蕾妮没意识到自己哭出来了,直到感觉妈妈安慰的抚摩。

迈修。

她抬头看着妈妈:"他在外面会冻死。"

妈妈还没回答，瓦德警官说："每个人间距六米。"

他开始派发手电筒。

蕾妮打开手电筒，望着眼前白雪覆盖的长条地面。世界缩小到只剩这一小片土地，上下分为几层：满是白雪的崎岖路面，大雪纷飞的半空，白色树木指着几乎没有亮光的灰暗天空。

迈修，你在哪里？

她缓缓移动，顽强前进，用余光关注其他搜救人员以及灯光。她听见狗叫和呼喊。手电筒的光束互相交错。

蕾妮看到动物留下的足迹，一堆骨头掺杂着鲜血与落下的松针。风将雪堆雕塑出尖角与螺旋，顶端结冰变硬。树木周围因为枝叶遮挡而形成没有雪的空洞，里面很黑，满是瓦砾，被动物当成临时的窝躲藏，这是避开狂风睡觉的好地方。

周围的树木变多，世界更加紧密，缩到最小。气温突然降低，一股寒意来袭。雪停了，云散去飘走，留下满是星光的深蓝天空。凸月洒落光芒，照亮雪地。结成硬壳的雪倒映着星光，柔和银芒让世界发光。

她看到东西了！手臂，从雪地里伸出来，手指伸长，冻僵了。她急忙在深深积雪上卖力地前进。她呼吸时很喘、很痛，但还是大声说："迈修，我来了。"手电筒的光在前方上下晃动。

是鹿角，一整副，大概是成年麋鹿在秋天换下来的，也可能在雪地下藏着盗猎者遗弃的骨架。白雪掩埋太多罪孽，真相要等到春天才会揭晓，也可能从此不见天日。

风势增强，在树林里肆虐，吹得树枝狂舞。

她跋涉向前，这片朦胧发光的蓝白黑森林中，数十道灯光散开，她只是其中一道，点点黄光搜寻、搜寻……她听见沃克先生大喊迈修的名字，因为喊太久，嗓子都哑了。

"找到了！在前面！"一个人大喊。

沃克先生大声回应："看到他了。"

蕾妮奋力向前，努力想在深深的积雪中奔跑。

前面，她看到一团影子……一个人……跪在月光下冰冻的河流旁，头往前垂。

蕾妮在人群中推挤，用手肘推开挡路的人挤到前面，刚好看到沃克先生在他的儿子身边蹲下。"迈弟？"他得大喊才能压过风声，伸出一只戴着手套的手按住儿子的背，"我来了，我来了。你妈呢？"

迈修缓缓转头。他脸色惨白，嘴唇脱皮，绿眸仿佛失去色彩，染上周围冰雪的银白。他身体下面的冰倒映着月光。他无法控制地颤抖。"她不见了。"他声音嘶哑地说，"掉下去了。"

沃克先生一把将儿子拉起来。迈修两次差点儿瘫倒，幸亏有爸爸扶着。

蕾妮听到大家交头接耳。

"……踩破冰跌下去……"

"……应该知道要小心……"

"……老天……"

"拜托，"瓦德警官说，"让他们过去。我们得让这孩子取暖。"

第9章

冬天带走了他们的人：一个在阿拉斯加土生土长的人，一个很清楚如何求生的人。

蕾妮忍不住一直想，一直烦恼。如果连吉妮娃·沃克——可以叫我小吉、吉妮、发电吉，怎么称呼都行——都如此轻易丧命，其他人更是难以自保。

他们踏着沉重的脚步回去开车。瑟玛说："老天，吉妮从来没有在冰上出过错。"

"谁都会出错。"大玛芝说。她的黑脸庞因为哀伤而垮下。白雪落在她的头发上，让她看起来像个老人。

诺拉·霍金斯郑重点头："这个月我在那条河上走过十多次。老天，都已经是深冬了，她怎么还会踩破冰掉进去？"

蕾妮在听，也没有听。她满脑子想着迈修，想着他一定非常痛苦。他亲眼看着妈妈踩破冰层死去。

发生这种事，怎么可能走得出去？每次迈修闭上眼睛，是不是那一幕就会重演？他会不会一辈子都因为噩梦而尖叫惊醒？她该怎么帮助他？

回到家，她浑身发抖，不只是因为寒冷，也是因为全新的恐惧（这样一个平凡的星期日，却可能失去爸妈或自己的生命，只是走在雪地上……然后就这么去了），她写了数不清的信给他，但每一封最后都被撕掉，因为感觉不对。

两天后，她依然努力想写出完美的信，镇民聚集参加吉妮娃的葬礼。在这个天寒地冻的午后，数十辆车开进镇上，找到地方就停，马路边、空地上，其中一辆就停在了路中间。蕾妮第一次看到镇上同时出现这么多卡车、全地形沙滩车、雪上摩托车。所有店家都打烊，包括踢腿麋鹿酒馆。卡尼克缩成一团避寒，蒙上冰雪，白天的朦胧日光隐约照亮了它。

只是因为少了一个人，整个世界就在两天内崩塌，发生急遽改变。

他们把面包车停在阿尔卑斯街下车。她听见马达吃力运转的声音，大声抱怨着为山丘上的教堂提供电力。

他们排成一排，涉雪登上山丘。老教堂的窗户满是灰尘，暖炉烟囱冒出浓烟。

在紧闭的门前，蕾妮稍微停留，脱下镶毛皮的兜帽。她看过这座教堂几百次，但不曾进去。

外面看起来很大，但里面其实不大，白色木板墙的油漆剥落，地板是松木的。大堂里没有椅子，整个空间挤满吊唁者。一个穿着迷彩雪裤和毛皮大衣的男人站在最前面，他留着八字胡、络腮胡、长鬓角，整张脸完全看不见。

蕾妮在卡尼克见过的所有人都来了。她看到大玛芝站在罗德斯老师和娜塔莉中间；哈兰家全体出席，互相靠得很紧密。就连疯子彼德也来了，他把鹅抱在怀里。

她最关心的人站在最前排。沃克先生身边站着一位漂亮的金发年轻女子，她一定是爱莉斯佳，从大学回来，旁边还有一些蕾妮没见过的亲戚。右边最尾端，迈修和家人站在一起，但又感觉很孤独。吉妮娃的男朋友卡尔宏·莫维不停左右移动重心，好像不知道该怎么办。他的眼圈泛红。

蕾妮想让迈修看见她，但即使教堂的双扇门打开又关上，即使冷风冰雪吹进来，他依然毫无反应。他站在那里，弯腰驼背，下巴压低，遮住侧脸的头发感觉好像整个星期没有洗。

蕾妮跟随爸爸妈妈走到狂厄尔一家后面站定。狂厄尔立刻递给爸爸一个扁酒瓶。

蕾妮注视迈修，祈求他看她。她不知道等他们终于能说话时要说什么，或许她什么都不说，只是牵起他的手。

神职人员——他究竟是教士、牧师、神父，还是什么？蕾妮不懂这种事情，总之他开始说话。"在这里的每个人都认识吉妮娃·沃克。她不是这个教会的成员，但她是我们的一分子。汤姆把她从费尔班克斯带来的那一刻，她就成为我们的人。她热衷于所有事物，从不轻言放弃。记得吗？那次爱莉怂恿她在鲑鱼节上唱国歌，她唱得难听极了，就连狗都开始哀嚎，玛蒂达也逃跑了。好不容易唱完之后，小吉说：'我根本不会唱歌。管他的，我的爱莉要我唱，我就唱。'还有那次钓鱼比赛，吉妮的钓钩刺中汤姆的脸颊，她吵着要拿最大鱼奖。她的心像阿拉斯加一样大。"他停顿叹息，"我们的小吉，她懂得如何去爱。虽然最后这段日子，没人搞得清楚她究竟是谁的老婆，不过无所谓，我们全都爱她。"

会场响起笑声，平和而哀伤。

蕾妮听到一半就恍神了。她甚至不知道时间是怎么过去的。这一切都让她想到自己的妈妈，万一失去她会是什么感觉。然后她听见人们纷纷转向大门，靴子沉重的脚步声，木地板嘎嘎作响。

结束了。

蕾妮想过去找迈修，但是办不到，所有人都往大门的方向挤过去。

根据蕾妮的观察，葬礼上完全没有人提起仪式结束后要去踢腿麋鹿酒馆，但最后所有人还是全部出现在那里，就像旅鼠一样。或许这是成年人的本能。

她跟着爸爸妈妈走下山丘，穿过马路走进焦黑破败的酒馆。一踏进门口,她立刻嗅到木头烧焦发出的煤烟酸味。显然那个味道永远不会消失。酒馆内阴森昏暗,有如长满大树的森林,屋椽上挂着瓦斯灯,摇动时发出嘎吱声响,洒下一道道光束照亮下面的顾客。每当有人开门,灯就会被风吹动。

老吉姆站在吧台里,尽他所能以最快的速度倒酒。他一边的肩膀上挂着湿答答的灰色抹布,水滴到法兰绒衬衫上形成深色水渍。蕾妮听说他在这里当酒保已经几十年了。他开始在这里工作的时候,住在这片荒野里的人不是为了逃避第二次世界大战,就是刚从战场上回来。爸爸一口气点了四杯酒,一杯接一杯迅速喝完。

地上的木屑散发出一种像谷仓的灰尘气味,让这么多人的脚步声变得安静。

所有人同时在说话,压低音量表示哀悼。蕾妮听见片段内容。

"……很漂亮……连身上的衣服都愿意送人……她做的荨麻面包最好吃了……真可怜……"

她看出死亡对人们产生的影响,看出他们茫然的眼神,他们静静摇头,欲言又止,仿佛无法决定该以沉默还是言语缓解忧伤。

这是第一次有蕾妮认识的人死去。她在电视上看过,也在心爱的书本中读过(《局外人》里的约翰尼死去时,蕾妮真的是伤心欲绝),但现在她看到死亡真实的一面。在文学作品中,死亡有很多意义:信息、净化、复仇。有一种死亡只是单纯的心脏停止跳动,而另一种则是自愿做出的抉择,例如佛罗多前往灰港岸。死亡令人哭泣,令人满心哀伤,但在最棒的书中,死亡也会带来平静、满足,一种故事结局就该如此的感觉。

她发现在现实中并非如此。死亡只是结束,只是一个人留下的空洞。哀伤敞开人的内心。

死亡让她思考上帝在这种时候给予的安慰。她第一次纳闷爸爸妈妈相信什么、自己相信什么。

友谊。

这个答案在心中浮现。她无法体会失去妈妈有多惨,光是想象就让蕾妮觉得反胃。妈妈就像风筝线,没有她坚强稳定的把持,孩子只能随风乱飘,迷失在白云之间。

她不愿意思考那样的失落,那足以压断骨头的沉重,但是在这种时候不可能逃避,而当她鼓起勇气面对,不眨眼、不闪躲,她发现一件事:如果她是迈修,现在一定很需要朋友。谁知道朋友该如何帮忙?是该沉默陪伴,还是该不停说话掩饰沉默?哪种比较好?她得自己想出该怎么做。不过她很确定给予友谊绝对是正确的。

沃克家的人一进来,她立刻知道了,因为所有人都安静下来,大家转头看着门口。

沃克先生走在最前面,他个子太高、肩膀太宽,得低下头才能走进低矮的门。金色长发落在他脸上,他伸手拨开。他抬起头,发现所有人都站起来望着他,他突然停止动作。他看着所有朋友,视线缓缓扫过整家酒馆。那个漂亮的金发女生站在他身后,脸上带着泪痕。她一手搂着迈修,动作像特工人员护送人人喊打的尼克松远离暴民。迈修拱着肩,驼着背,垂着头。卡尔跟在最后面,眼神涣散。

沃克先生看到妈妈,朝她走来。

"汤姆,非常遗憾。"妈妈抬起头看他。梨花带雨的她显得超凡脱俗,蕾妮第一次看到她这么美的模样。

沃克先生注视着她:"我应该和他们一起去。"

"噢,汤姆……"她轻触他的手臂。

沃克先生按了妈妈的手一下。"谢谢。"他沙哑地低声说。他用力咽了一下,抬头看着聚集过来的朋友。"我知道大家都不爱教堂葬礼,不过实在太冷了,而且吉妮娃很喜欢教堂的感觉。"

众人喃喃附和,躁动不安得到控制,安心中带着哀伤。

"敬小吉。"大玛芝举起烈酒杯。

"敬小吉!"

大人互相碰杯之后喝光,去到吧台前再点一轮酒。蕾妮看着沃克一家在人群中走动,每次遇到人都会停下来交谈。

"真高调的葬礼。"狂厄尔醉醺醺地高声说。

蕾妮转头看汤姆·沃克有没有听见,但沃克先生在远处和大玛芝、娜塔莉说话。

"这不是理所当然吗?"爸爸灌下另一杯威士忌。他的眼神因酒醉而迷茫。"我还觉得奇怪呢,州长大人竟然没有特地飞过来指导我们该有什么感觉。听说他和汤姆是一起钓鱼的好朋友。他最喜欢讲这件事,生怕我们这些下等人忘记。"

妈妈靠过去:"恩特,今天是他太太的葬礼,不能——"

"你给我闭嘴。"爸爸嘶声说,"我都看到了,你刚才一直黏着他——"

瑟玛挤过来:"哦,真是的,你们两个别闹了。今天是哀悼的日子,收起你们的嫉妒十分钟好吗?"

"你以为我嫉妒汤姆?"爸爸转头看妈妈,眯起眼睛的样子很吓人,"我有理由嫉妒他吗?"

爱莉斯佳拥着迈修由吊唁者中走过,在后面找到一个安静的角落,把他留在那里之后又离开。

蕾妮小心在人群中行走,每个人都很臭,柴火烟味加上汗臭、体臭。在深冬洗澡是一种奢侈,所有人洗澡的次数都不够。

迈修独自站在一旁,感觉像成双成对的木柴架少了一个。他茫然望着前方,背对着焦黑剥落的原木墙。他的袖子沾到煤灰。

他变了很多，她非常吃惊。才短短几天，他的体重不可能减轻多少，但他的脸颊凹陷、颧骨凸出。他的嘴唇脱皮流血。他的前额发白，与被风吹红的脸颊形成强烈对比。他的头发肮脏、油腻，扁塌的细细发束垂在脸的两旁。

"嘿。"她说。

"嘿。"他木然回应。

接下来呢？

千万别说很遗憾，那是大人说的话，而且很蠢。不用说也知道你很遗憾，而且一点儿帮助也没有。

可是该说什么呢？

她谨慎地小步往前移动，小心不碰到他。她站在他身边，靠着烧焦的墙。站在这里，她能够看到所有东西，挂在焦黑屋椽上的灯，墙上挂着蒙尘的古董雪鞋、渔网、越野雪橇，烟灰缸满出来，烟雾茫茫。她也能看到所有人。

她父母和狂厄尔、克莱德、瑟玛挤在一起，哈兰家的其他人也都在。即使隔着抽烟制出的迷蒙蓝灰色烟幕，蕾妮依然能看出爸爸的脸非常红（这表示他喝了太多威士忌），说话时愤怒地眯起眼睛。妈妈站在他身边，一脸沮丧无奈，不敢动，不敢加入谈话，不敢看丈夫之外的人。

"他说是我害的。"

突然听到迈修说话，蕾妮太过惊讶，过了一会儿才明白他的意思。她顺着他的视线看到沃克先生。

"你爸爸？"蕾妮转向他，"不会吧，这件事不是任何人的错。她只是……我是说，冰层……"

迈修哭了起来。他站在那里一动也不动，泪水簌簌流下脸颊，因为太过紧绷，整个人都在轻微颤抖。在他眼中，她瞥见更大的世界。感觉孤单、害怕，面对阴晴不定、暴躁愤怒的爸爸，这些不好的事情会让人做噩梦，让人畏惧。

不过，再怎样都比不上亲眼看着妈妈死去。那会是什么感觉？要怎么才能放下？

她不过是个十四岁的小女生，有着自己的烦恼，要怎么做才能帮助他？

"昨天他们找到她了。"他说，"你听说了吗？她少了一条腿，脸也——"

她碰碰他："别想——"

她一碰，他发出痛苦的哀号，引来所有人的注意。他再次号叫，全身发抖。蕾妮呆住，不知道该怎么办。她应该走开还是靠近？她听从本能，一把抱住他。他整个人融化在她怀里，紧紧抱住她，力道大到她无法呼吸。她感觉他的眼泪滴在脖子上，温热湿润。"都是我害的。我一直做噩梦……醒来时我觉得好生气，难以承受。"

蕾妮还来不及开口，那个漂亮金发女生来到迈修身边，一手搂住他，将他从蕾妮身边拉走。迈修跌进她怀中，动作很不稳，仿佛就连走路也很陌生。"你一定是蕾妮。"她说。

蕾妮点头。

"我是爱莉，迈弟的姐姐，他跟我说过你的事。"她微微颤抖，看得出来努力想挤出笑容，"他说你是他最好的朋友。"

蕾妮一瞬间无法呼吸，片刻之后才说："我们的确是。"

"太好了。我住在这里的时候，学校没有和我同年的人。"爱莉将头发别到耳后，"大概就是因为这样，我才觉得去费尔班克斯是个好主意。因为……卡尼克和开垦园有时候感觉好小，像个小点。不过我应该留在这里……"

"不要。"迈修对姐姐说，"拜托。"

爱莉的笑容撑不住了。蕾妮完全不认识她，但看得出来她很努力保持镇定，也看得出来她有多爱弟弟。这让蕾妮产生一种莫名的亲切感，仿佛她们共同拥有很重要的东西。"我很高兴他有你。他现在……很挣扎，对吧，迈弟？"她哽咽，"不过他会没事的。我希望。"

蕾妮突然明白怀抱希望会如何毁掉一个人。当人一心希望能有最好的结果，得到的却是最糟的，会发生什么事呢？难道最好不要抱持任何希望，只做最坏的打算？她爸爸不是一直这样教她吗？要为最恶劣的状况做准备。

"他当然会没事。"蕾妮虽然这么说，但其实并不相信。她深知噩梦会对人造成怎样的影响，可怕的记忆能够彻底改变人的性格。

* * *

开车回家的路上，没有人开口。

妈妈缩在座位上，弯腰驼背，一直偷看爸爸。

他酒醉、愤怒，在驾驶座上躁动，猛拍方向盘。

再过几分钟就要日落了。

黑暗。

蕾妮确切感觉到每一毫秒日光消失，像槌子打在骨头上一样剧烈。她想象爸爸听得到，每一秒消失的声音，像石墙上滚落的石块，落入幽暗混浊的水中。

妈妈伸手触碰他的手臂："恩特？要不要换我开车？"

他甩开手，嘀咕着说："你最会这个，对吧？摸男人。你以为我没有看见，你以为我是笨蛋。"

妈妈瞪大眼睛看着他，恐惧刻蚀着她细致的五官："我没有。"

"我看到你仰望他的表情。我都看到了。"他低声含糊地说了什么，甩开她的手。蕾妮似乎听到他低声说"呼吸"，但无法确定。她只知道她们麻烦大了。"我看到你摸他的手。"

真的很糟。

他一直嫉妒沃克先生有钱……现在又多了别的理由。

回家的路上，他不停地低声自语，"婊子""贱货""说谎"，手指不停敲着方向盘，像在弹钢琴一样。回到开垦园，他踌躇着下车，站在原地摇晃，望着小屋。妈妈走向他。他们站着不动，看着对方，呼吸紊乱。

"你又要耍我……是吧？"

夜色降临，又快又急，将他们笼罩在黑暗中。

"恩特？"妈妈摸摸他的手臂，"你该不会真的以为我想和汤姆——"

他抓住妈妈的手臂，将她拖进小屋。她努力想挣脱，差点儿往前跌倒。她按住他的手，想让他放开，但一点儿用也没有。"恩特，拜托。"

蕾妮跑过去追上，跟着他们走进小屋，一路说着："爸爸，拜托，放开妈妈。"

"蕾妮，去——"妈妈没有说完。

爸爸打妈妈，非常用力。她往旁边飞出去，头撞上原木墙，然后瘫软倒在地上。

蕾妮尖叫："妈妈！"

妈妈手脚并用跪起来，然后摇摇晃晃站直。她的嘴唇破皮流血。

爸爸再次动手，而且更用力。她撞上墙，他低头往下看，发现指节上有血，他呆呆地注视着。

他发出尖锐哀恸的凄厉哭号，在原木墙之间回荡。他踌躇着后退，拉开距离。他看着妈妈许久，绝望的眼神中充满忧伤与憎恨，然后冲出小屋，用力摔门。

* * *

蕾妮站着，只是站着。

刚才看到的事令她太害怕、太惊讶、太惶恐，她什么都没做。

什么都没做。

她应该用全身的力量撞开爸爸，挡在他们中间，甚至去拿枪。

她听见门用力关上的声音，终于从麻痹中惊醒。

妈妈坐在柴火暖炉前的地上，双手放在腿上，头往前垂，头发遮住脸。

"妈妈？"

妈妈缓缓抬头，将头发别到耳后。她的前额一片红肿，下唇裂开，血滴在裤子上。

不要只是站着。

蕾妮跑进厨房，用桶里的水打湿一块布，回到妈妈身边跪下。妈妈露出疲惫的微笑，感觉像个破娃娃，用布按住流血的嘴唇。

"对不起，宝贝女儿。"她隔着布说。

"他打你。"蕾妮依然因为事情发生得太快而惊愕。一秒之间，她的世界天翻地覆，彻底掏空。她知道爸爸喝太多酒，知道他脾气火暴，知道他因为战场上的经历而受苦，但这……

这是她不曾想象过的丑恶。他会乱发脾气，没错，但打人？流血？不……

在家里应该很安全，和爸爸妈妈在一起应该很安全。他们应该保护孩子不受外界危险伤害。

"他一整天都很焦躁。我不该和汤姆说话。"妈妈叹息道，"我猜他八成去哈兰庄园找狂厄尔喝威士忌，用仇恨下酒。"

蕾妮看着妈妈被打到淤血的脸，她的血染红湿布："意思是说都是你的错？"

"你还太小,不会懂。他不是故意那样,他只是有时候……太爱我。"

真的吗?大人的爱就是这样吗?

"他是故意的。"蕾妮轻声说,冰冷的领悟如潮水冲刷而过。片段回忆对上,像锁的零件一样紧密结合。妈妈身上总是有淤血,她总是说自己笨手笨脚。从小到大,他们一直隐瞒这个丑恶的真相,不让蕾妮发现。以前可以用墙壁和谎言瞒过她,但现在这栋小屋只有一个房间,再也无法隐藏。"他之前也打过你。"

"没有。"妈妈说,"真的很少。"

蕾妮努力在脑中拼凑,想让一切变得合理,但她做不到。这怎么可能是爱?怎么可能是妈妈的错?她原本以为自己很了解家人,没想到他们完全不是那样,之间的差异变得像沙漠一样无边无际,满是碎玻璃与尘土。

"我们必须理解、原谅。"妈妈说,"当所爱的人生病的时候、苦苦挣扎的时候,这样做才是爱他。就好像他得了癌症,这样想就对了。他会好起来的,一定会。他真的很爱我们。"

蕾妮听出妈妈快哭出来了,这样的感觉更糟,仿佛她的泪水加以灌溉,让这样的丑恶成长茁壮。蕾妮将妈妈拥进怀中紧紧抱住,抚摸她的背,妈妈也曾经无数次这样安慰蕾妮。

蕾妮不知道她在那里坐了多久,抱着妈妈,一次又一次回想那恐怖的一幕。

然后她听见爸爸回来的声音。

她听见蹒跚的步伐踏上露台,他摸索着想打开门锁。妈妈一定也听见了,因为她手脚并用摇摇晃晃地站起来,推开蕾妮,同时说:"上楼去。"

蕾妮看着妈妈站起来,染血的湿布掉落,接触地面发出啪嗒一声。

门开了,冷风蹿入。

"你回来了。"妈妈喃喃地说。

爸爸站在门口，脸上写满痛苦，眼眶含泪。"珂拉，我的天。"他的声音沙哑哽咽，"我当然会回来。"

他们朝对方走去。

爸爸跪倒在妈妈面前，膝盖撞在地板上发出很大的声响，蕾妮知道他明天一定会淤血。

妈妈靠过去，双手伸进他的发丝中。他把脸埋在她的腹部，开始发抖哭泣。"对不起，我只是太爱你……爱让我发疯，比平常更疯。"他抬起头，泣不成声。"我不是故意的。"

"我知道，宝贝。"妈妈跪下，抱着他前后摇晃。

蕾妮感觉她的世界突然变得好脆弱，整个世界都好脆弱。她几乎不记得"以前"的生活，或许其实她完全不记得，或许她脑中的印象——爸爸把她扛在肩上、拔下雏菊花瓣、拿着蒲公英给她吹、睡前读故事给她听，说不定这些都只是从照片上取的画面，建构出想象的生活。

她不知道，她怎么可能知道？妈妈希望蕾妮像她一样，轻轻松松假装没事。即使道歉像保证会悔改的承诺一样不可靠，依然必须原谅。

多年来，从小到大，蕾妮都这样做。她爱爸妈，两个都爱。即使没有人告诉她，她依然知道爸爸内心的黑暗很不好，他做的事不对，但她相信妈妈的解释：爸爸生病了，他知道错了，只要她们够爱他，迟早他会好起来，变回"以前"的样子。

只是现在蕾妮再也不相信了。

现实摆在眼前：冬天才刚开始。寒冷黑暗还会持续很长很长一段时间，她们孤立无援，和爸爸一起被困在这间小屋里。

没有119可以求救。一直以来，爸爸总是告诫蕾妮外面的世界很危险，其实家里才最危险。

第 10 章

第二天早上,妈妈用开朗的语气喊她:"快起床,贪睡虫!该上学了。"

这句话非常正常,每个妈妈都会对十四岁的孩子这么说,但蕾妮听出言外之意——拜托,假装没事。这样的恳求形成危险的约定。

妈妈想要蕾妮一起加入这个可怕的沉默团体,但蕾妮不愿意。她不想假装昨天发生的事情很正常,但她只是个孩子,她能怎么办?

蕾妮换好衣服,谨慎地爬下梯子,害怕看见爸爸。

妈妈拿着平底锅站在扑克牌桌旁,里面装着香脆的培根,仿佛这个早上没有任何特别之处。但她右脸肿了,太阳穴周围一片青紫。她的右眼肿胀发黑,几乎睁不开。

蕾妮感觉内心压抑的愤怒挣脱而出,感到不安又困惑。

她懂恐惧,恐惧逼人奔逃躲藏,羞耻逼人沉默噤声,但愤怒要的东西不一样——释放。

"不要这样。"妈妈说,"拜托。"

"不要怎样?"蕾妮虽然不是故意的,但语气很尖锐。

"你在批判我。"

蕾妮愕然惊觉确实如此,她真的在批判妈妈,这样让她感觉很不孝,甚至残忍。她知道爸爸有病。蕾妮弯腰取出垫在桌子底下的书,换上另一本。

"状况比你所想的复杂。他不是故意动手的,真的。有时候,我会刺激到他。我不是故意的,我知道不该那样。"

蕾妮低头叹息。她缓缓站起来,转身面对妈妈。"可是……现在我们在阿拉斯加，妈妈。需要帮忙的时候没办法求救。我觉得我们应该离开。"她自己都不知道心中有这种想法，说出口才发现。"冬天还很长。"

"我爱他。你也爱他。"

没错，但这是正确答案吗？

"更何况，我们没有地方可去，也没有离开的资金。我的私房钱只剩十五美元，就这么一点儿钱走不了多远。即使我愿意夹着尾巴回父母家，也没有办法去。我们必须扔下这里的所有东西，徒步走到镇上，搭便车去荷马，然后请他们汇钱给我买机票。"

"他们会愿意帮我们吗？"

"或许。但要付出多大的代价？而且……"妈妈停顿一下，深吸一口气，"他绝不会让我再回到他身边。如果我逃跑，一定会伤透他的心，再也没有人会像他那样爱我……他很努力了。你也看到他有多自责。"

她说出了最悲哀的实话。妈妈太爱他，无法离开他。即使她的脸淤血红肿，她依然爱他。或许她一直以来说的那些话都是真的；或许没有了他，她真的不会呼吸；或许没有了他的爱慕，她真的会像少了阳光的花朵一样枯萎。

蕾妮想问：爱就是这样吗？但还来不及开口，小屋的门打开了，一股冷风吹进来，白雪盘旋。

爸爸走进小屋之后关上门。他脱下手套，对着拱起的手呼气，跺脚清掉毛皮靴上的雪。雪积在他的脚边，坚持了一下，然后融化成水洼。他的毛帽被雪染白，浓密的八字胡和粗硬的络腮胡也一样。他的样子像深山野人，牛仔裤似乎结冰了。"我的小图书馆管理员在这里呀。"他对她露出忧伤的笑容，几乎不知所措。"我帮你把早上的杂事做好了，鸡和羊都喂过了。妈妈说要让你多睡一会儿。"

蕾妮能够看见他对她的爱，在遗憾中闪耀。这份爱侵蚀了她的愤怒，让她再次质疑一切。他不想打妈妈,他不是故意的,他有病……

"上学要迟到了。"妈妈平静地说,"来,早餐带着吃。"

蕾妮收拾好课本和小熊维尼便当盒,穿上一层层保暖衣物——靴子、考伊琴毛衣[1]、派克大衣,戴上麝牛毛帽和手套。她吃着卷起的果酱松饼,打开门走进白茫茫的世界。

她呼出的气在眼前结成白雾,遮蔽一切,只剩下她和她踩在雪地上的脚步声,以及身边那个同样呼出白雾的男人。面包车慢慢出现在眼前,已经发动了。

蕾妮伸出戴着手套的手打开前座车门。因为太冷,她试了几次,老旧的金属车门终于被打开,她将书包和便当扔在地垫上,爬上破旧的仿皮座椅。

爸爸坐上驾驶座,启动雨刷。收音机开始播放,音量非常大。"半岛油管"频道正在进行晨间报告。住在野外没有电话,也没有邮务服务的居民,只能以这个方式联系。"……住在麦卡锡的毛理斯·拉弗,你妈叫你联络你哥,他身体不舒服……"

去学校的路上,爸爸一言不发。蕾妮窝在座位上,专心想自己的事。听见他说"学校到了",她吃了一惊。

蕾妮抬起头,白雪覆盖的校舍就在眼前。学校出现在雨刷扫过的扇形中,然后又消失。

"蕾诺拉?"

她不想看他。她想要表现出坚强,像阿拉斯加开拓女勇士,即使发生末日灾难也能幸存。她想让他知道她很生气,让冷漠成为她挥舞的利

---

[1] 考伊琴毛衣(Cowichan Sweater):是居住在加拿大考伊琴谷(Cowichan Valley)的印地安原住民所流传下来的传统编织毛衣,以黑白灰为基底,融入特有的狩猎文化及自然景观,并以几何学的方式呈现编织设计。

剑，但他再次呼唤她的名字，语气里满是懊悔。

她转过头。

他转身，背靠着车门。在外面的冰雪映衬下，他显得格外鲜活——黑发、深色眼眸、浓密的黑胡须。"蕾妮，我有病，你很清楚。心理医生说我的毛病叫作'总体应激反应'。那只是狗屁，不过回忆闪现和噩梦都是真的。我的脑子里面有些非常糟糕的东西，我没办法赶出去。那些东西逼我发疯，尤其是现在手头这么紧的时候。"

"喝酒只会让状况更糟。"蕾妮双手抱胸。

"没错。这种天气也是。对不起，真的非常对不起，我会戒酒。那种事情绝不会再发生。我以对你们母女的爱发誓。"

"真的？"

"蕾妮，我会更努力，我保证。我爱你妈，就像……"他的声音低到几乎听不见，"她是我的海洛因，你也知道。"

蕾妮知道这样不对，正常的爸妈不会这么做，不该将所爱的人比拟为毒品，那种玩意儿会掏空身体、毁坏大脑，让人只剩死路一条。不过他们经常对彼此这么说。电影《爱情故事》里，女主角的扮演者艾丽·麦古奥说"爱永远不必说抱歉"，仿佛那就是真理、意义。他们的语气就像那样。

她真的很希望有这些就够了，他的懊悔、羞耻与悲伤。她希望能像以前那样，盲目地跟随妈妈。她希望相信昨晚的事情只是一次可怕的错误，绝不会再发生。

他伸出手，触碰她冰冷的脸颊："你知道我有多爱你。"

"嗯。"她说。

"不会有下次。"

她必须相信他、信赖他。如果连这个都没了，她的世界会变成怎样？

137

她点头下车。她在雪中跋涉,登上台阶,进入温暖的教室。

太安静。

没有学生说话。

学生各自坐在位子上,罗德斯老师在黑板上写上"二战"。阿拉斯加是唯一遭到日军入侵的州。教室里只有粉笔摩擦黑板的声音。下面的学生没有人说话、嬉闹、打来打去。

迈修坐在位子上。

蕾妮挂好派克大衣,跺跺脚清除兔靴上的雪。没有人转头看她。

她放好便当盒,走向自己的座位,在迈修身边坐下。"嘿。"她说。

他给她一个若有似无的笑容,没有看她的眼睛:"嘿。"

罗德斯老师转向学生。她的眼神落在迈修身上,变得温柔。她清清嗓子:"好。艾索、迈修、蕾妮,打开州史课本翻到第一百七十二页。一九四二年六月六日上午,五百名日本士兵入侵阿留申群岛的基斯卡岛,这是唯一在美国国土上进行的战斗。很多人忘记了,但……"

蕾妮想在桌子底下握住迈修的手,感受接触朋友带来的安慰,但如果他甩开呢?到时候她该说什么?她能用怎样的言语?她怎么能够告诉他,她的世界裂成两半,她发现原来爱可以很危险?

他已经知道了,比她更清楚。她不能抱怨一直以为家是白的,结果却证明是黑的,她在家里再也无法安心。他经历过那种事情,她怎么能抱怨这些?

如果是以前,她或许可以说出来,当时他们的人生还很单纯,但现在他伤心欲绝,连坐都坐不直,她当然不能说。

她差点儿对他说"时间久了就会没事",但看见他眼眶中的泪水,于是闭上嘴巴。现在他们都不需要空言安慰。

他们需要帮助。

* * *

一月,气候变得更恶劣,寒冷与黑暗让欧布莱特一家三口更加与世隔绝。为暖炉添柴成为首要工作,一整天都不能停。他们每天处理大量木柴,劈砍、搬运、堆栈,要活下去就必须做,好像这样还不够辛苦,遇到爸爸状况不好、做噩梦的夜晚,他还会半夜把她们叫醒,命令她们把避难包里的东西拿出来又放进去,把枪支拆开再装回去,测试她们准备得是否完善。

每一天,下午不到五点,太阳就下山了,第二天十点才会升起,白天只有六个小时——黑夜却长达十八个小时。小屋里,种在纸杯中的菜苗毫无动静,完全没有新芽。爸爸在业余无线电前面一待好几个小时,和狂厄尔、克莱德讲话,但世界还是离他们越来越远。所有事情都很辛苦——打水、砍柴、喂牲口。去镇上需要太多规划,浪费太多宝贵物资,所以他们能不去就不去。

最严重的问题是存粮迅速减少。他们已经没有蔬菜了,马铃薯、洋葱、胡萝卜全都没了。高藏屋里只剩少量的鱼和一条麋鹿后腿。因为除了肉类,几乎没有其他食物,所以他们知道这些肉也撑不了多久。

爸爸妈妈为了物资短缺、家里没钱的问题经常吵架。上次葬礼之后,爸爸一直压抑脾气,但最近又慢慢失控了。蕾妮感觉得到,他的愤怒逐渐膨胀,占据内心。她和妈妈的一举一动都小心翼翼,尽可能不触怒他。

今天蕾妮在黑暗中醒来,在黑暗中吃早餐、换衣服,在黑暗中抵达学校。睡眼惺忪的太阳十点多才现身,但太阳一出来,金黄光芒照进靠瓦斯灯和柴火暖炉照明的昏暗教室,所有人立刻兴奋起来。

"出太阳了!气象预报说得没错!"罗德斯老师站在教室前方说。蕾妮在阿拉斯加够久了,知道一月出现蓝天和阳光是一件值得庆祝的事。

"我们需要离开阴暗的教室,出去透透气、晒晒太阳,让风吹走冬季的蜘蛛网。去郊游吧!"

艾索唉声叹气,他讨厌学校的所有活动。他从来不洗头,黑发像老鼠窝一样。他隔着刘海儿往外看。"噢,拜托……不能干脆让我们回家吗?我可以去冰钓。"

罗德斯老师不理会顶着肮脏乱发的少年:"你们三个高年级的,迈修、艾索、蕾妮,去帮小朋友穿外套、拿书包。"

"我才不要帮忙。"艾索没好气地说,"让那对小情侣去做。"

这句话让蕾妮满脸通红。她不敢看迈修。

"好,随便你。"罗德斯老师说。

蕾妮站起来,过去帮玛莎和爱涅丝穿上派克外套。今天其他人都没有来上学,从熊湾来这里的路程大概太艰辛。

她转身,看到迈修站在桌子旁,肩膀垮下,肮脏的发丝落在眼睛上。她过去,伸手碰碰他的法兰绒衣袖:"要我帮你拿外套吗?"

他努力挤出微笑:"嗯,谢谢。"

她拿起迈修的迷彩派克大衣交给他。

"好了,大家出发吧。"罗德斯老师率领学生离开教室,走向明亮灿烂的阳光。他们穿过小镇到港边,一架很大的河狸型水上飞机系在码头。

机身坑坑洼洼,需要重新上漆。每当浪潮打过来,飞机就上下沉浮,发出嘎嘎声响,拉扯系绳。他们接近时,机舱门打开,一个精瘦的男人跳到码头上,他的白胡子很像马桶刷。他戴着一顶破烂的卡车司机帽,穿着款式不同的两只靴子。他的笑容太大,脸颊的肉被推起,眼睛眯成两条线。

"各位同学,这位是来自荷马的迪特·曼斯先生,他以前曾经在泛美航空担任飞行员。快上飞机吧。"罗德斯老师说完之后,转向迪特说,"谢了，老兄，非常感激。"她忧心忡忡地回头看迈修。"我们需要清清脑袋。"

老人家点头："别客气，蒂卡。"

来阿拉斯加之前，蕾妮绝不会相信这个人曾经是泛美航空的飞行员。但是在这里，很多人在外界的身份和现在完全不同。例如大玛芝，她曾经在大城市当检察官，现在却在自助洗衣店冲澡、卖口香糖；娜塔莉原本在大学教经济学，现在自己驾船捕鱼。阿拉斯加到处都有出乎意料的人，好比住在安克波因特的那个女人，她的家是一辆报废校车，靠帮人看手相为生，据说她以前在纽约市当警察。现在她整天肩膀上站着一只鹦鹉。这里的每个人都有两段故事：以前的生活、现在的生活。如果有人想崇拜诡异的神明、住在校车里、和鹅结婚，阿拉斯加人连一句话都不会多说。就算在露台上停着一辆旧车也没人会有意见，更别说只是生锈的冰箱那种小东西。在这里，只要想象得出来，爱怎么活就怎么活。

她低头弯腰登上飞机。进去之后，她在中间的位子坐下，扣好安全带。罗德斯老师坐在她旁边。迈修沉重地经过，头低垂着，不看她的眼睛。

"汤姆说他很少讲话。"罗德斯老师靠过来对蕾妮说。

"我不知道他需要什么。"蕾妮转身，看着迈修坐下将安全带扣上之后拉紧。

"他需要朋友。"虽然罗德斯老师这么说，但这个答案很蠢。大人常说这种话，说了和没说一样。他当然需要朋友，但身为朋友的人该说什么？

飞行员用力转了一下，螺旋桨启动。他登上驾驶舱，扣好安全带，戴上耳机。蕾妮听见玛莎和爱涅丝在后面的座位上嬉笑。

水上飞机的引擎隆隆作响，金属机身震动。海浪拍打浮筒，小飞机在海浪上滑行准备起飞。声音实在太吵，蕾妮什么都听不见。

飞行员说了几句话，什么万一得临时降落，要把椅垫怎样的。

"等一下，那不是坠机的意思吗？他在说坠机的时候该怎么办。"她心中开始恐慌。

"不会有事啦。"罗德斯老师说,"想当阿拉斯加人就不能怕小飞机。这是我们依赖的交通工具。"

蕾妮知道她说的有道理。阿拉斯加的马路普及率非常低,船只和飞机非常重要。不过,她从来没有坐过飞机,而这架飞机感觉十分不稳定、不可靠。她死命抓住扶手不放。她努力想将恐惧从心中扫除,飞机悠哉地破水而过,剧烈震动之后开始升空。飞机令人惊恐地摇晃,然后恢复平稳。蕾妮不敢睁开眼睛,她知道睁开一定会看到让她害怕的事情:螺丝可能松脱、窗户可能爆裂、飞机可能撞山。她想起几年前发生的安第斯山坠机事件[1],幸存者被迫吃人。

她的手指很痛,可见她多用力抓扶手。

"睁开眼睛。"罗德斯老师说,"相信我。"

她睁开眼睛,将震动的鬈发从脸上拨开。

亚克力玻璃外的世界是她不曾见过的壮丽美景——蓝、黑、白、紫。从这么高的地方往下看,阿拉斯加的地质史展现在她眼前。她看到这片大地出生时的狂暴——里道特火山和奥古斯丁火山爆发;山峰从大海中隆起,然后由夹带岩石的蓝色冰河磨平,移动的寒冰河流雕塑出峡湾。她看到荷马夹在两座砂岩峭壁间——白雪覆盖的原野、伸入海湾的沙嘴。冰河塑造出这片地景,切割、碾压,挖出深深海湾,留下两旁的高山。

色彩浓艳饱和。蔚蓝海湾的另一头,高耸的基奈山有如童话故事的场景,锯齿形的雪白山脊高高插入蓝天。有些地方,陡峭山腰上的浅蓝色冰河像知更鸟的蛋。

---

[1] 一九七二年十月十三日,一架载着乌拉圭橄榄球队的乌拉圭空军571号班机,从乌拉圭飞往智利参加比赛,在安第斯山脉因遇上乱流,偏离航线撞山。由于食物稀少,幸存者最后决定吃死者的遗体求生。意外发生七十二天后,他们才被智利空军救援队救出,最终只剩下十六名生还者。

高山绵延，吞噬着地平线。群山雄伟，高度惊人，嶙峋的白色山头上点缀着一条条黑色冰隙与青蓝色冰河。"哇。"她贴在窗前。

飞机降低，滑翔着接近一片小海湾。白雪覆盖一切，变成冰之后受海水冲刷，在海滩上形成一片片晶莹。水上飞机转向，然后侧倾转弯，重新拉高飞过一片雪白树林。她看到一头巨大的公麋鹿走向海湾。

飞机经过海湾，迅速降低高度。

她再次死命抓住扶手，闭上眼睛，做好心理准备。

飞机降落时的冲击力道很大，海浪重击浮筒，然后冲上结冰的卵石海滩，发出压到石头的声响。飞行员将引擎熄火之后跳下去，把飞机往岸上拖，绑在一根倾倒的树干上。融雪在他的脚踝旁边漂。

蕾妮小心翼翼地下飞机（在这里，冬季弄湿衣物是一件非常危险的事），沿着浮筒往前走，然后跳上有许多融冰的海滩。迈修紧跟在后面。

罗德斯老师将几个学生聚集在结冰的海岸上："好了，各位同学，两个小的和我健行去山脊上。迈修，你和蕾妮去探险，找点儿乐子。"

蕾妮看看四周。这里的景色美丽又壮观，令人赞叹。这里有一种深沉恒久的宁静，没有喧闹的交谈声，没有嘈杂的脚步声，没有戏耍的嬉笑声，没有引擎的噪声。在这里，自然的声音最大，海浪起伏冲刷着岩石，海水拍打着飞机浮筒，远处海狮聚集地躺在岩石上吼叫，吵吵闹闹的海鸥在天空盘旋。

岸边冰后方的大海是一片惊艳的水蓝，蕾妮想象加勒比海应该就是这种颜色，积雪的海岸上点缀着覆盖白雪的黑色岩石。白头山峰强势逼近。蕾妮看见山地高处，在难以攀爬的陡峭山腰上有几个象牙色小点，那是雪羊。她从口袋里拿出宝贵的最后一卷底片。

她等不及想拍照，但因为底片有限，所以必须慎选。

该从哪里开始？结了一层冰的岩石，一丛结冰蕨类长在白雪包覆的黑色树干旁，青蓝色的大海。她转头想跟迈修说话，但他不见了。

她转身寻找，感觉冰凉海水冲过靴子，看见迈修站在海滩远处，双手抱胸。他脱掉了派克大衣，将其放在只差几厘米就会被波浪弄湿的地方。他的头发垂落脸庞。

她踩水走向他，伸出手："迈修，快穿上大衣，天气很冷——"

他躲开她的手，蹒跚着退开。"不要靠近我。"他厉声说，"我不想让你看见……"

"迈修？"她抓住他的手臂，强迫他看着她。他的眼眶泛红，泪水沾湿脸颊。

他推开她。她摇摇晃晃地后退，绊到一根漂流木，重重跌倒。

状况发生得太快，她一下子无法呼吸。她大字形倒在结冰的岩石上，海水朝她涌来，她抬头看着他，手肘刺痛。

"噢，我的天。"他说，"你没事吧？我不是故意的。"

蕾妮站起来望着他。我不是故意的。这句话她听爸爸说过多少次？

"我不太对劲儿。"迈修的声音在颤抖，"我爸说是我害死我妈。我完全无法入睡，没有了我妈，家里变得太安静，我好想尖叫。"

蕾妮不知道该如何回答。他需要听怎样的话？

"我一直做噩梦……梦见我妈。我看到她的脸，在冰层下面……尖叫……我不知道该怎么办。我不想让你知道。"

"为什么？"

"我希望你喜欢我。有时候……你是……唯一——哦，妈的……算了。"他摇头，又哭了起来，"我是废物。"

"不，你只是需要帮助。"她说，"经历过……你遭遇的事情，谁都需要帮助。"

"住在费尔班克斯的阿姨要我去她家。她认为我应该学打曲棍球、开飞机……去看心理医生。而且去那里,我可以和爱莉在一起,除非……"他看着蕾妮。

"也就是说,你要去费尔班克斯了。"她轻声说。

他沉重叹息。她猜想这件事应该早就决定了,他只是一直在等机会告诉她。

他要走了,要离开了。

想到这里,一股痛楚悲伤在胸口蔓延。她会非常想念他,但他需要帮助。她比谁都清楚,噩梦、哀伤与失眠会对人造成多大的影响,这些东西加起来害处非常大。她不能只想到自己,必须为他着想才是真朋友。

我会很想你,她想这么说,但已经太迟了,现在言语毫无帮助。

* * *

迈修离开之后,一月变得更黑暗、更寒冷,每天的生活都是求生挑战。

一个格外寒冷的暴风雪夜晚,狂风拼命想吹进屋里,大雪纷飞。妈妈说:"蕾妮,要吃晚餐了,帮忙准备餐具好吗?"她用铸铁平底锅煎午餐肉,用锅铲压平。他们有三个人,但只有两片午餐肉。

蕾妮放下社会科课本去厨房,小心留意爸爸的动静。他沿着另一头的墙来回踱步,双手握拳又松开、握拳又松开,肩膀往内缩,低声自语。他的手臂太瘦,青筋凸出,肮脏发热的卫生衣下的腹部凹陷。

他用掌根猛拍前额,喃喃说着听不清楚的话。

蕾妮谨慎地侧身绕过餐桌,转弯进入小厨房。

她忧虑地看妈妈一眼。

"你刚才说什么?"爸爸突然出现在蕾妮身边,居高临下地看着她。

妈妈用锅铲压一片午餐肉,一滴油喷溅,落在她的手腕背面:"好痛！可恶！"

"你们两个是不是在说我的坏话？"爸爸质问。

蕾妮轻轻握住爸爸的手臂，带他走向餐桌。

"你妈在说我的坏话，对不对？她说了什么？有没有提到汤姆？"

蕾妮拉出一张椅子，温柔地扶他坐下。"你爱我，对吧？"爸爸说。

蕾妮不喜欢他强调的语气："我和妈妈都爱你。"

妈妈仿佛接收到暗号，在这时登场，将一小盘午餐肉放在桌上，还有装满香喷喷黑糖烤豆的搪瓷碗，这是瑟玛给他们的。

妈妈弯腰亲了一下爸爸的脸颊，一手按住他的脸。

那个动作让他镇定下来。他叹息，努力挤出微笑："好香噢。"

蕾妮坐下，动手盛菜。

妈妈坐在蕾妮对面，用叉子把玩烤豆，在盘子上移来移去，小心观察爸爸。他低声含糊地说了一句话。

"恩特，你要吃东西才行。"

"这种鬼东西，我吃不下去。"他挥手扫开盘子，盘子落在地上发出很大的声响。

他猛然站起来，大步离开餐桌，动作非常快，抓起挂在墙钩上的派克大衣，用力打开门。"想安静一分钟都做不到。"他走出小屋之后用力摔门。不久之后，她们听见车子发动，打滑一下之后驶离。

蕾妮看着餐桌对面。

"吃吧。"妈妈弯腰捡起盘子。

晚餐过后，她们并肩清洗盘子并擦干，最后将它们放回流理台的架子上。

最后蕾妮问："要不要玩快艇骰子[1]？"她问得有气无力，妈妈点头

---

1 快艇骰子（Yahtzee）：一种以五颗骰子进行的计分游戏。

的动作也一样。

她们坐在扑克牌桌前，尽可能把游戏拖久一点儿，因为迟早会有人受不了这样的假装。

蕾妮知道她们都在等面包车开进院子的声音。她们都很担心，难以决定他在家比较糟，还是不在家比较糟。

感觉像过了好几个钟头之后，蕾妮问："你觉得他去哪里了？"

"狂厄尔那里，如果车子开得上山。如果路况太差，八成会去踢腿麋鹿。"

"喝酒。"蕾妮说。

"喝酒。"

"我们是不是应该——"

"别说了。"妈妈说，"去睡吧，好不好？"她往后一靠，点燃一支宝贵的香烟，剩下的已经不多了。

蕾妮收拾好骰子、计分卡与黄色和棕色的假皮小骰盅，将它们全部放进红色盒子里。

她爬上阁楼，钻进睡袋，省掉刷牙这一步。她听见妈妈在楼下踱步。

蕾妮翻身拿纸笔。迈修离开几个星期了，她写了很多信给他，大玛芝帮忙去寄。迈修回信也很勤，一封封短信描述新加入的曲棍球队、学校有运动团队的新鲜感。他的字迹太潦草，她几乎无法解读。她耐心等候每一封信的到来，然后迫不及待地拆开。每一封信她都读了又读，像侦探一样，寻找深层的意义、线索、暗示，想知道他的心情如何。她和迈修似乎都不知道该说什么，不知道如何用文字这种没有人味的东西，为分离的生活搭起桥梁，但他们依然持续写下去。她还不知道他对自己的感受，也不知道他如何看待搬家与失去母亲这些事，但她知道他想念她。刚开始能这样，已经很足够了。

亲爱的迈修：

今天学校继续教克朗代克淘金热的历史。

罗德斯老师以你的奶奶作为例子，解释当时的妇女一无所有来到北方寻找——

她听见尖叫声。

蕾妮匆忙爬出睡袋，半滑着下梯子。

"外面有东西。"妈妈从卧房出来，高举着一盏灯。在灯光下，她显得狂乱、惨白、头发凌乱。

野狼嗥叫，高低起伏的凄厉呼号划破夜空。

距离很近。

羊群尖声回应，惊恐的惨叫声很像人类。

蕾妮拿起放在架子上的来复枪，准备开门。

"不行！"妈妈大喊，把她拉回去，"不能出去。狼群会攻击我们。"

她们掀开窗帘，打开窗户，寒冷扑面而来，冲进小屋。

银白月光洒落前院，虽然微弱暗淡，但足以让她们看见外面的情景。光照在雪地上，照亮银色毛皮、黄色眼睛、白色獠牙。狼群朝羊栏移动。

"快滚开！"蕾妮大吼，举起来复枪瞄准一个在动的东西发射。

枪响震耳欲聋，一匹狼痛呼悲鸣。

羊的惨叫哭嚎持续不断。

* * *

安静下来了。

蕾妮睁开眼睛，发现自己躺在沙发上，妈妈在旁边。

暖炉的火熄了。

蕾妮发着抖,掀起层层毛毯与兽皮,重新起火、添柴。

"妈妈,快醒醒。"蕾妮用毯子包住身体。她们都穿着层层衣物,好不容易睡着了,但因为太累而忘记顾火了。

妈妈坐起来,将凌乱的头发从脸上拨开:"等天亮再出去。"

蕾妮看看时钟,六点了。

几个小时后,黎明终于来临,慢吞吞地将日光投向大地,蕾妮穿上白兔靴,拿起来复枪上膛,膛室关上时发出响亮的咔声。

"我不想出去。"妈妈说,"不过我不会让你一个人去,安妮·欧克丽[1]。"她虚弱地笑笑,穿上靴子和派克大衣,戴上毛皮兜帽。她拿起另一把来复枪,上膛之后站在蕾妮身边。

蕾妮打开门,走到白雪覆盖的露台上,将来复枪高举在身前。

世界一片白上加白,白雪纷飞,笼罩大地,万籁俱寂。

她们穿过积雪的露台,走下台阶。

蕾妮还没看到尸体,但已经嗅到死亡的气息。

羊栏全毁,旁边的积雪上血迹斑斑,支柱和栅门被拆毁,支离破碎地倒下,到处都是粪便,一堆堆的黑色,混合着血液、碎肉、内脏,凝结的血迹延伸进森林。

一片狼藉,全毁了,畜栏、鸡圈、鸡窝,所有家禽、家畜全部消失,连残骸也不留。

她们呆望着凄惨的场面,终于妈妈说:"我们不能继续发呆下去。血味会吸引掠食野兽。"

---

[1] 安妮·欧克丽(Annie Oakley,一八六〇—一九二六):十九世纪闻名美国西部的女神枪手。

第 11 章

蕾妮和妈妈手牵手走在路上,感觉像航天员走在不适合人居住的白色外星大地。她只能听到自己的呼吸声和她们的脚步声。

她们终于到镇上时,中午已经过了很久。

所有东西都显得无精打采。栈道变成一片笼罩白雪的冰。所有屋檐都挂着冰柱,每个表面都积雪。港口波涛汹涌,白浪将渔船甩来甩去,拉扯系绳。

踢腿麋鹿酒馆已经开始营业了,也可能是还没打烊。灯光透出琥珀色玻璃,像一片片奶油,感觉很温馨。店门前停着几辆车,卡车、全地形沙滩车、雪地机动车,但数量不多。这种天气很少有人愿意出门。

蕾妮用手肘推推妈妈,朝停在酒馆附近的面包车撇头。

她们两个都没有动。妈妈说:"他看到我们一定会很不高兴。"

这么说还太客气,蕾妮想。

马路对面,杂货店开门了,蕾妮听到迎客铃的声音,感觉很遥远。

汤姆·沃克从店里走出来,搬着一大箱物资。雪花落在他的金色长发上。

他看到她们,停下脚步。

蕾妮瞬间清楚地意识到她和妈妈在别人眼中是什么样子。她们站在深度及膝的积雪中,脸冻得发红,头发被雪染白、结冰。没有人会在这种天气出来散步。沃克先生将那箱东西放上卡车,推到靠近车头的地方。大玛芝跟着从店里走出来。蕾妮看到他们互使眼色、蹙眉,然后朝蕾妮和妈妈走来。

"嘿，珂拉。"沃克先生说，"天气这么差，你们怎么会出门？"

妈妈打个冷战，全身发抖，牙齿上下敲击："昨天晚上，狼群攻击了我们家。我不、不知道有多少只。它们咬、咬死了所有羊和鸡，畜栏和鸡窝也全毁了。"

"恩特有打死狼吗？要不要帮你们剥皮？狼皮很值钱——"

"没、没有。"妈妈说，"那时候很黑。我只是来……订购新的鸡。"她看了大玛芝一眼，"玛芝，下次你去荷马的时候帮我带。我们还要一些米和豆子，可是……我们没有钱了。我可以帮忙洗衣、缝补，我很会做针线活。"

蕾妮看到大玛芝咬牙切齿，听到她低声咒骂："他把你们丢在家里。狼群跑去攻击，你们很可能也会没命。"

"我们没事，我们躲在家里没有出去。"妈妈说。

"他在哪里？"沃克先生轻声问。

"我、我们不知道。"妈妈说。

"在踢腿麋鹿酒馆。"大玛芝说，"他的车在那里。"

"汤姆，不要。"妈妈说，但已经来不及了。沃克先生在安静的街道上大步前进，脚步扬起积雪。

妈妈和大玛芝急忙追上他，蕾妮也跟去，她们因为太急而在冰上打滑。

"不要这样，汤姆，真的。"妈妈说。

他打开酒馆的门。蕾妮立刻闻到一股臭味：潮湿的羊毛、肮脏的人体、未干的狗毛、烧焦的木头。

才刚过中午，即使不算驼背无牙的老酒保，店里也至少有五个人，噪声喧闹。有人把威士忌酒桶做成的桌子当鼓敲，一台电池式收音机大声播放《坏坏的勒罗伊·布朗》，所有人都在说话。

"对、对、对。"狂厄尔大声说，他的眼神涣散，"他们的第一步就是占领银行。"

"然后抢走我们的土地。"克莱德口齿不清地说。

"妈的,他们休想抢走老子的地。"这是她的爸爸。他站在一盏垂吊的灯下面,整个人摇摇晃晃,眼睛充血。"没有人能抢走我的东西。"

"恩特·欧布莱特,你这个王八蛋。"沃克先生怒斥道。

爸爸摇晃一下,转过身。他来回看着沃克先生和妈妈,困惑变成愤怒。"搞什么鬼?"

沃克先生冲过去,撞开几张椅子。狂厄尔急忙让开,不敢挡他的路。"欧布莱特,昨天晚上,你家遭到狼群袭击,狼群。"他强调。

爸爸的视线转向妈妈:"狼群?"

"我们没事。"她紧握住戴着手套的双手。

"你会害老婆、女儿没命。"沃克先生说。

"给我听清楚——"

"不,是你要给我听清楚。什么都不懂就跑来北方的奇恰客很多,你不是第一个。你甚至不是最蠢的,比你蠢的大有人在,但不照顾妻子的男人……"

"汤姆,你有什么资格说别人没有照顾好老婆?"爸爸说。

沃克先生抓住爸爸的一只耳朵用力扯,爸爸像个小女生一样尖声惨叫。他拖着爸爸走出臭气冲天的酒吧来到马路上。"我应该踹得你满地爬才对。"沃克先生厉声说。

"汤姆,"妈妈哀求,"拜托,不要把状况搞得更糟。"

沃克先生放手转身,看到妈妈站在旁边,一脸惊恐,几乎快哭出来。蕾妮看出他将自己从暴怒的边缘拉回来。她第一次看到有男人肯这么做。

他静止不动,皱着眉头,低声嘀咕了几句,拉着爸爸走向面包车。他打开车门,把爸爸举起来放在前座上,动作非常轻松,仿佛抱小孩一样。"你真可耻。"

他用力关上车门，然后走向妈妈。

蕾妮听到他说："你不会有事吧？"

妈妈的回答很小声，蕾妮听不见，但她似乎听到沃克先生悄悄说杀死他，然后看到妈妈摇头。

沃克先生碰碰她的手臂，一下子而已，才一秒钟，但蕾妮看见了。

妈妈对他凄楚一笑，然后说："蕾妮，你先上车。"她的视线没有离开他。

蕾妮听话地上车。

妈妈坐上驾驶座，发动面包车。

回家的路上，蕾妮看出爸爸心中的狂怒不断累积，征兆很明显：他的鼻翼不时翕动，双手握拳又松开，还有那些他没有说出口的话。

他是个爱说话的人，尤其是最近，尤其在冬季，他总是有话可说，但现在他紧紧抿着嘴。

蕾妮非常紧张，感觉像绑在木桩上的绳索，被风不停拉扯。绳索虽然极力抵抗，但非常勉强，逐渐滑脱。倘若绳索绑得不够牢，很可能会松开被吹走，甚至连木桩也会被狂风拔起。

爸爸太安静，绝对有问题，或者该说是所有问题中最大的一个。

爸爸身上散发的沉默逐渐扩张，刺激着她的神经。

他的耳朵依然有着桃红色的痕迹，那是沃克先生捏住的地方。沃克先生把爸爸拽出酒馆，当众羞辱他。

蕾妮从来没看过有人那样对待爸爸，她知道结果一定很惨。

面包车猛然停在小屋前，在雪地上稍微打滑。

妈妈熄火，原本还有引擎的隆隆声响可以稍微掩饰他们之间与周围的寂静，但现在寂静开始扩散，变得更加沉重。

蕾妮和妈妈急忙下车，让爸爸独自留在车上。

接近小屋时，她们再次看到狼群肆虐的惨状。白雪覆盖的现场，柱子和木板上积起了小雪堆。塑胶网纠结成一团由积雪中冒出。一道门半掩着。到处都有血凝结成的粉红的冰和冻硬的血肉，主要出现在树下没有积雪的地方，但木板上也有，还能看见几根彩色的羽毛。

妈妈牵起蕾妮的手，带她穿过前院，进入小屋。她用力关上门。

"他会打你。"蕾妮说。

"你爸爸的自尊心很强。那样遭到羞辱……"

几秒之后，门被用力撞开。爸爸站在门口，眼睛因为酒精与狂怒而发亮。

他走过来，速度非常快，蕾妮还来不及吸气。他抓住妈妈的头发，挥拳揍她的下颌，力道之大，使她撞上墙壁之后瘫倒在地上。

蕾妮尖叫着扑向他，伸手想抓他。

"不，蕾妮！"妈妈大叫。

爸爸抓住蕾妮的肩膀，用力摇了一下。他抓住她的一把头发，拽着她走向门口，她的脚被地毯绊住，他把她推出屋外，推到寒冷中。

他大力摔上门。

蕾妮扑过去拼命撞门，直到用尽所有力气。四周大雪纷飞，将她彻底隔绝，仿佛被放逐到一个没有色彩的世界。她跪倒在屋檐遮住的一小块地面上。

屋里传来乒乒乓乓的声响，有东西破掉了，然后是尖叫。她想逃跑，想去求救，但这样只会火上浇油。没有人能帮他们。

蕾妮闭上眼睛祈求，虽然她对上帝毫无认识，也没有人教过她。

她听见解开门锁的声音。时间过了多久？

蕾妮不知道。

蕾妮摇晃着站起来,感觉快冻僵了。她回到小屋里。

里面仿佛战场。一张椅子解体,地上到处是碎玻璃,沙发上血迹斑斑。妈妈的样子更惨。

蕾妮第一次有这个想法:他会杀死她。

杀死她。

她们必须逃跑,立刻。

*　　*　　*

蕾妮小心翼翼地接近妈妈,生怕她随时会倒下。"爸爸在哪儿?"

"昏睡过去了,在床上。他想……惩罚我……"她因为羞耻而转过头,"你去睡吧。"

蕾妮走向门边的挂钩,拿起妈妈的派克大衣和靴子:"来,穿暖一点儿。"

"为什么?"

"穿上就是了。"蕾妮蹑手蹑脚地在屋里走动,轻轻穿过珠帘。她四处寻觅,心脏像榔头重敲肋骨,终于看到她要找的东西。

钥匙,妈妈的皮包,虽然里面没有钱。

她拿好之后准备离开,但又停下脚步转身。

她看看爸爸,他大字形趴在床上,没穿衣服,只用毯子盖住屁股。他的肩膀和手臂上有大片变形的烧伤疤痕,在阴影中看起来像青紫色。枕头上有血迹。

她没有吵醒他,悄悄回到客厅。妈妈独自站在一旁抽烟,感觉像被人用大棒子殴打过。

"走吧。"蕾妮牵起她的手,轻柔但坚定地拉了一下。

妈妈说:"去哪里?"

蕾妮打开门，稍微把妈妈推出去，然后弯腰拿起一直放在门边的避难包。这几个背包好似默默赞颂即将发生的灾祸，提醒她们聪明人永远会做好万全准备。

蕾妮背起避难包，缩起身体抵挡风雪，跟着妈妈走向面包车。"上车。"她温和地说。

妈妈坐上驾驶座，插入钥匙转一下。暖车的时候，她呆滞地问："我们要去哪里？"

蕾妮将大背包扔到后车厢："妈妈，我们要离开。"

"什么？"

蕾妮爬上前座："我们得快点儿离开，不然他会杀死你。"

"哦，那个啊，不会啦。"妈妈摇头，"他绝不会做出那种事。他爱我。"

"你的鼻梁好像断了。我们去找大玛芝。她会帮忙。"

妈妈呆坐了一分钟，垂着头。然后她缓缓面对方向盘，挂挡转向车道。车头灯照亮前方，指引离开的路。

妈妈开始静静地哭泣，她总是这样，以为不出声，蕾妮就不会知道。车子开进树林，她不停地看后视镜，抹去泪水。在车头灯的照耀下，道路不断变化，转来转去，这条路并非直直穿过树林，而是蜿蜒绕过去。终于到了大马路，风势非常强劲，刮搔抓挠车身。来到没有树的地方，妈妈小心地控制油门，尽可能在积雪的路上保持平稳。

他们经过沃克家的闸门，继续往前开。

下一个转弯时，一阵暴风猛烈吹袭，车子往旁边滑去。一根断掉的树枝打中风挡玻璃，被雨刷卡住，上下移动几下之后才被吹走。

前方出现一头巨大的公麋鹿，在转弯处过马路。

蕾妮尖叫示警，但已经来不及了。她们只能选择撞上麋鹿或猛转弯。撞上那么大的动物，车子一定会完蛋。

妈妈转动方向盘，放开油门。

面包车本来就不适合在雪地上开，这时开始长距离缓缓打转，仿佛芭蕾舞者的优美回旋。

车子滑过麋鹿旁边，它巨大的头距离车窗仅仅几厘米，蕾妮能看见它鼻孔翕动。

"抓好。"妈妈尖叫。

车子撞上一道积雪并倾覆，整辆车翻滚冲下路边，着地时发出刺耳的金属声响。

蕾妮看见片片段段的经过：颠倒的树木、积雪的山坡、断裂的树枝。

蕾妮的头重重撞上车窗。

恢复意识之后，她的第一感觉是好安静，接着是头痛和嘴里的血腥味。

"蕾妮，你还好吗？"

"我……大概吧。"

她听见嗞嗞声响——引擎不对劲儿——以及金属变形发出的咔咔声。

妈妈说："车子倒在侧面。下面说不定是水，也可能是更深的山谷。"

在阿拉斯加的另一种死法。"会不会有人发现我们？"

"这种天气，没有人会出门。"

"就算有也看不到我们。"

蕾妮伸手拿起哐当作响的沉重避难包，翻找头灯。她戴好之后点亮。光线太黄，感觉很不真实。妈妈的样子很吓人，满是淤血的脸惨白如蜡，在光影交错中感觉像融化了。

这时蕾妮发现妈妈腿上的血，以及骨折的手臂，断裂的骨头刺破衣袖。

"妈妈，你的手，你的手！哦，老天——"

"深呼吸。看着，仔细看看，那是断掉的骨头。这不是我第一次骨折。"

蕾妮努力压抑恐慌。她深呼吸，平静情绪。"该怎么办？"

妈妈将避难包的拉链整个拉开，用没受伤的手拿出手套和合成橡胶面罩。

蕾妮呆望着断骨和浸透妈妈衣袖的鲜血，视线无法转开。

"试试看能不能打开你那边的车门。"

蕾妮用上全身的力气，用力拉门把手，同时努力推，用肩膀顶。

没用。

妈妈叹息。

"好吧。首先，我需要你帮忙绑住我的手臂止血。撕破你上衣的下摆。"

"我不行。"

"蕾诺拉。"妈妈厉声说，"撕破你的上衣。"

蕾妮的手在发抖，她取下腰带上的刀，把衣服割开后撕扯，终于撕出一长条法兰绒之后，她往旁边移动。

"绑住伤口上方，尽可能绑紧。"

蕾妮用布条缠住妈妈的肱二头肌，用力绑紧时听到妈妈的痛苦呻吟。

"你还好吗？"

"再紧一点儿。"

蕾妮尽可能拉紧，绑上一个结。

妈妈颤抖叹息，软软地倒在椅背上。"我告诉你接下来怎么做。我要打破这边的窗户。你从我身上爬出去。"

"可、可是——"

"没有可是，蕾妮。我需要你坚强起来，好吗？你也需要。我没办法出去，如果待在这里，我们会冻死。你必须去求救。我的手臂骨折了，没办法爬出去。"

"我做不到。"

"你一定做得到，蕾妮。"

妈妈握住包扎的手臂，鲜血从指缝中渗出："我需要你做到。"

"我走了以后，你会冻死。"她说。

"我看起来弱不禁风，但其实很强悍，记得吗？多亏你爸爸的末日恐惧症，我们有避难包，里面有救生毯、食物、饮水。"她露出无力的笑容，"我不会有事。你快去求救，好不好？"

"好吧。"她尽可能不害怕，但全身都在发抖。她戴上手套和面罩，拉起派克大衣的拉链。

妈妈从座位底下拿出一把榔头："沃克家离这里最近，应该不到四百米。去那里求救，你做得到吗？"

"嗯。"

面包车发出闷闷的咔咔声响，停了一下，又开始动。

"宝贝女儿，我爱你。"

她努力不哭。

"屏住呼吸，上去。"

妈妈用榔头敲破车窗，迅速利落。

玻璃出现一片网状裂痕下垂，撑住一秒，然后啪的一声破掉。大量的雪进入车内，覆盖她们。

令人震撼的酷寒。

蕾妮被埋在雪里。

她往前钻，爬过妈妈，尽可能不弄到她的手臂，听到她疼痛的呻吟，感觉她没受伤的手伸出积雪推她。

她扭动身体爬出车窗。

一根树枝打中她的脸，她继续往前爬，沿着车身侧面爬到山坡上。她擦伤而且很害怕，看到翻倒的车子、黑色的泥土、断掉的树枝、裸露的树根。

她必须往上爬，而且要尽快。

风狂吹，想把蕾妮推倒。四周的树木颤抖、弯折、断裂。树枝从她身边飞过，刮着掀起的泥土。一根树枝用力打中她的侧身，差点儿害她摔倒。

她奋力向前，摸索下一个可以踏脚的地方。

感觉好像永远到不了。她爬行、攀附，拖着身体往前进，气喘吁吁，吸进雪花。不过她终于成功了。她翻过马路边缘，脸朝下摔在积雪的路面上。

她不知道自己跋涉了多久，当头灯终于照到那个东西，她努力不哭、不尖叫。

牛头骷髅，戴着白雪帽子。后方的闸门结了一层冰，感觉属于精灵世界，如梦似幻，通往魔法世界的纯银大门。

蕾妮拉开闸门，门划过凹凸不平的地面，将积雪推过去。

她想往前冲，大喊救命，但她知道不能那么做。狂奔可能成为要她命的第二个错误。于是她在深度及膝的积雪中慢慢跋涉，右手边的树林稍微挡住狂风。

她至少花了十五分钟才走到沃克家的房子前。接近时，她看到窗户里的灯光，感觉泪水刺痛眼眶、模糊视线，但一流出来立刻在眼角结冰。

风势突然减弱，她深吸一口气，留下近乎完美的寂静，只剩下树木的窸窣声与她凌乱的呼吸声，以及远方波浪拍打冰冻海岸的声音。

她蹒跚着经过埋在雪中的废弃物、旧车、故障电器，这里大部分的前院都堆满这些东西，接着经过用稻草和毛毯盖住的蜂箱。她接近畜栏时，牛群叫了起来，用蹄踏地，挤在一起以防她是掠食动物，羊咩咩叫着。

蕾妮跑上结冰湿滑会震动的台阶，用力敲门。

沃克先生很快就来应门了。一看到蕾妮，他的表情立刻变了。"老天。"他将她拉进屋里,经过北极区典型的玄关,满是大衣、帽子、靴子,走向柴火暖炉。

她的牙齿打战得太厉害,她担心开口说话会咬断舌头,但她必须说。

"我、我、我们出车祸了。妈、妈妈困在车上。"

"在哪里?"

她再也忍不住眼泪,止不住颤抖:"大、大玛芝家前面的道路转弯处。"

沃克先生点头:"好。"他去拿东西,留下她站在那里发抖,但他很快回来了,身上穿着保暖衣物,肩头扛着一个很大的网袋。

他走向业余无线电,找到能使用的频率。一阵静电噪声之后,无线电发出尖锐嗡鸣。"大玛芝。"他拿着手持麦克风说,"我是汤姆·沃克。我家附近的大马路发生车祸,需要帮忙。我马上出发。完毕。"他放开按钮,又是一阵静电噪声。他重复同样的话,然后将麦克风挂好。"走吧。"

爸爸会听见吗?他在听吗?还是依然昏睡?

蕾妮忧虑地望着窗外,总觉得他会在阴暗处突然现身。

沃克先生从沙发上拿起一条红黄白相间的毛毯裹住蕾妮。

"她的手臂骨折了,流了很多血。"

沃克先生点头牵起蕾妮戴着手套的手,带她离开温暖明亮的室内,走进刺骨寒风中。

他们去到车库,他的大型双轴卡车立刻发动。暖气启动,吹送整个车厢,让蕾妮抖得更厉害。车子驶过树木夹道的积雪车道,转向大马路,狂风拍打风挡玻璃,呼啸着钻进金属车身的每个微小缝隙。蕾妮一路上不停地颤抖。

沃克先生松开油门,卡车放慢速度,发出轰隆声响。

"那里!"她指着面包车翻落的地方。沃克先生将车停在路边,前方出现另一对车头灯。

蕾妮认出那是大玛芝的卡车。

"你在车上等。"沃克先生说。

"不要！"

"待在车上。"他拿起网袋下车之后关上门。

在车头灯照耀下，蕾妮看到沃克先生和大玛芝在马路中间会合。他们在那里只站了几秒钟，风雪非常大，他们努力站稳以免被吹倒。不到几秒钟，大玛芝的毛帽已经满是白雪。

沃克先生放下网袋，取出一卷绳索。

蕾妮贴在窗户上，看着每个动作。她呼出的气凝结，让她看不清楚，她焦躁地抹掉。

沃克先生将绳索一头绑在树上，另一头系在腰上，做成老派的安全索。他对大玛芝挥挥手，然后从马路边爬下去，一下子就不见人影了。

蕾妮打开车门，狂风吹袭，白雪让她几乎什么都看不见，她穿过马路。大玛芝站在路边。

蕾妮探头往下看，很久都没有动静，手电筒照不到的地方，全是一片黑暗。

就在这时候……沃克先生出现了，妈妈在他身边，和他绑在一起。一开始他们只是两个身影，不停地往上移动。

大玛芝戴着手套的手紧抓住绳索，然后双手交替拉起绳索，帮忙拉他们上来。沃克先生终于跌跌撞撞回到路上，妈妈软软靠在他身边，失去意识，全靠沃克先生支撑。"她的伤势很严重。"沃克先生在风中大喊，"我开船送她去荷马的医院。"

"我呢？"蕾妮大声问。他们似乎忘记她还在。

沃克先生看了蕾妮一眼，仿佛在说"可怜的孩子"，这种眼神蕾妮太熟悉。"你也一起去。"

* * *

小小的医院等候室非常安静。

汤姆·沃克坐在蕾妮身边,厚厚的派克大衣披在腿上。他们先开车到沃克湾,沃克先生抱妈妈走上码头,轻轻放在他的铝制快艇上。他们迅速绕过崎岖的海岸前往荷马。

到了小型地区医院,沃克先生抱妈妈去柜台。蕾妮跟在旁边跑,伸手摸摸妈妈的脚踝、手腕,所有碰得到的地方。

柜台里坐着一位原住民女人,绑着两条长辫子,忙着打字。

很快就有两位护士过来带走妈妈。

"现在呢?"蕾妮问。

"现在只能等。"

他们坐在那里,没有说话。在浓浓消毒药水气味中,蕾妮的失落感凝聚。每次呼吸都很费力、很辛苦,仿佛她的肺自有主张,随时可能罢工。有太多让她害怕的事情:妈妈的手臂、失去妈妈、爸爸跑来(不要想他会有多生气……也不要想发现她们企图逃跑,他会做出什么事)、未来。现在她们要怎么离开?

"我帮你买杯饮料好吗?"

蕾妮深陷恐惧中,过了一秒才意识到沃克先生在跟她说话。

她抬起头,双眼无神:"会有帮助吗?"

"不会。"他握住她的手。这个动作太出乎意料,她差点儿抽开手,但感觉很舒服,于是她握住他的手。她忍不住想着,如果汤姆·沃克是她的爸爸,人生会有多不一样。

"迈修还好吗?"她问。

"他慢慢好起来了,蕾妮。吉妮的姐夫教他开飞机。他去看心理医生。他很喜欢你写的信，谢谢你和他保持联络。"

她也很喜欢他写的信。有时候她会觉得，接到迈修的来信是人生中最美好的时刻。"我很想念他。"

"嗯，我也是。"

"他会回来吗？"

"我不知道。那里有很多新鲜事，和他同龄的朋友、电影院、球队。我了解迈弟，只要一让他学会开飞机，他绝对会爱上。他很喜欢冒险。"

"他跟我说过他想当飞行员。"

"是啊。真希望我有多听他说话。"沃克先生叹息，"我只希望他过得幸福。"

一位医生进入等候室，朝他们走过来。他的体形庞大，浑厚的胸膛几乎挤爆蓝色手术服。他给人一种沧桑、酗酒的感觉，很多住在荒野的人都是这样，但他的头发剪得很短，胡子也刮得很干净，只留着浓浓的灰色唇髭。"我是尔文医生。你一定是蕾妮吧？"他脱下手术帽。

蕾妮点头站起来："她还好吗？"

"不会有事。她的手需要装钢钉，现在打上石膏了，之后六周她必须静心休养，不过应该不会有后遗症。"他看着蕾妮，"小朋友，你救了她。她叫我一定要告诉你。"

"我们可以去看她吗？"蕾妮问。

"当然，跟我来。"

蕾妮和沃克先生跟着尔文医生走过一条又一条白色长廊，终于来到一间标示恢复室的门前。他推开房门。

妈妈躺在用布帘隔出的小隔间里。她坐在一张窄窄的床上，医院的病人袍挂在她纤细的身上，腿上盖着电热毯。她的左手臂弯成九十度，包上了白色石膏。她的鼻子有点儿奇怪，两只眼睛都有即将淤血的征兆。

"蕾妮。"她的头稍微往右转，后面垫着一堆枕头。她的眼神慵懒涣散，好像麻醉还没有完全退。"我说过我很强悍。"她的声音有点儿哑，"哦，宝贝女儿，别哭。"

蕾妮控制不住，看到妈妈这副模样，经历车祸劫后余生。她只看到妈妈有多弱不禁风，一个不小心就可能失去她。这让她迅速地想到迈修，以及死亡会如此迅速而意外地降临。

她听见医生说再见，然后离开病房。

沃克先生站在妈妈的床边："你们打算离开他，对吧？不然还有什么理由会让你们在这种天气出门？"

"不。"妈妈摇头。

"我可以帮你们。"他说，"我们可以帮你们，我们所有人。大玛芝以前是检察官。我可以帮忙报警，告诉警方他打你。他确实对你动手了，对吧？你的鼻梁断掉不是因为车祸，对吧？"

"警察没办法帮我。"妈妈说，"我很了解司法体制，我爸爸是律师。没有人可以帮我。你知道吗？丈夫可以合法强暴妻子。这样的体制，怎么可能帮我？"

"他们可以把他关进监狱。"

"多久？一天？两天？他会回来找我、找你、找蕾妮。害别人陷入危险，我怎么能安心过日子？而且……唉……"

蕾妮看出妈妈没有说的话：我爱他。可悲、病态、遗憾，但真实无比。她的爱就像一张网，困住他们所有人，虽然含有剧毒、难以逃脱，但依然是爱。

沃克先生低头看着妈妈，她严重淤青、失血过多，几乎让人看不出是她。"你只要开口求助就好。"他静静地说，"我想帮助你，珂拉。你应该知道我——"

"汤姆，你不了解我。如果你知道……"

改变，下定决心，让他帮忙。蕾妮焦急地想。哀求的言语卡在喉咙里，急着想出来，但她无法说出会让妈妈伤心至极的话。

蕾妮看到妈妈眼眶含泪。"我有毛病，"她缓缓说，"有时候感觉像优点，有时候感觉像缺点，但总之我没办法停止爱他。"

"珂拉！"蕾妮听见爸爸的声音，看到妈妈缩进身后的枕头堆中。

沃克先生猛然离开病床，蹒跚后退。

爸爸完全无视沃克先生，直接从他身边挤过去。妈妈仿佛在他面前瞬间融化。"我们出车祸了。"

"这种天气你们跑出来做什么？"虽然他这么问，但其实他很清楚。蕾妮从他的眼神看得出来。他的脸颊上有很深的一道擦伤。

沃克先生朝门口后退，身材魁梧的他努力让自己消失。他看了蕾妮一眼，眼神忧伤、了然，然后离开病房，悄悄关上门。

"我们需要食物。"妈妈说，"我想帮你做一顿特别的晚、晚餐。"

爸爸伸出因为工作而长满老茧的手，轻抚她淤血肿胀的脸颊，仿佛能用触摸治疗她："宝贝，原谅我，杀了我，不然我去自杀。"

"别说那种话。"妈妈的声音变得无力，"永远不要说那种话。你知道我爱你，只爱你一个。"

"原谅我。"他沙哑地说，然后转过身，"你也是，蕾妮。原谅愚蠢的爸爸，有时候我会失常，但我爱你。我保证会改。"

"我爱你。"妈妈也哭了。蕾妮突然看清她的世界的真实模样，明白了她父母一直隐瞒的真相。来到阿拉斯加之后，这个地方的壮丽与严酷终于揭穿了一切。

他们被困住了，自然环境和财务匮乏让他们无法脱身，但最大的枷锁是这份病态扭曲的爱，将她的爸爸妈妈紧紧绑在一起。

妈妈绝不会离开爸爸,即使她鼓起勇气打包上车离开,最后还是会回来,永远会回来,因为她爱他。可能是因为需要他,也可能是因为怕他,谁能真正知道?

蕾妮完全无法理解爸爸妈妈相爱的方式与原因。她的年纪足以窥见坑坑洼洼、狂暴混乱的表面,却不足以明白内在隐藏的东西。

妈妈永远无法离开爸爸,蕾妮永远无法离开妈妈。爸爸绝不会让她们走,就这么简单、这么残酷。

这残酷而剧毒的纠结,就是他们一家人眼中的爱,最重要的就是谁都不可以逃离。

* * *

那天晚上,他们带妈妈出院回家。

爸爸看到狼群肆虐后的惨状,畜栏里一只动物也不剩,他绷紧下颌。他抱着妈妈,仿佛她是玻璃人偶,那么小心,那么关怀她的安危。蕾妮看在眼里,心中涨满无能为力的狂怒。

然而,当她瞥见他眼中的泪,狂怒软化,变成类似原谅的感觉。她不知道该如何控制和改变这些情绪,她对爸爸的爱里纠缠着恨。此刻,两种感情在她心中推挤,抢夺领先地位。

他扶妈妈在床上躺好,然后立刻出去砍柴。柴火永远不够,而且蕾妮知道体力操劳对他多少有帮助。蕾妮尽可能坐在床边陪妈妈,握着妈妈冰凉的手。她有很多问题,但每句话感觉都锐利带刺,近乎恶毒。她知道说出来,妈妈一定会哭,于是蕾妮保持沉默,只是静静地坐着。

第二天早上,蕾妮在厨房烧水泡茶,突然听见妈妈在哭。

蕾妮关掉火,走进妈妈的房间。妈妈坐在床上(只是一张放在地上的床垫），背靠着原木墙，她的脸变形肿胀，两只眼睛黑青，鼻子稍微往左歪，偏离原本的位置。

"别哭。"蕾妮说。

"你一定觉得我糟透了。"妈妈缓缓坐正，摸摸裂开的嘴唇，"是我自己找打，对吧？是我说错话，一定是这样吧？"

蕾妮不知道该如何回应。难道妈妈在责怪自己，假使她少说几句话，多表示支持和赞同，爸爸就不会爆发吗？蕾妮觉得不是这样，完全不是。有时候他会失控，有时候不会，就只是这样而已。让妈妈扛下所有错，感觉很不对，甚至很危险。

"我爱他。"妈妈望着打上石膏的手臂，"我不知道如何停止，但我也必须为你着想。哦，我的天……我也不知道自己怎么会这样，为什么任由他这样对我。我只是……忘不了他去参战之前的样子，忘不了他曾经多爱我。我一直想着我当初嫁的那个人会回来。"

"你不会离开他。"蕾妮淡淡地说。她尽力不让这句话感觉像指控。

"你真的想离开？我以为你爱阿拉斯加。"妈妈说。

"我更爱你，而且……我很害怕。"蕾妮说。

"这次真的很严重，我承认，但他也被吓到了。真的，不会有下次，他对我保证过。"

蕾妮叹息。妈妈对爸爸深信不疑的态度，就像他对世界末日的恐惧一样，无法动摇。难道大人只看得到他们愿意看的事情，只想得到他们愿意想的事情？证据和经验毫无意义吗？

妈妈挤出变形的笑容："想不想玩'疯狂八'[1]？"

看来以后都要这样，爆胎之后硬开回马路上。他们会说和平常一样

---

1 疯狂八（Crazy Eights）：一种纸牌游戏，最先出完所有牌的玩家获胜，每次出牌的花色或数字要跟上一张弃牌一样。

的话，假装什么都没有发生，直到下次再发生。

蕾妮点头。她打开妈妈的檀木盒子，里面装着妈妈最心爱的东西。她拿出扑克牌坐在床垫旁的地上。

"我很幸运能有你，蕾妮。"妈妈努力用一只手整理她的牌。

"我们是伙伴。"蕾妮说。

"相亲相爱。"

"天生一对。"

她们两个经常互相说这些话，现在感觉有点儿空洞，甚至可悲。

第一局玩到一半，蕾妮听见有车子开过来。她把牌放在床上，跑到窗前。"是大玛芝。"她回头大声告诉妈妈，"还有沃克先生。"

"哎呀，"妈妈说，"快来帮我换衣服。"

蕾妮跑回妈妈的卧房，帮她脱掉法兰绒睡衣，换上褪色牛仔裤和尺寸超大的帽T，因为只有这件衣服的袖子够宽，能让石膏穿过去。蕾妮帮妈妈梳头，然后扶她去客厅，让她坐在破烂沙发上。

小屋门打开，一股冰凉空气涌入，雪花跟着飞进来，翩翩掠过铺在地上的夹板。

大玛芝先进来。她身穿宽大的毛皮派克大衣和雪靴，头上戴着手工制作的貂熊帽，样子像只大棕熊。鹿角做成的耳环将耳垂往下拉。她跺脚除掉靴子上的雪，准备要说话，一看到妈妈满是淤血的脸，嘀咕："该死的王八蛋，我真该赏他的瘦屁股几脚。"

沃克先生进来站在她身后。

"嘿。"妈妈不太敢看他的眼睛。她没有站起来，或许是因为没有体力。"你们要不要喝——"

爸爸硬挤进屋里，用力关上门："珂拉，我去帮他们倒咖啡。你坐着别动。"

大人之间的气氛很僵,压迫感非常大。到底发生了什么事?可以确定绝对有事。

大玛芝非常用力地抓住沃克先生的手臂,就像抓住在岸上挣扎的鱼,带着他走向柴火暖炉边的椅子。"坐吧。"他没有马上坐下,于是她推他一把,让他倒在椅子上。

蕾妮拿起扑克牌桌旁的椅子,搬到客厅给大玛芝坐。

"要我坐这么小的椅子?"大玛芝问,"我的屁股会像插在牙签上的蘑菇。"不过她还是坐下了。她肥厚的双手叉腰,看着妈妈。

"伤势有点儿严重。"妈妈仓皇地说,"毕竟出车祸了,你知道的。"

"嗯,我知道。"大玛芝说。

爸爸回到客厅,端着两个蓝色圆点的杯子,里面的咖啡冒出热气,芳香四溢。他给汤姆和大玛芝一人一杯。

"呃,"他有些局促地说,"冬天难得有客人来。"

"坐下,恩特。"大玛芝说。

"我不——"

"给我坐下,不然等着被我揍倒在地上。"大玛芝说。

妈妈倒抽一口气。

爸爸坐在妈妈旁边的位子:"你在男人的家里这样对他说话,好像不太对吧?"

"恩特·欧布莱特,你最好不要让我教你怎样才是真男人。我正在压抑我的脾气,但随时可能失控。我这种大块头女人想修理人的时候,可不是闹着玩的,相信我。所以你给我闭上嘴巴仔细听。"她瞥妈妈一眼,"你也是。"

蕾妮感觉空气蹿出小屋,冰冷沉重的沉默笼罩在所有人身上。

大玛芝看着妈妈:"我知道你晓得我是从华盛顿特区来的,以前在法界工作。大城市的检察官,穿名牌服饰、高跟鞋,派头十足。我爱死那种感觉了。我也爱我的妹妹,她嫁给了梦中的白马王子,只是后来发现他有一些问题、一些毛病。他很爱喝酒,也爱把我的宝贝妹妹当沙包。我想尽办法劝她离开,但她不肯。或许是因为害怕,或许是因为爱他,或许我妹妹也像他一样有病、有缺陷。我不知道。我只知道报警会害她更惨,她求我不要再报警。我尊重她的想法,不再插手干涉。这是我一辈子最大的错。他拿榔头追着她打。"大玛芝神色一黯,"连办葬礼的时候都不能让人瞻仰遗容,你就知道他把她打得多惨。他宣称榔头是从她手上抢下来的,他只是自卫。法律对受虐的女人很无情。他依然逍遥法外。我来到这里就是为了逃离那一切。"她看着恩特,"结果却遇到你。"

爸爸想站起来。

"劝你坐着别动。"沃克先生说。

爸爸慢慢坐回去。蕾妮感觉到他很紧张,他的眼神中闪烁着焦虑,从他握拳又松开的动作也看得出来。他穿着靴子的脚紧张得一直点地。他们不知道这次的小小会议将让妈妈付出多惨痛的代价。他们一离开,他就会爆发。

"我相信你们是好意。"蕾妮说,"可是——"

"不,"沃克先生慈爱地说,"蕾妮,这不是该由你解决的事情。你只是个孩子,听着就好。"

"我和汤姆商量过了。"大玛芝说,"你们的状况,我们想出几个办法,不过说真的,恩特,我们其实最想把你拖出去宰了。"

爸爸笑了一声,然后再也不出声。他意识到他们不是在开玩笑,愕然瞪大眼睛。

"我偏好这个决定。"沃克先生说,"不过大玛芝另有计划。"

"恩特,你立刻打包滚去北坡。"大玛芝说,"油管工程正在招募你这样的人,那里是所多玛和蛾摩拉[1],但他们需要技工。你在那里可以赚很多钱,你需要钱,春天之前不准回来。"

"我不能丢下老婆孩子到春天。"爸爸说。

"还真体贴呀。"沃克先生喃喃说。

"你以为我会把她交给你?"爸爸的脸涨得通红。

"够了,你们两个。"大玛芝说,"想斗晚点儿再斗。至于现在,恩特要离开,我要搬进来。恩特,我会陪你的妻女过完冬天。我会保护她们不受任何东西、任何人伤害。你春天就可以回来。说不定到时候,你会认清自己多幸运,好好对待你的老婆。"

"你不能强迫我走。"爸爸说。

"这个答案拿不到高分噢。"大玛芝说,"听好了,恩特,阿拉斯加会引出人最好和最坏的一面。假使你留在外界,或许不会变成现在这个样子。我知道越战很惨烈,你们这些士兵的经历让我很心痛。不过你受不了黑暗,对吧?这不是什么丢脸的事,大部分的人都受不了。接受现实,做出对妻儿最好的选择。你爱珂拉和蕾妮,对吧?"

爸爸看着妈妈,表情变了,他整个人软化。一瞬间,蕾妮看到她的爸爸,真正的他,如果没有被战争毁坏,他应该是这样的人,"以前"的那个人。"我爱她们。"他说。

"好极了。既然爱她们就离开,去赚钱养家。"她说,"打包行李上路吧,破春再见。"

---

[1] 所多玛和蛾摩拉:西方传说中的罪恶之城。城里的居民不遵守戒律,充斥着罪恶,因此被毁灭。

一九七八

第 12 章

十七岁的蕾妮在大雪中沉稳地驾驭雪地机动车。她独自在广袤的冬季原野。在黎明前的黑暗中,她跟随车头灯的指示,转向通往旧矿场的路。过了一千六百米左右,大路变成小径,蜿蜒起伏。拖在后面的塑胶雪橇在雪地上碰撞,现在里面没有东西,她希望很快就会载上猎物。爸爸至少说对了一件事:蕾妮成了神枪手。

她驶过路堤,绕过树木和结冰的河流,有时候她会在雪地机动车上飞起来,打滑失控;有时候她会因为欢喜和害怕而尖叫。在这里,她彻底畅快自在。

越往高处去,树木逐渐变得稀疏、矮小、瘦弱。她开始看到嶙峋峭壁,露出地面的花岗岩覆盖着白雪。

她继续前进,下坡、转弯,撞穿一道积雪,避开几根枯树干。她必须全神贯注地驾驶,不能分心思考和感受其他事物。

上了山丘,雪地机动车往左滑,失去抓地力。她松开油门,降低速度,最后停下来。

她通过人造橡胶面罩的小孔用力呼吸。蕾妮看看四周,刀锋般的山峰、蓝白冰河、黑色花岗岩。昏暗的灰色日光下,一切都变成黑白灰,到处是锐利边缘、嶙峋峭壁的单色调世界。已经三月底了,冬季来到尽头,然而在这里,在这不合时节的低温中,依然严寒刺骨。

她下车后不停发抖。在这种高海拔的地方,即使穿着层层厚重衣物,她依然觉得冷。她奋力抵抗强风,解下背包和雪鞋。

大雪横向飞来。她把雪地机动车推到大树下,用油布盖好,虽然效果有限，但多少有点儿保护作用。雪地机动车顶多只能骑到这里。

天空稍微变亮一点儿。每次呼吸，日光便稍微扩大一些。

小径转向上，通往一座陡峭山峰，路越来越窄。走了不到八百米，她看到一堆冻结的羊粪，于是跟着脚印往高处爬。

她拿出望远镜，搜索周围一片雪白的山地。

那里有一只米白色的大角羊，顶着巨大的弯角，走在一道山脊上，四蹄在积雪的崎岖地面上灵巧移动。

她脚步谨慎，沿着狭窄的山脊前进，往上爬进树林里。她在那里再次发现它的踪迹，一路跟着走到一条冰冻的河边。

新鲜的粪便。

大角羊在这里过河，踩破冰层，游过寒冷的河流。大片的冰凸起，在水中载浮载沉，因为旁边的冰层很坚固，所以无法漂走。

一棵老树横在冰上，上冻的枝丫散开，沿着树干有几处河水流动。

她仔细观察。大雪盘旋吹拂冰面，积在树干的一边，另一边则像小龙卷风一样散开。有些地方的积雪完全被吹散，留下裂开的晶莹银白冰层。她知道在这里过河很危险，但绕路可能得花上好几个小时，而且天晓得有没有其他地方可以过去。她大老远来到这里，不能空手而回。

蕾妮拉紧背包，绑好猎枪，脱掉雪鞋绑在背包上。

她低头看着那棵树，直径大约六十厘米，树皮剥落、结冰，到处积雪结冰，她做个深呼吸，爬上树干。

世界瞬间收缩，变成像树干一样小、河面一样宽。粗糙的树皮刺进她的膝盖。冰和树皮的气味充斥她的鼻子。四周响起冰破裂的声音，有如来复枪发射的巨响。

她顺着树干往前望。

那里，对岸，她只要想着那里就好，不要听冰层裂开的声音，也不要看底下奔流的冰冷河水,更不要想会掉下去这件事。

一点儿又一点儿,她手脚并用往前爬,风呼啸吹过,用力推她,雪花点点沾在她身上。

冰猛烈、响亮地裂开。树往下落,在她眼前穿透冰层,沉下去又弹起来。冰冷的河水溅起,积聚在冰层上,映着幽微的日光。

蕾妮趴下。树发出深沉的咔咔声响,然后下沉到更深的地方,撞到东西。

树干弹回时,她差点儿跌落。

她急忙站起来,伸出双臂保持平衡。脚下的树仿佛在呼吸,扩张、收缩、移动。

距离对岸还有大约两米。她想到迈修的妈妈,她的遗体出现在距离落水处几千米的地方,惨遭动物啃食。她绝对不可以踩破冰层跌下去。很难说尸体会出现在什么地方,阿拉斯加的河水流向四面八方,揭露出应该永远深藏的秘密。

她迅速往前跑。接近对岸时,她纵身一跳,高高跃起,手脚挥舞,仿佛想要飞起来,然后重重落在对岸冰雪覆盖的岩石上。

血。

她尝到血味,口中温热的金属滋味,感觉血流下冰凉的脸颊。

她突然开始发抖,察觉衣服湿了,不知道是因为流汗,还是被河水溅到,手腕和靴子上都有小水滴。她的手套湿了,靴子也湿了,但幸好都是防水的。

她手脚并用地爬起来,检查伤势。她的前额破皮,咬到舌头。派克大衣的袖子湿了,好像有一点儿水从领口喷进去,但不太严重。

她重新拉好背包,拿起来复枪,再次出发,渐渐离开河流,但保持在能看到的距离。

雪扫过她的兜帽,钻进去积在脸颊上,她继续跟踪脚印和粪便,一路往上,穿过凸出的岩石架。在这样的高度,世界在白雪中一片死寂,雪花与她呼出的白烟让视线变得朦胧。

她突然听见声音。树枝折断,羊蹄滑过岩石。她闻到猎物的气味,躲进两棵白雪覆盖的树木之间,举起枪。

她从瞄准器看过去,找到了那只大角羊,瞄准。

她保持呼吸平稳。

等候时机。

扣下扳机。

羊没有发出声音。完美一击,正中目标。没有痛苦,羊先是跪倒,然后整个倒下,滑落岩石,停在积雪的岩石架上。

她朝猎物走去,在雪中跋涉。她想现场处理好,尽快把肉装进背包里。基本上这算违法盗猎,大角羊的狩猎季是秋天,但冰箱里没肉就是没肉,垦荒的人总得生存。她估计这只羊处理完毕之后大概会有九十斤的肉。背着这么重的东西走回停放雪地机动车的地方,这条路将非常漫长。

*　　*　　*

蕾妮操纵雪地机动车驶过雪白的长长车道,往开垦园前进。她小心控制油门,慢慢骑,留意每个坑洞与转弯。

过去四年,她变得像阿拉斯加的所有东西一样:野性不羁。她的头发长度几乎到腰(她从来不觉得有必要剪),颜色变成很深的红木色调。婴儿肥的少女脸蛋变瘦,轮廓分明,雀斑消失,乳白肌肤衬出一双水蓝眼眸。

下个月,爸爸就会回到小屋。自从那天汤姆·沃克和大玛芝来过之后,爸爸一直遵守他们的约定。或许满怀怨恨、态度恶劣,但他听从他们的"命令"。每年感恩节过后,他就会离开(通常这时候,他做噩梦的次数会增加,会开始自言自语、挑衅寻事),去北坡修筑油管。他赚了很多钱,每个星期都寄回家。她们用这笔钱整修开垦园,过起安稳的生活。现在她们养牛、羊、鸡,拥有一艘捕鱼用的铝制快艇,圆顶温室里的菜园欣欣向荣。她们卖掉面包车,换了一辆还算不错的卡车。现在面包车变成一位老隐士的家,远在麦卡锡附近的森林里。

爸爸依然很难相处,阴晴不定、爱闹情绪、乖戾暴躁。他对沃克先生的憎恶严重到危险的程度,一点点挫折(或是威士忌加上狂厄尔)就会让他爆发,不过他并不蠢,他知道汤姆·沃克和大玛芝随时盯着他。

妈妈依然会说:"他改很多了,你不觉得吗?"蕾妮有时候会相信。也可能她们只是适应了环境,就像在冬季换上白羽毛的雷鸟。

他去油管工地之前,天色逐渐变黑的那一个月,以及他回家探望的冬季周末,她们像科学家一样仔细观察爸爸的情绪,如果发现他一只眼睛微抽就要小心,那表示他的焦虑开始上升。蕾妮学会趁他爆炸之前拆除引线,如果来不及,就先闪到一边去。她得到的惨痛教训是,她出面干预只会害妈妈被打得更惨。

她骑着雪地机动车进入一片雪白的前院,看到汤姆·沃克的大型双轴卡车停在大玛芝的万国收割机卡车旁。

蕾妮将雪地机动车停在鸡窝与小屋之间,一下车,她的靴子立刻陷进表面结冰的积雪中。在开垦园这里,天气变得很快,越来越暖。过不了多久,屋檐上的冰柱就会开始融化,滴滴答答个不停。

她从雪地机动车拖着的红色塑胶雪橇上卸下在野外处理好的猎物,将装在白色袋子里的血淋淋的羊肉扛在肩头。跋涉经过牲口,它们看到她,纷纷发出各种叫声。她登上整修之后变得稳固的台阶,进入小屋。

屋里温暖明亮。几秒前,她呼吸还有白雾,进来之后就没有了。发电机运作时发出像割草机的声音,为屋内提供电力照明。黑色的小柴火暖炉散发热气,依旧是他们刚搬来时就有的那一个。

厨房里新的流理台上,大型手提录音带音响播放着音乐。有人调大音量,那首歌是比吉斯合唱团的迪斯科舞曲。烤面包和烤肉香气四溢,整间小屋都闻得到。

感觉得出来爸爸不在。他离开的时候,家里的气氛完全不一样。

大玛芝和沃克先生坐在餐桌旁玩牌,这张桌子是去年夏天爸爸做的。

"嘿,蕾妮。看着他们,别让他们作弊。"妈妈在厨房大喊。这些年来厨房逐渐整修,添购了瓦斯烤箱炉具和冰箱。沃克先生为流理台铺设瓷砖,送来一个比较好的水槽。她们依然没有自来水,屋里也没有厕所。大玛芝做了一个碗盘架,她们每次去荷马的救世军二手店都会添购餐具。

"哦,他们正在作弊。"蕾妮笑着说。

"我可没有。"大玛芝拿起驯鹿香肠塞进嘴里,"我不必作弊就能让这两个人输得惨兮兮。快过来,蕾妮,跟你玩才有点儿挑战。"

沃克先生大笑着站起来,椅脚刮过云杉木地板。"看来有人猎到羊喽。"他从水槽下面拿出白色大塑料布铺在地上。

蕾妮将袋子重重放在塑料布上,然后在旁边跪下。"没错。"她说,"在波特山脊那里。"她打开袋子,拿出在野外处理过的羊尸。

沃克先生磨利乌鲁刀之后交给她。

蕾妮动手将后腿肉分割成肉排和烧烤肉块,去除肉上泛着银光的筋。

妈妈由厨房出来,满脸笑容。在冬季,她似乎一直笑嘻嘻的。她在阿拉斯加变得茁壮,就像蕾妮一样。很讽刺,她们两个都觉得冬季最安全,虽然世界变得很小、很危险。爸爸不在,她们终于可以自在地呼吸。现在她们母女一样高了。因为以蛋白质为主食,她们的体形像芭蕾舞者一样精瘦轻盈。

妈妈在餐桌边坐下,然后说:"这次我赢定了。你们最好先想想该怎么打。"

"真的会赢?"沃克先生说,"还是像平常一样只是差点儿会赢?"

妈妈大笑。"汤姆,你很快就会知道我的厉害。"她开始发牌。

蕾妮在冬天会稍微假装,就像在夏天一样。例如此刻,她假装没发现妈妈和沃克先生看彼此的眼神,他们都小心避免肢体接触。妈妈提起他的名字时偶尔会叹息。

有些事情太危险,他们都很清楚,尤其是感情。

蕾妮弯腰切肉。她太专心在刀子上,以至慢了半拍才听见引擎声。然后她看到车头灯由窗户射进来,断断续续的强光照亮屋内。

不久之后,小屋的门开了,爸爸走进来。他戴着褪色磨损的卡车司机帽,低低压在眉心上,长长的胡须没有打理。在油管工地待了几个月,他变得精壮剽悍,感觉得出来酒喝得太多、饭吃得太少。严酷气候让他长出皱纹,皮肤像皮革。

妈妈连忙站起来,神情焦虑。她在冬季储存的欢乐瞬间蒸发。"恩特,你提早回来了!你应该先告诉我你要回来。"

"可不是,"他说,"看得出来你为什么想知道。"

"只是邻居聚在一起玩牌而已。"沃克先生推开椅子站起来,"不过我们该走了,让你们好好享受天伦之乐。"他经过爸爸(爸爸没有后退让路,沃克先生不得不改道),拿起挂在门边的派克大衣穿上。"谢谢招待。"

他离开之后,妈妈注视爸爸,她的脸色惨白,嘴巴微张,有种好像喘不过气的忧虑神情。

大玛芝站起来,一手搂住爸爸拉过去,力道之大,让他猛嘘一口气。"我来不及收拾东西,所以今晚先住在这里。你应该不介意吧?我相信你不会。"

爸爸完全没有看大玛芝，眼里只有妈妈："大块头女人想做什么，我哪有资格多嘴？"

大玛芝大笑着走开。她躺在沙发上，穿着拖鞋的脚架在新茶几上。安克雷奇有家饭店倒闭出清，她们买下了这张沙发。

妈妈急忙走向爸爸，伸出双手将他拥入怀中。"嘿。"她呢喃，亲吻他的喉咙，"我好想你。"

"我被开除了，那群王八蛋。"

"可怜的恩特，"妈妈说，"你总是走霉运。"

他轻触妈妈的脸，抬起她的下巴，激情热吻。"老天，我爱你。"他贴着她的嘴唇说。他的触摸让她发出呻吟，整个人贴在他身上。

他们往卧房走去，拨开珠帘时发出叮当声响，显然完全没有意识到屋里还有其他人。蕾妮听见他们倒在床上，老旧弹簧嘎嘎作响，他们的呼吸加速。

蕾妮跪坐在地上。老天，她实在无法理解爸爸妈妈的关系。蕾妮觉得很可耻，她们母女对爸爸的爱始终无法动摇，让她感到难受苦恼。他们全家都有病，她知道。从大玛芝怜悯的眼神中也看得出来，她偶尔会那样看妈妈。

"孩子，这样不正常。"大玛芝说。

"哪里不正常？"

"天晓得！我认识很多结过婚的人，只有疯子彼德最幸福。"

"玛蒂达是只很特别的鹅。你想吃东西吗？"

大玛芝拍拍大肚腩："当然喽。我最爱你妈做的炖肉。"

"我去盛一点儿。他们进去房间不会这么快出来。"蕾妮将切好的肉包起来，用放在水槽旁桶里的水洗手。她进厨房，把收音机开到最大声，但依然掩盖不了卧房里久别重逢的热情。

* * *

四月，冰雪开始融化，万物复苏，热闹嘈杂。这里的人称之为"破春"，不难理解为什么。这个季节阳光回来，照耀着漫长冬季留下的脏污大地。世界震动，想甩掉寒冷，发出类似大型机器运作的声音。房屋大小的冰块崩落，顺水流往下游，碰撞所有经过的东西。树木闷声抱怨，因为湿润的土地不够稳固而倒下。

遗失在大雪中的物品重新出现：被风吹走的帽子、一卷绳索、扔进雪堆里的啤酒罐漂浮在泥泞的路面上。黑色松针堆在污浊水坑中，暴风吹落的树枝浮在水面上，从各个角落往下流。羊群站在会将人往下吸的烂泥中，烂泥深到它们膝盖的位置，用再多干草也吸不干净。

树旁的雪洞积水，流向路边，只要一挖地就会冒出来，提醒大家阿拉斯加其实是雨林。无论站在哪里都会听到冰裂开的声音，水从树梢与屋檐落下，整条马路边都在滴水，已经过度饱和的地面上只要有任何凹陷，就会立刻积水。

动物从躲藏的地方出来。熊爬出洞窟，踏着笨重的脚步下山觅食。麋鹿和熊在镇上从容漫步。所有人转弯的时候都会放慢速度。成群野鸭和野雁归来，呱呱叫着停在海湾的波浪上。鸟儿回归宣告春季来临。大自然正在进行春季大扫除，清除冰雪、寒冷、严霜，擦干净窗户让阳光照进来。

漫长严酷的冬季中，黑暗让世界变得有如尘埃般微小。春季总是仿佛复仇一般归来，给他们像今天这样的晴朗日子。

美丽的蓝色傍晚，天空的颜色有如旧牛仔布。

蕾妮穿上 Xtratuf 牌的橡胶靴，到外面喂牲口。现在他们有七只羊、十三只鸡、四只鸭。她在深及脚踝的烂泥中缓慢走动，沿着爸爸上次出门时留下的胎痕前进。她听到有人说话的声音，转向那个悦耳的声音，看着他们家通往外面世界的海湾。那里依然是一片弯弯的野地，几棵连根拔起的树倒在地上，海水恣意疯狂地涌入又退去。每天两次，急速涌入的海水会淹没海湾，不知情的游客可能还来不及发现危险就已经受困或被灭顶。即使在自家的后院里，她也绝不会掉以轻心，不过当潮水涌入，拍打满是贝壳的海岸，那样的美景总是令她忘记呼吸，屡试不爽。

现在她看到游客划着轻艇，五颜六色的船队从水面上漂过。

妈妈来到蕾妮身边，她身上有着熟悉的气味——香烟、玫瑰果香皂、薰衣草护手霜。只要闻到这个香味，蕾妮就会想起妈妈。妈妈一手搭着蕾妮的肩，调皮地撞一下她的屁股。

她们看着小艇划进海湾，听着游客的欢笑在海面回荡。蕾妮很想知道这些外界的孩子的人生是怎样的，他们在夏季来到北方，扛着背包登山，梦想能够在"远离尘嚣"的地方生活，然后再回到位于郊区的家中，重拾瞬息万变的生活。

她们身后，红色卡车隆隆发动。"你们两个，该出发了。"爸爸大喊。

妈妈牵起蕾妮的手。她们转身，朝爸爸走去。

到了爸爸身边，蕾妮说："这次开会，我们不该去。"

爸爸看着她。在阿拉斯加的这些年，他老了很多，变得瘦削结实。他的眼角与凹陷的脸颊都出现了皱纹。"为什么？"

"去了你只会不高兴。"

"你以为我会怕那些姓沃克的家伙？你觉得我没种？"

"爸爸——"

卡尼克改头换面，和他们刚来时非常不一样，爸爸痛恨所有改变。他讨厌载游客从荷马过来的渡船。他讨厌必须放慢车速,因为游客走在马路中间,目瞪口呆地到处游荡,指着每只鹰和海豹。他讨厌镇上新的钓鱼观光产业,因为太热门,所以有时候餐馆会没有空位。他讨厌来观光的人,他说他们只会到处乱看。他讨厌这一切,但最讨厌的莫过于新搬来的外地人,他们在小镇附近盖房子,用篱笆圈地、建造车库。

在这个温暖的春季傍晚,全新的食钓店(卖零食和钓具的地方)生意很好,冰激凌店门外大排长龙。几个大胆的游客跑到大马路上拍照,交谈的音量太大,吓到拴在路边的几条狗。

踢腿麋鹿酒馆贴着一张告示:星期六晚上七点举行镇民大会。

"这里变成西雅图了吗?"爸爸嘀咕。

"上次开会已经是两年前的事了。"妈妈说,"那次汤姆捐献木材整修码头。"

"你以为我不知道?"他找地方停车,"你以为我需要你说?我怎么可能忘记?汤姆·沃克自以为了不起,生怕别人不知道他有钱。"他把车停在焦黑的踢腿麋鹿酒馆前。酒馆敞开大门迎接镇民。

蕾妮跟着爸妈进去。

镇上发生了那么多变化,只有这里始终如一。只要这里有酒卖,卡尼克居民不在乎烧黑的墙壁与焦臭味。

酒馆里已经挤满了人。穿着法兰绒衬衫的男男女女围在吧台前(以男性居多)。几条瘦狗窝在吧台凳下面,不敢干扰店里的人。酒馆里播放着音乐,所有人同时在说话。一条狗跟着嚎叫,但只叫了一声就挨踢,它赶紧闭嘴。

狂厄尔看到他们,挥挥手。

爸爸点头,走向吧台。

老吉姆守着吧台,数十年如一日。他的牙齿全掉光了,眼睛湿湿黏黏的，胡子稀疏，寡言少语。他在吧台里动作很慢，但待人和气。大家都知道老吉姆愿意让客人赊账，也愿意客人用麋鹿肉交换酒。听说汤姆的爸爸在一九四二年建造这间酒馆时就是这样了。

"威士忌，双份。"爸爸对吉姆大喊，"给我老婆一瓶雷尼尔啤酒。"他拿出一沓在油管赚来的钞票，用力往吧台上一拍。

他端着威士忌和妈妈的啤酒，走向一个阴暗的角落，厄尔、瑟玛、泰德、克莱德和哈兰家的其他人都在那里，各式各样的塑胶椅围着一个倒放的酒桶。

瑟玛抬头对妈妈微笑，将一张白色塑胶椅拉到她身边。妈妈坐下，两个女人立刻头靠着头开始聊天。过去几年，她们两个成为好朋友。这些年来，蕾妮逐渐了解瑟玛，她就像每个有胆量在阿拉斯加荒野生活的女人一样，强悍、稳重、诚实到不留情面。不过最好不要轻易招惹她。

"嘿，蕾妮。"娃娃微笑着露出一口歪七扭八的牙。这可怜的孩子，她的牙齿有些从粉红牙龈往内长，有些往斜里长。她的金发有如光轮，像鸟窝一样卡着树叶和树枝。她的运动衣太大，裤子太短，羊毛袜和踝靴上方至少露出七厘米小腿，像茅根一样细瘦。

蕾妮坐在八岁小女生旁边："嘿，娃娃。"

"艾索昨天在家，我差点儿拿弓箭射他。"她笑嘻嘻地说，"老天，他真是个讨厌鬼。"

蕾妮憋住笑。

"有新照片可以给我看吗？"

"当然有。下次我们去你家的时候，我会带去。"蕾妮靠在烧焦的原木墙上。娃娃靠在她身边。

前面的吧台响起钟声。

交谈声降低，但没有完全停止。镇民大会或许是荒野居民接受的例行活动,但挤满阿拉斯加人的地方不可能彻底安静。

汤姆·沃克满脸笑容地走进吧台:"嘿,各位乡亲,感谢大家来开会。我看到现场有很多老朋友,也有不少新面孔。新来的乡亲,你们好,欢迎来到卡尼克。我相信一定有人不认识我,我先自我介绍,我叫汤姆·沃克。我父亲艾克哈·沃克来到阿拉斯加的时候,你们大部分的人都还没有出生。他来这里淘金,不过却靠土地起家,就在卡尼克镇上。他和我的母亲开垦了约两点四三平方千米的土地,取得所有权。"

"又来了。"爸爸酸溜溜地对着酒杯说,"接下来他一定会搬出他的州长死党,说他们小时候一起去钓螃蟹的陈年往事。老天……"

"我的家族三代都住在同一块土地上。这里不只是我们生活的地方,还是我们的根。不过时代在改变,你们都很清楚我的意思。新面孔就是改变的证明。阿拉斯加非常神奇,是最后的疆界。大家都希望在改变更多之前,来看看我们的州。"

"所以呢?"有人大声说。

"观光客涌入。国王鲑鱼季的时候,他们占据基奈河岸,他们在我们的水域划独木舟,他们挤满渡船,一批批来到码头。邮轮会带来更多人,不是区区几百,而是成千上万。我知道过去两年泰德的观光钓鱼生意业绩翻倍,餐馆经常没位子。听说夏季的时候,从塞尔多维亚和荷马开来的渡轮每天都会载满游客。"

"我们就是不想要那样才会搬来这里。"爸爸大喊。

"汤姆,你说这些是为了什么?"坐在角落的大玛芝高声问。

"玛芝,问得很好。"沃克先生说,"我决定花钱整修踢腿麋鹿,让这家老店焕然一新。我们每次来喝酒都弄得手掌和裤子脏兮兮的,是时候该有新酒馆了。"

有人大声欢呼表示赞同。

爸爸站起来:"你以为我们需要像城市一样的酒吧?你以为我们需要欢迎那些穿凉鞋、挂着相机跑来的白痴?"

大家转头看爸爸。

"我认为刷刷油漆、放点儿冰块不会有坏处。"沃克先生心平气和地说。

大家都笑了。

"我们来这里就是为了远离外界,远离那个乱七八糟的世界。我主张大家一起对大人物先生说不,我们不需要改善这家酒馆。奇恰客要喝酒就去咸狗酒馆吧。"

"真是的,我又不是要建一座桥通往大陆。"沃克先生说,"别忘了,这个镇是我父亲建造的。你还在外界参加小联盟征选的时候,我已经在这家酒馆工作了。这家店完全属于我。"他停顿一下。"彻彻底底。你忘记了吗?现在想想,那家旧旅舍好像也该整修一下,游客需要住宿的地方。哎呀,干脆取名叫吉妮娃旅舍好了。她一定会喜欢。"

沃克先生故意刺激爸爸,蕾妮从他的眼神中看得出来。这两个人之间永远存在敌意。哦,他们努力掩饰,尽量互相回避,但那份敌意永远都在,只是这次沃克先生不肯让步。

"妈的,你相信吗?"爸爸对狂厄尔说,"接下来还有什么新花招?赌场?摩天轮?"

狂厄尔皱着眉头站起来:"汤姆,先等一下——"

"厄尔,只是十个房间而已。"沃克先生不温不火地说,"一百年前,俄国毛皮商人走在这里的街道上的时候,那家旅舍已经在营业了。旅舍是我们历史的一部分,现在却被木板封起来,像个一身黑衣的寡妇。我会让它重新绽放光彩。"他停顿一下,直直看着爸爸。"我要改善这个镇,没有人能阻止我。"

"别以为有几个臭钱就能让我们乖乖听话!"爸爸大喊。

"恩特,"瑟玛说,"我觉得你太小题大做了。"

恩特怒瞪瑟玛:"我们不要一堆游客爬上我们的屁股。我们要抗争。去他妈的——"

沃克先生伸手敲吧台上方的钟。"酒水由本店招待。"他微笑着说。

大家立刻鼓噪起来,鼓掌、欢呼,争先恐后地挤到吧台前。

"不要被他用几杯免费的酒收买了。"爸爸大喊,"他的想法烂透了。如果我们想住在城市里,早就去别的地方了,妈的。万一他不肯就此罢休呢?"

大玛芝侧身挤到他旁边。"恩特,你就是不知道什么时候该闭嘴。"她穿着长度到膝盖的手工串珠麂皮外套,里面的法兰绒睡裤塞进毛皮雪靴里。"你在码头修理船只引擎赚钱,有人逼你申请执照吗?没有。我们不会做那种事。就算汤姆想把这里变成芭比梦幻屋,也没有人会说不可以。这就是我们来到这里的原因,做我们想做的事,而不是你要我们做的事。"

"我这辈子一直受他那种人的气。"

"是吗?说不定是你有问题,不是他。"大玛芝说。

"给我闭嘴。"爸爸怒吼,"过来,蕾妮。"他抓住妈妈的上臂,拉着她离开酒馆。

"欧布莱特!"

蕾妮听见沃克先生洪亮的声音在他们身后响起。

爸爸已经快到门口了,这时停下来转过身,把妈妈拉到身边。她脚步踉跄,差点儿摔倒。

沃克先生走向爸爸,一群人跟着过去,靠得很近,每个人都端着酒。乍看之下,沃克先生很轻松自在,但他的眼神,加上看着妈妈时抿嘴的动作,感觉得出来他其实非常愤慨。

"别这样,欧布莱特。不要跑掉嘛,要敦亲睦邻呀。"沃克先生说,"老兄,这个计划可以让大家赚钱,而且改变很自然,无法避免。"

"我不会让你改变我们的镇。"爸爸说,"你再有钱,我也不当一回事。"

"你终究得接受。"沃克先生说,"你别无选择,干脆有风度地认输吧。快进来喝一杯。"

风度?

到现在沃克先生还不懂吗?

爸爸对任何事都不会轻易放手。

第 13 章

酒馆镇民大会的隔天，爸爸用业余无线电号召在哈兰庄园开会。

现在天色已经黑了，大家还在等会议开始，等得不耐烦了。他们从小屋和储藏室搬出椅子，随意放在泥泞的地上，面向狂厄尔的门廊。

瑟玛坐在白色塑胶椅上，娃娃以很不舒服的姿势趴在她腿上，其实这孩子已经太大，不适合继续坐在妈妈腿上了。泰德站在妻子身后抽烟，脸皱成一团，眯着眼。妈妈坐在瑟玛旁边，那张木条躺椅只剩一个扶手，蕾妮坐在她旁边，金属折叠椅深陷进泥巴里。克莱德和唐娜像卫兵一样站在玛莎和爱涅丝的左右，两人拿着刀将树枝削成尖刺。

所有人的目光都集中在爸爸身上，他和狂厄尔一起站在门廊上。他们手上没有威士忌，但蕾妮看得出来他喝了酒。

沉闷的雨下下停停，这种雨像上帝对人间吐口水。到处一片灰——天空灰暗，细雨蒙蒙，在幽暗中连树都看不见。狗群大叫咆哮，拉扯生锈的铁链，几条站在小狗屋上，远离被挖得乱七八糟、流出泥水的地面，看着庄园中庭的聚会。

爸爸看着聚集在面前的人们，这是人数最少的一次。过去几年，孩子长大成人搬离祖父的土地，去外地寻找自己的人生。有人去白令海捕鱼，有人去国家公园当巡警。听说艾索搞大了一个原住民女孩的肚子，目前住在某个尤皮克族部落。

"大家都知道今天开会的目的。"爸爸的长发肮脏凌乱，一把大胡子太久没有修，看起来像毛绒地毯，他的皮肤依然带着冬季的苍白。一条红头巾几乎包住他的整个头，以免乱发飘到瘦削的脸上。"我们来到这里，是为了过特定的那种生活。"

站在爸爸身边的狂厄尔郑重地点头。

爸爸拍拍厄尔干瘦的肩膀。"这位伟人比我们所有人更有先见之明。他知道政府迟早会辜负国民，贪婪与犯罪将摧毁我们所爱的美国特质。他来到北方，把你们全带来，就是为了要过更好、更俭朴的生活，回归大地。"爸爸停顿一下，看着聚集在他面前的人。"原本一切顺利，但现在有问题了。"

"快告诉他们，恩特。"狂厄尔弯腰，拿起藏在椅子下面的酒壶，砰的一声打开瓶塞。

"汤姆·沃克是个有钱的自大的浑蛋。"爸爸说，"好，这个我可以忍受。像他这样的人大家都遇到过。他没有参加越战。他这种人能找到一百万种方法逃过征兵。不像我和阿波，还有我们的弟兄，只能当他们的炮灰。不过呢，哈，这个我也可以算了。他总是自命清高，老爱用钱砸人，这些我都可以不放在心上。就连他动不动盯着我老婆看，我也可以饶过他。"他走下摇摇晃晃的门廊台阶，踏进沿着台阶底像小溪一样流动的泥水。"不过，我绝不容许他摧毁卡尼克，破坏我们在这里的生活。这里是我们的家。我们希望这里保持野性、自由。"

"恩特，他只是要整修酒馆，不是要盖会议中心。"瑟玛说。因为她声音太大，娃娃站起来走开，去和玛莎、爱涅丝玩。

"他还要开饭店。"狂厄尔说，"可别忘记了，丫头。"

瑟玛看着她父亲。"拜托，爸爸，你们太小题大做了。这里没有公路，没有水电。抱怨这些一点儿意义也没有。算了吧。"

"我不想只是抱怨。"爸爸说，"我要采取行动。我对天发誓，一定会做到。有谁要加入？"

"对极了。"狂厄尔有点儿口齿不清。

"他一定会调整价格。"克莱德抱怨,"等着瞧吧。"

"我搬来远离文明的地方,不是因为附近有大饭店。"爸爸说。

狂厄尔含糊地嘟囔了一句话,然后喝了一大口酒。

男人聚集过去拍爸爸的背,好像他说出了他们的心声。

没过多久,男人全都跑过去了,泥泞的庄园中庭只剩下女人坐在那里。

"整修酒馆只是件小事,恩特未免太激动了。"瑟玛看着那些男人。看得出来他们正在咀嚼自以为有道理的愤慨,每个人都气呼呼的,酒壶传来传去。"我以为他说说就算了。"

妈妈点起一支香烟。她的模样疲惫憔悴。"他从来不会那么简单就算了。"

"我知道他不会听你们的劝。"瑟玛来回看着妈妈和蕾妮,"不过我担心他真的会闹出大事。或许汤姆·沃克拥有新卡车和半岛上最好的土地,不过他非常慷慨热心。去年娃娃生病,汤姆一听大玛芝说起,立刻一个人赶来这里,开飞机送她去基奈看医生。"

"我知道。"妈妈轻声说。

"你最好当心点儿,不然你老公会把这个镇弄得四分五裂。"

妈妈疲惫地笑了一下。蕾妮明白,和爸爸相处很难,就算像化学家处理硝化甘油一样小心也没用,迟早他还是会爆炸。

* * *

又一次,蕾妮的爸妈喝得大醉,她得开车载他们回家。回到小屋,她停好卡车,扶妈妈回房。她倒在床上,大笑着把手伸向爸爸,他一直在她身上摸个不停。

蕾妮爬上阁楼，现在她有床垫了，这是他们从垃圾堆捡来的，用漂白水清洗过。她躺在貂皮毯下，努力入睡。

不过之前在酒馆发生的事情一直萦绕在她心头。那个场面让她很不安，但她无法明确指出究竟是哪个时刻让她感觉不对劲儿，可能只是因为她察觉爸爸内心的偏执，或许不是什么新鲜事，但这次比以往更严重。

改变，微小却明显。

爸爸很生气，甚至暴怒，但为什么？

因为他被油管工程开除？因为三月的时候他看到妈妈和沃克先生一起坐在他们家的餐桌旁？

原因一定没有表面那么简单。镇上多开了几家店，为什么会让他这么火大？老天最清楚，他比其他人更爱去踢腿麋鹿喝威士忌。

她翻身拿放在床边的盒子，里面装着迈修这些年写的信。他每个星期都会写信。每封信她都背下来了，随时可以回顾。有些句子一直在她心中。"我慢慢好起来了……""昨晚我出去吃饭，看到一个少年拿着一台很大的拍立得相机，我立刻想到你……""昨天我第一次进球得分，真希望你在场……"而她最喜欢他写"蕾妮，我想你"，或是"我知道说这种话很逊，不过我梦见你了。你有没有梦见过我"。

不过今晚她不想思念他，不想感觉他在多遥远的地方，没有了他的友谊，她是多么寂寞。她不想读他的信，纳闷他会不会回来，担心写信给他的时候，会不会在无意间流露真正的心声。她搞不好会说出"我很害怕"。

于是她改为拿起最新的书——《荆棘鸟》，迷失在一个荒芜的土地上被禁止的爱情故事中。

时间早已过了午夜，她还在看书，突然听到爸爸妈妈房门口的珠帘晃动。她以为接下来会听到柴火暖炉的门打开又关上，却只听到脚步声。

她悄悄下床,手脚并用爬到阁楼边缘往下望。

黑暗中,只有柴火暖炉散发的光芒,她的眼睛花了一点儿时间适应。

爸爸一身黑衣黑裤,头上戴着阿拉斯加群英队的棒球帽,帽檐压得很低。他背着一个很大的工具袋。

他打开大门,走进夜色中。

蕾妮爬下阁楼的梯子,悄悄走到窗前往外望。一轮满月照亮积水泥泞的院子,偶尔会出现几块顽强不肯融化的棕色的冻结脏雪。到处是一堆堆废弃物,大部分半藏在高草丛和紫色柳兰间。一箱箱钓具和露营用具,生锈的铁片箱和各种器具,坏掉的栅门,一辆爸爸没空修理的脚踏车,一堆泄气的轮胎。

爸爸将工具袋扔进卡车后斗,然后蹒跚着走向旁边的夹板小屋,那里存放着工具和可以再利用的废弃物。

不久之后,他走出来,一边的肩上扛着斧头。

他坐上卡车开走。

他在做什么?

* * *

第二天早上,爸爸非常开心,蕾妮很久没有看到他这个样子了。他把凌乱的黑发扎成髻束在头顶,像小狗耳朵一样倒向一边,整体感觉像怪异的耶稣与日本武士混合体。他浓密的黑色大胡子卡着很多木屑,唇髭也是。"我们的贪睡虫起床啦。昨天晚上,你是不是熬夜看书了?"

"嗯。"蕾妮不安地观察他。

从昨夜就压在心头的担忧渐渐散开。他的心情很好。

真是松了一口气。四月的第一个星期六,这是一整年中她最喜欢的一天。

鲑鱼日，今天镇上的所有人会齐聚庆祝即将到来的鲑鱼季，镇民大会发生的不愉快将被抛在脑后。她听说以前住在这里的原住民也会在这一天庆祝，只是名称不同，他们相聚祈求上天赐予丰富的渔获，现在只是镇民热闹玩乐而已。

两点刚过，所有杂务都处理完毕，蕾妮抱起装满食物的保鲜盒，跟着爸爸妈妈走出小屋。一望无际的蓝天之下，卵石海滩灿烂耀眼，破掉的蛤蜊壳散落在地上，仿佛新娘礼服上的片片蕾丝。

他们将食物和毯子放上卡车后斗，加上装雨具和备用大衣的袋子（这个时节，天气很不可靠），一个喷漆罐往远处滚去。他们挤进驾驶座的长条椅，爸爸发动车子出发。

进到镇上，他们把车停在桥边，往杂货店走去。

一转过街角，妈妈说："怎么回事？"

大路上挤满了人，但气氛不对。马路上应该架起大型烤架，男人围在旁边烤麋鹿汉堡、驯鹿香肠、新鲜蛤蜊，互相吹嘘钓鱼的成绩，畅饮啤酒；女人应该聚集在餐馆，忙着张罗放在长餐台上的食物——比目鱼三明治、一盘盘黄金蟹、一桶桶蒸蛤蜊、一盆盆烤豆子。

然而现在一半的镇民站在靠海的那边，另一半的镇民站在酒馆门前，仿佛上演诡异版的 O.K. 牧场枪战[1]。

然后蕾妮看到酒馆。

所有窗户都被砸破，木门被砍烂，黄铜铰链上只剩下几块碎片，烧焦的墙壁上有着大大的白色喷漆涂鸦：警告，休想乱搞，傲慢的浑蛋，

---

[1] O.K. 牧场枪战（O.K. Corral）：一八八一年发生在美国亚利桑那领地汤姆斯通的一场枪战，对美国历史有着深远影响，象征法制与犯罪之间的斗争。由于改编为许多影视作品而影响着美国的大众文化。

拒绝进步。"

汤姆·沃克站在被捣毁的酒馆前,大玛芝和娜塔莉站在他的左边,罗德斯老师和师丈站在右边。其他和他站在一起的人蕾妮都认识,大多是镇上的商店老板、渔夫和观光钓鱼业者。这些是来阿拉斯加寻找机会的人。

马路另一头的木栈道上,站着的都是住在荒野的人:化外之民,独来独往的人。他们住在深山野地,只有靠船和飞机才能到,这些人来阿拉斯加是为了逃避债主、政府、法律、赡养费、现代生活。就像她爸爸一样,他们希望阿拉斯加保持野性,永远不要改变一分一毫。如果顺他们的意,永远不会有电力、游客、电话、柏油路、抽水马桶。

爸爸自信满满地上前。蕾妮和妈妈加快脚步追上。

汤姆·沃克大步走到马路中间迎战。他将一个喷漆罐扔在爸爸的脚边。罐子发出哐啷声响,往旁边滚去。"你以为我不知道是你干的?你以为大家不知道是你干的?你这个疯子浑蛋。"

爸爸微笑:"汤姆,昨晚发生了什么事?有人搞破坏?一定是因为你吵着要改变。真可惜。"

在蕾妮眼中,与爸爸相形之下,沃克先生显得雄壮威武、沉着镇定。蕾妮无法想象汤姆·沃克喝醉酒东倒西歪、自言自语、半夜醒来尖叫哭号。"欧布莱特,你连孬种都算不上。你只是蠢蛋,半夜偷偷摸摸砸窗户、在墙上喷漆,破坏这些我本来就打算拆掉的东西。"

"汤姆,他不会做这种事。"妈妈小心保持视线向下。她知道绝不可以直视汤姆,尤其是这种时候。"昨晚他在家。"

沃克先生上前一步:"恩特,给我听清楚。这次我就当作无心之过饶了你。不过,卡尼克一定要进步,我会全力推动。从今以后,如果你胆敢再以任何方式破坏我的生意,任何方式,我不会召开镇民大会,也不会报警，我会直接找你算账。"

"有钱人，你以为这样我就会害怕？"

这次沃克先生微笑着说："我说过了，你是蠢蛋。"

沃克先生转向镇民，很多人聚集过来听他们吵架："大家都是朋友，都是街坊乡亲，在墙上喷漆写几个字没什么大不了，快点儿让派对热闹起来吧。"

大家立刻动起来，各自找事情做。妇女三三两两走向餐台，男人去烤架生火。马路尽头，乐队开始演奏。

躺下吧莎莉，在我怀中安歇……

爸爸牵起妈妈的手，带着她往街上走，随着音乐的节拍点头。

蕾妮被独自留下，站在那里，困在敌对双方交火的战场上。

她一直很清楚阿拉斯加危机四伏——气候、野兽、突然在脚下破裂的冰层、地震、火山、她爸爸——但这里的人很团结，互相照应，教导他们如何生存，送他们食物。

现在她感觉这个镇出现了裂痕，各有主张的两群人争辩卡尼克的本质应该是什么。

可能会越演越烈。

破坏酒馆的行为，显示出爸爸的愤怒有了新的层面。他竟敢公然做出这种行为，她感到很害怕。自从沃克先生和大玛芝命令爸爸冬季去油管工作，他一直很谨慎。他从来不打妈妈的脸，也不打会看得到淤血的地方。他非常努力控制脾气，想尽办法压抑。他对沃克先生敬而远之。

现在看来，他似乎不想继续下去。有什么东西改变了，他们的生活原本维持着微妙的平衡，但现在被打破了。她想起很久以前有过的一个念头,当时他们还住在安全的西雅图,感觉像是上辈子的事了,那时她觉得她们母女站在随时可能坍塌的悬崖上。现在终于发生了吗?在这里?

蕾妮没有察觉汤姆·沃克走过来,直到他开口说话。

"你好像很害怕。"沃克先生说。

"你和我爸爸的纷争可能会导致卡尼克分裂。"她说,"你应该知道吧?"

"相信我,蕾妮,没什么好担心的。"

蕾妮抬头看沃克先生。"你错了。"这是她唯一能想到的回答。

* * *

第二天蕾妮去打工的时候,大玛芝对她说:"你担心太多了。"过去一年,她在杂货店打工,负责补货、清扫存货上的灰尘、用古老的收款机结账。她赚的钱足以买很多底片和书。可想而知,爸爸一开始极力反对,但这次妈妈鼓起勇气对抗,坚持十七岁的孩子放学后要去打工才对。

"这次的破坏行为不是好现象。"蕾妮望向窗外,往被毁的酒馆看去。

"唉,男人就是蠢。你该趁早记住这件事。看看那些公麋鹿,它们全速朝对方撞过去,大角羊也是。他们会弄得吵吵闹闹、轰轰烈烈,但一点儿意义也没有。"

蕾妮无法苟同。她看出他的破坏行为造成什么后果,她周遭的人都受到影响。她以前无法想象,在烧焦木墙上写几个字的杀伤力竟然像子弹一样,射进小镇的心脏,但现在她知道了。昨晚在大街上的派对像往年一样热闹,狂欢到天色开始变暗,但她看得出镇民分成两派,一边认为改变与进步只有好处,另一边反对。派对终于结束时,所有人各自散去。

各自散去。这个镇上的人原本最喜欢做什么事都要在一起。

* * *

周六晚上,蕾妮与爸爸妈妈去哈兰庄园烤肉。结束之后,他们像平常一样,在泥地上生起很大一堆篝火,围着喝酒谈天。夜晚降临,天空逐渐变成紫色,让每个人变成深黑色的影子。

蕾妮坐在门廊上,借着提灯的光再次阅读迈修最近写的一封信,从这里,她能看见大人聚集在火堆旁。酒壶在众人手中传来传去,从这里看过去,形状像黑色土蜂。火堆发出噼啪、嗖嗖的声响,但还是能清楚地听见男人的交谈,他们的火气越来越高涨。

"……占领我们的镇……"

"……傲慢的浑蛋,自以为是我们的主子……"

"……接下来他就会引进电力、电视……把这里变成拉斯韦加斯。"

车头灯射穿黑暗,院子里的狗群发狂,吠叫呼号,一辆白色大型双轴卡车隆隆驶过烂泥,停车时激起泥水。

沃克先生从昂贵的新卡车上下来,迈着自信的步伐昂然走向火堆,态度怡然自得,仿佛这里是他家。

不妙。

蕾妮折好信纸塞进后口袋,走下台阶踏进泥地。

火光将爸爸的脸映成橘色。他的包头垮下来,垂在左耳后面。"看来有人迷路了呢。"他因为喝太多酒所以声音有点儿奇怪,"这儿不是你该来的地方,沃克。"

"奇恰客竟然说这种话。"他灿烂的笑容减轻了这句话的羞辱力道,也可能反而加重了。蕾妮无法判断。

"我来这里已经快五年了。"爸爸紧紧抿着嘴,几乎看不见嘴唇。

"这么久了呀?"沃克先生雄壮的臂膀抱胸,"我的几双靴子比你去过阿拉斯加更多地方。"

"给我听着——"

"乖，不要吵。"沃克先生笑着说。蕾妮看出他的眼睛没有笑，里面一点儿笑意也没有。"我不是来找你的，我是来找他们的。"他抬抬下巴指着克莱德、唐娜、瑟玛、泰德。"我从小就认识他们。我还教过克莱德猎鸭子呢，记得吗，克莱德？小时候，我因为对瑟玛没礼貌，结果被她赏了一巴掌。我来找我的朋友，有事跟他们说。"

爸爸一脸不快，而且烦躁。

沃克先生对瑟玛微笑，她也报以微笑。"我第一次喝啤酒就是和你一起，记得吗？踢腿麋鹿是我们的酒馆，我们的。唐娜，你们在那里结婚呢。"

唐娜看了丈夫一眼，不知道该不该笑。

"事情是这样的，老酒馆该整修了。我们需要一个可以欢聚谈笑玩乐的地方，而且不会有木头烧焦的臭味，离开时也不会满身煤灰。不过整修需要很多工程。"沃克先生停顿一下，轮流看着每个人的脸，"也需要很多工人。我可以从荷马请人过来，给他们四美元的时薪整修酒馆，不过，我比较想把钱留在镇上，给我的好友乡亲。大家都知道，冬天来的时候，口袋里有点儿零钱很有帮助。"

"时薪四美元？很高呢。"泰德看瑟玛一眼。

"我希望尽量公道。"沃克先生说。

"哈！"爸爸说，"他想操纵你们、收买你们。不要听他的话。我们很清楚怎样对我们的镇最好，不要他的臭钱。"

瑟玛厌烦地看了爸爸一眼："汤姆，这份工作可以做多久？"

他耸肩："必须在天气变冷之前完工，瑟玛。"

"你需要多少工人？"

"有多少我都要。"

瑟玛后退，转向泰德，在他耳边说了几句话。

"厄尔？"爸爸说，"你不会任由他做这种事吧？不能只是因为他有钱，就可以为所欲为。"

狂厄尔满是皱纹的苍白脸孔挤成一团，像干掉的苹果："恩特，这里难得有工作机会。"

蕾妮看出这句话对爸爸的影响，他整张脸暴怒扭曲，吐了一口痰，握紧双拳。

"我要做。"泰德说。

沃克先生得意地微笑。蕾妮看到他的视线转向爸爸，停留了一分钟。"很好。还有谁？"

克莱德上前，爸爸发出像是爆胎的声音，抓住妈妈的手臂拖着她走向停在庄园另一头的卡车。蕾妮必须在会吸脚的浓厚泥浆中奔跑才能追上。他们全家上了车。

爸爸踩油门的时候太用力，轮胎在烂泥中空转了一阵才抓住地。他挂挡倒车，回转之后高速驶出敞开的闸门。

妈妈握住蕾妮的手，她们都很清楚最好别开口。他开始自言自语，拍打方向盘，好像要强调他的想法。

"一群该死的白痴……让他赢……可恶的有钱人，自以为拥有全世界。"

回到小屋，他猛然停下，打到停车挡。

蕾妮和妈妈坐着不动，连呼吸都不敢太大声。

他没有动，只是透过满是蚊子尸体的肮脏风挡玻璃，看着烟熏室和后面的黑暗树丛。天空是很深的紫棕色，点缀着百万颗明亮的星星。

"下车。"他咬牙切齿，握住方向盘又放开，仿佛触电般，"我需要思考。"

蕾妮打开车门,她和妈妈急着想消失,差点儿从车上跌落。她们手牵手,拖着脚步走过烂泥,登上台阶,打开门,进去之后关上,希望能够上锁,但她们知道绝不可以。万一他发狂,很可能会不惜烧掉房子也要找到妈妈。

蕾妮走到窗前,拨开窗帘往外望。

卡车还在对着夜空喷废气,两道头灯明亮照耀。

她看到他的身影,依然在自言自语。

蕾妮靠近妈妈说:"捣毁酒馆的人就是他。"

"不是啦。他在家,和我一起在睡觉,而且他不会做那种事。"

蕾妮心中有一部分想继续瞒着妈妈,不想让她难过,但真相快把蕾妮的灵魂烧出一个洞了,只有说出来才能灭火。她们是伙伴,她和妈妈是一起的,她们之间没有秘密。"你睡着之后,他开车去镇上。我看到他扛着斧头出去,看到卡车后斗有一罐喷漆。"

妈妈点起一支烟,沉重呼了一口烟。她细瘦的肩膀因为沮丧而垂下。"我还以为……"

蕾妮懂。希望,闪亮迷人,专门拐骗没有防备的人。她很清楚希望有多诱人、多危险。"我们该怎么办?"

"怎么办?他已经因为失业在火大了,现在又加上酒馆的事情——汤姆的事情——他很可能会爆发,做出鲁莽的行为。"

蕾妮感受到妈妈的恐惧,以及默默伴随而来的羞耻:"我们必须非常小心。这件事搞不好会闹得很大。"

妈妈沉重地叹息:"哦,这下可好,又多了一件要担心的事。"

第 14 章

费尔班克斯的四月很难捉摸。今年被不合时节的低温笼罩，雪下个不停，鸟儿不来，河水持续结冰。就连老人家也开始抱怨，他们在这个号称美国最冷城镇的地方住了几十年。

迈修练习结束之后，走路离开冰球场，把装备背在肩上。他知道他的外表和其他十七岁少年没两样，长发结冰、冰球制服汗湿，不过外表会骗人。他很清楚，过去几年和他一起读书的同学也很清楚。哦，他们相当友善（在这种远离文明的地方，谁都不会批评谁，想做怎样的人都可以），不过他们一直和他保持距离，小心观察他。他"崩溃"的谣言流传得很快，堪比基奈半岛的森林野火。他还没走进九年级教室坐下上第一堂课，大家已经听过他的事了。即使在蛮荒的阿拉斯加，高中生依然是群体动物，一旦团体中出现弱者，他们会立刻察觉。

冰雾，悬浮着结冰污染物的沉重灰色迷雾，使得费尔班克斯变成一座巨大的哈哈镜屋，所有东西都虚实难辨，所有线条都朦朦胧胧。整个城镇弥漫着散不掉的废气臭味，像赛车场一样。

马路对面的两栋低矮建筑仿佛互相扶持，在阴暗的天色中显得荒凉孤寂。镇上很多房子都像这样，感觉像是匆忙盖好的，很快就要被拆掉。

在灰暗迷雾中，人们像炭笔素描，只有线条。游民窝在门口，经常有喝醉的人深夜走出酒吧冻死。迈修此刻看到的这些人，说不定活不到明天或下星期，更别说有这场意想不到的暴风雪。这座城镇位于阿拉斯加荒野内陆，距离海边的度假景点很远，离壮丽的德纳里火山也很远。这里的冬季从九月持续到来年的四月，夜晚覆盖大地长达十八个小时，每天都有意外事故，随时有人失踪、迷路。

他走向他的卡车，夜色降临。就这样，一眨眼就天黑了。路灯是唯一的光，星星点点，偶尔会出现蛇一样的车头灯。他穿着派克大衣，里面是冰球制服、长袖卫生衣、冰球裤、毛皮雪靴。以费尔班克斯的标准而言，现在其实不算太冷，才零下几摄氏度而已。他没有费事戴手套。

卡车很快就发动了，这种季节不用等太久，深冬的时候温度经常降到零下二十五摄氏度，去买东西、办事的时候车子根本不能熄火。

他坐上舅舅的大型双轴双门卡车，缓缓行驶过镇上，提高警觉，随时留意动物、打滑车辆、在不该玩耍的地方玩耍的小孩。

一辆被撞凹的道奇车超到他前方，后面的风挡玻璃上有张贴纸写着："警告。兴致来的时候，这辆车会没有驾驶员自己上路。"

在这里有很多这种保险杠贴纸。阿拉斯加内陆深处到处是边缘人。人们信仰奇怪的宗教，祀奉排他性很强的神，地下室里《圣经》的数量和枪支一样多。如果想要住在一个无拘无束的地方，没有人会管你要做什么，不在乎你在院子里停放露营车、在门廊上放冰箱，阿拉斯加就是最适合的地方。他的阿姨说，是冒险的浪漫，才吸引这么多特立独行的人。迈修不知道他是否同意这种说法（老实说，他很少花费心力想这种事情），不过他知道越是远离文明，事情就会变得越奇怪。费尔班克斯的所有居民几乎都是从其他地方来的，有人是为了在油田工作，有人是为了来捕鱼，也有人是为了来淘金。大部分的人经历过一次黑暗荒芜、长达八个月的冬季，就会尖叫着逃离这个州。少数留下来的那些——不适应社会的人、爱冒险的人、抱着浪漫情怀的人、喜欢孤独的人——几乎不会离开。

他花了十五分钟才开上通往开垦园的路，又开了五分钟才抵达这些年他称为家的地方。二十年前，他母亲的家人在这里开垦，当时这片土地很偏远。随着时间过去，城镇逐渐扩大，相互之间越来越近。费尔班克斯或许地处偏僻，距离北极圈不到一百九十三千米，却是阿拉斯加第二大城，因为油管而迅速发展。

开到树木夹道的长长车道尽头，他将车停进巨大的木板建筑的车库兼工坊，旁边停着瑞克姨丈的全地形沙滩车和雪地机动车。他离开座椅裂开的卡车，经过一堆装着钓鱼和露营用具的箱子，绕过几个生锈的金属玩意儿，还有坏掉的闸门和只剩一半的脚踏车。所有垦荒的人都不会轻易丢弃东西，瑞克姨丈也一样。今天的垃圾可能会变成明天的必需品。上星期他们用装汽油桶的 Blazo 木条箱做成兔窝，用被撞坏生锈的汽车保险杠做成牲口饲料槽。

屋子里，墙壁是粗略打磨过的木板，在光影下显得很乱。他的阿姨和姨丈一直想要装上石膏板，却从来没有付诸行动。一座 L 形抛光木流理台勾勒出厨房的轮廓，下面是绿色橱柜，这是从安克雷奇一栋废弃豪宅搬来的。南方来的人在这里盖起所谓的"梦想家园"，结果却撑不过第一个冬天。放着三张高脚凳的吧台将厨房与餐厅隔开。再过去是客厅，那里有一套很大的格纹沙发（包含移动式脚凳），两张老旧的安乐椅面向俯瞰河流的窗户。到处都有书架，书本多到满出来。几乎所有能放东西的地方都有提灯或手电筒，这里经常会停电，因为大树太多，而且气候恶劣。这个家里有电力、自来水，甚至有电视机，但没有抽水马桶。老实说，沃克家的人一点儿也不在乎。他们从小学习垦荒，非常乐意过这种生活。就算停电，有发电机就能解决，而且南方的人无法想象，只要勤于维护，茅厕也可以非常干净。

"嘿，你回来啦。"坐在沙发上的爱莉抬起头，看来她正在写作业。

迈修将体育用品袋扔在门边，把球棍立在极地特有的玄关——挂满大衣、堆满靴子的一个空间，隔开室内外。他挂好大衣，踢掉靴子。现在的他长得很高,有一米八七,进门时必须低头。

"嘿。"他一屁股坐在她旁边。

"你臭得像山羊。"她合起课本。

"两次射门得分的山羊。"他往后靠,头枕在沙发椅背上,望着横过天花板的交叉屋梁。他不知道为什么,感觉有点儿紧张,有点儿软弱。他忍不住用穿着袜子的脚不停点地,手指快速地敲着扶手。

爱莉注视着他。像平常一样,她化妆的手法很随便,好像画到一半突然不想画了。她的金发往后梳成乱乱的马尾,稍微有点儿偏左。她的美专属于阿拉斯加少女,浑然天成,不修边幅,周末时她们不会去逛街看电影,而是去打猎。

"你又来了。"他说。

"什么?"

"盯着我看,好像我会突然爆炸还是怎样。"

"不是啦。"她柔声说,挤出笑容,"只是……你知道。你今天过得不顺吗?"

迈修闭上双眼叹息。姐姐拯救了他,毫无疑问。他刚搬来这里的时候还无法走出哀伤,总是噩梦缠身,幸好有爱莉给他稳稳的支撑,只有她说的话他才听得进去。不过还是花了很多时间,刚开始三个月,他几乎没有开口说话。他们送他去看的心理医生对他毫无帮助。第一次去咨询时他就知道,他不愿意回应陌生人的帮助,尤其是谈话时把他当小孩的人。

是爱莉救了他。她从不放弃,一直关心他的感受。当他好不容易找到能够表达的言语,他展现出的哀伤无穷无尽、太过惊人。

想起当时他哭得多惨,他依然感到难为情。

他哭的时候,姐姐抱着他轻摇,妈妈如果在世一定也会这样做。这些年下来,他们姐弟累积出叙述悲伤的词语,学习说出失去母亲的遗憾。他和爱莉聊他们的伤痛,直到再也无话可说。他们也花很多时间默默陪伴,并肩站在河边抛飞蝇饵钓鱼,在阿拉斯加山区的陡峭步道健行。随着时间的流逝,少年的悲恸变成青年的愤怒,再逐渐化作成人的忧伤,终于到了现在,虽然伤心依旧在,但只是他的一部分,而非整体。最近他们开始聊未来,而不是过去。

这个改变非常重大,他们姐弟都能体会。爱莉一直躲在学业中,以那个超脱的精英世界作为盾牌,抵挡身为女儿失去妈妈的残酷现实,她一直待在费尔班克斯陪伴迈修。妈妈过世之前,爱莉怀抱很大的梦想,打算搬去纽约或芝加哥那种有公交车、剧场、歌剧院的繁华城市。不过,失去亲人的悲伤让她整个人由内而外重整,就像迈修一样。现在她知道家人有多重要,不能轻易放弃所爱的人。最近她在考虑搬回开垦园陪爸爸,说不定会和他一起工作。迈修知道他继续留在这里只会让姐姐走不了。他必须推她离巢,否则她会永远守在他身边。

"我想回卡尼克读完高中。"他对着沉默的姐姐说。他猜得到她没说出口的问题,于是主动回答。"我不能永远逃避。"

爱莉一脸惊恐,他能理解。她陪他走过最惨的时光,身为姐姐,她担心他会再次落入抑郁的深渊:"可是你很喜欢冰球,表现也很出色。"

"再过两个星期,球季就结束了。我九月就要去上大学。"

"蕾妮。"

她能看穿他的心思,迈修一点儿也不觉得奇怪。他和爱莉无话不谈,包括蕾妮,以及她的来信对迈修的意义。"万一她要去外地上大学呢?我想见她,说不定以后没机会了。"

"你确定你准备好了?回去之后,无论去到哪里,你都会想起妈妈。"

终于来了,最重大的问题。老实说他不知道是否能够承受这一切——回到卡尼克,看到那条吞噬妈妈的河流,近距离目睹爸爸的哀伤——不过有一件事他很确定。蕾妮的信件对他而言很重要,甚至可以说那些信救了他,就像爱莉一样。尽管相隔遥远,过着不同的生活,蕾妮寄来的信件与照片总能让他想起自己原本的面貌。

"在这里也一样,走到哪里都会想起她。你不会吗?"

爱莉缓缓点头:"我敢发誓,我总是觉得眼角能瞥见她。晚上我会跟她说话。"

他点头。偶尔早晨刚醒来的时候,会有那么一瞬间,他以为世界恢复正常,他只是个住在正常家庭的正常少年,妈妈很快就会叫他下楼吃早餐。那样的早晨,安静只会让他更难过。

"要我陪你回去吗?"

他很想。他希望她在身边,握着他的手,让他心情平稳。"不用了。你要到六月才放假。"他听出自己语气中的没把握,知道她也听出来了。"更何况,我觉得必须自己面对。"

"你知道爸爸很爱你。你回去他一定会很高兴。"

他知道。他也知道爱会结冰,形成厚厚的冰层,掩饰藏在底下的漩涡与暗礁。过去几年,他和爸爸很难交谈。哀悼与内疚让他们不再是原本的自己。

爱莉伸手握住他的手。

他等她开口,但她没有说话。他们都很清楚为什么,没什么好说的。有时候为了前进,必须先后退。虽然他们还很年轻,却深刻体会了这个道理。还有另一个事实,他们努力掩饰、保护,让对方不必面对:有时候,后退比前进更痛苦。

或许一直以来,哀恸一直等着迈修回去,在黑暗冰冷中耐心等候。说不定一回到卡尼克,他奋斗的成果都会化为泡影,他将再次崩溃。

"现在的你比较坚强了。"爱莉说。

"到时候就知道了。"

* * *

两周后，迈修驾着姨丈的水上飞机经过水獭湾，侧翻转弯，降低高度，降落在下面平静的碧蓝海面上。他将引擎熄火，漂向那道泛白的木拱门，上面写着沃克湾。

他爸爸站在码头尽头，双手垂在两侧，感觉莫名地不知所措，午后艳阳让他的金发闪耀着光芒。

迈修由浮筒跳上码头，将飞机系好。他弯腰背对父亲，绳子系好之后继续保持这样的姿势。真正回来需要勇气，他想争取一点儿时间凝聚。

终于他站直了转身。

他爸爸过来了，一把抱住迈修，力道几乎压碎他的骨头。他抱着不放太久，迈修得用力才能吸到气。爸爸终于后退看着他，爱在他们四周现形，微微发光，这个版本的爱充满遗憾与回忆，边缘带着几许悲伤，但依然是爱。

距离上次见面才短短几个月。（只要严酷的气候许可，开垦园繁重的工作略有空当，爸爸就会尽可能去费尔班克斯探望迈修，以及看迈修打冰球，但他们从来不会谈起那些真正重要的事情。）

爸爸似乎老了，艰辛生活与无情气候在他的皮肤上留下纹路。他露出笑容，就像他这一生做的每件事情，毫无保留、不需借口、没有遗憾、抛开安全网。汤姆·沃克这个人一眼就能被看透，因为他让你进入他的内心。你立刻就会知道，这个人只会说出眼见的事实，无论别人是否喜欢，他建立了一套人生准则，其他规矩都不重要。迈修没有见过比爸爸笑得更痛快的人，他只见过他哭一次，在冰上那天，之后再也没有见过。

"你比上次见面的时候更高了。"

"我像浩克一样，一直变大，撑破衣服。"

爸爸拎起迈修的行李箱，带他走上码头，经过几乎拉断系绳的渔船，海鸟在头顶呱呱鼓噪，海浪拍岸。太阳晒着海草，海浪压倒苦草，散发出的气味迎接他回家。

走上阶梯顶端，迈修第一次看到那栋巨大的原木房子——正面高耸的船首造型，以及环绕式露台。梯形窗户透出温馨灯光，照亮挂在屋檐上的花盆，里面依然种着去年就枯死的天竺葵。

妈妈的花盆。

他现在才惊觉，原来时间可以把数年的人生一下子拉回去，一瞬间他回到十四岁，从内在如此深的地方发出哭喊，以至内心仿佛时光超前，等不及想恢复完整。

爸爸继续往前走。

迈修强迫自己移动。无论往哪里看，都有很多需要重新利用或整修的东西：一卷卷生锈的刺网；报废的牵引机；一台挖土机的挖斗，迈修印象中从来没有用过；烟熏室侧倒在地上，以免被冬季狂风吹进海里。他的靴子在泥地上发出咕叽声响，留下的每个脚印都立刻被水淹没，记录他回归的路途。他走过因为日晒雨淋而变成灰色的野餐桌，登上木制阶梯，来到漆成紫色的大门前。旁边挂着一个虎鲸造型的金属板，镂空的文字写着："欢迎！"（这是迈修送的礼物，妈妈每次看到都会笑。）

泪水涌上眼眶，他急忙抹去，在冷静稳重的爸爸面前哭哭啼啼，他觉得很难为情。他走进屋内。

感觉和以前一模一样。客厅里零散摆放着各式各样的家具，有些是回收再利用，有些是古董，一张老旧的野餐桌铺着亮黄色桌布，中央放着一个插满蓝色鲜花的花瓶。花瓶周围放着各式各样的蜡烛，仿佛中世纪围着城堡而建的村落，全都是手工以蜂蜡制作，添加玫瑰果精油。到处可以看到妈妈留下的痕迹，他几乎能够听见她的声音。

屋子里有带树皮的深色原木墙，可以饱览美景的大窗户，两张棕色皮沙发，还有奶奶从外界运来的钢琴。他走到窗前往外看，透过自己朦胧的倒影看着海湾和码头。

他感觉父亲来到身后。"欢迎回家。"

家，这个字有很多层次的意义，一个地方，一种情绪，许多回忆。"她走在我前面。"他听出自己的声音在发抖。

他听到爸爸猛抽一口气。他会阻止迈修吗，打断这个他们从来不敢提起的话题？

一瞬间沉默，比吸一口气的时间还短，然后爸爸用厚重大手按住迈修的肩膀。"谁都管不住你妈。"他淡淡地说，"不是你的错。"

迈修不知道该如何回答，有太多话要说，但他们向来绝口不提。这样的对话要从何开始？

爸爸用力抱紧迈修："你回来就好，我开心死了。"

"嗯。"迈修沙哑地说，"我也是。"

* * *

四月中，早上不到七点，晨光便一缕缕变得明亮，照耀大地。蕾妮第一次睁开眼睛时，虽然外面还很黑，但她感觉到季节改变带来的活力。身为阿拉斯加人，她能够感受到最初的曙光，看到天色从墨黑变成炭灰。光带来希望，白天即将来临，一切将重新好转。他的状况也可能改善。

然而今年春天不一样。即使阳光回来了，她爸爸却更加恶化，愤怒、激动，而且嫉妒汤姆·沃克。

一种可怕的感觉在蕾妮心中累积，快要发生不好的事情了。

今天上学的时候，她一直拼命忍耐头痛，放学骑自行车回家时又开始肚子痛。她想说服自己只是生理期，但她知道并非如此，是压力造成的。她担忧，她和妈妈再次进入提心吊胆的模式。她们经常互使眼色，走路如履薄冰，尽可能隐形。

她熟练地骑在凹凸不平的路上，小心保持在两条泥泞胎痕间凸起的路面上。

到了前院，她下车，橡胶靴踩进水坑，院子低洼泥泞，水到处流动，废弃物随意放置任其生锈，四处冒出长草丛。她立刻发现红色卡车不在，表示爸爸不是去打猎，就是去哈兰家了。

她把脚踏车斜靠在小屋墙上，开始处理杂物，喂牲口，确认它们有水喝，收好晾干的床单。她正要去溪边打水时，听到快艇引擎像弹橡皮筋的高亢声响。她将装着干净衣物的篮子靠在腰间，停下脚步望着海面，一手遮住眼睛。

一艘铝制快艇转入海湾，几千米的范围内只有引擎噗噗噗的噪声。蕾妮将洗衣篮扔在门廊上，跑向通往海滩的阶梯。这些年来他们慢慢整修阶梯，几乎所有木板都换新了，只有一两处能看到原本的老旧灰色木板。她穿着满是泥巴的靴子，走下之字形阶梯。

那艘船悠闲地驶来，尖尖的船头昂然傲立波浪中。一个男人站在驾驶台前，引导小船上岸。

迈修。

他将引擎熄火，踏进深度到脚踝的水中，扶着油漆剥落的白色船身。

她难为情地摸摸头发。今天早上她偷懒，没有绑辫子也没有梳头。身上这套衣服，她星期五穿去上学，星期四也穿的同一套。法兰绒衬衫上八成是烧木柴的烟味。这样还不算太惨,惨的是星期六她穿着同一套衣服去钓鱼了。

哦,老天。

他将小船拉上海滩系好,踩着及膝橡胶靴朝她走来。他凝望着她,好像等她开口说话,但她发不出声音。这些年来她一直想象这一刻。在幻想中,她总是知道该说什么。当一个人在阁楼里做梦时,她总是认定他们会立刻开始聊起来,重拾友谊,仿佛他从未离开过。

不过在她的心中,迈修永远是十三岁的模样,那个带她去看青蛙卵、白头鹰雏鸟的少年,那个每个星期写信给她的少年。"亲爱的蕾妮,新学校很难适应,我觉得没有人喜欢我……"她回信的对象也是那个少年。"我很清楚当转学生的感觉,烂透了。我来教你一些小秘诀……"

眼前这个……男人,完全不一样,是她不认识的人。他高大,一头金色长发,帅气的长相可以去当电影明星。对这样的迈修,她该说什么?

他从背包里拿出一本老旧、破损、发黄的《魔戒》,这是蕾妮送他的生日礼物。她还记得自己写在里面的献词:"永远的朋友,就像山姆和佛罗多。"

写下那句话的是另一个女孩——"以前"的蕾妮,当时她很乐观,不知道爸爸和妈妈的真相,不知道她的家庭问题多严重。那个女孩相信只要两个好朋友互相支持,绝对可以闯入魔多,拯救世界。"山姆和佛罗多。"他说。

"山姆和佛罗多。"蕾妮跟着重复。

他凝视着她。

蕾妮知道这种感觉很疯狂,但他们似乎在无言中交流,谈论书籍、不灭的友谊,克服难以超越的障碍。或许他们谈论的并非山姆和佛罗多,或许他们谈论的是他们自己,他们如何在长大的同时保持赤子之心。

他从背包里拿出一个包装好的小礼物交给她:"送你。"

"礼物?今天又不是我的生日。"

蕾妮发现她拆开包装时手在抖,里面是一台沉重的黑色佳能 Canonet 相机,装在皮盒里。她惊讶地抬头看他。他知道,他记得她多爱拍照。"谢谢。"她说。

"我很想你。"他说。

"我也很想你。"她轻声说,知道说出这句话的同时,状况已经改变了。他们不再是十三岁。更重要的是,她爸爸变了。和汤姆·沃克的儿子做朋友,她一定会惹祸上身。

她很担心自己竟然不在乎。

* * *

第二天在学校,蕾妮难以集中精神,她不停斜眼偷看迈修,仿佛想一再确定他真的在。罗德斯老师得大声叫蕾妮好几次,她才听得见。

放学的时候,他们一起走出校舍,并肩踏进阳光中,走下木台阶,踏进泥泞的土地。

她扶起靠在金属网栅栏上的脚踏车,这道栅栏是两年前建造的,当时一只母熊带着小熊为了觅食而直闯校门。"我等一下再回来骑沙滩车。如果可以,我想陪你走回家。"

蕾妮点头。她的声音似乎失踪了,一整天她对他说不到两句话,生怕会出糗。他们已经不是小孩子了,她不知道该如何跟同龄的男生说话,尤其是她太重视他对她的看法。

她一手牢牢握住裂开的塑胶扶手,推着从垃圾堆捡回来的脚踏车往前走,在卵石路上发出咔咔声响。

她清楚地意识到他的身体，以前从来没有这样过。他的身高、肩膀的宽度、自信轻松的脚步。他的口中有薄荷口香糖的气味，皮肤和头发上有市售洗发精和肥皂的复杂香气。就连脚踏车的哐啷声响和踩在新铺碎石上的脚步声，都无法让她分心。她与他……波长相符，那种奇怪的心灵相通，仿佛掠食动物与猎物之间的感应，突然出现一种有如危险生生不息的联结，她完全无法理解。

他们转向阿尔卑斯街，走到镇上。

"镇上变了很多。"迈修说。

他在酒馆前停下脚步，一手遮着眼睛，看焦黑木墙上的喷漆涂鸦："看来有人不希望改变。"

"看来是这样。"

他低头看她："我爸爸说破坏酒馆的人是你爸爸。"

蕾妮抬头看他，羞惭在内心纠结。她很想说谎，但办不到。她也不能说出真相背叛爸爸。大家都猜想破坏酒馆的人是她爸爸，只有她一个人确实知道是他干的。

迈修重新迈开步伐。终于离开爸爸愤怒的证明，她松了一口气，跟上他的脚步。经过杂货店时，大玛芝欢呼着跑出来，粗壮的手臂敞开。她给迈修一个拥抱，然后用力拍他的背。她终于放开他后退，注视他们两个，浓密的眉毛蹙在一起。

"你们两个当心点儿。你们的爸爸关系不太好。"

蕾妮离开，迈修跟上。

她想微笑，但惨遭捣毁的酒馆加上大玛芝的警告，让这一天失去了光彩。大玛芝说得对，蕾妮在玩火，爸爸随时可能开车经过这条路。万一让他看见她和迈修·沃克一起走路回家，绝对会出大事。

"蕾妮？"

她发现迈修得用跑才能追上她："对不起。"

"为什么要道歉？"

蕾妮不知道如何回答，她是为了他一无所知的事情道歉，为了把他拖进注定不幸的未来。于是她说了一些很逊的话，关于她最近正在读的一本书，剩下的路程。他们只能说些不痛不痒的事情——她喜欢的书，他在费尔班克斯看过的电影，钓国王鲑用的新鱼饵。

虽然他们已经走了将近一个小时，但感觉几乎只是一瞬间。蕾妮看到挂着牛头骷髅的金属闸门，门边停着一台黄色大型挖土机，沃克先生站在一旁。

蕾妮停下脚步："你爸爸在做什么？"

"他打算清出一些面积的地盖小木屋，还要在车道上立一座拱门，让客人知道我们在哪里。他好像要命名为沃克湾野外活动公司之类的。"

"让游客住宿的地方？就在这里？"

蕾妮感觉到迈修的视线停留在她脸上，几乎有如真实触碰。"当然喽。这是可以赚钱的事业。"

沃克先生朝他们走过来，摘下头上的卡车司机帽，露出前额一长条没晒黑的皮肤，然后搔搔汗湿的头发。

他走近时，蕾妮说："我爸爸会很讨厌那道拱门。"

"你爸爸什么都讨厌。"沃克先生微笑着说，用揉成一团的头巾擦去眉毛上的汗，"你和我家迈弟交朋友，绝对是他痛恨清单上的第一名。你应该知道吧？"

"嗯。"蕾妮说。

"走吧，蕾妮。"迈修握住她的手肘，带她离开，脚踏车跟着哐啷作响。到了蕾妮家的车道，她停下脚步，望着树荫下的路。

"你该走了。"她收回手肘。

"我想陪你走回家。"

"不行。"她说。

"因为你爸爸?"

她多希望世界裂开把她吞掉。她点头:"他不赞成我和你做朋友。"

"管他的。"迈修说,"他不能阻止我们交朋友,谁都不能。爸爸跟我说过他们吵架的事,真的蠢毙了。谁在乎?跟我们有什么关系?"

"可是——"

"蕾妮,你喜欢我吗?想做我的朋友吗?"

她点头。这一刻让他们感觉郑重、严肃,许下约定。

"我也喜欢你。好啦,就这样,我们是朋友,谁都没办法阻止。"

蕾妮知道他的想法多天真、多谬误。迈修没有遇到过愤怒、不讲理的家长,也没有看过拳头打断鼻梁,更不知道以破坏作为开头的狂怒,会发展成他无法想象的后果。

"我爸爸的脾气……很难预料。"蕾妮只能勉强想出这个形容。

"什么意思?"

"万一他发现我们互相喜欢,说不定会……伤害你。"

"我可以和他一决胜负。"

蕾妮感觉一波歇斯底里的狂笑涌上。迈修和爸爸"一决胜负",这件事太可怕,她连想都不敢想。

她应该立刻走开,告诉迈修他们不能做朋友,其他选项都太疯狂。

"蕾妮?"

他的眼神动摇了她的决心。有人这样看过她吗?她感觉有个东西蠢蠢欲动,或许是渴求,可能是安心,甚至是欲望。她不知道。她只知道不能就此抛下,她孤独等候了这么多年,即使她感觉到危险悄悄钻入水中朝她游过来。"绝不能让我爸爸知道我们是朋友,绝对不可以,永远不可以。"

"好。"迈修说，但她看得出来他不明白。或许他明白失去至亲的痛苦与折磨，从他的眼中看得出来那黑暗的体会，但他不知道恐惧的滋味。他以为她的警告太夸大、没必要。

"我说真的，迈修，绝不能让他知道。"

第15章

蕾妮的梦中在下雨。她站在河岸上,全身湿透。她一次又一次拉起兜帽,但每次都一转眼又不见了。雨水滑落她的头发,让她视线模糊。

河水暴涨,发出像狮子吼叫的声音,伴随响亮的雷鸣,突然间融冰了,房屋尺寸的巨大冰块从陆地脱落,往下游滚去,沿路卷走所有东西——树木、船只、房屋。

破春,融冰,世界重整的时期,冰脱离土地变成水,只在一瞬间发生,声音有如骨头断裂。在这个季节,所有东西都难以全身而退。

"你必须渡河。"

蕾妮不知道这句话是她听到的,还是自己说出来的。她只知道必须渡过这条河,不然冰会把她卷走,水会涌入她的肺。

问题是没有可以过去的地方。

冰凉的波浪高耸如墙,地面被冲走,树木倒地,有人尖叫。

是她在尖叫。河水有如铲子打中她的头,让她东倒西歪。

她挥舞双手,尖叫,感觉自己不停坠落。

"过来这里。"一个声音大喊。

迈修。

他可以救她。她呛了一下,努力想游到水面上,但有个东西困住她的脚,将她往下一直拉、一直拉……

烂泥、树枝、岩石、黑暗。

蕾妮倒抽一口气醒来,看到自己在安全的房间里,墙边堆着一摞摞书本,还有贴满照片的笔记本,而装着迈修来信的盒子就在身边。

噩梦。

印象已经模糊了。她好像梦到河流,破春融冰,在阿拉斯加的另一种死法。

她换衣服准备上学,穿上吊带牛仔裤、脱线的法兰绒衬衫。她将头发往后拢,编成松松的蜈蚣辫。家里没有镜子(这些年来被爸爸全部打破了),她无法确认好不好看。蕾妮已经习惯用裂开的玻璃充当镜子,倒影变成一片片的。迈修回来之前,她完全不在乎这些。

她下楼,将一摞课本放在厨房餐桌上,然后坐下。妈妈端来一盘早餐放在她面前,有驯鹿香肠、比司吉和肉汁酱,还有满满的一碗蓝莓,这是去年秋天他们采的,长在一片俯瞰喀什马克湾的沙峭壁上。

蕾妮吃早餐时,妈妈站在旁边抽着烟看着她。

"昨天晚上你花了一个小时打水,只为了要洗澡。今天还编了辫子。顺便告诉你,绑得很漂亮。"

"妈妈,这只是日常卫生。"

"听说迈修·沃克回来了。"

蕾妮早该知道妈妈一定会发现这两件事的关联。因为爸爸和乱七八糟的生活,蕾妮有时候会忘记妈妈头脑多好、观察力多敏锐。

蕾妮继续吃早餐,小心地不对上妈妈的眼睛。她知道妈妈会怎么说,所以蕾妮不打算告诉她。阿拉斯加非常大,有很多地方可以藏起友谊这样的小东西。

"真可惜你爸爸那么讨厌他爸爸。真可惜你爸爸有控制不住脾气的毛病。"

"现在换成这个说法了吗?"

蕾妮感觉妈妈在注视她,有如白头鹰紧盯波浪寻找银色鱼皮。这是蕾妮第一次对妈妈有所隐瞒,让她感觉很不舒服。"你快要满十八岁了,是年轻小姐了,而且这些年你和迈修互相写了至少一百封信。"

"为什么要说这些?"

"荷尔蒙就像焖烧锅,只要一对上眼,你就会直飞外太空。"

"哈?"

"我在说爱情,蕾诺拉,激情。"

"爱情?见鬼了。我不懂你为什么要扯这些。没什么好担心的,妈妈。"

"好。你要保持头脑清醒,宝贝女儿,不要犯下和我一样的错。"

蕾妮终于抬起头:"什么错?爸爸,还是我?难道你——"

门开了,一道金色阳光跟着爸爸进来,他今天早上洗澡了,并且换上了比较干净的棕色帆布长裤和T恤,满脸笑容。他用脚关上门:"好香噢,珂拉。早安,蕾妮,昨晚睡得好吗?"

"当然喽,爸爸。"她说。

他亲吻她的头顶:"准备好要去上学了吗?我载你。"

"我骑脚踏车就好。"

"今天这么晴朗,不能让我载第二喜欢的女生去兜风吗?"

"没问题。"她站起来,拿起课本和便当盒(依然是小熊维尼那个,现在她很喜欢了)。

"在学校要小心。"妈妈说。

蕾妮没有回头。她跟着爸爸出去,坐上卡车。

他把一盘八轨道磁带放进音响,然后调大音量。喇叭大声播送《说谎的眼睛》。

爸爸跟着唱,越唱越开心,还叫她一起唱。车子转上大路,伴着隆隆的引擎声驶过烂泥往镇上前进。

他突然猛踩刹车:"王八蛋。"

沃克先生的车道上立起一道粗糙原木做成的拱门,他就站在下面。

横梁上手工雕刻出一行字:"沃克湾野外活动营区"。

爸爸挂挡停车,下车之后在凹凸不平的路上直直前进,甚至没有避开泥水洼。

沃克先生看到他走来,放下手上的工作,将榔头插进腰带,垂在那里的样子感觉像枪。

蕾妮往前靠,透过满是灰尘与蚊子尸体的风挡玻璃专注地往外看。

爸爸对沃克先生大吼大叫,而他只是微笑,粗壮的手臂抱胸。

蕾妮觉得爸爸好像娇小的杰克罗素猎犬,凶巴巴地拉扯牵绳,对巨大的罗威纳犬狂吠。

爸爸还在骂个不停,沃克先生直接转身,回到拱门下继续工作。

爸爸站着不动一分钟后,回到车上,用力关上门。他气冲冲地挂挡、踩油门。卡车猛然前进,喷出黑烟。"该有人挫一挫那个王八蛋的气焰。我在越南遇到过这种人。烂人孬种军官,害死善良的好人,还拿到勋章。"

蕾妮很清楚,这时候绝不能说话。去学校的路上,他不停喃喃自语。王八蛋,自大的混账,自以为高人一等……蕾妮知道他离开学校之后一定会直奔哈兰家,找人和他一起骂。经过上次的破坏事件,说不定用骂的已经不足以泄愤。

他把车停在学校前面:"今天我要搭渡轮去荷马。五点你下班的时候,我会去接你。"

"好。"

蕾妮收拾好课本和便当盒下车。走向学校的路上,她没有回头,爸爸也没有按喇叭说再见。她听见他猛踩油门,轮胎激起碎石。

她走进教室,所有人都已经在座位上了,罗德斯老师站在黑板前,写着莎士比亚作品中的五步抑扬格。

迈修在位子上转身面向她。他的笑容拉扯她,仿佛科幻小说中的重力牵引。

她在他对面坐下。他专注地看着她。爸爸看着妈妈的时候就像这样吗?好像是,有时候。那样的眼神让她感到不安,有些焦虑。

他从笔记本撕下一张纸,草草写上几个字,然后从桌子底下传给她。上面写着:"放学以后要不要翘班?我们可以找点儿事情做。"

快拒绝,她心里想,但嘴巴却说:"我爸爸五点会去接我。"

"所以你答应喽?"

她忍不住微笑:"嗯。"

"酷。"

这天接下来的时间,蕾妮感觉既紧张又亢奋。她坐不住,差点儿答不出关于哈姆雷特的问题。不过她大声读课文,努力抄笔记,尽可能不让迈修或任何人发现她心里的感觉多诡异。

放学时间到了,她第一个站起来。她冲出学校,奔向交易站。她推开窄窄的店门,听到迎客铃叮咚作响,她大喊:"大玛芝!"

大玛芝正忙着拆一箱卫生纸。她的所有商品都是从索尔多特纳采购来,标价之后上架出售的。"什么事,孩子?"

"我今天不能来打工。"

"哦,好吧。"

"你不想问原因吗?"

大玛芝微笑着站直,一手撑住后腰,好像弯腰会痛:"不想。"

迎客铃再次响起,迈修走进店里。

"我说过了。"大玛芝说,"我不想知道。"她转身背对蕾妮和迈修,走下拥挤的走道,消失在一堆捕蟹笼后面。

"走吧。"迈修说,"跟我来。"

他们溜出店门,跑步经过正在整修踢腿麋鹿酒馆的工人,冲上俄国东正教教堂旁的山丘。到了那里,终于没有人能看见他们了。

他们步行到海峡,找到一块空地,喀什马克湾碧蓝的海水在他们眼前敞开,水面上有十多艘小船。

迈修从腰上的鞘里拔出刀,砍下一堆松树枝。他把树枝放在地上,用清香的绿叶搭建出有遮阴的窝:"来这里坐吧。"

蕾妮坐下,感觉底下的植物松软有弹性。

他在蕾妮身边坐下,双手交握枕在脑后躺下:"往上看。"

她抬起头。

"不是这样,要躺下。"

蕾妮模仿他的动作。高高的云杉直指天空,头顶上,蕾丝般的白云飘过浅蓝色的天空。

"有没有看到那条贵宾犬?"

蕾妮看到一片云,形状像修剪过的贵宾犬。"那片像宇宙飞船。"她感觉自己逐渐放松,陷入长满苔藓的柔软土地,在这里他们称之为青苔沼泽。

她看着云朵缓缓飘过,变换形状,在眼前变成全新的模样。她多么希望人也这么容易改变。"费尔班克斯是什么样子?"

"人很多,至少我这么觉得。大概是因为我喜欢空旷安静吧。不过我的阿姨和姨丈很开明,而且能和爱莉住在一起也很酷。她……经常担心我。"

"我也是。"

"嗯,我知道。我想道歉。"他说。

"为什么?"

"去校外教学那天,我推了你……我以为……自己已经没问题了——

那个，其实那时候，我问题很大，只是我不知道。"

"我懂。"她说。

"你怎么会懂？"

"我爸爸因为战争所以经常……做噩梦。有时候他会因此发狂。"

"我看到她……在冰层底下，在我的脚下漂浮。她的头发整个散开。她尖叫，一直抓冰层，然后就消失了。"他颤抖着呼了一口气。她感觉到他抛下她，独自走进满是荆棘的黑暗回忆，然后她感觉他回来了。"要是没有我姐姐和……你的信，真不知道我会变成什么样。我知道这个感觉很奇怪，但真的是这样。"

听到他说的话，蕾妮感觉身体底下的土地崩落（就像梦里那样），她摇摇晃晃悬在边缘。现在的她知道很多十四岁时不知道的事情——关于冰、失去，甚至恐惧。她无法想象以任何方式失去妈妈，看着她在冰层下挣扎却无法救她——

她转头望着他的侧脸，在她还有勇气的时候尽量看久一点儿。他鼻子的线条，刮过胡子之后留下的金色胡茬，嘴唇的弧度。"你很幸运能有爱莉斯佳这样的姐姐。"

"嗯。以前她想去 Vogue 杂志之类的地方工作。现在她想回开垦园，和爸爸一起工作。他们打算在家里的土地上建一座野外活动营区。这样沃克家的子孙才能继续在同样的地方生活。"他似乎觉得这种想法很好笑。

"你不喜欢？"

"我喜欢。"他淡淡地说，"至少现在我觉得不错。我想把我爸爸教我的事情教给我的孩子。"

这句话让蕾妮感觉到两人之间的差异。她绝对不想那么做。她抬头看天空，贵宾犬变成了宇宙飞船。

"我读过一本很酷的书，叫作《童年末日》，描述地球上最后一个人的故事。我很想知道那是什么感觉,也想知道有千里眼的感觉……"

聊着聊着,他伸手握住她的手,她没有躲开。握着他的手、接触他,这种感觉像是全世界最自然的事。

* * *

蕾妮很快就发现她麻烦大了,她无时无刻不在想迈修。在学校里,她研究他的一举一动,密切观察他,仿佛一个捕食者,试图从行为判断意图。有时候,他的手会在桌子底下碰到她的手,在教室里经过时碰到她的肩膀。她不知道那些短暂接触是有意还是无心,但每次匆匆触碰都让她的身体产生本能反应。有一次,她甚至从椅子上稍微抬高身体,靠向他的手掌,像猫儿撒娇。她没有经过思考就那么做了,那只是一种陌生的需求,自然而然地发生了。偶尔他和她说话的时候,他似乎注视着她的嘴唇,就像她盯着他的嘴唇那样。她发现自己偷偷描绘他脸庞的地形,记住每处山峰、凹陷、谷地,仿佛她是探险家,而他是她发现的新大陆。

她忍不住一直想他,在学校应该要读书的时候,在家里应该要做事的时候,她都在想他。这样不正常,说不定她有什么毛病。已经数不清多少次,妈妈得大声叫,她才有反应。

她很想和妈妈谈谈,问她到底为什么会有这种紧张躁动的感觉。梦中的抚摩与亲吻让她即使醒来之后依然心神不宁,渴求一种说不出是什么的东西,但爸爸的状况显然恶化了,小屋里充斥着不好的能量。

自从踢腿麋鹿酒馆事件之后,他的改变让蕾妮和妈妈如坐针毡。那些变化或许微小,但对于习惯观察他一举一动的她们而言,每个不同之处都无比重大,令人惊恐。

妈妈担心的事情已经够多了，于是蕾妮将那种诡异莫名的渴望藏在心中，试着自己琢磨出道理。

此刻，蕾妮母女在哈兰庄园，和瑟玛一起在外面的不锈钢台面上杀鱼，将肉切成长条。鱼肉要泡在特制酱汁中腌几天，然后放进烟熏室至少三十六个小时，之后还有更多事情要做。

泰德忙着修理狗屋。克莱德正在处理牛皮，准备做成皮革绳索。十三岁的爱涅丝在远处练习投掷流星镖，射在树上发出咚咚咚的声音。玛莎在削木头准备制作巨大的投掷器。唐娜在晾床单，用夹子固定。爸爸和狂厄尔去荷马了，应该很快会回来。

瑟玛将一桶漂着浮沫的脏水隔着桌子往外泼，鱼内脏在泥泞的地上滑，狗群咆哮着争夺。

蕾妮坐在一张塑胶椅上修理捕蟹笼。娃娃坐在旁边的地上，絮絮叨叨说着她找到的鸟巢。

庄园里的气氛有些紧张。上次沃克先生来到这里，提醒哈兰家人从很久以前他就是他们生活的一部分，并且提供高薪工作——从那之后，她察觉大人看彼此的眼神变得很怪。更准确地说，他们的视线刻意闪躲。

鸿沟裂开，不只是镇民彼此对立，哈兰庄园也一样。蕾妮不太确定谁站在哪一边，但大人都知道。她很确定那天之后，爸爸再也没有与瑟玛和泰德讲过话。

一阵响亮的喇叭声吓了蕾妮一跳。她手中的捕蟹笼落下，重重砸在脚踝上，她痛呼一声踢开。

狗群开始狂吠吵闹，从狗屋上跳下来，几乎将系绳拉断。

爸爸的卡车开进来，经过水坑时溅起泥巴，摇晃着开过隆起处，重重落在处处泥水的草地上，最后停在工具棚旁边。

两边的车门同时打开，爸爸和狂厄尔下车。

爸爸从后斗拿出一个大纸箱，用双手抱起来。他将箱子搬进庄园，里面发出金属碰撞的声响。他走上放蜂箱的高处，俯瞰所有人。狂厄尔跟着上去站在他旁边。老人家感觉很累，或者说比平常更累。过去一年，他的头发几乎掉光了，前额皱纹很深，像是用记号笔画上去的。他的下颔、脸颊、鼻子、耳朵都冒出了白毛。

"大家过来。"狂厄尔挥手召集。

瑟玛在脏兮兮的裤管上抹抹手，然后过去和丈夫站在一起。

蕾妮悄悄来到妈妈身边。"他们好像喝醉了。"她说。

妈妈点头，点起一支烟。她们走到瑟玛旁边。

爸爸站在高起的土堆上，姿态仿佛大祭司，低头微笑看着聚集在眼前的众人。

蕾妮知道那个笑容表示他又想出了了不起的主意，她看过太多次。新的开始，他最喜欢这样。

爸爸一手按住厄尔单薄的肩膀，意味深长地捏了捏："厄尔非常慷慨，让我和家人加入你们所建造的世界，这里安全又美好。我们几乎是哈兰家的一分子。你们一直以温暖的态度对待我们。我知道珂拉多重视和瑟玛的友谊。老实说，来到这里我们才终于有了归属感。"他放下箱子，发出哐啷声响，用橡胶靴的鞋尖推到旁边。"阿波希望我继承他的小屋。为什么？为了让我和这里的家人分享技能，保护大家的安全。他希望有个能信任的人来保护家人。你们都很清楚，我非常认真地看待这份责任。你们每个人都枪法一流，也熟练使用弓箭。你们的避难包准备齐全，苗头不对一拿起来就可以立刻上路。我一直以为无论发生戒严、核武战争，还是大规模传染病，我们都能够从容应付，但我错了。"

蕾妮看到瑟玛蹙眉。

"什么意思？"克莱德粗壮的手臂抱着胸。

"上个星期，一个敌人轻轻松松闯进来，没有人拦阻他，没有任何东西挡住他。他来到这里，用花言巧语和金钱利诱，让我们产生分裂。你们很清楚这是真的，你们都感觉到气氛不再团结，都是汤姆·沃克害的。"

瑟玛嘀咕："又来了。"

"恩特，"泰德说，"只是工作而已。我们需要钱。"

爸爸微笑着举起双手。

（蕾妮很熟悉那种笑容，绝不是开心的表示。）

"我没有责怪任何人，我懂。我只是指出你们没发现的危险。当大难临头，所有乡亲都会哭哭啼啼来求情。他们想要我们的物资，你们会忍不住想要分享。大家都认识那么久了，我能理解。因此，我也要保护你们不被自己的软弱所害。"

"阿波会希望我们这么做。"狂厄尔卷起一支烟，点火之后吸了很深、很深的一口。蕾妮以为他会当场暴毙。"快告诉他们吧。"他终于呼出那口烟。

爸爸蹲下，打开箱盖拿东西。他站起来，一只手拿着一块木板，上面钉着几百根钉子，每根之间的距离很近，感觉像武器，另一只手拿着一颗手榴弹。"以后再也没有人能大摇大摆进来。首先，我们要盖一座墙，装上刀片刺网，然后在庄园周围敌人可能入侵的地方挖壕沟，放进钉床、碎玻璃、金属刺，想得到的东西都可以。"

瑟玛大笑。

"丫头，这可不是闹着玩的。"狂厄尔说。

"把手榴弹装在密封罐里。"爸爸因为自己的妙招而喜不自禁，"拔掉插销，把手榴弹装在罐子里，压住保险栓，然后埋起来。如果有人踩到，罐子会破掉，然后就砰！"

没有人说话，他们呆站着，只听得见狗的叫声。

狂厄尔拍拍爸爸的背："真厉害的主意，恩特，真厉害。"

"不行，不行，不行。"

因为狂厄尔放声大笑，过了一会儿才听到瑟玛颤抖的声音。她迈步上前，推挤到最前面，然后再前进一步，独自站在那里，像一支箭头。"不行。"她说。

"不行？"她爸爸撇起没牙的嘴。

"爸爸，他疯了。"瑟玛说，"我们这里有小孩子。老实说，酒鬼也不算少。这里是我们的家，不能在附近放置会爆炸的陷阱，很可能我们自己人会先被炸死。"

"瑟玛，安保不是你的工作，"爸爸说，"是我的。"

"错了，恩特，我的工作是保护家人。我愿意配合储藏食物、装设滤水装置。我愿意教女儿有用的技能，像是射击、打猎、放捕兽夹。我甚至愿意任由你和我爸爸说些什么核武战争、大规模传染病之类的鬼话，但我不愿意这辈子每天都担心可能不小心莫名其妙害死人。"

"鬼话？"爸爸的声音很低沉。

突然间，所有人开始七嘴八舌争吵。蕾妮感觉他们之间的鸿沟裂开，越变越大。他们分成两派：一派想要保护家人（大部分的人），另一派想要杀死所有胆敢靠近的人（爸爸、狂厄尔、克莱德）。

"我们这里有小孩。"瑟玛说，"你们不能忘记这件事。我们不能装炸弹或诡雷。"

"可是那些人会拿着机关枪杀进来，"爸爸寻求支援，"杀光所有人，抢走所有东西。"

蕾妮听见娃娃问："真的吗，妈？真的会这样？"

争吵再度爆发。大人挤在一起，针锋相对，大吼大叫，闹得脸红脖子粗。

"够了!"狂厄尔高举骷髅般的双手说,"我不容许家里吵成这样。而且我们确实有小孩子。"他转向爸爸。"抱歉,恩特,这次我赞成瑟玛的想法。"

爸爸后退一步,拉开和狂厄尔之间的距离。"没问题,厄尔。"他咬牙说,"你说怎样就怎样,兄弟。"

就这样,哈兰家的争执画下句号。蕾妮看到他们立刻团聚在一起,家人之间互相原谅,开始谈论其他事情,不时传出笑声。蕾妮很想知道,他们有没有人发现爸爸独自站在旁边,看着他们,嘴巴抿成愤怒的线条。

第 16 章

五月,成千上万的鹬鸟回来,成群结队地从头顶飞过,在海滨稍事停留,然后继续北上。这个月,太多鸟类回到阿拉斯加,天空总是热闹繁忙,叽叽喳喳的叫声不绝于耳。

通常一年中的这个时节,蕾妮喜欢躺在床上听鸟叫,由歌声判断鸟的种类,以它们的来去感受季节流逝。

今年不一样。

感觉时间不再有弹性、无穷尽,她清楚地感受到每分钟,哀悼光阴逝去。

再过两周,学期就要结束了。

到时她就是高中毕业生了,但对她而言只是多了一张裱框的纸。她必须着手进行繁重的夏季杂务,然后呢?接下来她会怎样?上学就像骨干,没有了它支撑之后,生活会变成什么样子?

以后要怎么和迈修天天见面?想到即将失去他,她不由得感到惊慌绝望。

"你怎么都不说话?"爸爸将车开进学校停车场,停在迈修的老旧卡车旁边。

"没事。"她准备开门。

"你在担心安保,对吧?"

蕾妮转身看他:"什么?"

"自从上次哈兰家那件事之后,你们母女一直有点儿无精打采、闷闷不乐。我知道你们很害怕。"

蕾妮只是呆望着他，不知道该怎么回答才对。自从在哈兰庄园的计划被推翻，他就变得格外神经质。

"瑟玛太乐观，像鸵鸟一样逃避现实。她当然不想直接面对现实，因为太过丑恶。我们必须为最坏的状况打算。我拼死也会保护你们母女。你知道吧？你知道我有多爱你们。"

每次他说这种话，蕾妮都不知道做何感想。

他揉揉她的头发："别担心，蕾妮，有我保护你。"

她下车之后关上车门，从后斗搬下脚踏车。她背起书包，将脚踏车靠在栅栏上，然后往学校走去。

爸爸按了一下喇叭，车子开走。

"喂！蕾妮！"

她转头往旁边看。

迈修站在学校对面的树丛里，挥手叫她过去。

蕾妮往回看，等到爸爸的卡车绕过街角不见踪影之后，她才急忙过去找迈修："什么事？"

"我们今天逃课好不好？坐渡船去荷马。"

"逃课？去荷马？"

"来嘛，不要怕。"

蕾妮知道，应该拒绝的理由有太多，毕竟逃课违反规定，而且万一被爸爸知道，她会很惨。

"不会被抓到啦。而且就算被抓又有什么大不了？我们快毕业了。现在已经五月了，外界的毕业生不是一天到晚逃课吗？"

蕾妮觉得这个主意不太好，甚至可能有危险，但她无法拒绝迈修。

她听到渡船低沉忧伤的鸣笛，船即将在镇上靠岸。

迈修对蕾妮伸出手，接下来她发现他们在奔跑，离开学校停车场，跑上山坡,经过老教堂,奔向等候的渡船。

蕾妮站在甲板上抓住栏杆,渡船渐渐驶离港口。

整个夏天,可靠的"土斯塔美纳号"载送阿拉斯加人来来去去——从大城镇来的高中球队、渔民、野外活动爱好者、劳工、观光客。所有人都挤在船头往前看,沉醉于喀什马克湾的美景。船尾载着荒野居民需要的物资:建材、牵引机、锄耕机、钢梁。少数勇敢的游客将这艘船当作蓝领邮轮,前往偏远景点。渡船的航程让他们可以轻松欣赏美景打发一整天。对当地人而言,这艘船只是前往闹区的交通工具。

蕾妮搭过这艘渡船不下一千次,但现在她第一次有种自由自在的感觉。以前她觉得她的世界很小、很封闭,但现在从甲板往外望,她发现世界太大,几乎难以理解,仿佛这艘老旧的渡船将送她抵达全新的未来。

风吹动她的头发。海鸥与滨鸟在头顶吵闹,盘旋俯冲,轻轻松松随风飘起。海水平静碧绿,只有几艘船的马达激起水花。

迈修来到她身后,从她身体两侧握住栏杆。她忍不住往后靠,让他的身体带来温暖。"真不敢相信我们竟然做这种事。"她说。难得的一次,她感觉自己像一个平凡少女。这是她和迈修最接近正常高中生的一次,周六晚上去看电影,散场后去艾德熊汉堡店喝奶昔的那种青少年。

"我申请到安克雷奇的大学。"迈修说,"我要加入校队打冰球。"

蕾妮转身。他依然握着栏杆,如此一来,他等于拥抱着她。她的头发飞过脸庞。

大学。

"和我一起去。"他说。

这个想法有如一朵娇美鲜花,盛开之后在她手中死去。迈修的人生不一样,他聪明又富裕。沃克先生八成很希望儿子去上大学。"我们负担不起。而且爸爸妈妈需要我在开垦园帮忙。"

"可以申请奖学金。"

"我不能离开。"她低声说。

"我知道你爸爸很怪,为什么你不离开他?"

"让我离不开的人不是他,"蕾妮轻声说,"是我妈妈。她需要我。"

"她是大人了。"

蕾妮无法说出那些能够解释的话。她不能告诉他看着爸爸打妈妈的感觉,也不能告诉他如何习惯跑去拿抹布擦血。

他绝不可能明白,蕾妮有时候会觉得,因为有她在,妈妈才没有被打死。

迈修将她揽进怀中抱住。不知道他有没有察觉她在发抖。"老天,蕾妮。"他对着她的头发低语。

这个昵称是否代表他想要让这个名字属于他?像是将全新的东西握在手中?

"如果能去,我一定会去。"她说。之后他们陷入沉默。她想着他们的世界差异多大,由此可以看出外面的世界多辽阔,他们只是千百万少年中的两个。

渡船在荷马靠岸,他们和一大群人一起下船。岸上挤满眼神明亮的观光客与衣着褴褛的当地人,他们牵着手混入人群。他们吃甜筒冰激凌,喝冰凉的可口可乐。他们在沙嘴尖端的餐厅露台吃大比目鱼配薯条,将又油又咸的薯条扔给在旁边等候的鸟群。迈修在纪念品店买了一本相簿送她。那家店专卖以阿拉斯加为主题的圣诞装饰品,以及印着搞笑标语的T恤,像是"你麋鹿了吗?""赶蟹人生"。

他们天南地北地闲聊,感觉什么都没说,又像什么都说了,都是一些无关紧要的事情,关于阿拉斯加的美景、沙嘴人车拥挤的状况。

蕾妮在咸狗酒馆前面帮迈修拍照。这家酒馆在一百年前是邮局兼杂货店,服务这个连阿拉斯加人也称为"大地尽头"的偏远地区。现在这里变成风格怪诞的阴暗酒馆,当地人和观光客摩肩接踵,墙上贴满作为纪念的纸钞。迈修在凹凸不平的墙上贴上一张一美元钞票,写着"蕾妮与迈修"。

这是蕾妮人生中最美好的一天。当他们必须回家时,水上出租车开往卡尼克,她坐在船尾,努力对抗一波波忧伤。

"真希望不用回去。"她说。

他一手搂着她拉过去。小船随着波浪起伏,他们摇来摇去。"我们逃跑吧。"他说。

她大笑。

"真的啦。我可以想象我们环游世界,背着大背包游遍中美洲,爬上马丘比丘看印加遗址。等到把整个世界看完,我们就定下来。我会成为……飞行员或急救人员。你会成为杰出摄影家。我们回到这里,我们归属的地方,然后结婚,生一堆不听话的小孩。"

蕾妮知道他只是说着玩,只是做白日梦,但他的这些话点燃她内心深刻的渴望,她从不知道原来她心中有这样的渴望。她必须强迫自己微笑,若无其事地玩下去,假装内心没有受到震撼。"我是杰出摄影家吗?我喜欢这个主意。我会化妆、穿高跟鞋去领我的普利策奖,说不定还会点杯马丁尼。至于小孩嘛,我不太确定噢。"

"一定要生小孩。我想要红头发的女儿。"

蕾妮没有回答。这个话题傻透了,但她为什么会感到心痛不已?他应该很清楚,不能做这么大的梦,而且说出来。他失去了母亲,她的爸爸很可怕。家庭很脆弱,未来也是。

水上出租车放慢速度,漂浮到码头边,船侧靠岸。迈修跳下船,将绳索套在金属桩上。蕾妮听到系绳拉紧的声音。她下船登上码头,迈修将绳索抛回船上。

"到家了。"迈修说。

蕾妮望着栖身于长满藤壶、泥泞不堪的高台上的小镇。

家。

回到现实生活。

* * *

第二天下午打工时,蕾妮不停犯错。她标错几箱卫生纸的价格并且把它们放错位置,然后呆望着她犯的错,心中自问:我可以去上大学吗?有可能吗?

大玛芝来到她身后说:"回家去吧,今天你的心思不在这里。"

"我没事。"蕾妮说。

"才怪呢,你明明有事。"她用了然于心的眼神看着蕾妮,"昨天我看到你和迈修在镇上走。丫头,你在玩火。"

"什、什么意思?"

"你很清楚是什么意思。你想谈谈吗?"

"没什么好谈的。"

"是吗?你大概以为我是昨天出生的吧?我只是想提醒你要当心。"

蕾妮没有回答。不知为何,她说不出话,也无法用逻辑思考。她离开杂货店,牵出脚踏车骑回家。回到家之后,她喂牲口,去几年前挖的涌泉打水,打开小屋的门。各种思绪与情绪在她心中肆虐,以至当她察觉自己和妈妈一起在厨房时,完全想不起来怎么会来到这里。

妈妈在厨房揉面团。门砰的一声关上,她抬起头,沾满面粉的双手离开面团:"出了什么事?"

"为什么你会觉得出了事？"蕾妮问，但她知道原因。她泫然欲泣——只是她不知道为何想哭。她只知道迈修改变了她的世界，拉扯到变形。他改变了她的观点，开启了她的心灵。突然间，她满脑子只能想着学期快结束了，他要去上大学。

失去他。

变回她原本的模样。

"蕾妮？"妈妈用抹布把手上的面粉擦干净，然后扔到一旁，"你好像很难过。"

蕾妮还来不及回答，外面传来车子接近的声音，她看到一辆白色卡车驶进庭院。

沃克家的车。

"哦，不。"蕾妮冲过去打开门。

迈修下车，站在他们的院子里。

蕾妮跑过露台，冲下台阶，靴子陷入松软的草中："你不该来这里。"

"你今天在学校都不说话，一放学就直接跑去打工。我在想……是不是我说错了什么话？"

蕾妮不知道该说什么。她很高兴见到他，但也因为他在这里而感到恐惧。她觉得自己只能拒绝然后向他道别，其实她多么、多么想答应。他们两个都没有说话，她听见海浪涌上海滩又退去的声音。

爸爸从小屋旁边过来，拿着一把斧头。他因为操劳而脸色发红，满身大汗。他看到迈修，突然停下脚步："迈修·沃克，这里不欢迎你。你们父子想要污染你们的土地，我无法阻止，但你最好离我家和我女儿远一点儿。听懂了吗？你们沃克家的人玷污了我们的美景，改建酒馆，开饭店，还有那个野外活动营区的鬼玩意儿。你们会毁了卡尼克，把这里变成他妈的迪士尼乐园。"

迈修蹙眉："你刚才说迪士尼乐园吗？"

"你在学校也不准接近蕾诺拉。"爸爸说，"我知道只剩下一个月就要毕业了，不过我会紧盯你们两个。听懂了吗？快给我滚，不然我会当擅闯私人土地处理。"

"我走就是了。"他好像一点儿不害怕。怎么可能？他只是个少年，被拿着斧头的成年人威胁。

没想到看着他走竟会让她如此伤心。一开始她很生气、愤怒，然后是恐惧……丢脸……强烈到她快要哭出来。她的情绪如地震撼动了她。

她转身离开疯狂的爸爸，回到屋里，用力关上门。

不久之后，妈妈来了，温柔地保持沉默许久，然后只说了一句："哦，宝贝女儿。"她走过来，敞开怀抱。

蕾妮扑进妈妈怀中。在妈妈温柔的接触下，蕾妮哭了出来。妈妈抱紧她，抚摩蕾妮毛糙不受控的头发，然后牵起她的手走到沙发前坐下。

"你喜欢上他了。很难不喜欢吧？看看他，长得那么帅，而且这些年来你孤独又寂寞。"

果然是妈妈，一语中的。

蕾妮确实长久以来一直觉得孤独。

"我懂。"妈妈说。

这些话带给她安慰，提醒她在广袤的阿拉斯加大地上，这栋小屋自成一个世界。在这里，她和妈妈互相支持着走下去。

"不过这样很危险。你应该知道吧？"

"嗯，"蕾妮说，"我知道。"

* * *

第一次，蕾妮体会到书中所说的伤心欲绝、无望恋情。她感受到的痛是真实的，她对迈修的思念是一种疾病。她终于不能再逃避，必须说出家里的事情。

她辗转反侧一整夜，第二天醒来时眼睛又刺又痒。阳光由天窗洒落，亮度足以让她想遮住眼睛。她穿上昨天穿过的衣服，爬下阁楼。她没心情吃早餐，直接出去喂牲口，然后跳上脚踏车离开。长满青苔的路太软，而且路面高低不平，她得用力踩踏板。到了镇上，她对在杂货店外洗窗户的大玛芝挥挥手，然后经过疯子彼德，转向学校停车场。她把脚踏车靠在金属网栅栏旁的高草丛中，抱着书包进教室。

迈修不在座位上。

"很合理。"她喃喃说，"他八成已经在逃回费尔班克斯的路上了。"

"嘿，蕾妮。"罗德斯老师开朗地说，"今天你可以帮忙上课吗？有一只老鹰受伤了，荷马的救援中心需要帮忙，我想去一趟。"

"好，没问题。"

"我就知道你是我的救星。娃娃、爱涅丝和玛莎在学乘除法。你和迈修今天应该读 T. S. 艾略特的作品。"

蕾妮强迫自己微笑。罗德斯老师离开教室后，几个小女生立刻开始说话。

蕾妮看了一眼时钟，想着迈修说不定只是迟到了，然后开始教那些小女生数学。

这一天过得很慢，蕾妮不断看时钟，终于时针和分针摆出像啦啦队抬腿的姿势，三点到了。

"好了，小朋友，放学喽。"

小朋友终于全部离开，教室一片寂静。蕾妮收拾好东西，最后一个出去。

走到外面，她推起脚踏车跳上去，慢慢踩着踏板经过大路中央。头顶上，一架小飞机经过，放慢速度绕个大圈，让观光客看看这个建在海滨高台上的小镇。沼泽生机蓬勃，一丛丛青草在风中摇曳。空气中有灰尘味，以及新长出来的草和泥水的气味，远处有艘独木舟在浓密植物间往大海前进。她听见酒馆施工的敲打声，但从外面看不到工人。

她骑上桥，通常在夏季刚开始的时候，在这种晴朗的天气，桥上应该挤满老人、模样强悍的女人，以及手中拿着钓鱼线，踮起脚尖，从桥边看着下面清澈河流的孩子们。

现在却只有一个人站在那里。

迈修。

她停下脚踏车，一脚踩着地，另一脚踩在踏板上："你在做什么？"

"等。"

"等什么？"

"你。"

他缓缓走向她，眼神专注。她有种感觉，他似乎以为她会想冲过去逃走，而他准备好要抓住她。"走吧。"到了她身边，他只说了这一句话，然后继续往前走。

蕾妮下车，跟上他的脚步。脚踏车在主街凹凸不平的碎石路上发出震动的声响，把手上的铃铛不时发出颤抖的铃声。

经过酒馆时，蕾妮紧张地看了一眼，但没有看到克莱德或泰德在工作。她不希望任何人告诉爸爸看到她和迈修在一起。

他们登上山丘，经过教堂，钻进浓密的云杉林。蕾妮放下脚踏车，跟随迈修走向凸出黑色岩石峭壁的岬角。

"昨天晚上，我无法入睡。"迈修终于说。

"我也是。"

"我在想你。"

她很想说一样的话，但她不敢。

他牵起她的手，带她走向之前做的窝。他们坐下，背靠着腐朽倒地的树干。

蕾妮听见下方海浪扑打岩石的声音。土地的气味清新，阳光由枝叶间洒落，投下星星形状的光影。"昨晚我告诉我爸爸我们的事，我甚至跑去餐馆打电话给我姐。"

我们。

"是吗？"

"爸爸说我想和你在一起等于玩火。"

想和你在一起。

蕾妮说："大玛芝跟我说过一样的话。"

"我不在乎。"

蕾妮摇头。这样很浪漫，她很高兴，但他不知道自己在说什么。"爱莉怎么说？"

"她问我吻你了没有，我说没有。她说：'搞什么鬼，老弟，加快脚步吧。'她知道……我有多喜欢你。那么……我可以吻你吗？"

她若有似无地轻轻点头，不过这样就够了。他的唇以试探的动作掠过她的唇，一如她读过的所有爱情故事。初吻改变了她，开启一个她不曾想象过的新世界，辽阔、明亮、闪耀的宇宙，充满意想不到的各种可能。

他后退，蕾妮凝视着他，没想到竟然感觉泪水刺痛。"我们，这样，太危险。"

"嗯，我想是吧。不过无所谓，对吧？"他说。她听出他声音里的询问。

"对。"蕾妮轻声说。她知道她可能会后悔做出这个决定，但感觉像是注定的。"除了我们，什么都无所谓。"

*　*　*

蕾妮踩着脚踏车穿过绿树成荫的蜿蜒车道，感觉像飘在半空中。怎么可能呢？一个吻竟然能改变DNA，让她变成截然不同的人。

蕾妮，和我一起去上大学，拜托……
安克雷奇大学很漂亮……宿舍非常棒……你还来得及申请秋季入学。我们可以一起去。
一起……

回到家，她将脚踏车放在旁边，去喂牲口，但她实在太心慌意乱，不小心将整桶饲料倒进去，然后去山丘上新挖的涌泉打水。一个钟头后，她终于完成所有杂务，看到爸爸妈妈走下海滩，驾船出去钓鱼。

他们会去好几个小时。

她可以骑脚踏车去迈修家，让他再吻她一次。骑车过去再回来只要半个小时，爸妈根本不会发现她离开过。

别做蠢事，明天就可以和迈修见面了。

明天感觉像是下辈子。

她搬出脚踏车，跳上去出发，经过上星期爸爸从垃圾堆捡来的独木舟，还有那台越野摩托车破烂的骨架，爸爸修了很久还是无法发动。车道的树影落在她身上，感觉很凉爽。

即使如此，抵达沃克家的开垦园时，她依然满身大汗。

这个主意似乎不太好，她应该回头。

但她没有回头。她骑上大路，回到阳光下，经过约四百米的路程，抵达车道前的闸门。她绕过打开的闸门，经过那道上了油漆的拱门，木头上雕刻出浅金色的鲑鱼，她继续往前骑。

这么做很危险，她心中再次响起警告，但她无法在乎。她满脑子只有迈修，只想着他吻她时的感受，只想再吻他一次。

这里的路不那么泥泞，显然有人花时间铺上碎石、整理土地。她爸爸绝不会做这种事：把路铺平，让生活变得比较轻松。

她喘着气颠簸地把脚踏车停在沃克家的两层楼房前。

迈修抱着一捆干草要去喂牲口，一看到她，就将干草扔在地上，朝她跑过去。他穿着宽松的冰球衫、短裤、橡胶靴。"蕾蕾？"她喜欢他取的新名字，让她变成另一个人，只有他认识的人，"你没事吧？"

"我想你。"她说。蠢透了，他们才刚分开而已。"我希望……我们需要在一起的时间。"

"明天晚上，我会去找你。"他说。

"什、什么意思？"

"我会偷溜过去找你。"他的语气自信满满，她不知道该说什么，"明天晚上。"

"不可以。"

"午夜的时候，偷溜出来见我。"

如果可以就好了。"这样太危险。"

"你们家有茅厕吧？所以出去很正常。他们会半夜跑去阁楼看你吗？"

她可以穿暖一点儿出去，只是不会马上回来。他们可以偷到一个小时的相处时间，甚至更多。只有他们两个。

如果现在拒绝，就证明她和妈妈完全不一样，她们的内心没有先天性的可怕缺陷。这表示蕾妮可以过理性的生活，可以有正常的爱，不会被比作海洛因,也绝不会让她哭着入睡。

"拜托?我需要见你。"

"蕾妮!"

她听见爸爸对她大吼。她推开迈修,但已经来不及了。她爸爸看到他们在一起,他大步走过来,抱着一支猎枪,妈妈跌跌撞撞跟在他身后。

"你跑来这里做什么?"爸爸说。

"我——我——"

爸爸举起枪。

"恩特,不要。"妈妈说。

"我不是说过不准接近我的蕾诺拉?"爸爸伸出手抓住蕾妮的上臂,把她拽到他身边。

"走吧。"他在蕾妮耳边说。

蕾妮发出绝望疼痛的低声啜泣,然后紧紧抿住嘴唇。她不希望迈修知道爸爸弄痛她了。"不要过来。"她对迈修说,"拜托。"

迈修焦急地想过去。

爸爸的枪口瞄准他。

迈修停下脚步,皱起眉头。

"我想也是。"爸爸说,"孬种,像他爸爸一样。走吧,蕾妮。"

蕾妮蹒跚地跟着爸爸,撞上他又拉开距离。一旦她离得太远,他就会把她拉回身边。在她身后,妈妈扶起蕾妮的脚踏车跟在旁边。

回到他们家的庭院,蕾妮甩开爸爸的手,差点儿摔倒。她蹒跚着走过潮湿的草地,面向他,气愤、羞惭、耻辱在心中爆发。"我没有做错事。"她大喊。

"恩特,"妈妈努力想讲理,"他们只是朋友——"

爸爸猛转过身看着妈妈:"怎么?你知道他们的事?"

"恩特,宝贝……"妈妈小心翼翼走向他,谨慎地保持安抚的语气,整个身体卑屈地缩在一起,"你反应过度了。他是蕾妮的同学。没什么。"

"你知道。"爸爸再次对她说。

"她什么都不知道,是我自己想去。"蕾妮哭喊道。

"对。"爸爸说,"我看到你出门。不过你也看到她出门,不是吗,珂拉?你知道她要去哪里。"

妈妈摇头。"不。"她的声音越来越无力,"我以为她要去打工,或是要去采香脂草。"

爸爸抚摩妈妈的脖子:"你骗我。"他扼住她的脖子用力掐。

"爸爸,拜托,都是我不好。"蕾妮说。

他转身,看着蕾妮,眼神狂乱绝望:"你说得对,或许该被教训的人是你。"

"我知道那个男生的事。"妈妈说,"是我让她去的。"

"妈妈,不要——"

"你妈应该知道不能欺瞒我。"他拽着妈妈往小屋走去。

蕾妮尖叫着跟上,想把妈妈拉开。

爸爸将妈妈推进屋里,把蕾妮推开。

门用力关上。

咔的一声锁上。

接着里面传出砸东西的声音,以及压抑的尖叫。

蕾妮拼命撞门、捶门,尖叫哀求着让她进去。

第 17 章

第二天早上,妈妈的左脸肿起发紫,另一边的眼眶变黑。"你到底在想什么?他看到你出门,所以跟过去。"

蕾妮在餐桌边坐下,觉得自己很可耻:"我根本没有想。"

"荷尔蒙。我说过那玩意儿有多危险。"妈妈往前靠,"宝贝女儿,重点是,现在的你如履薄冰。你知道,你明明知道,你必须和那个男生保持距离,否则会发生很糟糕的事。"

"他吻我了。"他要我今天晚上偷溜出去见面。

妈妈坐着许久没有说话。"唉,一个吻就能改变女生的世界。我不是最清楚吗?不过你不是住在郊区的普通女孩,你爸爸也不是电视剧《天才小麻烦》里的好好先生。蕾妮,你做的决定会产生后果。这个后果,不只影响你一个人,也会影响到那个男生,影响到我。"她摸摸淤血的颧骨,痛得一抽。"你必须和他保持距离。"

* * *

午夜,来见我。

一整天,蕾妮都在想这件事。在学校里,每当她看着迈修,她知道他在想什么。

"拜托。"这是他对她说的最后一句话。

她很想坚持地拒绝下去,但当她回到家,开始忙一堆杂务,焦急地等待太阳下山后,满脑子还是只有这件事。

通常她不会注意时间。在开垦园里，只有大规模的变化才有意义——天色变黑，潮汐涨退，雪兔换毛，候鸟南飞。他们靠自然变化标示时间流逝，种植季节、鲑鱼洄游、初雪落下。在学校的时候，她会注意时钟，但不会太在意时间。迟到也无所谓，冬天往往冷到卡车无法发动，春秋两季又有太多事情要做。

但现在她必须知道准确时间。在客厅里，爸爸和妈妈相拥窝在沙发上轻声说话。爸爸不停抚摸妈妈青肿的脸，呢喃道歉，说着他有多爱她。

刚过十点，她听到爸爸说："珂拉，我快睡着了。"妈妈回答："我也是。"

爸爸妈妈关掉发电机，最后添一次柴。接着蕾妮听到他们进房时拨开珠帘的声音。

然后一片寂静。

蕾妮躺在那里，数着所有能数的东西：她的呼吸、心跳。即使时间流逝令她害怕，但她依然祈求时间快点儿过去。

她想象不同的场景——去见迈修，留在床上；没有被逮到，被逮到。

她一次又一次告诉自己她并非在等候午夜，她没有那么愚蠢、鲁莽，不会偷溜出去。

午夜来临，她听到时钟指针最后的嘀嗒声响。

她听到窗外的鸟鸣，微弱的颤音感觉不像是真的。

迈修。

她爬下床，穿上保暖衣物。

梯子每次发出的声响都令她惊恐，然后停住一动也不敢动。踩在地板上的每一步也是这样，所以她花了很长的时间才到门口。她穿上橡胶靴，套上羽绒背心。

她屏住呼吸，解开门锁，松开门闩，打开大门。

夜晚的空气扑面而来。

她看到迈修站在海滩边的山丘顶端,粉紫色天空映出他的轮廓。

蕾妮关上门奔向他。他牵起她的手,两人一起跑过长满青草的潮湿前院,走下通往海滩高低起伏的摇晃阶梯。迈修铺了毯子,用大石块压住四个角。

她躺下,伸长手脚。他也一样。蕾妮全身都感觉到他的体温,让她感觉在世上很安全,即使他们很清楚这样的行为有多冒险。一般青少年很可能会不停聊天、大笑,或做其他事情,例如喝啤酒、抽烟,但蕾妮和迈修知道他们不是一般的青少年,偷溜出来不是小事。她爸爸的疯狂野蛮仿佛悬在他们之间。

她听到海水朝他们冲刷而来,云杉嘎嘎作响,春风呢喃。半月高挂天际,让人感觉有些不真实,太过皎洁。月光让所有东西都变成银蓝色。

他们感觉周围的世界不一样,有魔力,充满无尽的可能,不再危机四伏。

"昨天晚上的事,我很抱歉。"她说。

他翻身侧躺。他们鼻子对着鼻子,她感觉他的呼吸吹在脸上,感觉他的一绺发丝飞上她的脸颊。"我不想聊你爸爸的事。"

蕾妮完全能理解。

"我找罗德斯老师商量过。"他说,"她说你还来得及申请安克雷奇大学。蕾妮,考虑一下。我们可以在一起,远离这一切,远离他。"

"学费很贵。"

"学校有奖学金,也有低利贷款。我们可以做到,绝对没问题。"

蕾妮放胆想象——虽然只有一秒钟。崭新的人生,她的人生。"我可以申请看看。"然而听到自己说出梦想的同时,她也想到了代价。付出代价的人会是妈妈,蕾妮怎么能安心?

不过，难道她要永远被困在这里？受限于妈妈的决定与爸爸的狂怒？

他拿出一条项链为她戴上，在黑暗中笨拙地摸索扣环。"这是我雕的，希望你不会嫌弃。"他说。

她伸手去摸，一颗心，她想，骨头做成的，挂在像蜘蛛丝一样细的链子上。

"蕾妮，和我一起去上大学。"他说。

她抚摩他的脸，他的肌肤和她的很不一样，比较粗糙，不时会有毛刺刺的感觉。

他的身体贴向她，髋部靠在一起。亲吻的感觉变了，更深入，她听见他的呼吸变得紊乱。

她现在才知道，原来爱可以突然出现，就像宇宙大爆炸理论，改变内心与世界的一切。突然之间，她相信迈修，相信他的可能，相信他们的可能，就像相信地球有引力而且是圆的。太疯狂，太疯狂，当他吻她，她瞥见崭新的世界、崭新的蕾妮。

她后退。这种新的感觉太深层，令她害怕，不可能是真的。真爱需要慢慢滋长，不是吗？像花朵逐渐绽放。不会这么快，不会像行星相撞。

她全身颤抖，因为从未体验、无法理解的渴望而痛楚。蕾妮睁开眼睛，看到一片梦幻星光。银河洒落百万光点，在天空形成旋涡与魔幻的花纹。

向往。现在她知道那是什么感觉了。向往，一个古老的词，属于简·爱的世界，对蕾妮而言是全新的体会，就像刚到来的这一秒。

她不知道她想要什么、需要什么，但这全新的欲望令她焦躁不安、困惑不解。

"蕾妮！蕾妮！"

她爸爸大喊的声音。

蕾妮猛然坐起。哦,老天。"待在这里别动。"她慌乱起身,跑向老旧的阶梯。她冲上之字形小径,派克大衣飞扬,靴子重重踏在铺了塑胶网的阶梯上。"爸爸,我在这里。"她气喘吁吁地大喊,高举双手挥动,仿佛荒岛遇难,急着求援。

"感谢老天。"他说,"我起床上厕所,发现你的靴子不见了。"

靴子。她想得不够周详,这么小的失误。

她指着天空。他有没有发现她的呼吸很用力?他有没有发现她的心跳很激烈?"你看,星星多美。我去海滩欣赏了。"

"啊!"

她站在他身边,努力镇定下来。他一手搂住她的肩。这个动作感觉在宣示主权,像枷锁。他把她拉过去。"真的很美,对吧?"

"像天使在跳舞。"

幸亏有长满青草的山丘挡住海滩。蕾妮看不到满是卵石和贝壳的海湾,看不到迈修带来的毯子,也看不到迈修。他在山丘低处,小屋与海滩之间。

她握住脖子上的骨雕爱心,感觉尖端刺进掌心:"有史以来最美的夜晚。"

"蕾妮,下次不准这样。你很清楚有多危险,熊在这个季节很残暴。我差点儿拿枪出来找你。"

* * *

自传

蕾妮·欧布莱特

"佛罗多,离开家门的路很危险。一旦踏上那条路,万一不小心失足,天晓得你会落到哪里。"

申请大学的自传竟然引用托尔金的话作为开头,如果您认识我,一定不会觉得奇怪。书是我人生的里程碑。有些人以家族照片或录像带捕捉回忆。我则是靠书本和书中的人物。从我有记忆以来,书本一直是我的安全天堂。我在书里读到难以想象的地方,沉浸在异地旅途中,准备去拯救不知道自己其实是公主的女孩。

最近我才发现我为何需要那些遥远的世界。

我父亲教我要害怕世界,他所说的一些事情烙印在我心中。我读过很多新闻报道,帕蒂·赫斯特绑架事件、黄道带杀手[1]、伊朗人质危机[2]、慕尼黑奥运会炸弹事件、查尔斯·曼森[3]连续杀人案,我知道这个世界有多可怕,政府腐败,流感可能突然大爆发,夺走百万人的生命,核弹随时会落下,毁灭一切。

我学习在奔跑中射击靶纸上的头像。我家门边摆着装满求生必需品的避难包。我会用火绒生火,蒙着眼睛组装枪支。我这个年纪的孩子大多只知道电影《星球大战》。我却知道如何调整防毒面具贴合脸部。我从小接受训练,准备迎接大战、灾难、世界性的悲剧。

但那些都不是真的,或者说虽然是真的,但并非真实。这是大人爱玩的语意差异。

---

1 黄道带杀手(Zodiac Killer):二十世纪六十年代晚期在美国加州北部犯下多起凶案的杀人犯。直至一九七四年,他寄送了许多封以挑衅为主的信件给媒体,并在其中署名。信件中包含了四道密码及经过加密的内容,目前仍有三道密码未被解开。
2 伊朗人质危机:一九七九年伊朗爆发伊斯兰革命后,美国驻伊朗大使馆被占领,数十名美国外交官和平民被扣留为人质的危机。
3 查尔斯·曼森(Charles Manson,一九三四—二〇一七):美国罪犯、邪教头目,于二十世纪六十年代末领导犯罪集团曼森家族。曼森和他的跟随者被控在一九六九年七、八月,犯下了数起连续杀人案。他也因为共同犯罪而被控谋杀。

我十三岁那年，父母离开华盛顿州。我们来到阿拉斯加，在荒野中过自给自足的生活。我很喜欢，真的。我喜欢阿拉斯加严酷不屈的美。我最欣赏这里的女性，例如我的邻居大玛芝，她曾经是检察官，现在开杂货店。我欣赏她的强悍与慈悲。我欣赏我妈妈，她像蕨叶一般娇弱，却战胜本该摧毁她的气候环境，成功地在这里生存。

我爱这一切，我爱这个州，阿拉斯加给我归属感、给我家，但现在我该走出开垦园，寻找自己的道路，认识真正的世界。

所以我想上大学。

* * *

经过那天晚上在海滩的惊险之后，蕾妮学会偷窃。她变成小偷，随时可以隐形。这项本事她已经练习了一辈子，现在她需要偷时间，刚好可以派上用场。

她也变成骗子，摆出一张无邪的脸，甚至带着笑容，欺骗爸爸以窃取她需要的时间。要考试所以必须早点儿去学校，至少一个小时；因为校外教学，所以放学之后会比较晚回家；因为要做报告，所以必须开快艇去塞尔多维亚的图书馆。她和迈修有很多见面的地点：森林、"他们的小窝"、大玛芝店里的阴暗角落、废弃的罐头工厂。在学校，他们总是在书桌底下互相触摸，经常来回传递字条。

这种感觉美妙、刺激、神奇。她学到书本里没有写的事情——谈恋爱就像冒险，她的身体会因为他的触摸而改变，紧紧拥抱他一个小时之后腋下会酸痛，他的吻让她的嘴唇红肿脱皮，他粗粗的胡茬会磨痛她的皮肤。

偷来的时间成为引擎，推动她的世界，以至像现在这样的周末早晨，想到一整天都见不到迈修，她有股强烈的冲动想要冲出开垦园，奔向他，想办法多偷十分钟。

最近，学期即将结束的事实投下一道长长的黑影，今天，当蕾妮在教室里坐下，看着迈修，她差点儿哭出来。

他伸手过来握住她的手："你没事吧？"

蕾妮忍不住想着，这个世界那么大、那么危险，他们那么渺小，只是两个想要相爱的青少年。

罗德斯老师站在教室前面，双手一拍，要大家注意听她说话："再过一周，学期就要结束了，我觉得今天很适合去划船、健行。大家快点儿穿外套吧，准备出发了。"

罗德斯老师领着叽叽喳喳的学生走出教室，穿过小镇来到码头。所有人一起坐上罗德斯老师的铝制渔船。

他们将船驶入海湾，然后加速，乘风破浪，海水飞溅到船身两侧。船往左急转，驶向白雪皑皑的高山。老师将船开进峡湾水域，四周都是高山，船继续往前开，经过一条又一条水道，来到没有小屋和船只的地方。这里的水是属于冰河的青蓝，有如一大块毫无瑕疵的绿松石。蕾妮看到一只母鹿带着两只小鹿沿着一片孤立的海岸行走。

罗德斯老师把船驶上狭窄的海湾，迈修跳到老旧的码头上把船绑好。

"迈修的祖父母在一九三二年开垦这片土地。"罗德斯老师说，"这是他们家族的第一个开垦园。我们要健行去海滩，有没有人想看海盗的藏宝窟呀？"

一阵亢奋喧哗。

罗德斯老师率领比较小的孩子走上海滩，大步走过厚重的沙，跨过大块漂流木。

他们绕过转角，身影消失后，迈修牵起蕾妮的手。"来吧。"他终于说,"我带你去看很酷的东西。"

他们跑回沙滩上,经过几个海岸侵蚀出的洞窟。他带她走上一片高度及膝的草地,尽头出现稀稀疏疏、发育不良的树林,每棵树都细细瘦瘦的。

"嘘。"他用一根手指按住嘴唇。

安静下来之后,蕾妮清楚地听到脚下每根树枝断裂的声音、每次微风吹过树林的声音,偶尔会有小飞机经过。他们来到一片巨大的植物墙前,因为山上流下的水十分丰沛,这里的灌木长成阿拉斯加大尺寸。他带她找到一条小径,光靠她自己绝对看不到。他们钻进去,弯腰走过凉爽的树荫。

一束阳光吸引他们上前。蕾妮的眼睛渐渐适应。

灌木丛的缝隙间可以看到一片美景,一个全新的世界。

视线所及都是沼泽地。一条慵懒安静的小河蜿蜒穿过青草间。高山非常接近,仿佛将沼泽抱在怀中呵护。

蕾妮看到至少十五只巨大的棕色大熊在沼地上吃草,在停滞的水中捞鱼。这种毛茸茸的巨大猛兽,世人称之为灰熊,头非常大,行动时摇摇晃晃,仿佛骨头是用橡皮筋绑在一起。母熊不让小熊走远,并且远离公熊。

蕾妮跪坐在地上,看着雄伟的猛兽在高草间走动:"哇。"

一架小飞机在天空侧身转弯,准备降落。

"小时候,爷爷带我来过这里。"迈修轻声说,"我记得那时候我说他疯了,竟然选在有这么多熊出没的地方开垦,他说:'这里是阿拉斯加。'好像只有这个答案最重要。我的祖父母靠狗看守,如果熊太接近,狗就会大叫、驱赶。政府围绕我们的开垦园设立了灰熊保护区。"

"只有在这里才会这样。"蕾妮笑着说。

她靠在迈修身上。只有在这里。

老天,她好爱这个地方;她爱阿拉斯加的野性残酷,也爱它的壮丽美景。不只是大地,她也爱聆听大地声音的人们。这个月,她突然意识到她对阿拉斯加的爱有多深刻。

"迈修!蕾妮!"

他们听到罗德斯老师大声喊他们。

他们钻回灌木丛,回到海滩上。罗德斯老师在那里,几个小女生聚集在她身边。她的左手边,一架水上飞机开上海滩。"快点儿来!"罗德斯老师挥手,"玛莎、爱涅丝,快上飞机。我们必须赶回卡尼克。狂厄尔心脏病发作。"

* * *

狂厄尔过世了。

蕾妮很难消化这个事实。昨天,他还活力十足、生气勃勃,喝私酿酒,说故事。庄园一直很忙碌,总是有各式各样的事情在进行:电锯转动,在露天火堆上锻造刀具,砍柴,狗叫。少了他,这里变得好安静。

蕾妮没有为狂厄尔流泪。她没有那么虚伪,但她想为身边的人哭泣,他们的表情满是失落。瑟玛、泰德、娃娃、克莱德,还有其他住在庄园的人,厄尔身后留下的空缺将让他们心痛不已。

此刻大家聚集在海湾,俄国教堂下方,以前船只出海的地方。

蕾妮坐在撞凹一块的铝制独木舟上,这是几年前爸爸捡回来的,妈妈坐在她前面。爸爸坐在蕾妮后面,保持船身稳定。

四周都是船,漂浮在平静的海面上,今天天气很晴朗。他们聚集在一起,举办他们版本的葬礼。夏天就快来了,从阳光的热度感觉得出来。

成百上千的雪雁回到海湾环抱的峭壁上。崎岖的海岸在冬季空空荡荡、结冰湿滑，现在孕育着各式各样的生命。在水中的岩石上，立着一座由深海隆起的黑绿色嶙峋石塔，海狮堆叠挤在一起。海鸥在天空画下慵懒的白色弧线，像猎犬一样叫个不停。她看到筑巢的海鸥与俯冲的鸬鹚。黑色或银色脸的海豹把鼻子露在水面上，旁边的水獭懒洋洋地躺着，爪子以迅速的动作敲开蛤蜊。

不远处，迈修和他的爸爸坐在闪亮的铝制快艇上。每当迈修朝蕾妮看过来，她就急忙转开头，生怕在所有人面前泄露感情。

"我爸爸热爱这个地方。"瑟玛说，她的声音随船桨在水中发出的声音起伏，"我们会很想念他。"

蕾妮看着瑟玛缓缓倒出装在纸盒里的骨灰。骨灰漂了一下，渐渐散开，形成一块灰色的痕迹，然后缓缓沉入水中。

众人沉默。

卡尼克的居民几乎全都来了，至少感觉是这样。哈兰家全体、沃克家的汤姆和迈修、大玛芝、娜塔莉、卡尔宏·莫维和新婚妻子、蒂卡·罗德斯和丈夫，以及所有商家。甚至来了不少守旧的隐士，他们住在非常偏远、非常荒野的地方，几乎没有人见过他们。他们缺牙严重，须发蓬乱纠结，脸颊凹陷，其中几个的船上载着狗。疯子彼德和玛蒂达在岸上，站在彼此身旁。

小船一艘艘回到岸上。沃克先生将瑟玛的轻艇搬上海滩，放进一辆生锈卡车的后斗上。

人们本能地期待沃克先生出面说话，让大家团结。他们聚集在他身边。

"这样吧，瑟玛。"沃克先生说，"你们来我家好了。我烤一些鲑鱼，拿几箱冰啤酒出来。以这种方式送厄尔一程，他应该会很高兴。"

"伟大的有钱人，出面为他看不起的人主持守灵。"爸爸说，"汤姆，我们不需要你可怜。我们是他的朋友，会以自己的方式道别。"

爸爸说的话很刺耳，不仅蕾妮一个人觉得受不了。她看到四周许多人一脸震惊。

现在的时间和场合都不适合，爸爸不该那样酸言酸语，这应该很明显。确实，镇民分裂成两派，但依然是为失去一位成员而哀悼的整体。

"恩特，现在别说这些。"妈妈说。

"现在是最适合的时机。我们送走的这个人，他来的时候，阿拉斯加还不是一个州，他为了寻求俭朴的生活而来到这里。他绝不希望我们和企图把卡尼克变成洛杉矶的人一起喝酒缅怀他。"

他站在那里，似乎变得越来越巨大，敌意让他膨胀。他上前走向瑟玛。她萎靡不振，有如用过的冰棒棍，头发很脏，肩膀下垂，眼眶含泪。

爸爸捏捏瑟玛的肩膀。她一缩，一脸惊恐。"我会接手厄尔的责任，你不必担心。我会让大家保持在能够应付所有灾难的状态。我会教娃娃——"

"你要教我女儿什么？"瑟玛的语气很激动，"像教你太太那样？你以为我没有看到她身上的淤血？"

妈妈无法动弹，红晕爬上脸颊。

"我们受够你了。"瑟玛的声音越来越强势，"小孩都很怕你，尤其是你喝酒的时候。我爸爸之所以容忍你，是因为你帮过我们大哥，我也很感激这一点，不过……很不对劲儿。真是的，我不想在庄园外面装炸弹，十岁的小朋友不需要半夜两点起床练习戴防毒面具，也不需要背着避难包冲到闸门外。我爸爸有他的作风，我有我的。"她深吸一口气。她的眼眸闪烁泪光，但蕾妮看出她也如释重负。这些话瑟玛放在心里多久了？"现在我要去汤姆家，带着我爸爸真正的朋友一起去缅怀他。我们一辈子都和沃克家很熟。在你来之前，我们全都是朋友，是团结的整体。

如果你愿意拿出文明的态度，那就一起来。如果你只想分裂这个镇，那就回家吧。"

蕾妮看到大家纷纷后退离开爸爸，就连那些留着大胡子、住在荒野的人也一样。

瑟玛看着妈妈："珂拉，跟我们走。"

"什么？可是——"妈妈摇头。

"我老婆要跟我在一起。"爸爸说。

接下来很长一段时间，没有人移动，也没有人说话。然后哈兰家的人慢慢一个个离开。

爸爸看看四周，发现他们竟然如此轻易将他逐出。

蕾妮看着乡亲好友逐渐上车离去，小船在拖车或后斗里发出碰撞声响。

终于只剩下他们三个人了，蕾妮偷看妈妈一眼，她的表情忧虑又害怕，就像蕾妮心里的感觉一样。她们两个都心知肚明：这件事会让他彻底失控。蕾妮和妈妈一直站在悬崖口勉力保持平衡，但现在即将崩塌。

爸爸站着不动，眼眸中燃烧着恨意，注视着空无一人的道路。

"恩特。"妈妈说。

"闭嘴。"他嘶声说，"我在想事情。"

之后，他很久没有说话，照理说应该比大吼大叫好，但并非如此。吼叫就像放在屋角的炸弹，看得见，引线在眼前燃烧，可以预期何时要爆炸，所以来得及躲藏。不说话就像家里躲着一个持枪杀手，而你却在沉睡中。

回到小屋，他不停地来回踱步，肩膀往前拱。他低声自语，不停摇头，好像听见什么让他不高兴的话。

蕾妮和妈妈小心躲起来。

晚餐时间，妈妈加热剩下的麋鹿炖肉，但香味无助于舒缓紧绷的气氛。

妈妈把晚餐端上桌时，爸爸突然停止踱步，抬起头，他眼中的光很吓人。他喃喃骂着"不知感激的贱女人""自以为拥有全世界的烂人"，然后冲出屋外，用力甩上门。

"我们应该把他关在外面。"蕾妮说。

"他会打破窗户，甚至拆掉墙也要进来。"

她们听见外面传来电锯运转的声音。

"我们可以逃跑。"蕾妮说。

妈妈无力微笑："是吗？嗯。他不会来追我们吗？"

她们两个都很清楚，蕾妮或许（只是或许）能够离开，拥有自己的人生，但妈妈不可能。就算她逃到天涯海角，他也会找到她，绝对不必怀疑。

她们默默地吃晚餐，各自小心地注意门口，聆听即将出事的预兆。

门被用力打撞上墙。爸爸站在门口，眼神狂乱，头发上全都是木屑，拿着一把手斧。

妈妈急忙站起来后退。他冲进来，不停地自言自语，将妈妈拉过去，拖着她出去。蕾妮跟在后面跑，她听见妈妈用安抚的语调跟他说话。

他拉着妈妈走向两根剥皮原木，在他们家的车道上形成巨大的路障。

"我要盖一道墙，在上面装铁刺，或许会装刀锋铁丝网。我们关在里面。我们不需要他妈的庄园。哈兰家那些人全都去死吧！"

"可、可是，恩特……我们不能——"

"你想想。"他将她拉过去，手斧挂在一只手上，"再也不必害怕外面世界的东西。我们在里面很安全，只有我们。那个王八蛋可以尽管把卡尼克变成底特律，我们不用在乎。珂拉，我会保护你。那些人休想伤害你。这证明我有多爱你。"

蕾妮惊恐地看着那些原木，心中想象着这块形状有如指纹的土地，从关节处截断，连最后一点儿文明都隔离在外。

在这片荒野，没有人会阻止爸爸盖围墙把她们关在里面，没有警察可以保护她们，发生紧急状况也不会有人来救援。

墙一旦建好，锁上闸门，蕾妮——或妈妈——是否永远无法离开？

蕾妮看看左右、看看爸爸妈妈，两个瘦瘦的身影靠在一起，嘴唇与手指相贴，喃喃述说爱意。妈妈努力让爸爸冷静，他则努力把她拉近。他们永远都会这样，什么都不会改变。

在这片广袤的大地上，数不清有多少随意生长的树木，辽阔天空缀满闪耀繁星，他们显得如此渺小。在天真年少的孩子眼中，父母是巨大强势的存在，全知全能。但他们不是这样，他们只是两个坏掉的人。

她可以离开他们。她可以脱离，就像破春时从冰冻河流裂开的大块冰层，从此走上自己的路。虽然会很可怕、很吓人，但不会比留下来更糟，看着他们跳这支永无止境、彼此毒害的双人舞，任由他们的世界成为她的世界，直到她消失殆尽，直到她变得像逗号一样微小。

第18章

狂厄尔的葬礼在当天晚上将近十点举行。

沃克湾的天空一片深蓝,边缘逐渐褪成紫色,可以看见几颗星星。聚会的篝火已经燃尽,原木烧成灰,崩塌成一片,烈焰只剩橘色余烬。

潮水非常低,露出一大片泥地,有如湿滑的灰色镜子,倒映出天空的颜色,以及对岸白雪皑皑的高山。露出的木桩上满是一团团闪亮的黑色贻贝,铝制小船歪躺在泥地上,系绳绑着浮球。

万籁俱寂,只有火堆偶尔发出的爆裂声、木柴烧尽之后的跌落声,以及海水退潮的波浪声。大家聊了好几个小时,以感伤的语调述说狂厄尔的事迹。有些令人唏嘘,大部分让他们全体沉默追忆。狂厄尔晚年变得反复无常、脾气暴躁,但他以前不是这样。丧子之痛让他整个人心理扭曲。曾经他是艾克哈爷爷的好兄弟。阿拉斯加对人很严酷,尤其是老人。

迈修坐在旧长椅上,双腿往前伸,脚踝交叠,看着一只小鹰在海滩上啄鲑鱼残骸。

现在只剩下三个人了:汤姆、大玛芝、迈修。

他们沉默太久,迈修以为随时会把火踢灭,爬上阶梯离开海滩。大玛芝终于开口说:"汤姆,我们要谈那件事吗?"

迈修看到他们互使眼色。

"瑟玛等于禁止恩特再去他们那里。"大玛芝说。

汤姆看大玛芝的眼神让迈修很不安。他似乎忧心忡忡。

"你们两个在说什么?"

"恩特·欧布莱特一肚子怨恨。他捣毁酒馆。今天晚上，瑟玛说他曾经企图要哈兰家的人装陷阱和炸弹，说什么万一发生战争，才能'保护'他们。"

"没错，他像狂厄尔一样疯癫，但——"

"狂厄尔不会伤人。"大玛芝说，"恩特被赶出哈兰家，他一定无法接受，他会很火大。他火大的时候会变得很凶，一旦凶起来，他……会伤人。"

"伤人？"迈修感觉全身发冷，"你是说蕾妮？他会伤害蕾妮？"

迈修甚至没有等他们回答。他冲上阶梯到长满青草的前院，抓起脚踏车骑上去。他拼命踩踏板，熟练地在湿软土地上控制脚踏车，不到十分钟便抵达大路。

到了欧布莱特家的车道，他紧急刹车，因为速度太快，脚踏车差点儿自己跑走。两根剥皮原木挡住开垦园细长的入口，在残余的淡淡日光中，颜色有如鲑鱼肉，粉橘色的树干上偶尔出现几块树皮。他闻到劈开木头的香气。

搞什么鬼？

迈修紧张地看看四周，确定没有动静，也没有声音。他骑车绕过原木，继续往前，放慢速度，他的心脏在胸口狂跳，越来越担忧。

到了车道尽头，他慢慢停住，下车之后悄悄把车放倒。他躲在树丛里偷偷张望，经过一番慎重观察之后，似乎没有什么问题。恩特的卡车停在院子里。

迈修以慢速度悄悄前进，他在黑暗中看不清楚，每次踩断树枝或其他东西——啤酒罐、不知谁遗失的梳子——他总会胆战心惊。牛羊纷纷叫了起来，鸡也紧张地鸣叫。

他正要往前踏出一步，却听到声音。

小屋门开了。

他急忙跳进高草丛中，躺着不敢动。

露台上传来脚步声，木头嘎嘎作响。

他不敢动，但也不敢不动，他翻身、抬头，躲在草丛后面张望。

蕾妮站在门廊边，肩上披着一条红白黄相间的条纹毛毯。她拿着一卷卫生纸，在月光下白得发亮。

"蕾妮。"他轻声喊她。

她转过头，看见他。她忧虑地回头看小屋一眼，然后奔向他。

他站起来，将她拥进怀中紧紧抱住："你还好吗？"

"他要建一道墙。"蕾妮回头看。

"路中间那些原木就是要用来筑墙的？"

蕾妮点头："迈修，我很害怕。"

迈修正要说，不会有事的，却听到小屋的门锁发出声响。

"快走。"蕾妮轻声说，将他推开。

迈修跳进树丛躲起来，门正好打开。他看到恩特·欧布莱特走上门廊，身上穿着破旧的T恤和松垮的四角裤。"蕾妮？"他大喊。

蕾妮挥手："爸爸，我在这儿。刚刚卫生纸掉了。"她慌乱地回头看了迈修一眼。他躲在树后面。

蕾妮走向茅厕，进去关上门。恩特站在门廊上等她，她一出来立刻催她进屋。他们进去之后，门咔嗒一声锁上。

迈修扶起脚踏车，以最快的速度骑回家。大玛芝和他的爸爸汤姆一起站在院子里大玛芝的卡车旁。

"他、他要建一道墙。"迈修很喘。他跳下脚踏车，把车放在烟熏室旁边的草丛里。

"什么意思？"汤姆问。

"恩特。你知道吧?他们家土地的形状像酒瓶,入口细长,然后变宽延伸到海边?他用两根剥皮原木挡住车道。蕾妮说他要建一道墙。"

"老天。"汤姆说,"他要让她们与世隔绝。"

大玛芝看着汤姆:"一旦墙筑好,里面发生的事情都不会有人知道。"

"我们必须救她们。"汤姆说。

* * *

蕾妮被电锯的高频噪声吵醒,偶尔也会听到手斧砍树的声音。整个周末,爸爸每天都花好几个小时筑墙。

她靠着一个希望撑过周末:星期一可以去上学。

迈修。

周末累积了大量的失落心情,喘不过气,毫无希望,但这时都一扫而空,满是欢喜的心情。她换好上学的衣服,爬下梯子。

屋里很安静。

妈妈由卧房走出来,穿着高领衫和宽松牛仔裤:"早安。"

蕾妮走向妈妈:"我们得快点儿想办法,墙建好就来不及了。"

"他不会真的那么做。他只是暂时失心疯,很快就会恢复理智。"

"你打算什么都不做,只等他自己清醒?"

蕾妮第一次看出妈妈多苍老,她的神情多落寞、多沮丧。她的眼眸失去光彩,笑容也变得少了。

"我去帮你倒咖啡。"

蕾妮还没走进厨房,外面传来敲门声,几乎同时门打开。"哈喽,大家好!"

大玛芝大步走进来,肥胖的手腕上,十多个手环互相碰撞,摇曳的耳环仿佛鱼饵，闪耀光芒。她的头发又长长了，中分绑成两颗彩球，像兔耳朵一样随着动作晃动。

爸爸紧跟在她后面进来，双手叉腰，按住瘦骨嶙峋的髋部："我不是说你不准进来吗？可恶。"

大玛芝满脸笑容，将一罐乳液交给妈妈。她硬塞进妈妈手中，一双大手握住妈妈的小手："瑟玛做的，用自家后院种的薰衣草。她觉得你会喜欢。"

蕾妮看出这一点儿小小善意让妈妈多感动。

"我们不要你的施舍。"爸爸说，"就算不搽那玩意儿，她也一样香。"

"恩特，女性朋友本来就会互相赠送小礼物。我和珂拉是朋友。其实我来就是为了这个，我想和邻居好友喝杯咖啡。"

"蕾妮，去、去帮玛芝倒咖啡好吗？顺便拿一块小蓝莓蛋糕。"

爸爸叹口气，双手抱胸，背对门口站着。

大玛芝带妈妈走向沙发，扶她坐下，然后在她身边坐下。椅垫受不了她的重量而发出爆裂声响。"说真的，我最近一直拉肚子，想找你商量一下。"

"老天。"爸爸说。

"像爆炸一样。你知不知道什么居家治疗的偏方？老天爷，我的肚子快痛死了。"

爸爸骂了一句脏话，走出小屋，用力摔门。

大玛芝微笑："男人真容易摆布。好了，终于只有我们了。"

蕾妮送上咖啡之后坐下，这张人造皮懒人椅是他们去年在索尔多特纳的二手家具店买的。

大玛芝看看珂拉又看看蕾妮，然后视线回到珂拉身上。蕾妮相信一切她都看在眼底。"在厄尔的葬礼上，瑟玛的决定应该让恩特很不高兴吧？"

"哦，那件事。"妈妈说。

"我看到他在大路上立了两根木桩，他似乎打算筑墙封住这里。"

妈妈摇头。蕾妮知道她想否认，却说不出口。

"你知道墙是用来做什么的吗？"大玛芝说，"挡住外界的视线，不让别人知道里面发生的事情，把人关在里面。"她把杯子放在茶几上，身体靠向妈妈。"假使他锁上闸门，随身带着钥匙，你们要怎么逃出去？"

"他不会那样。"妈妈说。

"真的？"大玛芝说，"我最后一次和我妹妹说话的时候，她也这么说。我愿意付出一切代价，回到过去改变发生的事情。虽然最后她离开他了，但已经来不及了。"

"她离开他了。"妈妈轻声说，难得一次没有转开视线，"所以才会被杀。那样的男人……除非抓到你，否则绝不会罢休。"

"我们可以保护你。"大玛芝说。

"我们？"

"我和汤姆·沃克、哈兰一家、蒂卡，以及卡尼克的所有人。你是我们的一分子，珂拉，你和蕾妮都是。他才是外人。信任我们，让我们帮忙。"

蕾妮真正认真思考这件事：她们可以离开他。

但代价是必须离开卡尼克，甚至阿拉斯加。

离开迈修。

就算逃走又怎样？她们难道要永远逃跑、躲藏、改名换姓？怎么行得通？妈妈没有钱、没有信用卡。她的驾照过期了。蕾妮也没有驾照。还有身份证明文件，她和妈妈真的存在吗？

万一最后还是被抓到呢？

"我办不到。"妈妈终于说。蕾妮觉得这是全天下最哀伤也是最可悲的一句话。

大玛芝望着妈妈许久,失望刻蚀她脸上的线条:"唉,这种事情需要时间。记住有我们在,我们会帮你。你只要开口就好,就算是一月里的半夜也没关系。来找我,好吗?我不在乎你做了什么,他做了什么。只要来找我,我一定会帮忙。"

蕾妮难以克制情绪,奔跑绕过茶几扑进大玛芝的怀中。大玛芝巨大的身体包围住她,带来安慰与安心。"来吧,"大玛芝说,"我送你去学校。再过几天,你就要毕业了。"

蕾妮拿起书包挂在肩上。蕾妮用力抱了一下妈妈,低声说:"我们需要谈谈这件事。"然后跟着大玛芝出去。她们快要到车上的时候,爸爸拎着五加仑容量的汽油桶过来。

"这么快就走了?"他说。

"恩特,我只是来找朋友喝杯咖啡。我送蕾妮去学校,反正我顺便要去店里。"

他放下塑胶桶,里面的液体摇晃:"不行。"

大玛芝蹙眉:"什么不行?"

"没有我在,这个家里的人不准出去。外界对我们没有好处。"

"再过五天,她就要毕业了,当然要让她读完。"

"休想,肥婆。"爸爸说,"我需要她在家里帮忙。五天不算什么,反正他们还是会给她那张破纸。"

"你想跟我斗?"大玛芝逼近,手环叮咚作响,"恩特·欧布莱特,假使这孩子少上一天课,我都会打电话向州政府检举你。千万别以为我不敢。你想怎么疯、怎么坏都随你,但你不准阻止这个漂亮丫头念完高中。听懂了吗?"

"州政府才不会在乎。"

"哦,当然会。恩特,难道你要我跟当局报告这里发生的事情?"

"你什么都不知道。"

"对，不过我是个大嘴巴的大块头。你确定想逼我？"

"去吧。既然你这么在意，那就带她去学校吧。"他看着蕾妮，"三点，我会去接你，别让我等。"

蕾妮点头，坐上老旧的万国收割机卡车，布面座椅早已破旧不堪。车子驶过凹凸不平的车道，经过新立起的原木桩。卡车开上大路，扬起一片灰尘，蕾妮察觉自己在哭。

突然间，她觉得难以承受、无法应付。风险太大，万一妈妈逃跑，会不会被爸爸追杀？

大玛芝把车停在学校前面："你得面对这些事情真的很不公平，但人生本来就不公平。我猜你已经知道了。你可以报警。"

蕾妮转身："万一她因为我被杀死，那该怎么办？我的人生要怎么过下去？"

大玛芝点头："需要帮助尽管来找我，好不好？答应我？"

"好。"蕾妮闷闷地说。

大玛芝靠向蕾妮，打开有点儿卡的手套箱，拿出一个很厚的淡褐色信封："我有个东西要给你。"

大玛芝经常送她东西，蕾妮习惯了，比如巧克力棒、平装小说、亮晶晶的发夹。杂货店打工下班的时候，大玛芝经常会塞点儿东西在蕾妮手里。

蕾妮低头看信封，是阿拉斯加大学寄来的，收件人是蕾诺拉·欧布莱特，由卡尼克商店的玛芝·博梭代收。

她拆开封口时手在发抖。她阅读信件的第一行："很荣幸欢迎您加入本校……"

蕾妮看着大玛芝："我被选上了。"

"恭喜你,蕾妮。"

蕾妮觉得麻木。她被录取了。

可以上大学了。

"现在呢?"蕾妮说。

"你去念书。"大玛芝说,"我跟汤姆谈过了,他愿意出学费。蒂卡和我出钱买课本,瑟玛出生活费。你是我们的一分子,我们给你依靠。不准找借口,孩子,一找到机会马上离开。拼命逃吧,孩子,千万别回头。不过,蕾妮——"

"嗯?"

"成功离开之前,务必小心。"

* * *

学期的最后一天,蕾妮觉得心脏快要爆炸或停止。或许她会一头栽倒在地上,成为阿拉斯加另一个死亡记录,爱到没命的少女。

夏天来了,炎热漫长的白天,从早到晚操劳,她就快发疯了。没办法和迈修见面,她要如何撑到九月?

"我不能让你走。"他说。

在他们四周,学生有说有笑,收拾东西准备放暑假。

"我们不能见面。"她觉得快吐了,"我们都有很多事情要做。你很清楚夏天是怎样的。"从今以后,生活将只剩下劳务。

夏天,鲑鱼洄游的季节,菜园需要时常照顾,山丘上的莓果也成熟了,蔬果鱼货要做成罐头,鲑鱼要切成条之后腌渍、烟熏,还要趁有太阳的时候进行各种整修。所有人都知道永昼有多美,但一眨眼,棉白杨树就会再度变成金黄,开始落叶。白天逐渐离去,黑夜降临。风变得寒冷,雨滴结冰,大地一片雪白。

"我们可以偷溜出来。"他说。

蕾妮无法想象会有多危险。爸爸的状况一天天恶化,哈兰家的驱逐令让他最后的一丝自控也断裂了。他每天砍树、剥树皮,半夜醒来踱步。他不停低声自语,不停敲打、敲打、敲打那面墙。

"九月,我们就可以一起去上大学。"迈修说。(因为他知道如何做梦、如何相信。)

"嗯。"她多么希望能够实现,从来没有如此强烈地希望。"到了安克雷奇,我们就只是两个普通的学生。"他们经常互相这么说。

蕾妮与他并肩走到门口,低声向罗德斯老师道别。老师给她一个大大的拥抱,然后说:"别忘记今晚要在酒馆举行毕业派对。你和迈修是贵宾。"

"谢谢,罗德斯老师。"

走出校舍,蕾妮的父母在等她,高举着一张海报,上面写着:"恭喜毕业!"她猛然停下脚步。

蕾妮感觉迈修的手放在她的后腰上。她相当确定他推了她一下。她往前走,强迫自己挤出笑容。

爸爸妈妈跑过来。她说:"嘿,你们不必这么费心。"

妈妈对她灿烂一笑:"开什么玩笑?你可是全年级第一名呢。"

"整个年级,只有两个人。"她指出。

爸爸搂着她拉过去:"蕾妮,我从来没有得过第一名,我以你为荣。现在你终于可以摆脱这所烂学校了,头也不回地离开。再见啦,狗屁学校。"

他们挤进卡车开出去。头顶上,一架飞机飞得很低,发出单调的噗噗声响。

"观光客。"爸爸的语气仿佛在骂脏话,音量大到让所有人都听见,然后他微笑,"妈妈做了你最喜欢的蛋糕和草莓口味的因纽特冰激凌。"

蕾妮点头,因为太绝望,连假笑都挤不出来。

车子开上街道,施工中的酒馆挂着布条,写着:"恭喜蕾妮和迈修!星期五晚上九点盛大庆祝!第一杯饮料免费!"

"蕾妮,宝贝女儿?你的表情很难过,好像掉在路边的一美元纸币。"

"我想参加酒馆的庆祝派对。"蕾妮说。

妈妈往前弯腰看爸爸:"恩特?"

"你要我走进汤姆·沃克的狗屁酒馆,看那些霸占这个镇的人?"爸爸说。

"为了蕾妮。"妈妈说。

"想都别想。"

蕾妮想剥离愤怒,看到以前的他,阿拉斯加、永夜冬季与威士忌揭露他真面目之前的模样。她努力当蕾妮,当他的乖女儿,那个在不复存在的久远时光,在加州赫莫萨海滩骑在他肩上的小女孩。她看过照片,那些照片变成了她的真实。"拜托啦,爸爸。拜托,我想在我的镇上庆祝高中毕业,是你带我来这个镇的。"

爸爸扒了一下黑色长发,留下几条指痕。他看着蕾妮,眼中有着她很少在他眼里看见的东西:爱。破碎、疲累,被懊悔削得只剩下一点点,但依然是爱。不过另一个人也在,躲在阴影里偷看。

"对不起,蕾妮,我办不到,就算是为了你也不行。"

第 19 章

傍晚。

电锯隆隆运转、噗噗喷溅的声音逐渐平息。

蕾妮站在窗前望着庭院,蓝天慢慢变成深紫色,几点星光从缤纷的天空探出头,但魔幻的夏季日光让大部分的星星难以出现。时间已经是晚上七点了,晚餐时间,夏季漫长工作的休息时间。爸爸随时会进来,凝重的气氛也会跟着席卷而来。蕾妮毕业派对的剩菜四散地放在盘子里,有胡萝卜蛋糕和草莓口味的因纽特冰激凌——用雪、酥油、水果做的甜点。

"对不起。"妈妈过来站在她身后,"我知道你多想参加酒馆的庆祝派对。你一定想过要偷溜出去吧?我像你这么大的时候一定会那么做。"

蕾妮盛起一勺因纽特冰激凌。她最爱这道甜点,但今晚食不下咽。"我至少想了十种方法。"

"结果呢?"

"结果都一样:丢下你在家里挨他的拳头。"

妈妈点起一支香烟,呼出一口:"他的……这道墙,他不打算放弃。我们以后要更小心。"

"更小心?"蕾妮转身看她,"我们说的每句话都要经过考虑。我们一瞬间就会消失不见。我们假装除了他和这个地方什么都不需要。妈妈,这些都不够。我们再怎么做,也无法阻止他发疯。"

蕾妮看得出来这些话让妈妈多为难,她好希望自己能像以前一样,任由妈妈逃避现实,假装状况会改善、他会改善,假装他不是故意的、不会有下次，假装。

但现在不一样了。

"妈妈，我申请到阿拉斯加大学安克雷奇分校。"

"我的天，太棒了！"妈妈的笑容照亮整张脸，但很快就消失了，"可是我们负担不起——"

"汤姆·沃克、大玛芝和罗德斯老师会帮忙。"

"钱不是唯一的问题。"

"对。"蕾妮没有转开视线，"确实。"

妈妈呼了一口气。"我们必须妥善计划。"她说，"绝不能让你爸爸发现汤姆介入，千万不能。"

"没错。不过他不会让我去，你也知道。"

"他会让你去。"妈妈的语气很坚定。蕾妮很多年没有听到她这样说话了。"我会强迫他答应。"

蕾妮抛出梦想，让它掠过无限碧蓝的水面，然后啪的一声落入水中。大学，迈修，新生活。

想得美。"你会强迫他？"她闷闷地说。

"我明白为什么你不相信。"

蕾妮的不满稍微减轻了："不是那样，妈妈。我怎么能丢下你和他单独在一起？"

妈妈露出悲伤疲惫的笑容："这件事不用再说了，不用。你是雏鸟，我是鸟妈妈。如果你不自己飞，我只好把你推出巢。由你选，无论哪种方式，总之你要和那个男生一起去上大学。"

"妈妈，我爱他。我知道这样很疯狂。"

"宝贝女儿，爱总是这么疯狂，但现在赌上的不仅是爱而已。"

"你认为有可能？"蕾妮让虚无缥缈的美梦稍微凝聚，可以握在手中,以不同的角度和光线欣赏。

"什么时候开学?"

"劳动节[1]过后。"

妈妈点头:"好。你必须很小心、很聪明,不要为了一个吻赌上一切。我年轻的时候就会做那种事。我们这么做,九月之前,你不要接近迈修与沃克家。我会想办法存钱给你买客运车票去安克雷奇。把你需要的东西装进避难包,等到有机会的时候,我会安排全家一起去荷马。你说要去上厕所,然后趁机逃跑。等爸爸冷静下来之后,我会给他看你留下来的信,说你去上大学了——但没有说在哪里——保证暑假会回来。这绝对行得通。到时候你就知道,只要我们够小心,一定可以。"

九月之前不能和迈修见面。

没错,她需要这么做。

但她真的做得到吗?她对迈修的感情排山倒海,是生命所需,如同潮水一般强大,从灵魂中一个黑暗未知的角落涌出。

她想起和妈妈看过的一部电影,感觉像是上辈子的事了。片名叫作《天涯何处无芳草》,娜塔莉·伍德(女主角的扮演者)深爱沃伦·比蒂(男主角的扮演者),电视、小说里的那种爱,但她失去了他,最后落入疯人院。她终于出院时,他已经结婚生子了,但大家都知道,他们绝不可能那样爱别人,仿佛心脏会停止的爱。

妈妈哭了又哭。

当时蕾妮不懂,现在她懂了。现在她知道爱具有毁灭性,很危险,无法控制,贪婪而野蛮。蕾妮内心也有那种爱的方式,像妈妈一样。现在她知道了,体会过了。

---

[1] 美国劳动节为九月的第一个星期一。

"我说真的,蕾妮。"妈妈忧心忡忡地说,"你要做明智的选择。"

* * *

五月结束了,六月慢吞吞走过。

爸爸每天都在筑墙。到了六月底,所有原木桩都立好了,沿着开垦园的地界每三米一根,椭圆形边界将他们的土地彻底与大路切断。

蕾妮努力压抑对迈修的渴望,但那份感觉似乎有浮力,就算压下去也会弹起。有时候,她明明应该做事,却会停下来,从口袋里拿出那条秘密项链,紧紧握在掌心,尖端刺破皮肤流血。她在脑中列出所有想对他说的话,一次又一次编造所有对话。晚上,她阅读从杂货店免费书箱拿到的平装小说,一本又一本。《恶魔的欲望》(Devil's Desire)、《火焰与花》(The Flame and the Flower)、《月光狂情》(Moonstruck Madness):精彩的历史传奇小说,述说女性为爱奋斗,最后被爱拯救的故事。

她知道那不是现实。她很清楚现实与虚构的差异,但她就是放不下爱情故事。这些小说让她觉得女人有力量,能够掌握自己的命运。即使残酷黑暗的世界一再考验,将她们的毅力逼到极限,但书中的女主角总是能够突破逆境,找到真爱。蕾妮从中获得希望,也借以打发夜色不肯降临的寂寞时刻。

无止境的白天里,她不停操劳,照料菜园,把垃圾放进油桶里烧。她打水,修理捕蟹笼,解开打结的渔网。她喂牲口,捡鸡蛋,修理篱笆。

工作的同时,她心中想着迈修。他的名字有如咒语。

一次又一次,她想着九月没有那么远。

但随着六月结束、七月到来,蕾妮和妈妈被困在开垦园里。爸爸的墙越筑越高，蕾妮开始不知道外面的世界。七月四日国庆节，她知道镇上的人都在大街上庆祝，她也应该要去才对。

一夜复一夜，一周又一周，她躺在床上，因为太过思念迈修，快得相思病了。她对他的爱——蕾妮想象她的爱是战士，爬过高山，越过小溪，大步走上执迷的边界。

到了七月底，她开始产生各种负面幻想——他爱上别人，觉得蕾妮太麻烦。她无法思考，满脑子只有他、他们；她痛楚地渴望他的触摸，梦见他的吻，假装成他跟自己说话。她开始有种恍惚不安的感觉，所有她碰到的东西都会被毁坏，满心的悲伤、无尽的盼望，混合恐惧之后污染了她。她呼出的气让西红柿永远不会变红，她的汗珠让蓝莓酱变酸，明年冬天当父母吃到她触碰过的食物，会纳闷为什么这么难吃。

到了八月，她快崩溃了。墙即将完工，开垦园连接大路的那一边，两面悬崖中间，矗立着一道用现砍下来的原木筑成的墙。车道上开出三米宽的门，让他们能够进出。

但蕾妮没有心思烦恼墙的问题。她瘦了四斤，几乎没有睡觉。每天晚上，她总是在三四点醒来，站在门廊上想着迈修在哪里……

有两次，她穿上了靴子，有一次她甚至已经到了路口又折返。

她不是一般的青少年，可以随便偷溜出去和男友见面。她必须顾及妈妈的安危，还有迈修的安危。

距离劳动节只剩不到一个月了。

她应该乖乖等着在安克雷奇和迈修见面，到那时要多少时间都有。

这样做才明智，但她恋爱的时候并不明智。现在她知道了。

她必须见他一面，确定他也依然爱她。

从何时开始，这个念头不仅是渴望？什么时候变成了确切的计划？

我必须见他。

和他在一起。

不可以,以前的蕾妮说,她是爸爸的暴力与妈妈的恐惧塑造出来的。

一次就好,新的蕾妮说,她是由激情重新塑造出来的,她再也无法否认那样的欲望。

一次就好。

但怎么做?

* * *

八月初,在日照十八个小时的白天,为过冬储存粮食是最重要的工作。他们采收菜园的菜做罐头,摘莓果做果酱。他们在大海、河流、海湾钓鱼。他们熏制鲑鱼、鳟鱼、比目鱼。

今天,他们一大早起床,整天都在河边钓鲑鱼。钓鱼是很严肃的工作,大家都没有心思交谈。钓完之后,他们将鱼运回家,开始保存的工作。又是另一个漫长辛劳的日子。

晚餐时间终于可以休息,他们回到小屋里。妈妈端上麋鹿肉派和培根油炒四季豆。她对蕾妮微笑,努力假装一切都很好。"蕾妮,猎麋鹿的季节就快开始了,你应该很期待吧。"

"嗯。"她的声音在发抖。她满脑子想着迈修。她真的因为相思而生病了。

爸爸戳破酥松的派皮找肉:"珂拉,我们星期六去一趟斯特灵。要买一辆雪地机动车,我们的已经快不行了。我也需要闸门用的铰链。蕾妮,你待在家里照顾牲口。"

蕾妮手里的叉子差点儿掉下来。他是认真的吗?

走陆路去斯特灵至少要花上一个半小时,如果要载雪地机动车回家,就必须开卡车、坐渡船，船程一趟要半小时。从这里去斯特灵再回来，会耗上一整天。

爸爸继续翻找派的馅料。肉吃光之后，他开始找马铃薯，然后换胡萝卜，最后是青豆。

"我也可以做面包。家里的面包不多了。"蕾妮用平淡的语气说，小心观察他。他会不会听见她心脏狂跳的声音？

妈妈看着蕾妮："恩特，我觉得这样不太好。我们一起去。我不想让蕾妮一个人在家。"

爸爸忙着用一大块面包吸酱汁，没有马上回答，蕾妮的一颗心悬在半空中。"路程很远，三个人全部挤在卡车上很不舒服。她自己在家不会怎样。"

*　　*　　*

星期六终于到了。

"好，蕾妮。"爸爸用严肃的语气说，"现在是夏天。你知道这代表什么意思。黑熊出没。枪都装好子弹了。在家的时候一定要锁好门。去打水的时候尽量发出声响，带着熊哨。我们应该五点就会回来，如果比较晚，八点的时候，你一定要回屋里锁上门。就算外面太阳再大也一样。不准去海边钓鱼。听懂了吗？"

"爸爸，我已经快十八岁了。这些我都知道。"

"好啦，好啦。只有你觉得十八岁很老。你就配合我一下嘛。"

"我不会离开开垦园，也会把门锁好。"蕾妮承诺道。

"好乖。"爸爸拿起装满兽皮的箱子走出去，这些皮要拿去斯特灵卖给皮草商。

他走远之后,妈妈说:"拜托,蕾妮,千万不要闯祸。你就快可以离开去上大学了,只要再等几个星期就好。"她叹气。"你根本没有在听。"

"我在听。我不会做傻事。"蕾妮说。

外面传来不耐烦的喇叭声。

蕾妮抱了一下妈妈,然后把她往门口推。

蕾妮目送他们离去。

然后她等候渡船出发的时间,满心焦急。

他们出门之后过了四十七分钟,她跳上脚踏车,快速骑过凹凸不平的车道,穿过木墙敞开的出口,到了大马路。她转向沃克家的路。她猛刹车停在那栋两层楼大木屋前面,下了车之后看看四周。这种晴朗的天气,没有人会待在屋里,有太多事情要做。她看到汤姆在左边远处靠近树林的地方,驾驶一辆推土机,移动一堆堆泥土,发出很大的声响。

蕾妮将脚踏车放在草地上,走到草地边缘,往下看着蜿蜒通往灰色卵石海滩的阶梯,虽然很宽敞,但老旧变灰了。海草、泥巴和岩石上四散着破掉的贻贝壳。

迈修站在浅水处,在一张金属台前杀鱼,将银红相间的巨大鲑鱼切成片,挖出亮橘色的鱼卵,小心放在太阳下晒干做鱼饵。海鸥在天上呱呱叫,俯冲拍翅,等着吃残渣。内脏漂浮在水面上,随浪冲到他的靴子旁。

"迈修!"她对他大喊。

他抬头。

"我爸爸妈妈去搭渡船了,他们要去斯特灵。你可以过来吗?我们可以一整天在一起。"

他放下乌鲁刀:"老天爷!我三十分钟后就到。"

蕾妮扶起脚踏车跳上去。

回到家,她帮牲口倒饲料和水,然后发疯一样冲来冲去,尽可能为第一次约会做准备。她准备了一篮食物,然后去刷牙——第二次。她刮好腿毛之后,穿上十七岁生日时妈妈送她的 Gunne Sax 洋装。她将及腰长发编成手腕那么粗的辫子,在尾端绑上一条螺纹缎带。松垮的灰色毛袜和厚底靴破坏了浪漫情调,但她顶多只能做到这样了。

然后她开始等。她站在露台上等,脚尖点地。右手边,牛羊似乎也在躁动,大概感受到她的紧张。头顶上,天空本来应该是矢车菊蓝,现在却变暗了,乌云滚滚而来,延伸出去,遮蔽了阳光。

九点五十分(他们一定已经上渡船,往荷马开去了,千万不能有差错),拜托不要让他们回家拿东西。

她望着树荫下的车道,听见远处传来的马达声,是渔船。这个声音在夏天非常普遍,像蚊子叫一样。

她转身离开车道奔向临海处,正好看到一艘铝制渔船驶进他们的海湾。接近海滩时,马达关掉,小船无声滑行,停靠在卵石海滩上。迈修站在驾驶位挥手。

她急忙奔下阶梯到海边。

船身摇晃,但迈修稳稳站在舵轮前。他下船跳进浅水中,朝蕾妮走来,同时将船拖往岸上。他的笑容、自信与眼眸中的爱意,实在令她迷醉。

一瞬间,一个眼神,几个月来将她紧紧咬住的压力立刻解除。她感到欢喜、青春,深陷爱河。

"我们可以玩到五点。"她因为太开心而笑出来。

他一把抱起她,吻她。

蕾妮笑着,感受到纯粹的喜悦,牵起他的手带他走过海滩上的几个洞窟,离开海滩走上一条小径,通往一小片森林,从那里可以俯瞰海湾的另一头。下方的峭壁凸出一块块岩石。这里的大海汹涌翻腾，剧烈拍打岩石海岸，激起白色喷泉，水滴如亲吻一般落在肌肤上。

她铺好带来的毯子，放下野餐篮。

"你带了什么来？"迈修坐下。

蕾妮跪在毯子上。"一些简单的东西，比目鱼三明治、蟹肉沙拉、一点儿新鲜的豆子、糖霜饼干。"她抬头微笑。"这是我第一次约会。"

"我也是。"

"我们的人生好奇怪。"她说。

"或许每个人的人生都很怪。"他在她身边坐下，然后躺下将她拉进怀中。几个月来，她第一次可以呼吸了。

他们吻了又吻，至少持续了一个小时。她忘却时间、恐惧，除了唇舌交缠时柔软的触感与他的滋味，她忘却了一切。

他解开她的洋装，只打开一颗珍珠纽扣，刚好足够让一只手钻进去。他因为劳动而粗糙长茧的手指抚过她的肌肤，鸡皮疙瘩改变了她肌肤的触感。她感觉到他抚摸她的乳峰，溜进老旧的棉质胸罩里轻触乳尖。

雷声隆隆。

她因为欲望而变得迟钝，一瞬间还以为是幻听，甚至只是个隐喻。

大雨落下，又快又急，雨水轰炸。

他们慌乱地站起来，笑个不停。蕾妮抓起野餐篮，他们一起奔过蜿蜒的海滨小径，跨过倒下的树干，经过巨大的绿色蕨类，钻进树荫，出来时已经身在小屋旁的峭壁上。

他们一路狂奔，进入屋内才停下，面对面站着凝视对方。蕾妮感觉雨水滑下脸颊，由头发滴落。

"阿拉斯加的夏天就是这样。"迈修说。

蕾妮只是望着他，瞬间全身冒出鸡皮疙瘩，这一刻才清楚意识到，她是多么爱他。

不是妈妈对爸爸的那种爱，不是那种有毒、黏腻、绝望的爱。

她需要迈修，但不需要他拯救她、改造她。

对他的爱是她一生中最清晰、洁净、坚强的感情，就好像睁开眼睛或长大茁壮，发现自己有能力这样爱一个人，直到永远，直到时间尽头，或者直到自己生命的尽头。

她动手解开洋装，蕾丝领子由肩头落下，露出胸罩肩带。

"蕾妮，你确定——"

她用吻封住他的嘴。她从来没有如此确定。她解开所有纽扣，洋装落下，像降落伞一样围住靴子。她跨出洋装之后一脚踢开。

她解开鞋带，脱下靴子扔在一旁，其中一只打中墙壁发出咚的一声。她只穿着内衣裤，对他说："来吧。"然后带他爬上阁楼的房间。

迈修急忙脱衣服，只剩下四角裤，然后拉着她躺在铺了兽皮的床垫上。

她让他解开胸罩拨到一边。他的双手与嘴唇探索她的身体，她从来没想象过可以这样。当他一手伸进她的内裤，她听见自己发出充满需求的低声哽咽。她感觉内裤由双腿滑下，然后消失。

现在她一丝不挂，两人之间只隔着皮肤。她全身每根神经都紧绷到极点，当迈修抚摸她，仿佛响起天籁。

她迷失在他怀中。她的身体自有主张，以一种直觉、原始的节奏动作，好像一直很熟悉，逐渐进入强烈到近乎疼痛的欢愉。

她有如一颗星星，因为燃烧太热烈而炸开，碎片四散飞开，喷洒光芒。结束之后，她落回人世，变成完全不一样的人，或者该说是另一个版本的她，因为爱情而重新排列组合。兴奋的同时，她也感到害怕。过去五分钟彻底改变了她的生命，以后还会有这样深刻的体会吗？现在她拥有这个，拥有过他，以后要怎么离开他？是否永远没办法？

"我爱你。"他轻声说。

"我也爱你。"

这句话感觉太微小、太平凡，无法容纳这么庞大的感情。

她依偎在他身旁，精疲力竭，望着屋顶的天窗，看雨滴打在玻璃上。她知道她一辈子都会记得这一天。这次体验已经开始变成触感交织出的宝藏。

"你觉得上大学会是什么样？"她问。

"就像你和我，一直像现在这样。你准备好要去了吗？"

她点头，但没有说出计划。他一定会认为太不可靠、变量太多。

老实说，她担心当真走到那一步，到了真正要离开的时候，她会无法丢下妈妈。假使蕾妮留下，就必须放弃梦想，那她将永远无法走出遗憾。她无法直视那样残酷的未来。

此刻，在他怀中，一同感受时间所带来的梦幻期待，她什么都不想说。能够像现在这样，已经超越了她的所有梦想。她不希望语言变成高墙，阻隔他们。

"你想谈吗？"他问。

"谈什么？"

"你爸爸。"

蕾妮本能地想说不，要保密。但那算什么爱？她爸爸妈妈的爱不就是因此而毁灭的吗？现在的她比以前更不希望那样。"大概是战争让他发疯了。"

"他会打你？"

"不是我，是我妈。"

"蕾妮，你们母女必须离开这里。我听到我爸爸和大玛芝在商量。他们希望能帮助你们,但你妈妈不肯接受。"

"这件事没有外人想得那么简单。"蕾妮说。

"假使他爱你们,就不会伤害你们。"

他说得好简单,好像数学公式一样。但痛与爱的界限不是一条线,比较像一张网。"安全是什么感觉?"她问。

他抚摸她的头发:"现在感觉到了吗?"

她感觉到了。或许是第一次,但这样太疯狂。她爸爸讨厌迈修,对蕾妮而言,他怀中应该是不安全的地方。"迈修,他完全不了解你,但他讨厌你。"

"我不会让他伤害你。"

"我们聊别的事吧。"

"例如……我无时无刻不在想你?我想你想到快发疯了。"他把她拉过去印上一吻。他们耳鬓厮磨很久、很久,时间只为他们放慢脚步;他们品尝彼此,接纳彼此。有时,他们会说话,悄悄道出秘密,低声说笑,有时完全不出声,只是亲吻。蕾妮学习到借由触感了解一个人的神奇方式。

她的身体在他怀中再度苏醒,但第二次欢爱感觉不一样。他们说过的话似乎带来改变,现实介入。

突然间,她担心他们所能拥有的只有这样,只有这一天,担心她永远无法去上大学,也担心她离开之后爸爸会杀死妈妈。她担心她对迈修的爱不是真的,也担心就算是真的也有缺陷,更担心她会不会已经被爸妈损坏殆尽,永远无法真正明白爱的意义。

"不。"她对自己说,对他说,对宇宙说,"我爱你,迈修。"

只有这件事她确定是真的。

第20章

一只手捂住蕾妮的嘴,一个声音严肃地说:"蕾妮,快醒醒。"

她睁开眼睛。

"我们睡着了。有人来了。"

蕾妮在迈修的手掌下倒抽一口气。

雨停了,阳光从天窗照进来。

她听到卡车的引擎声,也听到卡车开过凹凸不平路面时,金属后斗震动的声音。

"哦,老天。"蕾妮说。她手忙脚乱地从迈修身上爬过去,一把拿起衣服穿上。她快要走到栏杆边时,门开了。

爸爸走进来,停下脚步往下看。

他站在一堆湿透的洋装旁。

她的洋装。

完了。

她急忙从栏杆旁边跨出去,半爬半滑地下阁楼梯子。

爸爸弯腰捡起湿透的洋装,拎起来看。烧花裙摆不停地滴水。

"我、我在外面遇到暴雨。"蕾妮说。她的心跳太剧烈,以致无法呼吸。她头昏脑涨。印象中,她从来没有这么害怕过。她偷看四周寻找会露馅的东西。

迈修的靴子。

她低声惊呼。

万一爸爸抓到迈修·沃克在她床上,他会怎么做?

爸爸左手边的架子上摆满枪支,下面的架上堆着一盒盒子弹。他只要转身伸手,就能拿到枪。

蕾妮抢过湿透的洋装。水滴在地上,发出像心跳的声音,时间一分一秒过去。

妈妈蹙眉。她随着蕾妮的视线看过去,落在那双靴子上。她瞪大眼睛,看看蕾妮,看看阁楼,脸色变得惨白。

"为什么要穿你的漂亮洋装出去?"爸爸问。

"女、女生就是那样嘛,恩特。"妈妈悄悄往旁边移动,挡住靴子不让爸爸看见。

爸爸回过头,鼻孔翕动。蕾妮觉得很像掠食野兽在寻找气味。"家里有味道。"

蕾妮把洋装挂在门边的钩子上。"大概是我准备的野餐。"蕾妮说,"我、我想给你们一个惊喜。"

爸爸走向餐桌,打开野餐篮看里面的东西:"只有两个盘子。"

蕾妮按住翻腾的胃:"我肚子饿,所以先吃掉了我的那份。那是给你们的。你们舟车劳顿去斯特灵,我、我觉得准备好食物,你们应该会很高兴。"

楼上发出咔咔声响。

爸爸皱着眉头抬头看阁楼,迈步要往那边走。

迈修,千万别动。

妈妈说:"我去多拿一个盘子。我们去海边吃吧。"

迈修的船。

"不行!不能去海边。"蕾妮大声说。

爸爸抓住阁楼梯子往上看,皱着眉头。蕾妮看到他抬起一只脚,踩上最底层。

妈妈弯腰捡起迈修的靴子，扔进门边装靴子的大纸箱。她的动作行云流水、一气呵成，有如芭蕾舞者的旋转动作，然后敏捷地来到爸爸身边。她说："我们带蕾妮去看雪地机动车吧。"她故意提高音量让迈修听见，"就停在羊栏旁边。"

爸爸放开梯子转向她们。他的眼神有点儿奇怪。他是不是起疑了？

"好啊，走吧。"

蕾妮跟着爸爸到门口。他开门时，她抬头往上看阁楼。

快走，迈修，她想着，快跑。

妈妈牵起蕾妮的手，她们走过露台，去到下面的草地上。

在海湾上，迈修的铝制小船反射着阳光，在洒满阳光的海滩上闪耀银芒。刚才的阵雨洗刷大地，所有东西都显得亮晶晶的，草叶与野花上的无数雨点闪闪发光。

蕾妮发现爸爸似乎看到了什么东西。她甚至不知道是什么，只看到他转身走向她，逐渐远离海滩。

"在这里。"他们走向卡车，生锈的后斗两侧几乎藏在草丛里，上面放着一辆生锈撞凹的雪地机动车，座椅破得一塌糊涂，车头灯也不见了。"坐垫用强力胶带粘一粘就好，像新的一样。"

蕾妮的整个身心都专注聆听最微小的声音。她似乎听见小屋的门打开，然后是踩在露台上发出的嘎吱声。

"太棒了！"她大声说，"可以骑去冰钓、猎驯鹿。有两台雪地机动车很方便。"

她听见舷外引擎发动的独特声响，以及加速时的尖锐噪声。

爸爸推开蕾妮："是不是有船开上我们的海湾？"

下方，铝制快艇速度太快，船身整个露出水面，尖尖的船头高高扬起，高速往海峡前进。

蕾妮屏住呼吸。从这里一看就知道那是迈修，他的金发，他的新船。爸爸会认出来吗？

"可恶的观光客。"爸爸转过身说，"那些有钱的大学小鬼，以为夏天一到，这个州就变成他们的。我要立个禁止擅闯的牌子。"

成功了，他们逃过一劫。蕾妮放心地笑出声。迈修，我们成功了。

"蕾妮。"

妈妈的声音尖锐。她好像很生气，或许是害怕。

妈妈和爸爸一起看着她。

"怎么了？"蕾妮问。

"爸爸在跟你说话。"妈妈说。

蕾妮轻松地露出笑容："哎呀，对不起。"

爸爸说："看来你在神游太虚呢，就像我老爸以前常说的那样。"

蕾妮耸肩："我只是在想事情。"

"想什么？"

蕾妮听出他的语气变了，心中一凛。现在她发现他多专注地在观察她，说不定他们还没有成功脱身，说不定他知道了……或许他只是在耍她。

"哦，你也知道青少年就爱乱想。"妈妈的声音有些颤抖。

"珂拉，我是在问蕾妮，不是你。"

"我在想，今天很适合全家出游，一起去外面玩一天。或许可以去基奈河上的彼德森度假村试试运气。我们每次去那里运气都不错。"

"哦，很好的想法。"爸爸从新雪地机动车旁走开，注视着车道，"唉，现在是夏天，我有很多事要做。"

他留下她们，独自走向放工具的小屋拿出电锯。他扛着电锯往车道走去，走进树丛看不见了。

妈妈转向蕾妮，严厉地低声说："蠢、蠢、蠢透了。你们差一点儿被抓到。"

"我们睡着了。"

"看似平凡的错误往往最要命。来吧。"妈妈带着她走进屋里，"去火边坐着，我帮你梳头，里面沾了一堆树叶和树枝。算你走运，他不太注意这些事情。"

蕾妮拿起一张三脚凳，搬到柴火暖炉旁。她坐下，裸足钩着凳子下面的横杠，解开辫子等妈妈。

妈妈从所谓"梳妆台"上的蓝色咖啡罐里拿出一把宽齿梳，慢慢梳开蕾妮纠结的及腰长发。然后她用精油按摩蕾妮的头皮，拿出她们用香脂草花蕾做的香膏按摩蕾妮粗糙的双手。"你这次成功脱身，就会想再和迈修见面。刚才其实你在想这个，对吧？"

不愧是妈妈，很了解她。

"下次我会更机灵。"蕾妮说。

"蕾妮，不能有下次。"妈妈按住蕾妮的肩膀，将她在凳子上转过来，"你要等到去上大学，就像我们之前说过的那样。只剩几个星期了，我们要照计划进行。九月你就可以在安克雷奇和迈修见面，开始你们的生活。"

"几个星期？明明还有二十三天。不能和他见面，我会死。"

"不，不会。拜托，蕾妮，不要只想你自己，为我想想。"

蕾妮觉得自己很可耻，如此自私的行为令她羞惭："对不起，妈妈。你说得对。我不知道我怎么了。"

"性会改变一切。"妈妈轻声说。

* * *

一周后，妈妈和蕾妮正在吃燕麦粥早餐，小屋的门打开。爸爸大步走进来，黑发和法兰绒衬衫上全是木屑："你们跟我来。快呀！"

蕾妮跟着爸爸妈妈走出小屋。爸爸走得很快，步伐非常大。妈妈蹒跚地走在旁边，在松软的地面拼命加快脚步赶上。

到了车道尽头，他猛然停下脚步。

蕾妮听见妈妈轻声说："我的天。"蕾妮抬起头看。

爸爸花了整个夏天筑的那道墙矗立在她们眼前。完工了，一块又一块新切割出的木板整齐排列，顶端装上刀片刺网，感觉像只会出现在苏联古拉格劳改营的东西。

但这还不是最糟的。现在车道上多了一道闸门，用沉重的金属链拴起来，上面装着一个很大的金属挂锁。蕾妮看到爸爸的脖子上戴着链子，钥匙挂在上面。

不可能逃出去。

爸爸将妈妈拉过去，满脸笑容。他靠过去，在妈妈耳边低语了几句话，然后亲吻她喉咙底部的一小块紫色淤血。

"现在只有我们了，在这里，远离那个可恶又阴险的世界。我们终于安全了。"

* * *

蕾妮原本一直以为恐惧是一个黑暗的小柜子，狭窄逼仄，一动就会撞到柜顶，柜底冰凉。

原来不是。

恐惧是一栋豪宅，没有尽头的走廊串联无数房间。

哐啷作响的链子锁上闸门之后的那几天，蕾妮体会到身在那无数房间的感受。夜晚来临时，在依然点着灯的阁楼里，蕾妮躺在床上尽可能不入睡，因为一睡着就会做噩梦。她在白天奋战驱逐恐惧，当天色终于暗去时，恐惧就会回来围困她。

她梦见自己以千百种方式死去——溺死、跌落冰层、坠落山崖、头部遭到枪击。

全都是隐喻，她梦过的每种死法，以及还没梦到的死法。

爸爸整天在她们身边转来转去，有说有笑，若无其事。自从被哈兰家驱逐之后，他第一次心情这么愉快。他打趣、大笑，和她们一起忙碌。夜里，蕾妮躺在床上听爸妈交谈、做爱的声音。他们很善于假装一切正常。蕾妮失去了这种从小培养的能力。

她不断重复想着她们必须逃跑。

不过她们必须谨慎行事，她们很可能只有一次机会。蕾妮心中再也没有疑虑：爸爸的精神状况不稳定。再也没有，完全没有。万一他抓到她们，蕾妮确定他会杀死她们。

＊　＊　＊

爸爸关上闸门之后过了一个星期，星期六早上他出门了，蕾妮终于有机会和妈妈独处，她说："我们必须离开他。"

妈妈揉面团的动作变轻。"他会杀死我。"她轻声说。

"你不懂吗，妈妈？继续待在这里，他一样会杀死你，只是迟早的问题。想想看，冬天就快来了。黑暗、寒冷，我们在这里，关在那道墙里。今年冬天，他不会去油管工作。到时候只有我们和他一起困在黑暗里。谁能阻止他、拯救我们？"

妈妈紧张地看着门："我们能去哪里？"

"大玛芝愿意帮忙,沃克家也是。"

"不能去找汤姆。那样状况只会变得更糟。"

"妈妈,再过两个星期,大学就要开学了。我必须尽快离开。你要和我一起走吗?"

妈妈的手依然放在面团上:"你自己走吧,不要管我。"

蕾妮就知道会这样。她挣扎了很久,终于下定决心:"妈妈,我必须离开。我不能这样过下去,但我需要你。我担心……如果没有你,我会走不掉。"

"天生一对。"妈妈的语气很悲伤。但她懂,她们永远会在一起。"你必须走。我希望你走。如果你不走,我无法原谅自己。好吧……你有什么打算?"

"一有机会,我们就跑。如果他去打猎,我们就驾船逃走。任何机会都要把握。假使第一片叶子落下的时候,我们还在这里,那就完蛋了。"

"我们就这样逃走?一无所有?"

"逃走至少能活命。"

妈妈转开视线。很久、很久之后,她才点头说:"我会尽力。"

这不是蕾妮想要的答案,差得很远,但顶多只能这样了。她只祈求当逃跑的机会来临,妈妈会和她一起走。

* * *

一周后,天气开始转变,到处可以看到绿色叶片转为金黄、亮橘、艳红。桦树一整年混在其他树木之中毫无特色,这时昂然走上最显眼的舞台,树皮如白鸽羽翼,树叶仿佛百万点烛光。

随着叶子逐渐变色,蕾妮的心情越来越紧张。已经快到八月底了——

虽然现在离入秋还太早,但阿拉斯加就是这么任性。

虽然她和妈妈再也没有提起过逃跑计划,但暗藏在她们所说的每句话之中。每次爸爸离开小屋,她们都会互使眼色,询问对方:是时候了吗?

今天蕾妮和妈妈正在做蓝莓糖浆的时候,爸爸从外面回来,一波冷空气跟着进来。他浑身邋遢、大汗淋漓,汗湿的脸上沾着一层黑灰。蕾妮第一次发现他的黑胡须里有几丝银白。他把头发扎成乱糟糟的低马尾,额头上绑着庆祝建国二百周年的发带。他走过来,橡胶靴重重踏在夹板地面上。他走进厨房,看到妈妈正在准备晚餐。他看看锅里沸腾的炖麋鹿肉:"又是这个?"

"只有这个了。面粉用完了,米也只剩一点儿。我早就跟你讲过了。"妈妈疲惫地说,"如果你让我们去镇上……"

"爸爸,你应该去荷马一趟,储备过冬的物资。"蕾妮希望语气够自然。

爸爸伸手搅搅炖肉:"只有你们两个在家,我担心会不安全。"

"墙可以保护我们。"

"不够彻底。涨潮的时候,外人可以开船进来。"爸爸说,"天晓得我不在家的时候会发生什么事?不然我们一起去好了,去镇上找那个肥婆买东西。"

妈妈看着蕾妮。

机会来了,蕾妮的眼神说。

妈妈摇头,睁大眼睛。蕾妮能够理解妈妈的恐惧,一直以来她们讨论的都是趁他不在时溜走,而不是从他面前逃跑。但秋天已经来了,这表示冬天不远了。再过一个星期,安克雷奇大学就要开学了。这就是她们逃跑的机会,只要做好计划——

"走吧。"爸爸说,"现在就去。"他双手一拍,响亮的声音让妈妈吓一大跳。

蕾妮怅然地看着避难包，里面总是装满各种野外求生的必需品。如果拿了，爸爸一定会起疑。

除了身上的衣服，她们什么都不能带。

爸爸从门边的架子上拿起一把猎枪扛在肩上。

这是警告吗？

"走吧。"

蕾妮走向妈妈，一手按住她细瘦的手腕，感觉到她在发抖。"走吧，妈妈。"蕾妮平静地说。

她们走向大门。蕾妮忍不住回头转身，花一秒钟注视温馨舒适的小屋。尽管有那么多的伤痛、心碎、恐惧，这里依然是她唯一有过的家。

希望再也不用回来。真是悲哀，她的希望竟然感觉像是失落。

上了卡车，破旧的长条椅上，她坐在爸爸妈妈中间，蕾妮能够感觉到妈妈的恐惧，仿佛小小的电流从她的皮肤上冒出，散发出酸苦的气味。蕾妮想安慰她，想告诉她不会有事，她们会成功逃离，搬去安克雷奇，一切都会很好，但她只能坐在那里，呼吸急促，努力支撑，希望当逃跑的机会来到，她们能够强迫双脚移动。

爸爸发动引擎，驶向闸门。

然后他停车、下车，没有关上车门，走向闸门，拿起挂锁。他从脖子上拿出钥匙，插进锁孔一转。

"机会来了。"蕾妮对妈妈说，"到了镇上，我们就逃跑。再过四十分钟，渡船就会靠岸。我们想办法上去。"

"行不通的，他会抓到我们。"

"那我们去找大玛芝。她会帮我们。"

"你连她的性命也要赌上？"

巨大的金属挂锁打开。爸爸推开左边的门,门划过长满青苔、凹凸不平的地面,然后再推开右边的门。大路重新出现在眼前,召唤着她们。

"我们很可能只有一次机会。"妈妈忧心忡忡地咬着下唇,"如果这次不行,就等下次。"

蕾妮知道这个建议是对的,但她不知道自己是否能继续等下去。现在她允许自己真正想象自由的滋味,不可能重回被囚禁的生活。"妈妈,不能再等下去了。已经开始落叶了,今年冬天会很早开始。"

爸爸回来了。他坐上驾驶座,关上车门。他们出发。出了闸门,蕾妮坐在位子上转身,隔着枪架往外看。新切割的木材上用黑漆喷了几个大字。

"禁止进入。禁止擅闯。违反者将遭枪击。"

闸门没有关上,她暗暗记下这件事。他们转上大路,摇摇晃晃开过崎岖不平的路面,经过沃克家入口的拱门,经过玛芝·博梭的车道。

过了简易机场,新铺的碎石路面在轮胎下咔咔作响。前方的桥刚上过新漆,几个人站在栏杆旁往下看,他们穿着五彩缤纷的防水衣物、崭新牛仔裤、名牌靴子,指着清澈河水中游动的鲜红鲑鱼。这些鱼洄游产卵之后便会死去。

爸爸摇下车窗大喊:"滚回加州去。"车子隆隆开过,对他们喷黑烟。

到了镇上,一道栅栏挡住大街,餐馆前面正在挖路,几个锯木架、白水桶、橘色三角锥围起工地,以免观光客误闯。沿着街道,路被挖开一条大洞,旁边堆着土。

爸爸猛踩刹车,因为太用力,老旧卡车滑了一下才在路边的高草丛停住。从这里,他们可以清楚地看见挖土机的驾驶者:汤姆·沃克。

爸爸挂挡停车,将引擎熄火。他用全身的力气撞开卡车的门,跳下车之后用力甩上门。蕾妮说:"妈妈,不要离开我,牵着我的手。"这时爸爸突然出现,打开另一侧车门,抓住妈妈的手腕,把她拖下车。

妈妈回过头,眼睛睁得很大,用口形说:"快走。"爸爸拽着妈妈的手腕,迫使她跌跌撞撞地前进赶上他的大步伐。

"糟糕。"蕾妮说。

她该怎么办?她回头看杂货店。今天大玛芝有开店,她可以帮助蕾妮。

离开妈妈。

丢下她和他在一起。

她往街道看去,爸妈继续往前走,经过几个出来享受八月底晴朗天气的观光客,爸爸用手肘推开他们,故意推得很用力。

蕾妮实在忍不住,悄悄下车跟上去。或许还有办法能带妈妈离开他。她们不需要太多时间,只要足够消失就可以。如果有必要,她们甚至可以偷一艘船。

"沃克!"爸爸大喊。

沃克先生停下挖土机,将棒球帽从汗涔涔的前额往后拨。"恩特·欧布莱特。"他说,"真是惊喜。"

"你到底在搞什么鬼?"

"挖路。"

"为什么?"

"要让镇上有电可用。我装了一台发电机。"

"什么?"

沃克先生重复一次,清晰缓慢地说:"电——力——"仿佛对英文程度很差的人说话。

"如果我们不希望卡尼克有电力呢?"

"恩特,我为镇上所有商家买来便利,用白花花的钞票。"汤姆说,"这钱是大家凑的,很多人想要电灯、冰箱,希望冬天有暖气。哦,还有路灯。不是很棒吗？"

"我不会任由你这么做。"

"你打算怎么做？又要喷漆？我不建议噢。这次，我不会那么宽宏大量了。"

蕾妮来到妈妈身后，抓住她的衣袖，想趁爸爸不注意的时候把她拉走。

"蕾妮！"

迈修的声音压过推土机挖土的声音。他站在酒馆门口，抱着一个大纸箱。

"救救我们！"她尖叫。

爸爸抓住蕾妮的上臂，把她拉到身边："你觉得需要求救？为什么？"

她摇头，勉强挤出声音说："没事。我不是那个意思。"她看了迈修一眼，他放下箱子朝她们走过来，踏下木栈道，走上泥土街道。

"你最好叫那小子别过来，否则我绝不留情……"爸爸按住腰间的刀。

"我没事。"她对迈修大喊，但看得出来他不相信。他看到她在哭。"别、别过来。跟你爸爸说我们没事。"

迈修喊她的名字。她看到他的唇形，却听不到声音。

爸爸的手抓紧蕾妮的手臂，感觉像钳子。他拉着蕾妮和妈妈走向卡车，把她们推上车，然后用力关上车门。

整个过程不到两分钟，来到镇上、大声呼救、回到车上。

回家的路上，爸爸不断地低声自语。她只听到一些像是骗子、沃克之类的词。他的右手不停握住方向盘又放开。

车子驶过崎岖泥泞的道路，转上他们的土地。妈妈握着蕾妮的手。蕾妮努力设法让爸爸冷静下来。她刚才为什么那样大喊？她明知道不能求救。

爱与恐惧。

世上毁灭力最强的两种力量。恐惧令她失常，爱令她愚蠢。

卡车隆隆开进敞开的闸门，爸爸依然在自言自语。蕾妮想趁他下车关闸门的时候就抢过方向盘，挂挡倒车，猛踩油门，但他没有下车关门。又失去了一次机会，也可能还有希望。

闸门开着，或许她们可以趁半夜逃跑。

到了空地，他用力挂挡停车、熄火，然后抓住蕾妮，拽着她穿过草地、走上台阶、登上露台。他把她推进屋里，因为太用力，她踉跄跌倒。

妈妈来到他身后，动作小心翼翼，留心维持表情平静。蕾妮不知道她怎么办到的。蕾妮的心脏因为恐惧而狂跳，难道妈妈不会吗？"恩特，你反应过度了。我们来谈谈。"她一手按住他的肩膀。

"珂拉，你需要求救吗？"他的声音很奇怪，非常紧绷。

"她还小。她不是那个意思。"

由他呼吸急促、手指抽搐的样子，蕾妮看出了暴戾。他踮起脚尖，全身放射出能量，愤怒正在改变他。"你骗我。"他低声说。

妈妈摇头："没有，我没有。我根本不知道你在说什么。"

"每次都是姓沃克的那些家伙。"他喃喃说，朝妈妈逼近。他将蕾妮完全抛在脑后，锁定妈妈。她一向都是他的靶、他的猎物。

"恩特，这样太疯狂——"

他打她，非常用力。妈妈撞上墙壁，还没站起来，他又继续，一把抓住她的头发往后拉，露出喉咙苍白的肌肤。他揪住她的头发，拳头往下挥，她的头侧敲在地板上。

蕾妮扑向父亲，攀在他的背上。她抓他，扯他头发，尖叫着说："放开她。"

他挣脱，抓着妈妈的前额撞地板。

蕾妮听到身后传来开门声，几秒后，有人把她从爸爸身上拉开。她瞥见迈修，看到他将爸爸从妈妈身上拽起来，转成正面之后挥拳击中爸爸的下颌，爸爸摇摇晃晃跪倒。

蕾妮冲向妈妈，扶她站起来："我们要快点儿走。"

"你走吧。"妈妈紧张地看着爸爸，他呻吟着想要站起来。"快走。"她满脸鲜血，嘴唇撕裂。

"我不会丢下你。"蕾妮说。

泪水涌上妈妈的眼眶，滚落融入鲜血："他绝不会放过我。你快走，走啊。"

"不要。"蕾妮说，"我不要离开你。"

"她说得对，欧布莱特伯母。"迈修说，"你不能留在这里。"

妈妈叹息："好吧，我去找大玛芝，她会保护我。不过蕾妮，你千万不要来找我。懂吗？万一他来抓我，我不希望你在场。"她看着迈修。"我希望她消失二十四小时，躲在他找不到的地方。这次我会去报警提告。"

迈修郑重点头："欧布莱特伯母，我绝不会让她出任何事。我保证。"

爸爸发出哼声，骂着脏话想站起来。

妈妈拎起蕾妮的避难包交给她："快走，蕾妮。"

他们冲出小屋，来到阳光普照的庭院，奔向迈修的卡车。"快上车。"他大喊，然后跑向爸爸的卡车，打开引擎盖，对引擎动手脚。

他们身后，小屋的门打开。爸爸蹒跚着走出来，手里拿着来复枪。

蕾妮听到枪上膛的声音。一颗子弹从她的头顶呼啸而过，打中卡车引擎盖。"珂拉，可恶。"爸爸站在露台上，前额大量流血，他拿着猎枪，但因为血而看不清楚。"你在哪里？"

"快上车！"迈修大喊，将一个东西扔进树丛。他跳上驾驶座发动卡车。

子弹纷飞,打中金属发出响亮的声音。蕾妮跳上车,妈妈挤在她旁边。迈修将排挡打到前进,然后急忙掉头。卡车在草地上甩尾了一下,终于轮胎抓住地面。他高速驶过凹凸不平的车道,穿过敞开的闸门,转向大马路。

到了大玛芝的车道,车子转进去,开到尽头,迈修按喇叭。"好好保护她,不要让她接近我。"妈妈叮嘱迈修,他郑重点头。

蕾妮看着妈妈。她们的人生,她们所有的爱,都在这一眼之中。"你不可以回去找他。"蕾妮说,"你要报警、提告。我们二十四小时后见,然后一起逃跑。答应我。"

妈妈点头,用力抱了她一下,吻去她的泪水。妈妈离开之后,蕾妮坐在车上,在心中重温一幕幕,默默哭泣。每次呼吸都很痛,她必须拼命克制回头去救妈妈的冲动。这样丢下她,是不是做错了?

迈修转进沃克家的闸门,隆隆驶过迎客拱门。

"我们不能来这里!他会来这里找我们!"蕾妮抹去泪水,"妈妈要我们消失一天。"

他停车之后下车:"我知道。不过现在正好退潮,不能开船出去,水上飞机被我爸爸开走了。我只知道一个地方可以躲。你在车上等我。"

五分钟后,迈修拿着一个背包回来,扔进卡车后斗。

蕾妮不停地看着后面,望向沃克家的车道。

"别担心。他不会那么快找到分电器盖。"迈修说。

他们重新出发,转上大马路,然后左转往山区去。

转弯、爬坡、渡河,一路不停地往上。

几个小时后,车子开进一个泥土停车场,猛然停住。没有其他车辆,步道起点立着一块牌子,上面写着:

熊爪野生保护区

许可活动：健行、露营、攀岩。

距离：单向约四千五百米。

难度：高。具挑战性。陡坡。

海拔：约七百九十二米。

露营区：锯齿山脊，接近鹰湾渡口标示处。

迈修扶着蕾妮下车。他跪下检查她的厚底靴，重新绑好鞋带："你没事吧？"

"万一他——"

"你妈妈已经逃走了，大玛芝会保护她。她希望你平安。"

"我知道。走吧。"她木然地说。

"要走很长一段路，你行吗？"

蕾妮点头。

他们沿着步道前进，迈修带路，蕾妮跟在后面，努力赶上。

他们走了好几个小时，没有看到其他人。步道蜿蜒绕过一道花岗岩峭壁。下面是大海，浪涛拍打岩石，喷溅水花。每次浪打上来，地面就会震动，也可能只是蕾妮的想象，因为感觉现在的人生风雨飘摇。再一次，她脚下的大地变得不可靠。

终于到了迈修想找的地方：一片宽敞的草原，开满紫色鲁冰花，藏在山腰上。雪染白了山峰，下方是一层层紫色花岗岩，不时会出现几个白点，是大角羊。

他将背包放在草地上，转身面向蕾妮。他给她一个烟熏鲑鱼三明治和一罐不冰的可乐。她吃的时候，他搭起简易帐篷，在草地上钉得很深。

他们在帐篷前生起火，将橘色帐篷入口打开固定好后，并肩坐在草地上。他一手搂着她,而她依偎在他怀中。

"你知道,你不必独自保护她。"他说,"你们属于这里。我们会照顾你们。卡尼克一直都是这样。"

蕾妮多希望是真的。她希望有个安全的地方让她和妈妈栖身,重新展开人生,而且不是建立在暴力恐怖结局的灰烬上。最重要的是,她不想继续独自负责妈妈的安危。

她转向迈修,她好爱他,如此浓烈,感觉像沉在水底急需氧气。她整个身体窝进他怀中,需要感觉他全身的每一寸,想要贴近他、依偎他、容纳他。"我爱你。"

"我也是。"他说。

在这里,在辽阔的阿拉斯加,这句话显得极度渺小、不足为道,有如对天神挥拳。她的爱情迟早会付出代价。

第 21 章

他的责任是保护她。

从一开始他就隐约察觉到,他们之间奇特的交流之中有这个部分。

蕾妮是他的北极星。他知道这种话很蠢、很娘、很滥情,大家一定会说他还太年轻,不会懂这些,但他不是小孩子了,失去母亲让他一夜长大。

他当年无法保护妈妈、拯救她。

但现在他变强了。

昨晚他整夜抱着蕾妮,感觉她因为噩梦而抽动,听着她啜泣。他知道那种感觉,在梦魇中看着妈妈受苦。

当第一抹日光逐渐穿透橘色帐篷侧边时,他放开她,微笑着听她打呼的声音。他穿上昨天的衣物,套上健行靴,走出帐篷。

乌云强行占领天空,低垂在步道上。微风无力,感觉比较像叹息,现在已经接近八月底了。夜间树叶纷纷变色,表示秋天快到了。

迈修在昨晚火堆的黑色余烬上重新生火。他坐在一块石头上,弯着腰,手臂放在大腿上,注视着摇曳的烈焰。风变大了,火焰被迫舞动、变小,然后又熊熊燃起。

此刻独自坐在火边,他在心中承认他担心自己做错了,不该带蕾妮来这里,不该把珂拉留在那里。他担心一转身就会看到恩特由步道杀过来,一只手拿着来复枪,另一只手拿着威士忌。

他最担心的其实是蕾妮,因为即使一切顺利,她成功逃跑并拯救妈妈,她的心里还是会永远有个破洞。无论以什么样的方式失去父母,无论他们有多好或多烂，孩子依然会永远哀伤。迈修为有过的母亲哀伤。他猜想蕾妮应该会为了得不到的父亲哀伤。

他将露营用咖啡壶放在营火上。

他听到身后传来窸窣声，然后尼龙帐篷的拉链打开。蕾妮拨开帐篷，走进晨光中。她编辫子的时候，一点雨滴落在她的眼睛里。

"嘿。"他送上一杯咖啡。另一点雨滴落在金属咖啡杯上。

她双手接过，放在他身旁的草地上，弯腰枕在他的大腿上。又一点雨滴落下，敲响咖啡壶，发出咝咝沸腾声之后蒸发。

"真不是时候。"蕾妮说，"大雨随时会下。"

"冰河山脊有个山洞。"

她抬头看他，眼神中的痛楚令他无法呼吸："我不能抛下她。"

"可是你妈说——"

"我很害怕。"她小声说。

他听出她的语气充满犹疑，明白她不只是说出她很害怕，而且是对他有所求。

他明白。

她不知道正确答案是什么，她担心做错选择。

"你觉得我该不该回去找她？"她问。

"我觉得……你必须守在所爱的人身边。"

他看到她安心了，也看出她的爱。这份爱将他充满，让他感到实在。

"我……说不定不能去上大学了。你知道吧？如果要逃跑，我们就必须去一个他找不到的地方。"

"我和你一起去。"他说，"无论你要去哪里。"

她深吸一口气，脆弱的模样让他觉得她随时会崩溃："迈修，你知道我最爱你什么吗？"

"什么？"

她跪在他面前潮湿的地上，冰凉的双手捧住他的脸，亲吻他。她口中有咖啡的滋味。"全部。"

之后，感觉似乎没有什么可说的了。迈修知道蕾妮既害怕又心慌，除了妈妈她什么都没办法想，她刷牙、收睡袋的时候，泪水不停地涌出。他也知道不能够回去，她有多不放心。

他要救她。

一定会。他会想出办法。他可以报警、找媒体、请爸爸帮忙。说不定他会亲自去教训恩特。恶霸都是孬种，只要遇上更凶的人就会收敛。

绝对行得通。

他们会让恩特远离蕾妮和珂拉，让她们展开新生活。蕾妮还是可以和迈修一起上大学，或许不会去安克雷奇，或许甚至不是在阿拉斯加，不过谁在乎？他只想和她在一起。

这世上总有个地方能让他们找到全新的开始。

他们吃完早餐之后收起帐篷，在步道上走了十五米，暴雨滂沱落下。他们所在的地方非常狭窄，无法并行。

"不要离我太远。"迈修大声说，音量压过暴雨狂风。他的外套发出像扑克牌洗牌的声音。雨水把头发贴在脸上，让他看不见。他往后握住蕾妮的手，却因为湿漉而滑开。

雨水在花岗岩步道上形成小河，让岩石变得湿滑。左手边，柳兰承受不住风雨侵袭，颤抖着倒下。

步道变暗，浓雾滚滚而来。迈修猛眨眼睛，想要看清楚。

雨水狂打在他的尼龙兜帽上。他的脸湿透了，雨水流下脸颊、钻进领口，在睫毛上凝结成水珠。感觉世界很不真实，他的左手边是树林，右手边是深不见底的花岗岩峭壁。

他听见声音。

尖叫。

很接近。

他急忙转身,发现蕾妮不在后面。他奔向前,大喊她的名字。一根树枝很用力地打中他的脸。这时,他看见她了。她在后面大约六米的地方,偏离步道往右走。他看到她踏错一步,双手挥舞尖叫。她脚步一滑,即将坠落。

她尖叫着他的名字,拼命保持平衡,努力想站稳,伸手抓东西——什么都好。

然后她不见了。

"蕾——妮!"他大喊。

她摔下去了。

*　*　*

痛。

蕾妮醒来时身在恶臭黑暗中,大字形躺在烂泥里,因为疼痛而无法动弹。她听见滴滴答答的声音。雨水落在岩石上,空气中飘散着令人作呕的气味,动植物死去的腐败味。

她的胸腔里有东西断掉了,可能是一根肋骨,她相当确定。她的左手臂好像也有问题,不是骨折就是肩膀脱臼。

她整个人躺在避难包上面,很可能是背包救了她的命。

真讽刺。

她将避难包的背带从肩膀上拨下,虽然就连最微小的动作也会引起强烈剧痛,但她硬是忍住。她花了很长的时间才脱离背包,好不容易成功之后，她躺在那里，双臂双腿敞开，喘着气，觉得想呕吐。

快动呀，蕾妮。

她咬牙翻身，落在滑滑的深泥潭中，用四肢撑起身体。

她呼吸急促，全身疼痛，努力不哭，抬起头看看四周。

一片漆黑。

这里很臭，腐臭与霉味。地上烂泥很深，山壁是一大片湿滑的岩石。她失去意识多久了？

她缓缓往前爬行，将断臂抱在身上。前面有一道光，照亮一块被光阴与水滴切割成茶盘状的岩石，她缓慢痛苦地爬过去。

因为太痛，她呕吐了，但她继续前进。

她听见有人喊她的名字。

她爬上中间凹陷的扁平岩石，往上望。雨水让她什么都看不见。

上方远处，她隐约看到迈修的红外套，而他的脸只是一片苍白椭圆。大雨几乎冲刷掉他的身影，蓝色牛仔裤变成近乎黑色。"蕾……妮……"

"我在这里。"她想大喊，但胸口的剧痛让她无法大口吸气。她挥舞没有受伤的手，但她知道他看不见。头顶上的开口很狭小，顶多只有浴缸那么大。大雨从开口落下，雨声在黑暗洞穴中震耳欲聋。"去求救！"她尽量大声说。

迈修由石壁探出上半身，伸手抓住顽强长在峭壁上的一棵树。

他想下来找她。

"不行！"她大喊。

他的一条腿跨出岩壁，往下移动几厘米，找寻可以踏脚的地方。他停下来，可能在评估状况。

这就对了，不要下来，太危险。蕾妮抹抹眼睛，努力在暴雨中看清。

他找到一个可以踩的地方，爬下边缘挂在那里，在岩壁上进退不得。

他停留了很久,灰色岩壁上一个大大的红蓝叉叉。终于他伸手抓左边的树枝,拉了几下确定够不够稳。他抓着树,稍微往下移动到另一个踏脚处。

蕾妮听见石头落下的声音,知道即将发生什么事,接下来的状况在她眼中有如惊恐的慢动作。

树从岩壁上连根拔起。

迈修跌落时依然抓住树。

岩石、石板、烂泥、暴雨,迈修摔下来,大量落石吞没了他的惨叫。他翻滚落下,身体撞断树枝、击中岩石,弹起又落下。

她用手臂遮住脸转头躲避掉落的碎石,无数石块砸在她身上,其中一颗割伤她的脸颊。"迈修。迈修!"

看到那颗大石头落下时,她已经来不及闪躲了。

* * *

蕾妮和妈妈在图特卡湾,坐在爸爸捡回来的独木舟里。妈妈在聊她最爱的电影《天涯何处无芳草》。年轻人相爱却悲惨收场的故事。"沃伦爱娜塔莉,看得出来,但这样还不够。"

蕾妮没有认真听。她说什么并不重要,重要的是这一刻,她和妈妈在偷懒,过着另一种人生,抛开小屋里等着她们去做的无数杂务。

这种日子,妈妈称之为"青鸟日",但是在清澈的蔚蓝天空中,蕾妮只看到一只白头鹰张开约一点八米长的翅膀翱翔而过。不远处,一块凸出海面的嶙峋岩石上,一群海豹躺在一起,对着白头鹰咆哮。滨鸟呱呱叫,但不敢靠近。一棵树最高的枝丫上,挂着一个闪亮的粉红色小型犬项圈,就在巨大的鹰巢边。

一艘船发出嘎嘎引擎声经过独木舟,平静的海面掀起波澜。

观光客挥手,纷纷举起相机。

"简直像没见过独木舟一样。"妈妈拿起桨,"好啦,我们该回家了。"

"我不想这么快结束。"蕾妮抱怨道。

妈妈的笑容很陌生,感觉不太对劲儿:"宝贝女儿,你必须救他,救你自己。"

突然间,独木舟左右剧烈摇晃,船上的所有东西都掉进水里——瓶子、保温罐、背包。

妈妈尖叫着从蕾妮身边翻滚而过,跌进水中之后消失了。

独木舟恢复平稳。

蕾妮急忙趴在船边往水里看,大喊:"妈妈!"

一片锐利如刀锋的黑色鳍肢出现,从海底不断、不断上升,最后露出水面的部分几乎像蕾妮一样高。虎鲸。

鳍肢挡住太阳,天空瞬间变黑暗。阳光消失,黑幕降临,一片漆黑。

蕾妮听见虎鲸破水而过,离开水面带起的水花四溅,气孔喷气发出像打呼的声音。她闻到它口中鱼肉腐臭的气味。

蕾妮睁开眼睛,呼吸急促。她的头阵阵抽痛,嘴里有血味。

世界确实一片漆黑,弥漫腐臭,令人作呕。

她抬起头。迈修挂在上方开口处,悬空卡在两面石壁中间,他的脚垂在她头顶上,因为背包卡住而没有掉下来。

"迈修?迈修?"

他没有回应。

(说不定他无法回答,说不定他死了。)

有东西滴在她脸上。她伸手去抹,闻到血味。

她挣扎着坐起。剧痛让她难以忍受，她吐得满身都是，再次昏过去。她醒来时，闻到胸前呕吐物的臭味，差点儿再次呕吐。

快动脑，想办法救他。她是阿拉斯加人。她擅长求生，可恶。求生是她最会的事，求生是爸爸一直教她的事。

"迈修，我们运气不错，这是岩隙，不是熊窟。"至少不会有熊摇摇晃晃走进来找地方睡觉。她一寸寸绕洞里一圈，摸索湿滑的岩壁，没发现有出口。

她爬回茶盘状的岩石上，抬头看迈修："好吧，只能从上面出去。"

他的一条腿不停滴血，滴滴答答落在她身旁的岩石上。

她站起来，制订逃脱计划。

"你挡住了唯一的出口，所以我必须把你弄下来。背包是最大的问题。"背包的宽度刚好让他卡住。"只要把包包从你身上取下，你就会掉下来。"

掉下来。这个计划感觉不太妙，但她想不出更好的办法。

好吧。

怎么做？

她小心移动，将麻木的手塞进裤腰，半滑半跌离开扁平岩石，落入黏糊糊的烂泥中。剧痛刺过她的胸口，她不禁倒抽一口气。好，她想着，肋骨、手臂骨折，死不了。她翻找避难包，找到刀子。她咬在口中，爬回迈修的脚下面。

现在只要拉住他，割断背包的带子就行了。

怎么做？她碰不到他的脚。

往上爬。怎么爬？她一只手骨折，岩壁又湿又滑，感觉像糊着黏液。

用岩石垫脚。

她找到几块扁平的大石头，拖到岩壁下面，尽可能堆起来。这个过程她花了很久的时间，她相当确定中间她昏倒过两次，醒来又继续。

终于堆出大约四十五厘米的高度，她做个深呼吸，然后踩上去。

她的重量让一块石头滑开。

她重重跌落，受伤的手臂撞到东西，她惨叫。

她试了四次，每次都跌落。这个方法行不通。岩石太滑，叠在一起更不稳。

"好吧。"看来不能把石头堆起来当阶梯，她早该看出来才对。

她步履维艰地走向岩壁，伸手摸冰凉湿黏的表面。她用没受伤的手寻找任何凸出、隆起、凹陷的地方。一点儿光线从迈修身体两侧洒落。她在背包中找出头灯戴上。有了灯光，她终于看清岩壁并非平滑一片，有隆起处，有洞，有可以踏脚的地方。

她摸索上方、两侧、外围，找到一小块可以踏脚的凸出岩石，踩上去。站稳之后，她寻找下一个点。

她重重跌落，惊愕地躺在地上，呼吸粗重，往上看着他。"好吧。再试一次。"

每次尝试，她都会记住岩壁新的凸起处。到了第六次，她终于爬到够高的地方，能够抓住背包避免坠落。

他全身无力地挂在那里，头歪向一边，因为满脸鲜血而看不清五官。

她无法分辨他是否有呼吸。

他的左腿惨不忍睹——骨头刺穿肌肉，脚掌几乎整个反过来。

"我来了，迈修，撑住。"她说，"我要割断背包让你下去。"她深吸一口气。

她用小刀锯断背带和腰带。她只有一只手可用，所以花了非常久的时间，不过终于完成了。

什么都没有发生。

她割断了所有带子，但他没有动，毫无变化。

她尽可能用力拉扯他没受伤的那只腿。

没有动静。

她再拉一次，失去平衡，跌落烂泥与岩石中。

"怎么会这样？"她对着开口大喊，"怎么会这样？"

金属断裂，有个东西敲到岩壁。

迈修迅速下坠，撞到岩壁，砰的一声重重跌入蕾妮身边的烂泥中。背包落在旁边，溅起泥水。

蕾妮爬向他，把他的头枕在她腿上，用满是烂泥的手抹去他脸上的血。"迈修？迈修？"

他喘气、咳嗽。蕾妮差点儿哭出来。他没死。

她摘掉头灯，将他拖过烂泥地，搬到那块茶盘形状的岩石旁。她用尽力气、拼命努力，将他抬上凹陷的岩石。

"我在这里。"她爬上去陪他。看到泪水滴在他沾满污泥的脸上，她才发现自己在哭。"我爱你，迈修。"蕾妮说，"我们不会有事，你和我。等着瞧吧，我们会……"她尽可能继续说话，她想要继续说下去，但她脑中只有一个念头：他会变成这样都是她害的，都是她害的。他是为了救她才会摔下来。

　　　　　　＊　　＊　　＊

她不停大叫，喉咙都痛了，但上面没有人经过，没有人来救他们，甚至没有人知道他们来过这条步道，更不可能有人知道他们跌落岩隙。

不对，跌落的人是她。

他是为了救她才会这样。

结果就是他们在这里受伤、流血，一起窝在这块冰冷扁平的岩石上。

快动脑呀。

迈修躺在她身边，他的脸上满是鲜血，严重肿胀，面目全非。他的脸上有一大块皮肤掀开，像狗耳朵一样垂下，露出下面红白色的骨头。

又开始下雨了。大雨如帘幕，滑下岩壁，将烂泥变成黏稠的池塘。他们四周都是水，流进那块扁平岩石的凹陷处，喷溅、滴落、积聚。借着从雨水中渗透的微弱光线，她看到迈修的血变成粉红色。

快救他，快救他们。

她爬过他，滑下岩石，翻他的背包找防水布。因为只能用一只手，所以花了很长的时间，但她终于绑好，制造出一个沟接住雨水，然后注入大保温瓶。装满一个之后，她放下另一个接水，然后爬回岩石上。

她抬起他的下巴，喂他喝水。他断断续续地喝，作呕、咳嗽。她将保温瓶放在一旁，动手处理他的右腿。那条腿的样子像一堆汉堡肉，碎裂的骨头刺出。

她在两个背包里尽力翻找。她找到消毒药水、强力胶带、折叠式手杖，但没有绷带或纱布。她解下腰带，将手杖贴着他的断腿，然后缠上胶布。手杖不足以稳定他受伤的腿，但她真的想不出其他办法。"接下来会很不舒服。我背诗给你听好不好？以前我们好喜欢罗伯特·谢伟思，记得吗？最棒的那几首，小时候我们都背下来了。"

她用腰带绕过他的大腿拉紧，因为太用力，他痛得惨叫、挣扎，然后一动也不动。她哭了，知道他一定非常痛，她再次拉紧。

他失去了意识。

她忍着手臂与肋骨骨折的不便，尽可能抱着他。

他发出低微的呻吟。

拜托不要死。

或许他感觉不到她，或许他像她一样觉得很冷。他们两个都全身湿透。

必须让他知道她在这里。

诗。她靠到他耳边,一边牙齿打战,一边以沙哑微弱的声音背诵:"若你有朝来到伟大的孤独……"

* * *

他听见声音,毫无意义的混乱声音,字母凑在一起又散开。

他想动,动不了。

麻木,像是有针在刺他的皮肤。

疼痛,无比剧烈。头快爆炸,腿着了火。

他再次试着移动,发出呜呜声,无法思考。

这是什么地方?

疼痛成为他主要的一部分。只有疼痛,只剩下疼痛,疼痛,盲目,孤独。

不对。

她。

什么意思?

* * *

"迈修,迈修,迈修。"

他听到那个声音。对他而言似乎有什么意义。是什么呢?

疼痛穿透所有事物。他的头痛得太厉害,无法思考。呕吐物、发霉、腐败的臭味。他的肺和鼻孔都好痛。他每次呼吸都要很用力。

他开始研究疼痛,分析各种不同。他的头不断累积压力,敲打、捏拧,腿则是尖锐刺痛的火与冰。

"迈修。"

声音(她的)有如阳光洒在脸上。

"我在这里,我在这里。"

毫无意义。

"没关系,我在这里。我再说一个故事给你听。换山姆·麦吉的故事好了。"

触摸。

剧痛。他好像尖叫了,像个小女孩。

但或许一切都是假的……

第22章

死去，他感觉生命从身体流逝，就连疼痛也消失了。

他什么都不是，只是又湿又冷的一团东西，尿在身上、呕吐、惨叫。有时候呼吸干脆停止，重新开始时让他不停咳嗽。

气味很恐怖，发霉、烂泥、腐肉、尿液、呕吐物。虫子爬满他全身，在耳边嗡鸣。

唯一让他活下去的只有"她"。

她一直一直说话。熟悉的、押韵的字，他几乎听得懂。他可以听到她呼吸的声音。他知道她何时睡去、何时醒来。她喂他喝水，强迫他喝。

他在流血，流鼻血。他尝到血味，感受到恶心黏腻。

她在苦。

不对。用错字了。

哭。

他努力想抓住那个字，但依旧像其他东西一样消失，转瞬即逝。速度太快，无法捕捉，他又开始漂浮。

她。

我爱你迈修，不要离开我。

意识逐渐远离。他拼命想保留，但抓不住，又跌回恶臭黑暗中。

* * *

第三天早上，经过两个极度寒冷的恐怖夜晚，迈修第一次动了。他没有醒来，没有睁开眼睛，但他呻吟了一下，接着发出吓人的咔咔声响，好像快要窒息。

他们头顶上高挂着一片梯形蓝天。雨终于停了，蕾妮清楚地看到岩壁上的所有隆起、凹陷，所有可以踏脚的地方。

他高烧不退。

蕾妮感觉他的生命一点一滴地流逝。身边这具伤痕累累的身体里，已经没有他了。"迈修，不要离开我……"

一个声音从远处传入黑暗的岩隙，是直升机螺旋桨的声音。

她放开迈修，蹒跚着跳进烂泥中。"在这里！"她大喊，踩着烂泥走到能看见天空的开口。

她整个人贴在直立岩壁上，挥舞没受伤的手，大喊："我们在这里！在下面！"

她听见狗叫声与一阵混乱的交谈。

手电筒的光往下照在她身上。

"蕾诺拉·欧布莱特，"一个穿着棕色制服的人大喊，"是你吗？"

* * *

"蕾诺拉，我们先拉你上来。"其中一个人说。因为阳光和阴影，她看不清他的脸。

"不！先救迈修。他……比较严重。"

接下来，她只知道自己被绑在一个笼子里，沿着直立的岩壁被拉上去。笼子撞上花岗岩发出声响。疼痛在胸腔震荡，蔓延到她的手臂。

笼子哐当一声落在扎实的地面上。阳光令她睁不开眼，到处是穿制服的人，狗群狂吠。好几个人在吹哨子。

她再次闭上眼睛,感觉自己被搬到步道上方的草地,听见直升机螺旋桨的声音。"我要等迈修。"她大喊。

"小姐,你不会有事的。"一个穿制服的人说。他的脸很近,鼻子像长在脸中央的大蘑菇。"我们要用直升机送你去安克雷奇的医院。"

"迈修。"她用没受伤的手抓住他的领子拉过去。

她看到他脸色一变。"那个男生?他就在后面,已经救出来了。"

他没说迈修不会有事。

* * *

蕾妮缓缓睁开眼睛,看到上方的长条灯具,隔音天花板上装着一排白色的灯。病房的空气甜腻得令人难受,到处是鲜花和气球。她的肋骨包扎得很紧,一呼吸就会痛,骨折的手臂上了石膏。床边的窗外,浅紫色天空点缀着点点星光。

"我的宝贝女儿醒啦?"妈妈说。她的左脸红肿,前额一片黑青。妈妈的衣服又皱又脏,道尽她的担忧。她亲吻蕾妮的前额,温柔拨开落在她眼睛上的头发。

"你没事。"蕾妮松了一口气。

"我没事,蕾妮。我们现在担心的是你。"

"他们怎么会找到我们?"

"我们找遍了所有地方。我担心得都快发疯了。大家都一样。汤姆终于想到以前他太太很喜欢去露营的地方。他去到那里,看到迈修的卡车。搜救人员在熊爪山脊你们坠落的地方看到几根断掉的树枝。感谢老天。"

"迈修想救我。"

"我知道。你跟救护人员说了十多次。"

"他还好吗？"

妈妈轻触蕾妮淤血的脸："不太好。他们……不确定他能不能撑过今晚。"

蕾妮挣扎着坐起，但每次呼吸、每个动作都很痛。她的手背上插着一根针，四周冒出紫色淤血，上面贴着肤色胶带。她拔出针扔到一旁。

"你在做什么？"妈妈问。

"我要去看迈修。"

"现在是半夜。"

"我不管。"她将满是淤血擦伤的光裸双腿跨下床站起来。妈妈过去搀扶她。她们一起拖着脚步慢慢离开病床。

到了门口，妈妈掀起帘子，从门上的窗口往外看，然后点头。她们溜出去，妈妈轻声关上门。蕾妮只穿着袜子，忍痛小步往前走，跟着妈妈走过一道又一道走廊，终于来到一个叫作加护病房的区域。这里灯火通明，感觉冰冷有效率。

"在这里等一下。"妈妈说完之后去找病房。到了右手边最后一间，她转身挥手要蕾妮过去。

妈妈身后的门上，一个透明塑胶套里放着一个文件夹，上面写着"迈修·沃克"。

"你可能很难接受。"妈妈说，"他的样子不太好。"

蕾妮开门进去。

到处都是机器，发出各种咚咚、嗡嗡、咻咻的声响，以及像人类呼吸的声音。

病床上的那个人不是迈修。

他的头发被剃光，包着绷带；脸上纱布交错，渗出的血将白色布料染成粉红。一只眼睛盖着保护罩，另一只肿胀紧闭。他的一条腿抬高，用皮革吊带悬在离床约四十六厘米处,因为肿得太严重,感觉不像人腿,比较像树干。整条腿包起来,只露出肿大发紫的脚趾。他歪斜的口中插着一根管子,连接到旁边的一台像呼吸一样起伏的机器,他的胸口随之鼓起、消下,代替他呼吸。

蕾妮握住他热烫干燥的手。

他之所以会在这里挣扎求生,都是因为她,都是因为他爱她。

她弯腰轻声说:"迈修,不要离开我。拜托,我爱你。"

说完之后,她不知道还能说什么。

她站在那里很久,希望他能感觉到她的触摸,听见她的呼吸,明白她说的话。感觉像过了好几个小时,妈妈终于拉着她离开病床,坚定地说:"没商量。"然后带她回到她的病房,扶她躺回床上。

蕾妮最后问:"爸爸在哪儿?"

"牢里,感谢大玛芝和汤姆。"她努力挤出笑容。

"很好。"蕾妮看到妈妈心虚的表情。

*　　*　　*

第二天早上,蕾妮慢慢醒来。在那幸福的瞬间,她脑中一片空白,然后现实重新扑倒她。她看到妈妈半躺在门边的椅子上。

"他死了吗?"蕾妮问。

妈妈摇头:"他撑过昨晚了。"

蕾妮还没消化这件事,外面传来敲门声。

妈妈转身时,刚好汤姆·沃克打开门。他感觉精疲力竭,像蕾妮一样憔悴不堪、失魂落魄。

"嘿,蕾妮。"他摘下棒球帽,紧张地用大手压扁。他的眼神移向妈妈,几乎没有停留就转回蕾妮身上。他们之间默默交流,将蕾妮排除在外。"大玛芝、瑟玛和蒂卡来过了。克莱德帮忙照顾牲口。"

"谢谢。"妈妈说。

"迈修的状况如何?"蕾妮奋力想坐起来,胸口的剧痛让她气喘吁吁。

"医生用药物让他保持昏迷。你大概已经知道了。他的大脑有问题,叫作什么弥散性轴索损伤,他很可能会瘫痪。医生打算让他醒过来,看看他能不能自行呼吸。他们认为可能性不大。"

"他们认为拔掉呼吸器之后他会死?"

沃克先生点头:"他应该会希望你在场。"

"哦,汤姆。"妈妈说,"这样好吗?她受伤了,让她在场会不会打击太大?"

"妈妈,不准逃避。"蕾妮爬下床。

沃克先生握着她的手臂扶她。

蕾妮看着他:"他是因为我而受伤。他想救我,都是我害的。"

"蕾妮,他没办法不救你。经过他妈妈那件事,他一定会救你。我很了解我儿子。即使他知道会这样,他依然会想救你。"

蕾妮多希望这番话能让她好过一点儿,但没有效果。

"蕾妮,他爱你。我很高兴他明白这件事。"

他的语气好像迈修已经走了。

沃克先生带她离开病房,往加护病房走去。她感觉到妈妈在身后,不时伸出手轻触蕾妮的后腰。

他们走进迈修的病房。爱莉斯佳已经在里面了,背靠着墙壁。"嘿,蕾妮。"爱莉斯佳说。

蕾妮。

和她弟弟一样的叫法。

爱莉斯佳拥抱蕾妮。她们并不熟,但悲剧制造出一家人的感觉。"无论如何,他一定会去救你。他就是那样的人。"

蕾妮无法回答。

门开了,三个人走进来,身后拖着仪器。走在最前面的是一个穿白袍的男医生,后面两位则是穿橘色手术服的护士。

"请各位到那边去。"医生对蕾妮和妈妈说,"病患的父亲例外,你可以过来站在床边。"

蕾妮走到墙边,背紧紧靠着墙。她和爱莉斯佳之间距离非常近,感觉却有如一片汪洋,一边的海岸是爱他的姐姐,另一边则是蕾妮,害他受伤的人。爱莉斯佳握住蕾妮的手。

医护人员在迈修的床边高效率移动,互相点头示意并交谈,写资料、检查机器、记录生命迹象。

然后医生说:"准备好了?"

沃克先生弯腰对迈修耳语,亲吻绷带包扎的额头,喃喃说了几句话,蕾妮听不见。他后退时,满脸泪水,转向医生点头。

那根管子缓缓由迈修口中抽出。

警报声响起。

蕾妮听见爱莉斯佳说:"加油,迈弟,你一定做得到。"她离开墙壁往前走,带着蕾妮一起过去。

沃克先生说:"孩子,你很坚强,不要放弃。"

警报声继续响。

哔……哔……哔。

护士交换了然于心的眼神。

蕾妮离开墙壁,双手焦虑地紧握在一起。她知道不该开口,她没有资格说话,但她实在忍不住:"不要离开我们,迈修……拜托……"

沃克先生看了蕾妮一眼,眼神充满痛苦。

迈修倒抽了很大一口气。

警报声停止。

"他能自行呼吸。"医生说。

他回来了,蕾妮一下子放心,差点儿支撑不住。他不会有事。

"感谢老天。"沃克先生叹息道。

"不要抱太大的希望。"医生一说出这句话,病房里的人全部安静下来,"或许迈修能够自行呼吸,但他可能永远不会醒过来。他或许会成为植物人。即使他醒来,也会有严重的认知缺陷。虽然他能呼吸,但能不能生活还很难说。"

"他一定不会有事。"爱莉轻声说,"他会醒过来,会笑,会说肚子饿。他总是……肚子饿。他会想要看书。"

"他不是轻言放弃的人。"沃克先生接着说,看得出来他想努力表现坚强,但失败了。

蕾妮什么都说不出来。第一次呼吸带来的亢奋消失了,就好像云霄飞车,爬到顶端时会有一瞬间的狂喜,然后一头栽进恐惧中。

* * *

"你今天可以出院了。"妈妈说。蕾妮看着挂在病房墙上的电视,节目是《风流军医俏护士》,剧中的下士"雷达"正在对军医"鹰眼"说话。蕾妮按下电源键关机。多少年来,她一直好想看电视,但现在她完全不在乎了。

老实说,除了迈修,她什么都不在乎了。她无法产生别的情绪。"我不想走。"

"我知道。"妈妈抚摩她的头发,"但我们该走了。"

"我们要去哪里?"

"回家。别担心,你爸爸不在。"

回家。

四天前,当她和迈修困在岩隙底,一心祈求能尽快获救,别让他死在她怀里,那时她告诉自己他们绝对会平安无事,迈修会好起来,他们会一起去上大学,妈妈会和他们一起去安克雷奇,租一间公寓,或许可以去知名景点奇尔库特的查理酒吧当服务生,赚取大笔小费。两天前,当她看着医生将管子从迈修口中拔出,看到他自行呼吸的瞬间,她一下子满怀希望,但很快就被"可能永远不会醒过来"这句话击醒。

现在,她看清现实了。

她和迈修不可能去上大学,不可能展开新人生成为两个相爱的普通学生。

她再也无法自我欺骗,再也无法梦想幸福的结局。

警察无法把爸爸关起来太久,妈妈一定会回到他身边,一直都是这样。妈妈会听他道歉,让他亲吻淤血的脸。妈妈之所以这样,是因为她已经没有希望了,这份爱虽然有毒,却是她唯一的救生艇。蕾妮没有选择,只能跟着妈妈。她还只是个少女,刚满十八岁,没有半毛钱。现在最重要的就是留在卡尼克,留在接近迈修的地方,其他都无所谓。她可以等,静候时机,等迈修好了以后和他一起逃跑,但现在她绝不会离开他。

你必须守在所爱的人身边。他说过,她要这么做。

"走之前可以去看迈修吗?"

"不行。他的腿感染了,就连汤姆也不能接近他。不过一旦可以会客,我们就马上来看他。"

"好。"

蕾妮换衣服准备回家的时候,什么感觉都没有。

完全没有。

她跟着妈妈慢慢穿过走廊,打石膏的那只手靠在身上,护士跟她说再见,她颔首回应。

她有没有微笑表示感谢?好像没有。就连这么简单的事情她也做不到。这种紧紧攫住她的抑郁,不同于她体会过的所有情绪,令人窒息、沉重无比,让一切失去色彩。

她们在等候室找到汤姆,他端着保丽龙杯喝咖啡。爱莉斯佳坐在他身边看杂志。她们一进去,他们父女都想挤出笑容,但都失败了。

"对不起。"蕾妮对他们说。

沃克先生走过来,碰碰她的下巴,要她抬起头来。"不要再说这种话。"他说,"我们阿拉斯加人很强悍,对吧?我们的迈修会撑过来。他会活下来。等着瞧吧。"

然而,差点儿杀死迈修的,不正是阿拉斯加吗?阿拉斯加明明那么……充满生命力,那么美,怎么也会那么残忍?

不,错不在阿拉斯加,是她害的。迈修的第二个错误。

爱莉斯佳过来站在爸爸身旁:"蕾妮,不要放弃他。他很坚强。妈妈过世的时候,他都撑过来了。这次一定也没问题。"

"我要怎么知道他的状况?"蕾妮问。

"我会在广播上报告他的最新消息。'半岛油管',晚上七点播出。你听广播吧。"

蕾妮木然点头。

妈妈带她出去,她们坐上卡车。老旧的破车发动时一阵呛咳,她们出发回家。

在漫长的车程中，妈妈紧张地不停说话。她一路指出很多东西要蕾妮看：回转湾退潮、大白天就停在鸟屋酒馆外的车辆、在俄罗斯河钓鱼的拥挤人潮（因为大家挤在一起，所以称为肉搏钓鱼）。平常蕾妮很爱这段车程，她会寻找高处山脊上看起来像白点的大角羊；她会仔细观察库克湾，有时候能看到灵巧神秘的白鲸。

现在她只是默默坐着，没受伤的手放在腿上。

到了卡尼克，她们把车开下渡船，慢慢开过有防滑条的金属坡道，经过老旧的俄国教堂。

经过酒馆时，蕾妮刻意不看。即使如此，她还是看到门上"因事公休"的牌子，以及放在前面的花束。回到家，妈妈把车停好之后下车。她绕到蕾妮那边帮她开门。

蕾妮侧身下车，走过高草丛的时候，她很庆幸有妈妈在一旁扶持。羊群啼叫，一起挤在铁丝网畜栏门前。

小屋里，奶油色调的八月阳光透过肮脏的窗户照进来，光束中可以看到灰尘飞舞。

屋里很整齐，没有碎玻璃，没有摔在地上的提灯，没有翻倒的椅子。

那天发生的事情没有留下半点儿痕迹。

味道很香，烤肉的香味，几乎在蕾妮察觉香气的同时，爸爸从他的房间走出来。

妈妈倒抽一口气。

蕾妮毫无感觉，肯定不觉得意外。

他站在那里，面向她们，长发绑成凌乱的马尾。他的脸淤血，有点儿歪掉，一只眼睛发黑。他穿着蕾妮最后一次见到他时穿的衣服，脖子上有干掉的血迹。

"对不起。"他用嘶哑的声音说。

"你、你出来了。"妈妈说。

"你没有提告。"他回答。

妈妈脸红了。她不敢看蕾妮。

他走向妈妈："因为你爱我，你知道我不是故意的。你知道我很抱歉，不会有下次了。"他承诺，同时对她伸出手。

蕾妮不晓得是因为恐惧还是爱，或许只是习惯，也可能是三者混合的剧毒，总之妈妈也伸出手。她洁白的手与他肮脏的手十指交错，扣住握紧。

他将她拉入怀中，紧紧抱住，仿佛一旦失去对方，他们就会被风吹跑。他们终于分开之后，他转向蕾妮："听说那个男生快死了，很遗憾。"

遗憾。

蕾妮终于有感觉了，她的心中发生了地震般的改变，有如破春融冰，大地改头换面，剧烈又迅速地崩落。她再也不怕这个人了。即使还有恐惧，也沉到很深的地方，难以察觉，她只感觉到恨。

"蕾妮？"他蹙眉说，"对不起。你怎么不说话？"

她看到沉默对他造成的影响，削弱他的自信，于是她当下决定永远不要和父亲说话。妈妈想要沉沦，就让她去吧，继续困在这个剧毒纠结的家里。蕾妮留下来，只是因为不得不。一旦迈修好转，她就会离开。妈妈为自己选择了这样的人生，那就随她吧。蕾妮要离开。

只要等迈修好起来。

"蕾妮？"妈妈说，语气很犹疑。她也因为蕾妮的改变而感到困惑和害怕。她感觉到这样的变化，让他们的过往产生大陆漂移。

蕾妮从他们两个身边走过，以很勉强的动作爬上阁楼梯子，窝进床铺。

* * *

亲爱的迈修：

　　我从来不知道，原来沉默如此沉重，将人拉扯变形，像一件湿透的旧毛衣。没有你的回应，不可能得到你的回应，这样的每一分钟都感觉像一天，每一天都感觉像一个月。我很想相信有一天你会睁开眼睛，坐起来说你饿扁了，你会下床、换衣服，然后来找我，说不定会抱着我离开，前往你家的狩猎小屋，我们可以整天窝在兽皮里，再次相爱。这是我的大梦想，不知道为什么，比起小梦想，大梦想反而比较不心痛，我的小梦想只是希望你能睁开眼睛。

　　我知道都是我不好，害我们遭遇这样的灾难。认识我毁了你的人生。没有人可以否认。我、我那个一团糟的家庭，还有我爸爸，因为你爱我，所以他想杀死你，而我妈妈只是因为知道这件事就得挨打。

　　我好恨他，就好像吞下剧毒，从体内腐蚀而出。每次看到他，我心里就有一部分变硬。我恨他的程度连自己都感到害怕。自从出院回家之后，我再也没有和他讲过话。

　　我感觉得出来，他很不喜欢这样。

　　老实说，我的情绪太多太乱，我不知道该怎么办。愤怒、绝望，我从来不知道人可以这么伤心。

　　我的感受无从宣泄，也没有办法关闭。每天晚上七点，我准时收听广播。你爸爸播报你的近况。我知道你已经脱离昏迷，没有瘫痪，我尽可能告诉自己这样就够好了，但真的还不够。我知道你不能走路、说话，你的大脑受到无法恢复的损伤。

　　这些都无法改变我的感情。我爱你。

　　我在这里，等待。希望你知道，我会永远等待。

　　　　　　　　　　　　　　　　　　　　　　　　　　　蕾妮

* * *

蕾妮坐在渔船的船首，弯下腰，光裸的手指轻拨清凉的海水，看着水流泻、凝聚。她另一只手打着石膏，放在肮脏的牛仔裤上白得刺眼。

她听见爸爸妈妈轻声交谈。妈妈关上保冷箱，里面装满银色瘦长的鲜鱼。爸爸发动引擎。

马达启动，船首翘起，加速回家。

到了他们家的海滩，船压到卵石与沙子，发出像是用铸铁锅煎香肠的声音。蕾妮跳进深度到脚踝的水中，用没受伤的手拉着老旧的系绳，将船拖上陆地。海滩上有一根没有枝丫的漂流树干，歪倒在海滩上，她将系绳绑在上面，回头去拿钓鱼竿和滴水的金属网。

"你妈钓到好大一条银鲑，她大概是今天最大的赢家。"爸爸对蕾妮说。

蕾妮不理会。她背起钓具袋，走向嘎嘎作响、摇摇晃晃的阶梯，慢慢往陆地走去。

上去之后，她收拾好钓具，去畜栏检查水够不够。她喂羊、喂鸡，翻搅桶子里的肥料，然后去溪边打水。她尽可能待在外面，但最后还是不得不进屋里。

妈妈在厨房准备晚餐。从飘散的香味，蕾妮判断出菜色：干煎现钓鲑鱼佐手工香草奶油、麋鹿油炒四季豆、现摘莴苣与小西红柿沙拉。烤箱里正在烤酵母面包。

蕾妮准备好餐具之后坐下。

爸爸在她对面坐下。她没有抬起头，但听见椅脚摩擦木地板的声音，以及他坐下时椅子发出的声响。她闻到熟悉的气味：汗臭、鱼腥、烟味。"我在想，明天可以去熊湾采蓝莓。我知道你很喜欢。"

蕾妮只是看着他。

妈妈来到蕾妮身边，拿着装满鲑鱼的白镴盘子，鱼皮煎得香酥，青翠的四季豆堆在旁边。她停顿一下，然后把盘子放在餐桌中央，旁边的浓汤罐头里插满鲜花。

"你最喜欢的菜。"她对蕾妮说。

"嗯。"蕾妮说。

"可恶，蕾妮。"爸爸说，"我受够了你这副要死不活的样子。你逃家，那个小鬼摔伤，已经发生的事情无法改变。"

蕾妮注视着他，默默咀嚼。

"说话呀。"

"蕾妮，拜托。"妈妈说。

爸爸推开椅子，冲出屋外，用力甩上门。

妈妈在椅子上往下沉。蕾妮看得出来妈妈有多疲惫，她的手在发抖："蕾妮，你不能再这样下去。他很生气。"

"那又怎样？"

"蕾妮……你很快就要离开了。去上大学，对吧？再过五天就开学了。现在他会让你去了。这次发生的事情让他很愧疚。我们可以说服他答应。你可以离开。这不是你一直想要的吗？你只需要——"

"不。"她不打算凶妈妈，但说出来的音量太大，她看到吼叫让妈妈多害怕，她本能地往后缩。

蕾妮很想因为吓到妈妈而良心不安，但她完全无法在乎。妈妈选择在爸爸带有剧毒、千疮百孔的爱里寻宝，但蕾妮不愿意，再也不愿意。

她知道不说话对他造成多大的影响，他愤怒又不知所措。每一天，她不肯跟他说话，他就变得更加焦躁不安、更危险。她不在乎。

"他爱你。"妈妈说。

"哈。"

"蕾妮，你这样等于点燃引线。你应该很清楚。"

蕾妮无法告诉妈妈她有多愤怒，尖锐细小的牙齿不停啃咬她，每次看到爸爸，她就被咬去一块。"是吗？说不定这次该换他怕我了。"

蕾妮无法回头，再也回不去了。她推开椅子，回到阁楼写信给迈修，尽可能不去想妈妈一个人坐在那里有多难过。

* * *

亲爱的迈修：

我很努力不放弃希望，但你也知道我一直很难做到。我是说怀抱希望这件事。上次去看你之后，已经过了好几天，感觉像过了一辈子。

真奇怪，从小我一直以为自己不相信希望，但现在当希望变得难以掌握、难以依靠，我才发现其实这么多年来我一直靠希望活下来。妈妈不停对我说爸爸很努力在改，而我就像小狗一样不停舔着她喂给我的信念。每天我都相信她。当爸爸对我微笑、送我毛衣、问我过得好不好，我就会告诉自己，看吧，他在乎。即使看到他打妈妈，我依然任由妈妈为我定义世界。

现在这一切不复存在。

或许他有病。或许越战毁了他。或许这些都只是借口，他只是一个从内到外在烂光的人。

我再也无法分辨，虽然我很努力想要在乎，但我做不到。

我对他再也不抱任何希望。我仅存的希望都是为了你，为了我们。

我依然在这里。

第23章

致　阿拉斯加大学安克雷奇分校　招生主任

很遗憾通知您，我将无法于此学期入学。

我希望到了冬季，状况能有所改变，但我不太有信心。

有幸获贵校录取，我将永远心怀感激，希望其他幸运的学生能填补我的空缺。

蕾诺拉·欧布莱特　敬上

*　　*　　*

九月，寒风呼啸吹过半岛，夜晚越来越早降临。树叶变黑落下堆积成山，雨下个不停，河水暴涨泛滥。畜栏地面变成及膝烂泥。黑暗逐渐笼罩大地，缓慢却势不可当。到了十月，阿拉斯加短暂的秋季结束了。每天晚上七点，蕾妮都会坐在晶体管收音机旁，音量开到最大，不时冒出静电噪声，聆听汤姆·沃克的声音，等候迈修的消息。然而一周又一周过去，依然没有变化。

十一月，雨变成雪，一开始很轻盈，有如从白色天空飘落的鹅绒。泥泞的地面结冰，变得像花岗岩一样坚硬光滑，不久之后，一层白雪覆盖万物，有如崭新的开始，用美丽的表象掩盖一切。

迈修依然不是迈修。

冬季第一场狂风暴雪结束之后，一个冰寒刺骨的傍晚，蕾妮完成所有杂务，在如煤灰般漆黑的夜色中回到小屋。进去之后，她站在柴火暖炉前,伸出双手取暖。她小心握起右手再放开。这条手臂依然有点儿无力,好像不是自己的,但拆掉石膏之后轻松很多。

她转身,在窗户上看到自己的倒影,脸庞惨白消瘦,下巴非常尖。自从那次意外之后,她的体重持续减轻,她再也无法安眠。吃饭是她最不想做的一件事,就算她勉强吃下去也有一半的概率会吐出来。她的气色很差,憔悴疲惫,眼袋厚重。

六点五十五分,她准时打开收音机。

汤姆·沃克的声音从喇叭里传出,非常平稳,有如宁静海面上的拖网渔船。"卡尼克的蕾妮·欧布莱特请注意,我们要送迈修去荷马的长照机构。星期二下午,你可以去看他。那个地方叫作半岛复健中心。"

"我要去看他。"蕾妮说。

爸爸在磨乌鲁刀。他停止动作,看着她说:"休想。"

蕾妮没有看他,也没有退缩:"妈妈,告诉他,只有开枪杀死我才能阻止我。"

蕾妮听见妈妈猛抽一口气。

几秒过去了,蕾妮感觉到爸爸的愤怒与犹豫。她感觉到他内心在交战。他想爆发,想强迫她顺从,想用暴力发泄,但他知道她是认真的。

他一掌拍飞咖啡壶,低声说了一些她们听不清楚的话,然后骂了几句脏话,举起双手退让,一个抽搐的动作完成这一切。"要去就去。"爸爸说,"去看那个小子,不过要先做完家事。还有你,"他转向妈妈,伸出手指戳她的胸口,"不准跟去,听到了吗?"

"听到了。"妈妈说。

* * *

星期二终于到了。

午餐之后，妈妈说："恩特，蕾妮去镇上要用车。"

"叫她用那台旧的雪地机动车，不准用新的。晚餐前要回来。"他看蕾妮一眼，"我说真的，不要逼我去找你。"他扯下挂在墙上的铁制捕兽夹，出去之后用力摔门。

妈妈走过来，胆战心惊地回头看。她将两张折起来的纸塞进蕾妮手中："瑟玛和大玛芝写的信。"

"有什么用？反正我们永远见不到她们了。"蕾妮说。

妈妈一脸忧虑："蕾妮，不要做傻事，晚餐之前一定要回来，闸门随时可能关上。现在之所以开着，只是因为他对自己做过的事感到内疚，所以想好好表现。"

"我不在乎。"

"我在乎。你该为了我而在乎。"

蕾妮因为自私而惭愧："嗯。"

蕾妮走出门外，拱起身体抵抗强风，在积雪中跋涉。

喂完牲口之后，她拉了一下雪地机动车的发动绳，然后坐上车。

到了镇上，她把雪地机动车骑到码头入口前，停放在那里。一辆水上出租车在等蕾妮，妈妈用业余无线电帮她叫的。今天海洋气象太差，不能开快艇出去。蕾妮背起背包，前往湿滑结冰的码头船位。

水上出租车的船长对她挥手。蕾妮知道他不会收钱。他深爱妈妈做的蔓越莓酱，每年她都特别为他多做两打。这是当地人一贯的作风：以物易物。

她递给他一个罐子，然后上船。她坐在船尾的长凳上，抬头望着泥滩高台上的小镇，她告诉自己今天绝不能抱任何希望。她知道迈修的病情，因为听过太多次，早已钻进意识里。脑部损伤，沃克先生经常在收音机上说。

即使如此，每天晚上，当她写完给迈修的每日一信，入睡时经常梦想着他就像睡美人一样，真爱之吻能够解除黑魔法诅咒。她可以嫁给他，希望她的爱能唤醒他。

船在海面上一路摇摇晃晃、乘风破浪，四十分钟后到了喀什马克湾对岸。水上出租车在码头停靠，蕾妮跳上岸。

在这种天寒地冻的冬日，浓雾沿着沙嘴海滨滚滚翻腾。因为天气恶劣，路上只有几个当地人，完全不见观光客。大部分的商家冬季都歇业，春天来了才会重新营业。

她离开沙嘴路，登上山丘，进入荷马镇。据说如果看到前院放着粉红色的小船、国庆节装饰还没拆掉的那栋房子，就表示在沃代尔路上走过头了。

长照中心位于城镇边缘，四周长满杂草，旁边有座碎石停车场。

她停下脚步。一只巨大的白头鹰停在电话杆上看着她，在一片阴暗中金色眼眸更显明亮。

她强迫自己往前走，进入长照中心，问过柜台小姐之后，听从她的指示前往走廊尽头的病房。

她停下脚步，站在紧闭的门外，做个深呼吸稳定情绪，然后打开门。

沃克先生站在床边。蕾妮一进去，他转过身。他完全不像原本的样子，这几个月的煎熬让他形销骨立，毛衣和牛仔裤都松松垮垮的。他留起一把大胡子，一半都是灰白色。"嘿，蕾妮。"

"嘿。"她的视线转向病床。

迈修被绑在床上。剃光的头装在一个像笼子的东西里，那个笼子用螺栓锁在他的头上，钻进他的头骨。他骨瘦如柴而且很苍老，感觉像拔光羽毛的鸟。她第一次看到他的脸，樱桃红的疤痕像拉链一样纵横交错。

一块皱褶的皮肤将他的左眼角往下拉。他的鼻子扁掉了。

他躺着一动也不动,眼睛睁开,嘴巴歪斜,丰厚的下唇流出一条唾液。

蕾妮走向病床,站在沃克先生旁边。

"我以为他好转了。"

"他确实好转了。有时候,我敢发誓他在看我。"

蕾妮弯下腰:"呃,嘿,迈修。"

迈修呻吟、吼叫。他发出的声音不是话,而是像猿猴一样的叫声和哼哼啊啊。蕾妮后退。他好像在生气。

沃克先生按住迈修的手:"迈修,蕾妮来看你了。你认识蕾妮吧?"

迈修尖叫。那种撕心裂肺的呼喊,很像困在捕兽夹里的野兽。他的右眼珠在眼窝里往后翻:"哇——啊啊——"

蕾妮惊恐地看着他。这不叫好转。这不是迈修,这个尖叫、呻吟的躯壳不是他。

"啦啊啊……"迈修呻吟,身体往上挺起,接着冒出一股臭味。

沃克先生握住蕾妮的手臂,带她离开病房。

"苏珊娜,他需要换尿布了。"沃克先生对护士说。

幸好有沃克先生扶着,否则蕾妮一定会倒在地上。他带她去一间有贩卖机的等候室,扶她坐下。

他坐在她旁边的位子上:"不必担心,他经常那样大叫。医生说纯粹只是生理反应,但我认为是因为沮丧。他在里面……某个地方,他很痛。"他站起来,换到另一边坐下。"看到他这样却又无能为力,我快心疼死了。"

"我可以嫁给他,帮忙照顾他。"蕾妮说。她在梦里幻想过无数次,嫁给他,照顾他,用她的爱带他回来。

"蕾妮,我真的很感动,这证明迈修没有爱错人。不过,他很可能永远下不了床,也无法说'我愿意'。"

"可是很多这样的人还是结婚了,瘫痪、不能说话、濒死的人,不是吗?"

"你才十八岁,还有很长的人生要过。你妈妈好吗?听说她让你爸爸回家了。"

"她总是会让他回去。他们就像磁铁。"

"我们都很担心你们母女。"

"嗯。"蕾妮叹息。担心有什么用?只有妈妈能改变她们的处境,但她不肯。

她的回答让谈话无法继续下去,沃克先生从口袋里拿出一个扁盒子,外面包着报纸,上面用红色马克笔写着:"生日快乐,蕾妮!""爱莉斯佳在迈弟的房间里发现这个。我想应该是要给你的,在……出事之前。"

"哦。"她只能如此回应。她接过礼物,低头看着。

护士离开迈修的病房。打开的门传来迈修的吼叫:"哇……呐……沙……"

"脑部损伤……很严重,孩子。我不会骗你。听说你放弃上大学了,很遗憾。"

她将礼物塞进派克大衣的口袋:"我怎么能去?我们说好要一起去的。"

"他想要你去,你知道的。"

"现在我们无法知道他想要什么了,不是吗?"

她站起来,回到迈修的病房。他僵硬地躺着,手指扭曲成星星的形状。头上的螺栓和脸上的疤痕让他看起来像科学怪人。他完好的那只眼睛木然地注视着前方,没有看她。

她弯腰握起他的手,无力、死沉。她亲吻他的手背,说着:"我爱你。"

他没有回应,他无法回应。"我哪里都不去。"她哽咽着承诺,"我会永远在这里。迈修,这次换我爬下山崖救你,就像你为我做的那样。你救了我,你知道吗?你救了我。我会守在所爱的人身边。希望你能听见。"

她陪伴他好几个小时。他不时会吼叫、挣扎。有两次,他哭了。终于院方请她离开,他们要帮他洗澡。

蕾妮离开长照中心。她招来一辆水上出租车,上船,听着船首切开浪涛的巨大声响,海水喷溅在脸上,才想起刚才没有向沃克先生道别。她就那么走出长照中心,走到外面,经过一个用塑料布和强力胶带拼凑的棚屋,经过站在外头的人,经过穿着极地迷彩装在学校操场玩四角传接球的一群小朋友,经过一位用牵绳遛着两条哈士奇和一只鸭子的原住民老太太。

她以为她已经为迈修伤心过了,所有眼泪都流干了,但现在她才看到前方原来有一大片哀伤的永无止境的沙漠。人体有八成是水,等于她是由眼泪组成的。

到了卡尼克,她一下水上出租车就开始下雪。小镇发出微微嗡鸣,来自提供照明电力的大型发电机。在沃克先生新架设的路灯下,雪花犹如筛落的面粉。她走向杂货店,几乎感觉不到冷。

她进去的时候,迎客铃叮咚作响。现在是下午四点半,还算是白天,但黑夜来得很快。

大玛芝穿着长度及膝的流苏麂皮外套,底下是隔热裤。她的头发像从磁性画板上刮下来的磁粉贴在头上。有些地方全秃,显然是剪得太过头,露出棕色头皮。"蕾妮!真是惊喜。"她洪亮的声音足以把鸟儿吓飞,"我想念我的史上最佳员工。"

蕾妮在她眼中看到了怜悯。她原本想说"我去看迈修了",一开口却只是大哭加呕吐，吐得大玛芝的橡胶靴上都是，蕾妮吓坏了。

大玛芝揉揉蕾妮的背："千万别放在心上。反正这双靴子也不是第一次见到呕吐物。"她带蕾妮去柜台，扶她坐在老式小沙发上，然后给她一罐喝的。

"我刚去看迈修了。"蕾妮无力地往前倒。

大玛芝在她身边坐下。小沙发发出愤怒的嘎嘎抗议。"嗯，上星期，我才去过安克雷奇，确实让人很难受，汤姆和爱莉也伤心死了。一个家庭能够承受多少心痛？"

"我以为……能搬去长照中心代表他好转了。我以为……"她叹息道，"我不知道自己是怎么想的。"

"根据我听到的消息，他顶多只能这样了。可怜的孩子。"

"他是为了救我才变成这样的。"

大玛芝没有说话。在沉默中，蕾妮想着，人真的能救另一个人吗？还是这件事只有自己能做到？

"你妈还好吗？真不敢相信她竟然让恩特回去了。"

"是啊。她不愿意提告，警察也没办法。"蕾妮不知道还能说什么。她知道像大玛芝这样的人很难理解，为什么珂拉这样的女人会和恩特那样的男人在一起。在她眼中事情很简单，就像数学方程式一样：打人 × 骨折＝离开他。但其实这不是科学，而是艺术。并非一直那么恐怖的恐怖爱情，以及希望能有所改变的期盼，伴随爱情而产生的乐观，危险而不可或缺。蕾妮多希望自己不懂这些。她还很年轻，不该如此熟悉爱情的阴暗面。

"我和汤姆求你妈妈提告。看来她还是太害怕了。"

"不仅是害怕那么简单。"蕾妮正打算解释，却再次反胃。她以为又要吐了。她弯下腰，一阵阵干呕，却吐不出东西。

大玛芝默默坐了许久，最后说了一句："哦，老天。"然后站起来。"等我一下。"她让蕾妮坐在小沙发上继续吐在脚边。她走向货架，撞倒挂在墙上的钢铁捕兽夹。

蕾妮双手抱胸，闭上眼睛，但是没用，她不停地回想去看迈修的经过，听见他的吼叫，看到他的眼珠往眼窝里翻，他需要换尿布。

是她害的，全都是她害的。

大玛芝回来了，橡胶靴踩着地上的锯屑发出哗哗声响："搞不好你需要这个。"

蕾妮低头看大玛芝手中细长的盒子。

就这样，蕾妮的人生变得更惨了。

* * *

在早早来临的漆黑夜色中，蕾妮从茅厕回小屋，蓝丝绒般的天空中缀满星光。阿拉斯加独有的灿烂清澈夜空有如奇幻世界。满月高挂，月光映着白雪，让幽暗的世界散发微光。

进入屋内，她锁上门，站在一排派克大衣与厚外套旁，脚边的箱子里装满有指和无指手套与帽子。她无法动弹，无法思考，无法感受。

在这一秒之前，她原本会说蓝色是她最喜欢的颜色。（很蠢的念头，但就是冒出来了。）蓝色，清晨的颜色，暮光的颜色，冰河与河流的颜色，喀什马克湾的颜色，妈妈眼睛的颜色。

现在蓝色代表她的人生完蛋了。

她不知道该怎么办，没有好的答案。她够聪明，所以知道。

她也够蠢，才会陷入这种困境。

"蕾妮？"

她听见妈妈的声音，听出语气中的关切，但她不在乎。蕾妮感觉到两人之间的距离不断扩大。改变就是这样开始的，沉默不说的那些事情，拒绝面对的那些现实。

"迈修好吗？"妈妈走向蕾妮，帮她脱掉派克大衣挂好，带她走向沙发。

"他甚至……不是他自己。"蕾妮说，"他无法思考、说话、走路。他不看我，只会一直大叫。"

"至少他没有瘫痪。这是好事，对吧？"

蕾妮之前也这么以为，但无法思考、观看、说话，能动又有什么意义？他不如死在岩隙下算了，那样还比较仁慈。

但世界从不仁慈，尤其是对少年。

"我知道你觉得这是世界末日，但你还年轻。你会再次恋爱……你拿着什么？"

蕾妮举起紧握的手，松开手指露出里面的东西。

妈妈拿过去仔细观察："这是什么？"

"验孕剂。"蕾妮说，"蓝色表示有。"

妈妈往后一靠，呆望着试管："哦，不。"

蕾妮想着造成这个结果的一连串决定。如果一路上所有方向都调整十度，一切将会改观。"大概是我们逃跑那天晚上有的，还是之前？这种事要如何确定？"

"哦，蕾妮。"妈妈说。

现在蕾妮只需要迈修。她需要他变回他，恢复完整，这样他们才能一起面对。假使迈修还是迈修，他们会结婚，生下孩子。真是的，现在是一九七八年了，说不定他们根本不必结婚。重点是，他们可以解决。虽然他们太年轻，上大学的计划也必须延后，但至少不会像现在这悲惨。

没有他,她怎么有办法生下孩子?

妈妈说:"以前我的时代,未婚怀孕很丢脸,修女会抢走宝宝。现在你有选择了,罗诉韦德案[1]——"

"我要生下迈修的孩子。"蕾妮这一刻才知道,原来她已经全部想过了,而且做出了决定。

"你不能独自抚养孩子,在这里不可能。"

"你是说和爸爸在一起。"这句话一说出来,状况又变得更糟了。蕾妮怀着沃克家的孩子,别的她或许不知道,但她很清楚一件事:她爸爸一定会疯狂暴怒。

"我不希望他接近这个宝宝。"蕾妮说。

妈妈往前靠,将蕾妮搂入怀中紧紧抱住。

"我们会想出办法。"妈妈抚摩她的头发。蕾妮感觉到妈妈哭了,这样让她更难过。

"搞什么鬼?"爸爸的声音轰然响起。

妈妈弹开,一脸心虚。她的脸颊带着泪光,笑容很勉强。"恩特!"妈妈说,"你回来了。"

蕾妮将试管塞进口袋。

爸爸站在门边,解开隔热连身工作服的拉链:"那小鬼还好吗?还是植物人?"

蕾妮从不曾感觉到如此强烈的憎恨。她跳起来,冲到他面前,看到他惊讶的表情。"我怀孕了。"这是几个月来她对他说的第一句话。

---

[1] 罗诉韦德案(Roe v. Wade):美国联邦最高法院于一九七三年对于妇女堕胎权以及隐私权的重要案例。对于妇女堕胎的问题,美国联邦最高法院承认妇女的堕胎权,受到宪法隐私权的保护。

她完全没有看到拳头。上一分钟,她还好好站着,怒瞪父亲,下一分钟他一拳打中她的下颌,力量大到她口中有血味。她的头猛地往后仰,一个踉跄失去平衡,撞上小茶几,跌倒在地上。她倒地时只有一个念头:他动作好快。

"恩特,不要!"妈妈尖叫。

爸爸解开皮带扯下来,朝她逼近。

她努力想站起来,但她严重耳鸣、头晕目眩,眼前一片模糊。

他的皮带扣第一下打中她的脸颊,刮破皮肤。蕾妮惨叫,想要爬走。

他打了第二下。

妈妈整个人扑到爸爸身上,用指甲抓他的脸。他推开她,再次去追蕾妮。

"不要,爸爸!"她尖叫,拼命保护腹部。

他将她拉起来,反手挥她一耳光。她听见软骨断裂的声音,血从她的鼻子涌出。她蹒跚后退,本能地护着腹部。

枪响。

蕾妮听见响亮的砰的一声,然后闻到火药味。玻璃碎裂。

爸爸站在那里,双腿张开,右手依然握着拳,一瞬间,毫无反应。没有人动,然后爸爸往前跪倒,胸前的伤口一阵阵涌出鲜血,染红上衣。他一脸迷惑、惊讶。"珂拉?"他转头看她。

妈妈站在他身后,枪依然瞄准他。"不准打蕾妮。"她的声音很稳,"不准打我的蕾妮。"

然后她开了第二枪。

第 24 章

"他死了。"蕾妮说。其实根本没有怀疑的余地,他的背几乎全不见了。妈妈选的枪可以杀死公麋鹿。

蕾妮发现自己跪在血泊中,骨头和软骨的碎片在血里感觉像蛆。冰冷的寒风从破掉的窗户吹进来。

妈妈手一松,枪哐啷落地。她木然地朝爸爸走去,眼睛瞪大,嘴唇颤抖。她紧张地搔抓喉咙,在苍白肌肤上留下红色抓痕。

蕾妮的脸痛到让她反胃,血味令她作呕,每次呼吸,鼻子都发出咻咻的声音。她打湿一条布按在脸上,擦掉血迹。

妈妈怎么能一次又一次忍受这样的痛?

蕾妮把布拿去洗,拧出自己鲜血染红的水,然后再次打湿,回到满是火药味与血腥的客厅。

妈妈跪在地上。她把爸爸抱在怀里前后摇晃,哭着说一些让人听不懂的话。她全身是血,双手、膝盖,就连眼睛也抹上了血迹。

"妈妈?"蕾妮弯腰碰碰妈妈的肩膀。

妈妈抬起头,迷迷糊糊地眨着眼睛:"我不知道还有什么办法可以阻止他。"

"我们该怎么办?"蕾妮说。

"去用业余无线电报警。"妈妈的声音毫无生气。

报警,忍受了这么多年,终于可以求救了。"妈妈,不会有事。等着瞧吧。"

"不,事情很严重,蕾妮。"

蕾妮擦掉妈妈脸上的血，这样的事情她做过太多次，妈妈甚至没有闪躲。"什么意思？"

"他们会说这是谋杀。"

"谋杀？可是他打我们，你救了我的命。"

"蕾妮，我在他的背后开枪，两次。陪审团和检察官不喜欢从背后开枪的犯人。没关系，我不在乎。"她拨开落在脸上的头发，留下条条血迹。"告诉大玛芝。她是检察官，至少以前是。她知道怎么处理。"妈妈感觉好像被下药，说话很慢。"你可以开始新人生。在阿拉斯加养大宝宝，我们的朋友会帮你。汤姆会把你当女儿对待，一定会。大玛芝一直很疼你。说不定你还有机会上大学。"她看着蕾妮。"很值得。我希望你知道，为了你，就算再来一次我也愿意。"

蕾妮无法消化妈妈说的话："等一下，意思是说你要离开我？去坐牢？"

"快去叫大玛芝过来。"

"不。"蕾妮说，"不，镇上每个人都知道爸爸虐待我们，你杀了这样的人，为什么要去坐牢？"

"我不在乎。你平安无事，这样就够了。"

"如果把他处理掉呢？"

妈妈一愣："处理掉？"

"让一切变成没有发生过。"蕾妮站起来。没错，这就是解决的方法。她们可以设法抹去她们做过的事情。她们可以继续留在这里，她和妈妈可以继续和朋友生活在一起，住在这个她们渐渐爱上的地方。所有人都会爱她的宝宝，迈修迟早会好转，蕾妮会等他。

"蕾妮，没有这么简单。"妈妈说。

"这里是阿拉斯加，所有事情都不简单，但我们很强悍。妈妈，如果你去坐牢，就只剩下我一个了，还要养孩子。没有你，我做不到。我需要你，妈妈。"

妈妈蹙眉，思索着说："我们必须把尸体藏在永远不会被发现的地方。现在地面结冰了，不能埋起来。小屋是最可疑的犯罪现场。我们不可能在今天晚上把窗户修好。"

"对。"

"可是蕾妮，这么做等于又犯了另一种罪。"她平静地说。

"让你变成杀人犯，那才是真正的犯罪。你以为我会把你的生命托付给法律？法律？你自己说过，法律不会保护受虐妇女。你说得很对，他只关两天就出来了。他打你的时候，法律什么时候保护过你？不行，不行。"

"你确定吗，蕾妮？你得一辈子扛着这件事。"

"我可以承受，没问题。"

妈妈考虑了一段时间，放下爸爸血淋淋的瘫软尸体，然后站起来。她走进卧房，不久之后穿着隔热裤和高领上衣出来。她将血衣扔在爸爸的尸体旁："我会尽快回来。除了我，谁来都不可以开门。"

"什么意思？"

"第一步就是要弃尸。"

"你以为我会坐在这里，让你一个人去？"

"人是我杀的。"

"我要帮你毁尸灭迹。"

"没时间争这些了。"

"没错。"蕾妮脱掉染血的衣物，很快换上隔热裤、派克大衣和兔靴，准备出发。

"去拿他的捕兽夹。"妈妈说完之后走出小屋。

蕾妮拿起挂在墙上的几个沉重捕兽夹搬出去。妈妈已经在雪地机动车上装好红色大雪橇。这台雪地机动车爸爸平常用来运木头，可以同时载两个大型冷藏箱、一大堆木柴、一只麋鹿。

"把捕兽夹放上雪橇，然后去拿电锯和冰钻。"

蕾妮拿着电锯回来，妈妈说："准备好要进行下一步了吗？"

蕾妮点头。

"去把他搬出来吧。"

她们花了三十分钟，用塑料布包好爸爸的尸体，然后拖出小屋，经过积雪的露台，搬下台阶，然后又花了十分钟将他固定在雪橇上。地上的一条血迹暴露了她们的行为，但雪下得非常大，不到一个小时就会消失。破春时，雨水会洗去所有痕迹。妈妈用油布盖住爸爸，然后用弹力绳绑住。

"好，可以了。"

蕾妮和妈妈交换一个眼神，她们都明白这次的行动将会永远改变她们。妈妈默默给蕾妮改变主意的机会。

蕾妮坚定立场，她要继续下去。她们要去弃尸，然后把家里清理干净，告诉大家爸爸失踪了，八成是去打猎的时候踩破冰层，不然就是在雪地里迷路了。没有人会怀疑，没有人会在乎。大家都知道在这里，有一千种意外会让人死亡或失踪。

蕾妮和妈妈终于——终于——可以不必担惊受怕。

"那好吧。"

妈妈拉一下发动绳，然后骑上雪地机动车前座，握住油门。她戴上人造橡胶面罩，遮住淤血红肿的脸，然后小心翼翼地戴上安全帽。蕾妮也做同样的事情。在隆隆的引擎声中，妈妈大声说："我们要去高山上，肯定会冷得要命。"

蕾妮爬上后座，抱住妈妈的腰。

妈妈催动引擎，她们出发，驶过新落下的雪，经过敞开的闸门。她们往右转上大路，然后再往左转上通往废弃铬矿场的路。这时夜色已黑，大雪纷飞，气温像结冰的水管。雪地机动车车头灯的黄色光芒照亮前方路途。

在这样的气候中，她们不必担心有人看见。妈妈骑了两个多小时，一路往深山前进，这里的积雪相当深，妈妈催油门的动作很轻。她们骑上山丘，骑下山谷，越过结冰的河流，绕过陡峭岩壁。妈妈保持很慢的速度，几乎比走路快不了多少。现在速度不重要，保密才重要，而且必须保持雪橇平稳。

她们终于到了高山上的一座小湖边，四周都是高大的树木与花岗岩峭壁。在某一刻，雪停了，云散开，露出一片蓝丝绒夜空，挂着数不清的星星旋涡。月亮出来了，仿佛看着冰天雪地中的这对母女，哀悼她们所做的决定。明亮的满月照在她们身上，如梦似幻的月光倒映在雪地上，仿佛往天空飘起，晶莹的微光照亮大地。

在突然变得清澈的夜色中，现在她们的行踪清晰可见，两个女人骑着雪地机动车驶过泛着光的银白雪地，拖着装尸体的雪橇。

到了结冰的湖岸，妈妈放开油门，雪地机动车颤抖着停住，如虫鸣的引擎声是这里最响亮的声音，盖过蕾妮透过人造橡胶面罩和安全帽发出的粗重呼吸。

湖水彻底冻结了吗？无法确定。在这种高度应该没问题，但现在刚入冬没多久，不是隆冬，倒映月光的白雪覆盖着平静结冰的湖面。

蕾妮抱紧妈妈。

妈妈以很轻的动作踩油门，雪地机动车慢慢向前移动。在黑暗中，她们仿佛航天员，走在这个散发着不可思议的幽光的奇异世界，四周不断响起冰裂开的声音。到了湖中央，妈妈熄火，雪地机动车停止滑行。

妈妈下车,冰裂开的声音很响亮,此起彼伏,不过不是那种有危险的声音,只是冰在呼吸、伸展,不会破。

妈妈摘下安全帽挂在把手上,然后脱掉面罩。她的呼吸喷出一道白雾。蕾妮将安全帽放在仿皮座椅上。

银白泛蓝的月光下,积雪表面的冰晶如宝石闪耀。

寂静。

只有她们的呼吸声。

她们一起将爸爸的尸体拖下雪橇。蕾妮拿出救难铲清掉一块积雪。看到玻璃般的银色冰层,她放下铲子,拿出冰钻和电锯。妈妈在冰上钻出约二十厘米大的洞。泥泞湖水渗出,涌上圆形洞口。

蕾妮脱掉面罩塞进口袋,然后发动电锯,哇哇咔咔的运转声在这里吵得可怕,不断回荡到远处。

她将锯子朝下,塞进洞口,开始漫长艰辛的作业,将冰层上的小洞变成大四方形。

锯完时,蕾妮已经满身大汗了。妈妈将捕兽夹放在洞旁,发出哐啷声响。

然后妈妈回去搬尸体。她抓住爸爸冰冷惨白的双手,将他拖到很靠近洞口的地方。

爸爸的尸体冻得僵硬,惨白的脸仿佛象牙雕刻。

这时蕾妮才第一次真正体会到她们在做什么。她们在做坏事——谋杀。从今以后,她们将背负这件事活下去,知道自己竟能做出这种事,记得所有过程:开枪杀人、搬运尸体、湮灭罪证。虽然她们一辈子都在为他掩饰,忽视、假装,但这次不一样。现在她们犯了罪,蕾妮要保护的秘密属于自己。

善良的好人应该会感到可耻,但她只感到愤怒,咆哮的愤怒。

假使几年前她们就离开，或是报警求救，只要妈妈过去稍微导正一下方向，现在也不会落到这个地步，她们两个站在冰层上，中间放着一具尸体。

妈妈将捕兽夹拿到两边，强迫黑色铁齿张开。她将爸爸的一条腿放进去。捕兽夹合上时发出骨头断裂的咔啦声。妈妈脸色发白，好像快吐了。两个捕兽夹分别咬住爸爸的两条腿，成为下沉的重量。

夜空出现极光，黄、绿、红、紫，有如一条条丝带舞动，极度艳丽的奇幻色彩。光好似布幔在天空飘扬，一道道旋舞鲜黄、霓虹翠绿、耀眼粉红。缠绕、流泻，电灯般的月亮仿佛在天边欣赏。

蕾妮低头看父亲，看到那个一生气就动拳头的人，看到他手上的血迹、下颌凶恶的线条。但她也看到另外那个人，她从照片与自己的需求中雕塑出的爸爸，那个用尽全力爱她们的爸爸，战争毁了他爱人的能力。蕾妮想着或许他会纠缠她，不只是他的鬼魂，还有他所代表的一切，那个悲伤又恐怖的事实，可以同时很爱也很恨一个人。虽然她感到深刻长久的失落，并且以自己的软弱为耻，但依然很高兴这件可怕的事情总算发生了。

妈妈跪在他身边，弯腰说："我们爱你。"

她抬头看蕾妮，想要也可能是需要——蕾妮说几句话，做她一直以来做的事。天生一对。

那一切悬在她们之间，多年的叫骂殴打、提心吊胆……也有欢乐笑容。爸爸说"嘿呀，蕾妮"，哀求原谅。

"爸爸，再见。"蕾妮只能挤出这句话。或许假以时日，这将不会是她对父亲最后的记忆；或许有朝一日，她会想起爸爸牵着她的手，将她扛在肩上，带着她走在加州赫莫萨海滩上。

妈妈将他在冰上往前推，捕兽夹哐啷作响，进入敞开的洞中。他的身体迅速下沉,头猛往后仰。

他的脸朝上望着她们,像漆黑湖水中的象牙浮雕,月光下肤色惨白,胡须结冰。缓缓地、缓缓地,他沉入水中消失。

明天就会毫无痕迹了。等到有其他人来到这里时,冰层早已重新冻结。他的尸体将会冻硬,被沉重的捕兽夹拖到湖底。随着时间,他将溶解,被水冲蚀,只剩下白骨,春季时被冲上湖岸。不过在警察发现之前,应该会先被掠食动物抢光。到了那时候,大概也早已没有人寻找他了。在阿拉斯加,每年每千人中就有五个失踪,从此下落不明。大家都知道这个事实。他们跌落岩隙,在山径迷途,涨潮时溺毙。

阿拉斯加,伟大的孤独。

"你知道现在我们变成什么了吗?"妈妈说。

蕾妮站在她身边,想象爸爸惨白僵硬的尸体被拖进黑暗中。他最怕黑了。"生存下来的人。"蕾妮说。她当然知道这有多讽刺。这不就是爸爸一直教她们的吗?

生存。

* * *

蕾妮不断在心中重复那一幕,爸爸被黑水吞噬前的最后一瞥。这个画面将纠缠她一生。

她们回到开垦园,精疲力竭,冷到骨髓,全身发抖。蕾妮和妈妈依然得搬木柴进屋里,让暖炉的火重新旺起来。她们站在火前,伸出颤抖的手取暖,过了多长的时间?

谁知道,时间失去了意义。

蕾妮木然地望着地板。她的脚边有一块骨头碎片,茶几上也有。要清理得花上一整夜的时间,她担心即使擦掉所有血迹,鲜血依然会重新出现,从木头里不断冒出,像恐怖故事的情节,但她们必须开始动工了。

"我们快点儿清理吧,就说他失踪了。"蕾妮说,"你知道吗?阿拉斯加每年每千人中就有五个失踪。尤其是在冬季,这种事情经常发生。罗德斯老师在课堂上说过。"

妈妈没有听。她皱着眉头,忧虑地咬着下唇。"去找大玛芝,告诉她我做了什么。"妈妈看着蕾妮。"听清楚了吗?告诉她我做了什么。"

蕾妮点头,留下妈妈独自清理。

屋外又开始飘起小雪,世界恢复黑暗,白雪覆盖。蕾妮在积雪中艰难地走向雪地机动车骑上去。羽绒般轻盈的雪花随着舞动的风改变方向。到了大玛芝的土地上,蕾妮往右转,钻进浓密树林中,沿着硬实雪地上蜿蜒迂回的胎痕前进。

终于她来到一片空地:椭圆形,面积不大,四周都是高大的雪白树木。大玛芝的家是用帆布和木头搭建的蒙古包。所有垦荒的人都不会轻易丢弃物品,大玛芝也不例外,她的院子里到处是一堆堆被白雪覆盖的废弃物。

蕾妮将雪地机动车停在蒙古包前下车。她知道不必大声打招呼,看到车头灯就知道有人来了。

果然没错,一分钟后蒙古包的门打开,大玛芝走出来,一条毛毯像披风一样裹在身上。她一手遮住眼睛挡雪:"蕾妮?是你吗?"

"是我。"

"快进来,快进来。"大玛芝大幅度挥手。

蕾妮快步登上阶梯进去。

蒙古包从外面看起来不大,但里面很宽敞,而且非常整洁。数个提灯照耀出奶油般柔和的金色光芒,柴火暖炉散发着温暖,屋顶的帆布很仔细地开了一个洞,排烟用的金属烟囱从洞里穿出去。

墙壁是用无数细木条交织而成,外面紧紧包上一层帆布,有如精致的裙撑。拱形屋顶以大梁撑起。厨房里设备齐全,卧房在上面,从阁楼可以俯瞰整个起居空间。冬天的时候,蒙古包舒适温暖,但蕾妮知道夏天时,帆布窗户的拉链一打开,就会有大量阳光照进来。风发出呜咽、震动的巨大声响。

大玛芝看一眼蕾妮淤血的脸、扁塌的鼻子、脸颊上干掉的血,然后说:"那个王八蛋。"她用力抱住蕾妮不放。

"今晚很严重。"蕾妮放开她,她全身发抖。或许她终于真正认知到发生了什么事。她们杀死了他,弄断他的骨头,沉入湖水中……

"珂拉还好吗——"

"爸爸死了。"蕾妮轻声说。

"感谢老天。"大玛芝说。

"妈妈——"

"什么都不要告诉我。尸体在哪里?"

"处理掉了。"

"珂拉呢?"

"在家。你说过会帮我们,看来现在我们需要……你知道,清理。不过我不想害你惹上麻烦。"

"不用担心我。你先回家,我十分钟之后到。"

蕾妮离开蒙古包时,大玛芝已经在换衣服了。

回到小屋,她看到妈妈站在远离血泊的地方低头呆望,脸上满是泪痕,啃着早已啃到乱七八糟的拇指指甲。

"妈妈?"蕾妮几乎不敢碰她。

"她愿意帮忙吗?"

蕾妮还来不及回答，一道亮光扫过窗户，染黄玻璃，将妈妈笼罩在强光中。蕾妮瞬间松了一口气，但也看清了妈妈的悲伤与懊悔。

大玛芝推开门走进来。她穿着卡哈特隔热连身装、及膝毛皮靴，戴着貂熊皮帽，迅速观察四周，看到血、肉与骨头碎片。

她走向妈妈，轻触她的肩膀。

"他打蕾妮。"妈妈说，"我不得不开枪。不过……我是从他背后开枪的，大玛芝，而且开了两枪。他没有武器。"

大玛芝沉重地叹息："嗯，司法单位不会在乎男人做了什么、你有多害怕。"

"我们在他身上加了重物之后沉到湖底，不过……你也知道在阿拉斯加，东西总会重新出现。破春的时候，各种东西都会浮出地面。"

大玛芝点头。

"我不能丢下蕾妮一个人。"

"不会有人发现他。"蕾妮说，"我们就说他离家出走了。"

大玛芝说："蕾妮，去楼上收拾行李，足够过夜就好。"

"我可以帮忙清理。"蕾妮说。

"快去。"大玛芝严肃地说。

蕾妮爬上阁楼，听见妈妈和大玛芝在身后轻声交谈。

蕾妮选了罗伯特·谢伟思的诗集陪她度过今晚。她也带了迈修送她的相簿，里面装满了她最喜欢的照片。

她将这两样东西塞进行李底层，再放进她最爱的相机，用几件衣服盖住之后就整理完毕，回到楼下。

妈妈已经穿好了御寒衣物。她穿着爸爸的雪靴，在血泊中走来走去，制造足迹。她走到窗前，在玻璃上印下血手印。

"你在做什么？"蕾妮问。

"让警方知道你妈妈曾经在这里。"大玛芝回答。

妈妈小心翼翼地将爸爸的靴子交给大玛芝,然后换上自己的靴子继续在血泊中走来走去。

"为什么?"

"这样他们才知道这里是犯罪现场。"大玛芝说。

"我们不是要全部清理干净吗?"蕾妮问。

"不,宝贝女儿,我们要消失。"妈妈说,"现在,今晚。"

"等一下。"蕾妮说,"什么?我们只要说他离家出走就好,大家都会相信。"

大玛芝和妈妈忧伤地对看了一眼。

"阿拉斯加经常有人失踪。"蕾妮拉高音量。

"我以为你明白。"妈妈说,"发生这件事之后,我们不能继续留在阿拉斯加。"

"什么?"

"我们不能留在这里。"妈妈的语气温和但坚定,"大玛芝也同意。原本我们或许可以声称是自卫杀人,但现在已经不行了。我们隐匿了罪行。"

"意图毁灭罪证。"大玛芝说,"受虐妇女杀死丈夫不算正当防卫,应该算才对。如果以防卫他人作为辩护,说不定行得通。假使陪审团认为使用致命武力合理,或许可以获判无罪。不过你真的想赌吗?法律对家暴受害者很不仁慈。"

妈妈点头:"我们会把卡车驾驶座涂满血迹,玛芝会开去道路尽头的地方扔在那里。她会去报案说我们失踪了,带警方来小屋。如果一切顺利,他们会判定你爸爸杀死我们之后跑去藏匿。玛芝和汤姆会告诉警方他经常家暴。"

"我想说他离家出走了。"蕾妮顽强地坚持,"真的啦,妈妈。拜托,迈修在这里。"

"蕾妮,即使在荒野里,有人失踪了,警方依然会调查。"大玛芝说,"记得吗?吉妮娃·沃克失踪的时候大家聚集在一起搜寻。他们第一个会来调查的地方就是这栋屋子。你要怎么解释窗户被枪打破?我很了解寇特·瓦德,他是个死守规定的警察。他很可能会从安克雷奇请来警犬或调查员。无论我们清理得多干净,一定还是会有证据,一块人骨碎片,某样东西。万一他们找到,你们两个都会因为谋杀罪名遭到逮捕。"

妈妈走向蕾妮:"对不起,宝贝女儿,但这是你要求的。我愿意独自扛下所有罪,但你不肯让我自首。现在我们都脱不了身了。"

蕾妮感觉自己不断坠落。她太天真,以为犯下这种可怕的罪行之后可以不必付出代价,顶多只是在灵魂上留下阴影,从此受回忆与梦魇折磨。

蕾妮将会失去所爱的一切,迈修,卡尼克,阿拉斯加。

"蕾妮,现在已经没有选择了。"

"我们从来没有选择的余地,不是吗?"蕾妮说。

蕾妮想大吵大闹、尖叫哭喊,拿出她从来没用过的孩子气和任性,但如果她的过往与家庭曾经让她学到什么事情,那绝对是生存。

妈妈说得对,她们绝不可能清理这么多血迹,警犬和警察绝对会发现她们的罪行。万一爸爸明天和人有约,但她们不知道,很可能她们还来不及准备好,已经有人向警方报案说他失踪了。万一他的尸体从捕兽夹脱落,融冰的时候浮出水面,可能会有猎人发现。

蕾妮必须为她所爱的人考虑,一向如此。

妈妈为了保护蕾妮而挨打,为了救蕾妮而杀死爸爸,蕾妮不能丢下妈妈一个人逃跑,而且她也无法独自抚养宝宝。悲伤难以承受,令人窒息,仿佛跑完马拉松却发现只是回到原点。

至少她们可以在一起,母女两个,就像一直以来那样。宝宝也会有更好的机会。

"好。"她看着大玛芝,"该怎么做?"

接下来一个小时,她们忙着打点最后的细节:把卡车停在码头上,在门把手上抹上血。她们推倒家具,扔下一个威士忌空瓶,大玛芝对着原木墙开了两枪。妈妈和蕾妮重新穿上御寒的派克大衣、隔热裤、雪靴。

"准备好了吗?"妈妈问。

蕾妮很想说还没,我还没准备好,我属于这里。但现在已经来不及挽回了,于是她断然点头。

大玛芝紧紧拥抱她们母女,亲吻她们泪湿的脸颊,祝福她们能有美好的人生。"明天,我会去报案说你们失踪了。"她在蕾妮耳边轻声说,"我绝不会告诉任何人这件事。放心,相信我。"

蕾妮和妈妈最后一次走下通往海滩的蜿蜒阶梯,大雪让她什么也看不清,蕾妮觉得自己好像有一千岁那么老。

她跟着妈妈走到积雪泥泞的海滩,将快艇拖到结冰的岸上。风将妈妈的头发吹到眼睛上,吹散她的声音,吹动她的背包。蕾妮知道妈妈在跟她说话,但她听不清楚,也不在乎。她将背包扔到船上,然后上船坐在木制长椅上。大雪很快就会清除她们留在海岸上的足迹,就好像她们从未来过。

妈妈跳上船。没有灯光指引,她只能沿着海岸缓缓行驶,戴着手套的双手紧握舵轮,头发四散飞舞。

她们绕过弯曲处时,破晓的晨光照亮,让她们能够看清方向。

* * *

她们将船停靠在荷马的临时码头,迷蒙的路灯照在她们身上。码头结冰，行走要非常小心。

"我必须去向迈修道别。"蕾妮说。

妈妈将系绳抛给蕾妮："不行，我们必须尽快离开。今天绝不能让任何人看见我们，你很清楚。"

蕾妮将船绑好："我不是在问可不可以。"

妈妈拎起背包背好，小心翼翼地从船边跨到码头上。系绳发出嘎嘎声响。

妈妈将引擎熄火之后离开船。她们站在轻柔飘落的雪中。

蕾妮从背包里拿出麝牛毛围巾包裹脖子，遮住半张脸："妈妈，不会有人看见我，我一定要去。"

"四十分钟内在玻璃湖航空的柜台会合。"妈妈说，"一分钟都不能迟到，知道吗？"

"我们要搭飞机？怎么可能？"

"总之准时到就对了。"

蕾妮点头。老实说，她不在意细节，她满脑子里只有迈修。她扛起背包出发，在结冰的码头上尽可能加快步伐。寒冷下雪的十一月清晨，路上一个人也没有，不用担心被看到。

到了长照中心，她放慢脚步。在这里，她必须特别小心，绝不能让任何人看到她。

玻璃门在她面前呼的一声打开。

进去之后，她闻到消毒水和另一种味道，有点儿涩涩的金属味。柜台里，一个小姐在讲电话。门打开的时候她连头都没抬。蕾妮溜进去，想着不能被看见……时间太早，走廊很安静，病房门关着。到了迈修的病房，她停下脚步稳定心情，然后打开门。

他的病房很安静，一片漆黑，没有机器运作的声音，除了他宽大的心，没有其他东西维持他的生命。

他们让他坐着睡，他的头固定在一个中空的东西里，连着身上的背心，让他不能动。他脸上的粉红疤痕感觉像用缝纫机缝过。变成这样，他要怎么活下去？缝线、螺栓，顶着一张科学怪人的脸，无法说话、思考、触摸，也无法被触摸。她怎么可以丢下他，让他独自活下去，没有她陪伴？

她将背包放在地上，走到床边握起他的手。曾经因为劈柴、杀鱼、修理农具而粗糙的这双手，现在变得像小女生的手一样细柔。她忍不住想起以前上学的日子，在书桌底下偷牵手，互相传字条，满心以为世界将属于他们。

"迈修，我们原本可以做到。我们原本可以结婚，太年轻就生孩子，然后一直相爱下去。"她闭起双眼想象那样的人生，想象他们。他们原本可以相伴到白头，成为白发苍苍、打扮过时的老人家，一起坐在门廊上享受永昼阳光。

原本可以。

毫无用处的话。已经太迟了。

"我不能丢下我妈妈。你还有爸爸、家人和阿拉斯加。"说到这里，她不禁哽咽，"反正你不知道我是谁，对吧？"

她弯腰靠近，紧握住他的手。泪水滴在他的脸颊上，被凸起的粉红色疤痕拦住。

山姆·詹吉绝不会这样丢下佛罗多，英雄绝不会做这种事。但书本只是反映现实，并非真正的现实。书本里没有这种故事，身体变得破破烂烂的少年，大脑切除到只剩脑干，不能说话、移动，也不会叫你的名字。书本里也没有母女必须做出永生难忘的恐怖决定，更没有明明应该在良好环境中生长的宝宝，却一出生就得面对崩坏的人生。

她再次抚摩腹部，里面的生命像青蛙卵一样小，这么小应该感觉不到，但她敢发誓能够听见另一个心跳的回音，伴随她自己的心跳。她只知道一件事：她必须成为这个宝宝的好妈妈，同时必须照顾她的妈妈。就这样。

"我知道你多想要小孩。"蕾妮轻声说，"现在……"

你必须守在所爱的人身边。

迈修睁开眼睛，一只眼直直地望着前方，另一只在眼眶里乱转。只有那只绿色眼睛和她记忆中一模一样。他挣扎，发出恐怖的痛苦呻吟。

他张开嘴巴，大喊："巴哇啊啊啊……"他用力挺起身体，仿佛企图挣脱。头套撞到病床栏杆发出哐啷声响。他前额上的螺栓开始渗血，警报大作。"她嗯嗯嗯……"

"不要。"她说，"拜托。"

她身后的门开了，一位护士经过蕾妮身边冲进病房。

蕾妮蹒跚后退，全身发抖，急忙戴起兜帽。护士没有看到她。

他在床上大吼，发出动物般的叫声，身体不停抽动。护士在他的点滴里注射了一些药物："没事了，迈修，冷静。你爸爸很快就会来。"

蕾妮很想最后对他说一次我爱你，大声说出来，让全世界都听见，但她不敢。

她必须立刻离开，以免护士转身看到她。

但她呆站在那里，泪水模糊视线，一手仍然按着腹部。我会尽力做个好妈妈，我会告诉宝宝我们的事，你的事……

蕾妮拿起背包跑出去。

她把他丢在那里，只有陌生人的地方。她知道如果换作是他，绝不会这样抛弃她。

＊　　＊　　＊

　　她。

　　她来了，对不对？他已经无法分辨真假了。

　　有些词语他知道，他逐渐搜集的重要词语，但他不知道是什么意思。昏迷，石膏，固定器，脑伤，那些词语存在，看得见但看不清，仿佛挂在另一个房间里的图画，只能透过毛玻璃看见。

　　有时候，他知道自己是谁，身在何处。有时候，短短几秒间，他知道自己曾经昏迷又苏醒。他知道身体不能动，因为被固定在床上。他知道头不能动，因为他们在他的颅骨钻进钉子、装上笼子。他知道必须整天这样坐着，背后垫着枕头，像戴着固定器的怪物，一条腿挂在前面。痛楚不断啃咬，以他为粮食。他知道大家一看到他就哭。

　　有时候，他会听到声音，看到形状，人，交谈，光线。他努力捕捉，努力专注，但一切都太虚无缥缈。

　　她。

　　她刚刚在这里，对不对？她是谁？

　　他在等候的人？

　　"迈修，我们原本可以做到。"

　　迈修。

　　他是迈修，对吧？她在对他说话吗？

　　"你不知道我是谁……"

　　他想转头，想挣脱，想看她，不想看那片好像一直接近又后退的天花板。

　　他大声叫她，呼喊，拼命想记起需要的词语，但什么都找不到。沮丧太过强大，甚至连疼痛也消失了。

他什么都不能做，不能动。他被昆——不对，不是那个字——绑住，绳子紧紧绑住，困住。

另外一个人来了，不一样的声音。

他感觉一切都溜走了。他静止不动，就连一分钟前的事情也想不起来。

她。

到底是什么意思？

他放弃抵抗，望着那个穿橘色衣服的女人，听着她抚慰的声音。

他闭上眼睛，最后一个念头是她。不要走，但他甚至不明白这句话的意义。

他听见脚步声，奔跑。

就像他的心跳声，出现又消失。

第 25 章

飘落的雪将荷马的大地变得一片朦胧，色彩暗淡，天空像刷洗过。几个出来走动的人，不是透过肮脏的风挡玻璃看世界，就是低着头躲避寒风。没有人注意到一个少女独自在积雪中跋涉上山丘，她穿着宽松的派克大衣，戴起兜帽，围巾蒙住半张脸。

她的脸痛得要命，鼻子也持续抽痛，但这些都不是最痛的部分。到了机场路，雪稍微变小。她转弯走向简易机场。到了门口，她停下脚步，拉起高领遮住破皮的嘴唇。

航站很小，由木柴和波纹金属搭建而成，屋顶非常斜，感觉像超大型鸡舍。航站后面有一架小飞机停在跑道上，引擎隆隆作响。"玻璃湖航空"的招牌少了一个字，变成"玻璃航空"。蕾妮印象中一直都是这样。老板说他修理过一次就不想再修了，好像是学生觉得好玩而故意偷走了那个字。

感觉里面好像没有完工，地板上铺着花色不一的粘贴式合成地砖，夹板柜台，几份观光导览资料，厕所门坏了。后门边放着一堆纸箱——刚送来或要送走的物资。

妈妈坐在白色塑胶椅上，围巾蒙住半张脸，帽子遮住金发。蕾妮坐在她旁边，印花懒人椅的布面被猫抓成一条条的。

前面的美耐板茶几上四散放着几本杂志。

蕾妮累了，不想继续哭泣，也不想感觉内心反复开合的哀凄，即使如此，她依然感觉泪水刺痛眼睛。

妈妈将烟摁熄，扔进放在她面前的空可乐罐。烟雾随着咝咝声响冒出，虚无缥缈。她叹息一声往后靠。

"他还好吗？"妈妈问。

"和之前一样。"蕾妮依偎在妈妈身上，需要她身体实在的温暖。她的手伸进口袋，摸到一个尖尖的东西。

迈修送的礼物。因为发生太多事情，她忘记了。她拿出来，望着那个小小扁扁的礼物，外面包着报纸，迈修在上面写着："生日快乐，蕾妮！"

今年她的十八岁生日无声无息地过了，但迈修早已准备好礼物，说不定他甚至想好了要怎么庆祝。

她拆开报纸，小心翼翼地折好，准备保存下来（他摸过这张纸，而且心里想着她）。里面是个扁扁的白色盒子，一张边缘裂开的发黄旧报纸装在盒里，被仔细折了起来。

有一篇报纸上的文章和一张黑白旧照片。照片里两个垦荒人手牵着手。许多雪橇犬围绕在旁边，他们坐在一栋屋顶长苔藓的小木屋前。两张椅子款式不同。院子里到处是废弃物。一个金发小男生坐在泥地上。蕾妮认得那个前院和露台：他们是迈修的祖父母。

在最底下，迈修写着："我们也可以这样。"

泪水刺痛蕾妮的眼睛。她将照片按在心头，低头看文章。

我的阿拉斯加

莉莉·沃克　著

一九七二年七月四日

大家都以为自己知道"野"这个字的意思，因为从小到大经常用来形容动物、头发、不听话的孩子。然而只有在阿拉斯加，才能真正领会到"野"的意义。

我和丈夫艾克哈各自来到这里，这似乎没什么，但其实很重要。我们各凭自己的意志决定文明不适合我们,而且那时候我们都不年轻了。当时正值大萧条期间,我和父母与六名兄弟姐妹住在一栋小破屋里。所有东西总是不够——时间、金钱、食物、爱。

是什么让我想到要来阿拉斯加?即使到了现在,我依然想不起来。当时我已经三十五岁了,早已是所谓的老处女。我的妹妹过世——可能是因为伤心过度,也可能是因为看着孩子受苦所造成的绝望——我选择了离开。

就那样,我的口袋里只有十美元,没有什么技能,我一路往西去。可想而知我会选择去西部,因为非常浪漫。在西雅图,我看到一个招聘人员前往阿拉斯加的广告。他们要找淘金场的洗衣妇。

我心想:"我会洗衣服。"就决定去了。

那份工作很辛苦,男人经常对我说猥亵的话,但很快我的脸皮就变得比城墙还厚。后来我认识艾克哈,他比我大十岁,老实说长得不怎么样。

他注视我的眼睛,告诉我他梦想去基奈半岛垦荒。当他对我伸出手,我握住了。我爱他吗?不,那个时候还没有。其实要过好几年之后我才爱上他,但当他过世的时候,感觉就像上帝从我胸口把心脏掏出来。

野,我会如此形容这一切。我的爱,我的人生,阿拉斯加。老实说,对我而言,这三者是一体的。很少有人留在阿拉斯加,大部分的人太软弱,无法承受这里的生活。但是当阿拉斯加勾住人心的时候,绝对又深又紧,让你从此属于这个地方。野,拥有残酷美丽与美好孤独的情人。一旦爱上这里,就不可能生活在其他地方。

"你在看什么?"妈妈问,呼出一口烟。

蕾妮小心将文章折成四方形。"迈修的奶奶写的文章。我们来阿拉斯加之前几年她过世了。"迈修祖父母的照片放在她腿上,日期是一九四〇年。"妈妈,我要怎么停止爱他?我会……忘记吗?"

妈妈叹息道:"啊,那个,宝贝女儿,爱不会消逝、离去、死亡。大家都说会,其实不会。如果你现在爱他,十年后,四十年后,你还是一样爱他。或许不会像现在一样,会稍微淡一点儿,但他已经是你的一部分了,你也是他的一部分。"

蕾妮不知道这番话带来的是安慰还是惊吓。她会永远像现在这样吗?感觉好像心变成裂开的伤口。她真的能够重新找回快乐吗?

"不过啊,爱也不是一生只有一次的。如果运气够好,就会遇见新的爱。"

"我们欧布莱特家的人似乎运气都不好。"蕾妮说。

"难说。你不是在那么荒凉偏远的地方遇到他了吗?你们相遇,他爱你,你也爱他,这样的概率有多大?我觉得你的运气好极了。"

"只是后来我们跌落岩隙,他大脑损伤,你为了保护我而杀死爸爸。"

"呃,唉,杯子半满还是半空,只看你怎么想。"

蕾妮知道其实杯子已经破了。"我们要去哪里?"她问,虽然她并不在乎。

"你真的想知道?"

"不。"

"多亏大玛芝帮忙,我们可以坐飞机,不必一路搭便车。"

"我们没有证件,他们会让我们上飞机吗?"

妈妈大笑:"没问题啦,只要保持低头就好。等一下买票的时候,我会用假名。"

门开了,一股寒风吹进来。一个穿着棕色派克大衣的女人进来,头上的考伊琴毛帽压得很低:"前往安克雷奇的班机准备起飞。"

妈妈立刻将围巾拉高到眼睛下面。蕾妮戴上兜帽,拉紧系绳,让帽子包住脸。

"你们是乘客吗?"那个女人看着手中的文件。妈妈还来不及回答,柜台里的电话响了。那位小姐走过去接听:"玻璃湖航空,您好。"

妈妈和蕾妮匆忙走出小小的航站,走向积雪的跑道。飞机已经在等了,机翼伸展、螺旋桨运转。上了飞机,蕾妮将沉重的背包放在货运区,和一堆准备寄送的箱子放在一起,然后跟着妈妈走进阴暗的机舱。

她坐下(驾驶员后面只有两个座位),系好安全带。

小飞机隆隆前进,震动得很厉害,然后起飞,摇晃一下之后恢复平稳。引擎的声音很像小朋友在脚踏车轮圈上加装卡片发出的声音,以前在旧家附近经常听见。

蕾妮望着窗外,下面一片阴暗。从这个高度,所有东西都变成一片灰黑与雪白,模糊不清的陆地、海洋、天空;嶙峋的白色山峰,灰黑大海上的白色波浪。木屋与房舍顽强地矗立在狂野海滨上。

荷马逐渐从视野中消失。

* * *

夜晚的西雅图下着雨。

黑暗中,一排车头灯如蛇蜿蜒。到处是霓虹招牌,映在潮湿的街道上。红绿灯变换色彩,喇叭声此起彼伏。

敞开的门流泻出音乐,侵袭夜色,蕾妮完全没听过这样的音乐,带着敲击、愤怒的声音。一些人站在酒吧外,样子好像火星人——脸颊上别着安全别针,僵硬竖立的朋克头,黑色衣物好像被割成一条条破布。

她们经过一群像是游民的人,他们毫无生气地站在公园里,轮流抽着一支烟。妈妈将蕾妮拉到身边,说着:"不用怕。"

蕾妮垂下睫毛,看着城市的风景,因为不停落下的雨水而模糊。她看到抱着婴儿的女人窝在楼房门口,俯瞰这个区域的高架桥下;男人窝在睡袋里,在喧闹噪声中睡觉。蕾妮无法想象为什么有人要过这种生活,他们明明可以去阿拉斯加靠土地讨生活,建造自己的家。

"你已经很久没看过这样的大城市了。"妈妈握紧蕾妮的手,"等到天亮,景色会让你忘记呼吸。"

妈妈找到公用电话叫出租车。她们站在路边等车的时候,雨停了。

鲜黄色出租车停在肮脏的人行道旁,溅起雨水喷到她们。蕾妮跟着妈妈坐进后座,车上有一股刺鼻的松树气味。接下来,蕾妮透过车窗看着五光十色的城市。到处都是水,高处滴水,低处积水,但雨已经停了,这里有一种缤纷魔幻的感觉。

车子爬上山坡,来到满是低矮红砖建筑的老区——先锋广场。显然这里是贫民窟,大家只要有钱就会搬走。市中心变成峡谷,办公大楼、摩天高楼林立,店面橱窗仿佛电影布景,里面的塑胶模特儿穿着夸张的套装,垫肩大得吓人,腰身非常窄。

"到了。"妈妈对司机说,将最后一点儿借来的钱交给他。

这栋房子比蕾妮印象中大。尖尖的屋顶插入夜空,菱形玻璃窗透出灯光,铁栏杆的顶端装着心形尖刺,在黑暗中感觉有些阴森。

"你确定?"蕾妮轻声问。

蕾妮知道回娘家求援对妈妈而言有多难。从妈妈身上到处都看得出来,无奈的眼神、颓丧的肩膀、握拳的双手。回到这里,妈妈觉得自己很失败。"这样等于证明他们对他的看法一直都是对的。"

"我们也可以从这里消失,重新来过。"

"宝贝女儿,如果只有我一个,或许我会那么做,但我不能让你那么做。我是个很糟糕的妈妈,但我要做最棒的外婆。拜托,不要给我退路。"她做个深呼吸,"走吧。"

蕾妮牵起妈妈的手,她们一起走上石板小径,两旁的聚光灯照亮修剪成动物造型的灌木,多刺玫瑰为了过冬而剪得光秃秃的。到了华丽的大门前,她们停下脚步。妈妈敲门。

不久之后,门开了,外婆出现在门口。

岁月改变了她,让她的脸上长出皱纹、皮肤松弛。她的头发变白了,松垮的颈子上挂着三圈珍珠项链,每一颗都有拇指大小。"哦,我的天。"她低语,一只纤瘦的手捂住嘴。

"嘿,妈妈。"妈妈的声音有点儿抖。

蕾妮听见了脚步声。

外婆让开,外公来到她身边。他的块头很大,肥胖的腹部撑起经典蓝色克什米尔羊毛上衣,层层叠叠的肥胖松垂下巴,白发梳到一边遮盖闪亮的秃顶,每一绺都仔细打理过。宽松的聚酯纤维黑长裤用皮带紧紧系住,看得出来里面应该藏着一双小鸟般细瘦的腿。他七十岁了,但外表显得更老。"珂拉。"他的声音像肥胖的肚子一样浑厚。

"嘿。"妈妈说。

外公外婆望着她们,眯起眼睛,看清蕾妮和妈妈脸上的淤血、红肿脸颊、黑眼圈。"王八蛋。"外公说。

"我们需要帮助。"妈妈握紧蕾妮的手。

"他在哪里?"外公质问。

"我们离开他了。"妈妈说。

"感谢上帝。"外婆说。

"我们应该不必担心他会跑来找你,破门闯进来吧?"外公问。

妈妈摇头:"不用,永远不用。"

外公眯起眼睛。他是不是听出了言外之意?知道她们做了什么?"你们——"

"我怀孕了。"蕾妮说。她和妈妈商量过，决定先不要说出怀孕的事，但现在她们来到这里请外公外婆帮忙——求他们帮忙——蕾妮无法隐瞒。她一辈子隐瞒了太多秘密，她再也不想生活在阴影中。

"有其母必有其女。"妈妈努力想挤出笑容。

"旧事重演。"外公说，"我还记得当年给你的建议。"

"你要我把她送人，回家假装我还是以前那个乖孩子。"妈妈说，"但我希望你能说没关系，无论如何你都爱我。"

外婆柔声说："当时我们只是告诉你教会有些太太无法生育，她们能够给你的宝宝好的家庭。"

"我要留着我的宝宝。"蕾妮说，"如果你们不愿意帮忙，没关系，我还是会留着宝宝。"

妈妈捏捏她的手。

蕾妮说完之后，所有人都沉默了。蕾妮感觉到现在对她们母女而言，世界太过广大，她们必须自己面对太多问题，她很害怕，但活在没有宝宝的世界更让她害怕。有些决定一旦做了就不能回头，她够大了，懂得这个道理。

感觉像是过了无止境的时间，外婆终于转头看着丈夫说："西塞尔，我们说过多少次，如果这一刻能够重来该有多好，不是吗？"

"你不会又在半夜逃跑吧？"他说，"那时候，你妈……差点儿活不下去。"

在这句用词谨慎的短短话语中，蕾妮听出了悲伤。这两个人和她妈妈之间有太多伤痛、悲哀、后悔、怀疑，但也有温柔的东西。

"请放心，我们不会偷偷跑走。"

外公终于露出笑容："珂拉琳、蕾诺拉，欢迎回家。先冰敷一下你们的淤血，你们两个都该去看医生。"

蕾妮看出妈妈多不愿意走进这间房子。她握住妈妈的手臂给予支持。

"不要放手。"妈妈低声说。

进去之后，蕾妮首先注意到花香味。几张光亮的木桌上放着大型插花作品，由镀金瓶口往上绽放。花香味太浓，几乎盖掉比较淡的消毒药水味，感觉像每天都有人用漂白水把这个家擦过一遍。

蕾妮边走边看每个房间和走廊。餐厅里的大桌可以容纳十二个人，书房里的书架高到天花板，客厅里所有家具都有两套：沙发、扶手椅、窗户、台灯。通往楼上的蜿蜒楼梯铺着厚地毯，踩在上面感觉像夏季的沼泽地，楼上的走廊装设红木镶板，感觉仿佛没有尽头。墙上挂着狗和马的绘画，装在精致的金色画框里。

"这里。"外婆终于停下脚步。外公跟在后面，仿佛觉得分配房间是女人的工作。"蕾诺拉，你用珂拉琳以前的房间。"

"珂拉，来这里。"

蕾妮走进她的新卧房。

第一眼，她看到的全是蕾丝，不是在慈善二手店常有的那种厚重烧花蕾丝，这里的蕾丝非常精致，简直像缝在一起的蜘蛛网。窗户上装着象牙白蕾丝窗帘。寝具和灯罩也是象牙白蕾丝。地毯是浅燕麦色。家具全都是象牙白镶金边。一个肾形小书桌下面放着象牙白脚凳。

空气不流通、不自然，充满人造香气。很闷，让人喘不过气。

她走到窗前，拨开沉重的窗帘探出窗外。甜美的夜晚迎接她，让她镇定下来。雨停了，留下一片闪耀黑夜。

一小片湿湿的屋顶在她眼前展开。下面是精心照料的庭院，一棵老枫树长得很接近屋子，树叶几乎掉光，只剩几片金红叶片依然挂在树梢。

树木，晚风，宁静。

蕾妮爬到铺满木瓦片的屋顶上。虽然屋里点着很多灯,对街的房子也都灯火通明,但她觉得外头比较安全。她闻到树木、花草的气味,甚至隐约有远处大海的气味。

这里的天空有些陌生,比较黑。在阿拉斯加,感觉夜空永远是深紫色,几乎是黑色但又不完全是。不过她认识天上的星星,虽然位置不同,但是同样的星:北斗七星、猎户座腰带。他们躺在海滩上的那个夜晚,迈修教她看星座。

她握住脖子上的心形链坠。

"我可以加入吗?"

蕾妮听见妈妈的声音,急忙抹去泪水。"当然喽。"她小心地往旁边移动。

妈妈从窗户爬出来,谨慎地踏上屋顶,然后在蕾妮身边坐下,将膝盖抱在胸口。"以前念高中的时候,星期六晚上我常从那棵树爬下去,偷溜去奥罗拉大道的迪克兔下车餐厅找男生鬼混。那时候,我满脑子只有男生。"她叹息,将下巴靠在膝盖中间。

蕾妮依偎在妈妈身上,望着对街的房屋。大量浪费的灯光。透过窗户,她看到至少有三台电视机闪烁着色彩。

"对不起,蕾妮,我把你的人生搞得乱七八糟。"

"这是我们一起做的决定。"蕾妮说,"现在我们必须承受后果。"

妈妈停顿一下之后说:"我是个有毛病的人。"

"不。"蕾妮坚定地说,"有毛病的人是他。"

* * *

到西雅图五天后,她们的淤血终于淡到能用化妆品掩饰。她们一整个星期都躲在屋里，不敢站在窗前，不敢走出门外，以致两个人都憋得快发疯了。

妈妈换成精灵风短发造型，并且染成棕色，她们终于可以出门了。她们搭公交车去西雅图市中心，轻轻松松混进五花八门的人群中，到处是观光客、购物客、朋克摇滚乐手。

妈妈指着万里无云的蓝天说："真的有啦，相信我，就在那里。"

蕾妮不在乎大山在哪里（这里的人称雷尼尔山为"大山"，好像世上只有这座山最伟大），她也不在乎妈妈满怀荣耀指出的其他景点：俯瞰鲜鱼摊位的中央市场的闪亮霓虹招牌，看起来像外星飞船降落在竹签上的太空针塔，以及在艾略特湾冰冷的海水中熠熠发光的新水族馆。

晴朗温暖的十一月的这一天，西雅图很美，真的。如她印象中一般处处绿意，到处都有大片碧蓝水体。

还有人，像蚂蚁一样到处是人。还有噪声，喇叭声此起彼伏。行人过马路时互相挥手。公交车冒出废气，千辛万苦爬上撑起这座城市的连绵山丘。这里人这么多，她怎么有办法习惯？

这个地方没有一刻宁静。过去几天晚上，她躺在新床上（有着衣物柔软剂和市售洗衣粉的味道），望着窗外绵延不绝的车灯闪过。有一次救护车或警车经过，警笛突然大作，红光闪烁照在窗户上，将蕾丝染成血红色。

现在她和妈妈来到城市北区。她们搭乘穿过城区的公交车，在一脸忧郁的晨间乘客中找到座位，然后步行穿过俗称"大道"的繁忙的大学东北路，爬上山丘，来到占地广大的华盛顿州立大学。

她们站在一个叫作"红场"的地方的外围。蕾妮看得见的地方全都铺了新的红砖。一座红色方尖塔直指蓝天，更多新的红砖标示出边界。

毫不夸张，真的有好几百个学生在红场走动，他们一拨拨来去，有说有笑。左手边,一群穿黑衣的人高举抗议标语,反对核能电厂与核武。很多人要求关闭一个叫作汉福德[1]的东西。

她想起每年夏天在荷马看到的大学生,一群群青年穿着名牌 REI 的休闲防水衣物,抬头看着嶙峋的白头山峰,感觉听到上帝呼唤他们的名字。他们会低声说要抛弃一切,搬到荒野过更真实的生活。回归大地,他们说,仿佛引用《圣经》的诗句。大部分的人不会付诸行动,少数真的搬去的人,大部分也撑不过第一个冬天,但蕾妮知道,光是做这么宏大的梦,瞥见在远方的可能,就足以让他们改变。

蕾妮跟着妈妈在人群中游走,抓紧她从十三岁用到现在的小背包——她的阿拉斯加背包,感觉充满意义。她们抛弃了那段生活,这是最后一个可以保存的残迹。她多么希望能把小熊维尼便当盒也带来。

她们到了目的地——一座浅粉色的哥特式建筑,有着无数圆拱、精美尖塔、繁复蔓叶雕饰的窗户。

里面是一座让蕾妮大开眼界的图书馆。一望无际的木制书桌,摆着绿色的小台灯,上面则是拱形天花板。书桌上方悬着哥特风吊灯。还有书!她第一次看到这么多书。书本低声对她述说尚未探勘的天地、尚未谋面的朋友,她明白自己在这个新世界并不孤独。她的朋友在这里,书脊朝外等候着她,一直以来都是如此。

她和妈妈步伐一致,她们笨重的阿拉斯加靴跟在地板上发出咔咔声响。蕾妮一直担心随时可能有人抬起头来,指出她们是擅闯的外人,但研究生阅读室里的学生完全不在乎有陌生人出没。

就连管理员也对她们毫无意见,只是聆听她们的问题,然后给予指示。到了另一个房间(这个地方仿佛没有尽头),她们找到想找的东西:

---

[1] 汉福德(Hanford):美国最大的放射性核废料处理厂区,位于华盛顿州哥伦比亚河畔汉福德镇,由美国联邦政府设置与管理,用来处理各种核废料。

幻灯片机器。

"就是这里。"另一位管理员说，然后启动机器，拿出她们查询的幻灯片。

妈妈道谢之后坐下。蕾妮怀疑管理员有没有听出妈妈在颤抖，但蕾妮听出来了。

她坐在木制长椅上，移动着靠近妈妈。

她们没有花太多时间，很快就找到要找的东西。

卡尼克失踪家庭 疑似有犯罪嫌疑

阿拉斯加州执法单位公布卡尼克失踪家庭相关资料。十一月十三日，邻居玛芝·博梭通报州警，珂拉·欧布莱特与女儿蕾诺拉失踪。"她们说好昨天要来找我，可是一直没出现。我立刻想到会不会是恩特把她们怎么了。"博梭表示。

十一月十四日，汤姆·沃克向警方通报，在距离他家开垦园不远处发现一辆废弃卡车。该车辆登记在恩特·欧布莱特名下，弃置于卡尼克公路约十九千米标示处。执法单位在座椅与方向盘上发现血迹，以及珂拉·欧布莱特的皮包。欧布莱特一家居住的木屋已被列为犯罪现场，正在调查中。

荷马警局的寇特·瓦德警官表示："我们调查的方向不只是失踪人口，也怀疑有凶手的可能。"多位镇民指出恩特·欧布莱特长期有暴力行为，担心他可能杀害妻女之后逃逸。

至报道截止，没有新的相关资料，调查持续进行中。

瓦德警官呼吁，知道欧布莱特一家相关信息者，请与警方联络。

妈妈往后一靠，轻声叹息。

蕾妮看出妈妈背负的痛,现在永远不可能放下了——对于所有事情的懊悔,因为在该离开的时候留下,因为爱他,因为杀死他。这样的痛会有什么变化?慢慢消逝,还是凝结成剧毒?

"爸爸说过警方最后会宣布我们死亡,但是要等七年。"

"七年?"

"我们必须向前走,学着得到幸福,否则这一切有什么意义?"

幸福。

对蕾妮而言,这个词一点儿也不轻快,而且飞不起来。老实说,她无法想象会有幸福的一天,也觉得这一天不会真正出现。

"嗯。"蕾妮努力挤出笑容,"现在我们可以得到幸福了。"

第26章

那天吃过晚餐之后，蕾妮坐在单人床上，膝盖拱起，手里拿着一本书——斯蒂芬·金的《末日逼近》。自从来到西雅图，她已经读了他的四部作品，发现了全新的喜好——挥别科幻与奇幻，迎向恐怖。

她猜想大概是为了反映出她的内在，她宁愿梦见《黑塔》系列的巫师兰道尔·佛来格、魔女嘉莉、《闪灵》中杀死全家的杰克·托兰斯，也不想梦见自己的过去。

她才刚翻页，就听到有人经过房门外，压低声音交谈。

蕾妮看看床边的电子时钟（这栋房子里有几十个，全部时间一致，仿佛看不见的心脏在跳动），将近九点。

通常这个时间，外公外婆已经上床了。

蕾妮轻轻放下书本，在书页上做了记号。她走到门边，稍微打开一条缝往外看。

楼下的灯亮着。

蕾妮溜出房间，赤脚踩在厚软的羊毛地毯上没有半点儿声音。她一手滑过丝缎般光滑的红木楼梯扶手，快步走下木制楼梯，到了底端，黑白大理石踩在脚下很冰凉。

妈妈和外公外婆在客厅。蕾妮小心慢慢前进，停在能看见里面的地方。

妈妈坐在深橘色印花沙发上，外公外婆并肩坐着，两张变形虫花纹高背单人沙发款式一模一样。他们之间光滑的枫木茶几上摆着许多瓷人偶。

"警方认为他杀死了我们。"妈妈说，"我今天去看过那里的报纸了。"

"他本来就很可能会杀死你们。"外婆回答，"记得吗？当时我劝你不要去阿拉斯加。"

"也不要嫁给他。"外公说。

"你们觉得我需要听你们翻旧账吗?"妈妈沉重地叹息,"我爱他。"

蕾妮听得出三人之间盘旋的哀伤与懊悔。短短一年前,她还无法理解这样的懊悔,但现在她懂了。

"我不知道以后该怎么办。"妈妈说,"我毁了蕾妮的人生、自己的人生,现在又把你们拖下水。"

"别傻了。"外婆说,"我们等这一天等了好多年。你当然可以把我们拖下水。我们是你的父母。"

"我就知道会发生这种事。"爸爸说,"你迟早得逃跑。我早就想到有一天你会逃离他身边。这是我为你准备的。"

蕾妮很想探头偷看,但又不敢。她听见椅子发出嘎嘎声响,然后是鞋跟踩在硬木地板上的声音(外公总是穿着正式皮鞋,从早餐到就寝),最后是翻动纸张的声音。

不久之后,妈妈说:"这是出生证明,上面的名字是依芙琳·阙斯菲尔,出生于一九三九年四月四日。为什么要给我这个?"

蕾妮再次听到椅子的嘎嘎声响。"还有一份假的结婚证明。你嫁给了一个叫作查德·葛兰特的人。有了这两样文件,你就可以去监理所申请驾照,也可以申请新的社会安全卡。我也准备了蕾妮的出生证明。她是你的女儿,苏珊·葛兰特。你们两个在离这里不远的地方租住。我们会告诉大家你们是从远地来的亲戚,不然就是管家,总之会编个身份。只要能让你们安全无虞就好。"外公因为情绪激动而声音粗哑。

"你怎么弄到的?"

"我是律师,自然有门路。我花钱请一位客户帮忙,那个人……不太正派。"

"你不是会做这种事的人。"妈妈轻声说。

外公沉默一下,然后说:"我们每个人都变了。我们都学到惨痛的教训,不是吗?从错误中学习。你十六岁的时候,我们应该听你的意见。"

妈妈大笑:"我也应该听你们的意见。"

门铃响了。

八点半竟然还有人上门?

门铃声太出乎意料,在晚上这种时间显得很突兀,蕾妮有种不祥的预感。她听到脚步声,然后是拨开木制百叶窗的声音。

她听见外公说:"警察。"

妈妈匆匆离开客厅,看到蕾妮。

外公跟着妈妈出来,他说:"快上楼去。"

妈妈牵起蕾妮的手带她上楼。"这里,"妈妈说,"不要出声。"

她们快步上楼,蹑手蹑脚走在没有开灯的阴暗走廊上,进入主卧室——这个房间非常大,窗户多到数不清,地上铺着橄榄绿地毯。一张四柱大床上铺着和地毯同色的蕾丝寝具。窗边放着一张绿色与酒红千鸟格花纹的特大高背单人沙发,搭配成套的脚凳。

妈妈带蕾妮走到地上的暖气出口。她小心地拔起格栅放在一旁,妈妈跪下,打手势要蕾妮过去。"学校的修女来家里宣布要开除我的时候,我就在这里偷听。"

蕾妮听到脚步声从金属暖气管路传上来。

男人的声音。

"西雅图警局,我是亚契·麦迪森警探,这位是凯勒·瓦特警探。"

外公:"警官,这么晚来我们家,是不是社区里出了什么事?"

外婆:"请问要喝咖啡吗?"

"我们(听不清楚的内容)代表阿拉斯加州警(听不清楚的内容),

令爱珂拉·欧布莱特……（听不清楚）最后一次见到她是什么时候？"

"珂拉很多年没有回家了。最后一次见到她……阿拉斯加之前……给她钱。她丈夫……越南……有暴力倾向，你们知道吗？"

"是。抱歉……全家失踪。很遗憾通知您……推定死亡。"

蕾妮听见外婆哭起来了。

"夫人，请让我们扶你坐下。"

很长一段时间没人说话，然后传来窸窣声响，公事箱打开，拿出纸张。"我们找到卡车……木屋里到处是血，窗户破了，显然是犯罪现场……手臂骨折、鼻梁骨折的X光片。警方展开追捕……但这个季节……气候不佳。等到雪融的时候，天晓得会发现什么……再向两位报告……"

"他杀死了她们。"外公响亮而愤怒地说，"王八蛋。"

"是，恐怕是这样。很多人都表示……他的暴力行为。"

蕾妮看着妈妈："我们脱身了？"

"呃……谋杀没有调查期限。我们至今所做的每件事，以及接下来要去监理所办的事，都证明我们有罪。他从背后被击中，我们弃尸之后逃亡。万一有人发现他，警方一定会来找我们，而且现在我爸爸妈妈也为我们撒谎，又是一条罪。也就是说，以后我们必须很小心。"

"要多久？"

"一辈子，宝贝女儿。"

* * *

亲爱的迈修：

这个星期，我每天都打电话去长照中心，假装是你的表妹。每次答案都一样：没有变化。每次我的心都更碎一点儿。

我知道这封信永远不能寄出去，即使寄了，你也不能读、不能理解里面的字句。但我必须写信给你，即使你收不到也一样。我告诉自己（别人也不断这样告诉我），我必须在新生活里往前迈进。我很努力做到，真的。

不过你在我身体里，是我的一部分，甚至可以说是最好的一部分。我说的不仅是我们的宝宝。你的声音在我的脑海里。你经常在梦中对我说话，我早已习惯醒来时满脸泪痕。

看来关于爱这件事，我妈妈说得没错。尽管她对爱的概念错得一塌糊涂，但她明白爱有多持久、多疯狂。她知道爱不像扒窃之类的轻罪，不能光凭哀求就脱身。人无法强迫自己去爱，也无法强迫自己不爱。

我努力融入这里的生活，非常努力。或者该说，苏珊·葛兰特很努力地融入。但这里到处都是人。街上车辆拥堵，人行道上人山人海，几乎没有人会看别人，也没有人会打招呼。不过你说得对，外界也很美。当我允许自己去看，就会看到。雷尼尔山很美，让我想到伊利亚姆纳火山，而且会神奇地出现又消失。在这里，大家都称之为"大山"，因为真的只有这一座山。不像在家里，重重高山形成我们世界的背脊。

我的外公外婆很在意一些非常奇怪的事情。餐具该怎么摆，几点该吃饭，床单铺得够不够好，辫子编得够不够紧。前两天，外婆给我一把镊子，叫我修一修眉毛。

我们在离他们家不远的地方租了一栋很不错的小房子，只要当心一点儿，我们就可以去探望他们。妈妈好像很惊讶，没想到她竟然会乐于陪伴外公外婆。我们有很充足的食物，有新衣服。当大家围坐在餐桌旁，我们尽可能让彼此的生命交织在一起，补起遗漏的部分，尽一切努力。

或许这就是爱。

* * *

亲爱的迈修：

这里的圣诞节简直像奥运会。我从来没见过那么多亮晶晶的东西和食物。外公外婆给我好多礼物，我都觉得难为情了。然而，当我独自回到卧房，站在窗前望着必须保持距离的邻居，看着装点圣诞灯饰的房屋，我会忍不住思念真正的冬天，思念你，思念我们。

我拿出你祖父母的照片来看，再次重读你奶奶写的文章。

我好想知道我们的宝宝有什么感觉。她在里面很脆弱吗？她是不是像我一样没把握？我伤透了的心是否会对她歌唱？我希望她幸福。我希望她属于以前的我们。

今天，我好像感觉到宝宝动了……

我想将她取名为莉莉，跟你奶奶同名。她背着梯子步行横越阿拉斯加，靠着卖干净衣物给矿工赚大钱。

在这个世界上，女生需要很坚强。

* * *

亲爱的迈修：

真不敢相信已经一九七九年了。今天，我再次打电话去长照中心，但还是得到一样的回答——没有变化。

很不幸，我打电话的时候被妈妈听见了。她非常生气，说我在做蠢事。显然警方可以反追踪，查到电话是从我外公家打出去的，所以我不能再打电话了。我不能害大家，但我怎么能够停止？我只剩下这个方法可以接近你。我知道你不会好转，但每次我打电话的时候都会想，说不定这次会有好消息。这份希望或许没用,却是我仅有的一切。

这是我要告诉你的坏消息,很简单就说完了。想听好消息吗?新的一年开始了。

我即将就读华盛顿大学。虽然苏珊·葛兰特没有高中毕业证书,但外婆靠关系成功让我入学了。外界的生活真的很不一样,有没有钱差别很大。

大学与我想象中不同。班上的女生全都穿毛茸茸的设得兰毛衣配格子裙、及膝袜。我猜她们应该是姐妹会的成员。她们经常傻笑,像羊群一样集体行动。那些整天跟着她们的男生很吵,熊在约一千六百米外就知道他们要来了。

上课时,我假装你在我身边。有一次,我甚至以为可以写字条在桌子底下传给你。

我想你,每天想你,夜里更想你。莉莉也是。有时候,她会把我踢醒。她太顽皮的时候,我就会读罗伯特·谢伟思的诗给她听,告诉她你的事。

这样她就会安静下来了。

* * *

亲爱的迈修:

这里的春天和阿拉斯加很不一样,不会有整片土崩落,也不会有房子一样大的冰块断开,更不会有消失的物品从烂泥里浮出。你这辈子绝对没有看过这么多开花的树。

到处色彩缤纷,像爆炸一样。我从来没有看过这么多长在树上的花:整个校园飘着粉红的花朵。

外公说警方正式宣布我和妈妈死亡，只是还没结案。现在不会有人找我们了。

其实可以说是真的。欧布莱特一家消失了。我们家就像坏掉的凳子，只有三只椅脚，无法支撑。

现在我会在夜里对莉莉说话。我发疯了吗，还是太寂寞？我想象我们三个窝在床上，窗外上演极光大秀，风拍打玻璃。我告诉我们的宝宝要长成聪明又勇敢的孩子，像她爸爸一样勇敢。我告诉她长大之后会面对许多艰难的抉择，她要保护自己。我时时刻刻都在担心，我们欧布莱特家的女人的爱情总是没有好下场，像是遭到诅咒一样。我希望她是男生。我想起你说过要教儿子在开垦园学会的事情……唉，我实在太伤心，只好爬到床上，用被子盖住头，假装是阿拉斯加的冬天。我的心跳变成拍打玻璃的风声。

男生需要爸爸，莉莉只有我。

可怜的孩子。

* * *

"拉梅兹呼吸法根本是骗人的。"蕾妮大喊。下一波阵痛让她的内脏扭绞，她忍不住尖叫："我要止痛药。"

"是你说要自然产的，现在已经来不及打无痛了。"妈妈说。

"我才十八岁，从来没有人在乎我想要什么。我什么都不懂。"蕾妮说。

收缩暂缓，疼痛消退。

蕾妮喘息，汗水流过的前额搔痒。

病床边的床头柜上放着一个塑胶杯，妈妈捞出一块碎冰塞进蕾妮嘴里。

"妈妈，给我打吗啡。"蕾妮哀求，"拜托，我受不了。我错了，我还没准备好当妈妈。"

妈妈微笑:"从来没有人是准备好的。"

疼痛再次加剧。蕾妮咬牙,专注呼吸(一点儿用也没有),紧握住妈妈的手。

她紧闭双眼、不停喘气,疼痛达到最高点。好不容易撑到疼痛过去,她精疲力竭地瘫在床上。她想着迈修应该在这里,但她狠下心推开那个念头。

几秒后,另一波阵痛开始,蕾妮咬住舌头,用力到流血。

"叫吧。"妈妈说。

门打开,医生进来。她的体格清瘦健壮,身穿蓝色手术服,头戴粉红手术帽。她的眉毛修坏了,左右不齐,看起来有点儿歪歪的。"葛兰特小姐,你还好吗?"医生问。

"求求你,快把这玩意儿弄出来。"

医生点头,戴上手套。"先来检查一下,好吗?"她打开脚架。

在不太熟的人面前张开腿,照理说不会有松一口气的感觉,但此刻只要能结束剧痛的折磨,她愿意在太空针塔的观景台上张开双腿。

"看来宝宝快要出来喽。"医生平静地说。

另一波阵痛来袭,蕾妮大喊:"对,要死了。"

"好,苏珊,推,用力,再用力。"

蕾妮遵命。她用力推,拼命叫,满头大汗,狂骂脏话。

突然间,疼痛结束了,像开始的时候一样快。

蕾妮瘫倒在床上。

"是男孩。"医生对妈妈说,"依芙外婆,要帮忙剪脐带吗?"

蕾妮仿佛在浓雾中,看着妈妈剪断脐带,跟着医生到旁边将新生儿包在浅蓝色电热毯里。蕾妮想坐起来,但完全没力气。

男孩，迈修，你的儿子。

蕾妮慌了，心里想着：他需要你，迈修，我没办法……

妈妈扶蕾妮坐起来，将小小的襁褓放在她怀中。

她的儿子。他是她看过的最娇小的玩意儿，脸蛋像桃子，混浊的蓝眸睁开又闭上，玫瑰果般的小嘴做出吸吮的动作，粉红的小拳头伸出蓝色毯子外，蕾妮伸手抚摸。

宝宝的迷你小手指握住她的手指，宣示主权。

一股剧烈、洁净、铺天盖地的爱袭来，将她的心轰成百万小碎片，然后重新塑造。"哦，我的天。"她惊奇地说。

"嗯。"妈妈说，"你问过会有什么感觉，现在你知道了。"

"迈修·德纳利·沃克，二世。"她大声说出。第四代阿拉斯加人，但他永远不会在那里生活，也无法学习祖先的传统，更无法认识爸爸。他永远感受不到迈修强壮的怀抱，也听不到他令人安心的声音。

"你好啊！"她说。

现在她知道为什么必须逃离她们犯的罪。之前她没有真正体会、真正了解，如果留下会失去什么。

这个孩子，她的儿子。

为了保护他，她愿意放弃自己的生命，逃到世界尽头。只要能保障他的安全，她愿意无所不用其极。她甚至愿意听妈妈的话，切断与阿拉斯加和迈修的最后一丝联系，不再打电话去长照中心。今后，她不会再打了。光是想到就让她心痛不已，但还能怎么办？现在她是妈妈了。

她轻声哭泣，或许妈妈听见了，知道为什么，也知道说什么都没用，也可能所有妈妈在这一刻都会哭泣。"迈修。"她呢喃，抚摸宝宝丝绒般的脸颊，"我们叫你小迈好了。你爸爸的家人有时候会叫他迈弟，但我从来没有那么叫过……他会开飞机……他会非常爱你……"

一九八六

第 27 章

"我把她的人生弄得乱七八糟，我无法原谅自己。"珂拉说。

"已经过去那么多年了。"她的妈妈说，"看看她，她很幸福。为什么又提这件事？"

珂拉很想附和。每天她都对自己说同样的话。看啊，她很幸福。有时候，在那些宇宙对她微笑的日子，珂拉几乎能够完全相信。然而也有今天这种日子，她不知道是什么造成的变化，或许是气候，或许是积习难改。这种腐蚀性的恐惧，一旦进入体内、钻进骨髓，就永远不会离开。

珂拉看着蕾妮努力在这块肥沃湿润的大地上扎根，尽力绽放。然而西雅图终究是个拥有数十万居民的大城市，蕾妮有着拓荒先锋的灵魂，这个城市不了解那种粗犷的语言。

珂拉点起香烟，将烟雾吸进肺里，在里面停留。这个熟悉的动作立刻带来平静。她呼出烟，然后抬起下巴，想在露营椅上找个舒服的姿势。因为在野外过夜，睡在帐篷里，她的后腰很酸痛，还因为感冒一直纠缠，导致呼吸不顺。

不远处，蕾妮站在河边，左右两边分别站着一个小男孩和一个老男人。她熟练地将钓鱼线抛出优美的弧度，线在空中飞跃舞动，然后落入平静的水中。阳光将所有东西染上金黄，水面、三个体形不一的身影、附近的树木。虽然阳光还照在他们身上，但已经开始下雨了，如针尖般细小的雨点落在珂拉的脸上，有如亲吻。

他们在霍河雨林，在人口繁盛的华盛顿州西部，这里是最后一片纯粹自然的荒野乐园。他们只要有空就会尽量来这里，在供应水电的营地搭起帐篷。在这个远离人烟的地方，他们可以做回真正的自己，不必担心被人看见他们一起出游，也不必编故事或撒谎。已经很多年没有人提起阿拉斯加的欧布莱特一家三口，也没有人寻找他们任何一个人的下落，不过她们依然随时提高警觉。

过去几年，珂拉的爸爸成为热衷的钓客，也或许他只是热衷的外公，只要能让蕾妮和小迈露出笑容，他什么都愿意做。他从法界退下来，整天在家里摸摸弄弄。

蕾妮说在这里她才能呼吸，在这片原野中，巨大的树木直径和大众汽车差不多，高耸入云，阳光再努力也很难穿透。她说有些事情一定要教儿子，因为那是他家族传统的一部分，而这些课程在处处有柏油路面、明亮路灯的市区无法进行。他爸爸原本会教他的事情。

于是他们尽可能经常来露营，尽管十次里差不多有八次会下雨。他们钓鱼当晚餐，在营火上放铸铁锅，用奶油煎鱼。晚上，他们围坐在营火旁，蕾妮背诵描述阿拉斯加野性的诗。

对蕾妮而言，露营很好玩，和平常不一样，充满了活力，能够释放累积整个星期的压力。她住在人潮拥挤的西雅图闹区，在广袤的华盛顿大学里行走于人群之中，在第一大道上的大型鲍威尔书店打工卖书给顾客，晚上还要去上摄影课。

蕾妮来这里，在大自然中寻找自我，接触她仅存的阿拉斯加灵魂，多小都好，设法让儿子与不曾谋面的父亲产生联结。他生来就该拥有这样的生活，却没办法真正体会。阿拉斯加，最后的疆界，那块大地将永远是蕾妮的家，永远是她的归宿。

在人口拥挤、道路交织的华盛顿州，藏在角落的这座古老森林确实很美，但是对于在阿拉斯加荒野长大的她而言，还是差得很远。

"你听，小迈在笑。"珂拉的妈妈说。

珂拉点头。没错,尽管雨越下越大,雨点有如击鼓,一滴滴敲打尼龙帐篷、塑胶雨帽、盘子大小的树叶,她依然能听见外孙的笑声。

小迈似乎总是笑嘻嘻的。他是最开心的孩子,很容易交到朋友,规矩听话,去上学的时候还肯牵大人的手。他像同龄的孩子一样喜欢公仔、卡通,夏天最爱吃冰棒。他还太小,所以不会经常问起爸爸的事,但那一天迟早会到来。他们全都知道。珂拉也知道,当小迈看着妈妈的笑脸,他看不见藏在后面的阴影。

珂拉大喊:"小迈!"然后挥手,但他还没回答,她又开始咳嗽了。

"抗生素没效果吗?"妈妈看着她问。

珂拉在妈妈湿黏的水蓝眼眸中看到了关心。这样的对话经常发生。自从小迈开始上学之后,她一次又一次地被传染感冒。那所位于安妮女王山的昂贵私立学校简直是细菌培养皿,每次小迈生病,珂拉也会跟着病。他像投手,她像捕手。病毒和细菌热爱她。

"我帮你和我的医生预约。"

珂拉不想谈感冒的事。"你觉得有一天,她会原谅我吗?"她望着蕾妮说。

"哦,真是受不了。原谅什么?救她一命?那孩子爱你,珂拉。"

珂拉深吸一口烟之后呼出:"我知道她爱我。我和蕾妮就像同一棵树的两根树枝。我一秒也不曾怀疑她对我的爱。只是……我让她在战场长大。我让她看到孩子不该看的事情。我让她害怕那个应该爱她的男人,最后还在她面前杀死他。我逃跑,害她也得跟着用假名生活。如果当时我够坚强、够勇敢,说不定能像伊冯·汪若[1]一样改变法律。"

---

1 伊冯·汪若(Yvonne Wanrow):一九七二年,汪若开枪射杀企图伤害她儿子的犯人,这场审判产生重大影响,改变了陪审团对正当防卫行为的解读、录音对话使用的正当性,以及对性侵受害者的考虑。华盛顿州最高法院承认女性面对男性攻击自身或子女时自我防卫的特殊法律问题,此为美国史上首例。

"那个人花了好几年的时间才成功上诉到最高法院。而且当时你在阿拉斯加,不是华盛顿。谁会想到法律终于认定受暴妇女杀人属于正当防卫?相信我,你爸爸说成功的案例非常少。你必须放下这一切。她放下了。看看她,和儿子在一起,教他钓鱼。你的女儿没事,珂拉。她好得很。她原谅你了。你需要原谅自己。"

"她必须回家。"

"家?回去那个没有抽水马桶和电力的木屋?回去那个脑伤的男生身边?回去面对事后从犯的罪名?别傻了,珂拉。"她伸出手,搂着珂拉的肩膀,"想想你们在这里得到的东西。蕾妮正在接受高等教育,有一天会成为出色的摄影家。你也喜欢在艺廊的工作。你们的家总是很温暖,又有家人可以依靠。"

珂拉很想因为这番话而平静下来,然而有时候,在人生中做过的事,会让人永远无法安宁。

她对女儿犯下的错早已得到原谅,确实如此,蕾妮所给予的原谅像阳光一样真诚实在。

但这么多年来,珂拉始终无法原谅自己。让她无法释怀的并非枪杀丈夫,珂拉知道如果同样的状况再次发生,她还是会做出同样的选择。

她无法原谅自己,是因为杀人之前的那许多年,她纵容、隐忍的那一切,她教给女儿对爱的错误定义,有如黑暗魔咒。而主要是因为珂拉的软弱、绝望,死命抓住那份剧毒的爱,导致女儿必须离开挚爱的男人与阿拉斯加。

都是她害的。

因为珂拉,蕾妮必须学会在只剩一半的人生中找寻幸福,只能躲在阴影中,假装身在另一个地方,假装自己是另一个人。

因为珂拉,蕾妮再也无法见到所爱的人,也无法回家。珂拉要如何原谅自己？

*　*　*

微笑。

你很幸福。

蕾妮不知道为什么，但这个六月天，她特别需要提醒自己露出笑容，表现出幸福的模样，他们所有人齐聚在公园庆祝。

她确实很幸福。

真的。

尤其是今天，她深深以自己为荣。她的家族里第一次有女性大学毕业。

（只是花了很长的时间。）

尽管如此，她才二十五岁，是个单亲妈妈，明天就能取得视觉艺术学士学位。她有慈爱的家人，世上最棒的儿子，而且住在温暖的家里。她再也不必挨饿、受冻，担心妈妈的安危。她现在只需要担心育儿的种种恐惧。孩子独自过马路、跌落秋千、突然冒出来的陌生人。她再也不必听着惨叫、哭泣入睡，起床时也不会看到满地碎玻璃。

她很幸福。

虽然偶尔会有像今天这样的日子，往事不停偷跑到眼前，但是无所谓。

她当然会在今天想起迈修，他们以前常提到这天。多少次他们的对话开头都是："等我们大学毕业……"

幸福，微笑。

咔嚓、咔嚓、咔嚓，她恢复正常了。她知道什么最重要。

今天是拍照的好日子，一望无际的蓝天，万里无云。

阳光以西雅图人才懂的语言呼唤他们，让他们离开山丘上的家，鼓励他们穿上昂贵的运动鞋，外出享受高山、湖水与蜿蜒的森林小径。回家的路上，他们会顺道去当地特有的 Thriftway 超市买处理好的牛排做周末烧烤用。

西雅图的生活很温和，安全但受限。人行道、红绿灯、安全帽，骑马和脚踏车的警察。

身为母亲，她很庆幸有这么多的保护措施，她努力融入这样舒适的生活。她从不曾告诉任何人，甚至连妈妈也不知道，她多么想念狼群嗥叫，想念独自骑雪地机动车出去游荡一天，想念破春时冰层裂开的响亮声音。她不用打猎，只要去店里就能买到肉，只要打开水龙头就有水，上完厕所一冲了事。夏季烧烤用的鲑鱼买来时就已经杀好、切好、洗好，装在泡沫盒子里像一条条银色与粉色的丝绸。

今天，她身边所有人都有说有笑。狗儿吠叫，跳起来捡飞盘，青少年互相投掷美式足球。

"你看！"小迈指着黄色横幅尾端的粉红色气球，上面印着"恭喜毕业"字样。他一手拿着吃到一半的杯子蛋糕，嘴巴周围沾满糖霜，像白色的山羊胡。

蕾妮知道他长大得很快（已经小学一年级了），所以必须趁他还愿意的时候多多拥抱亲吻。她将他抱起来。他给她一个奶油糖霜味的甜甜亲吻，双手环抱她，用他独特的方式拥抱，整个人黏上来，双手搂着她的脖子，好像失去她就会溺死。事实上是她失去他就会溺死。

"谁要吃蛋糕呀？"葛理何外婆站在野餐桌边说。她才刚摆好装满食物的保鲜盒。灰色石块压住纸盘，以免被风吹走。妈妈做了蕾妮最喜欢的菜色：午餐肉炒马铃薯、炭烤香肠（这里没有麋鹿，只有猪肉）、新鲜的黄金蟹、马铃薯沙拉。最棒的是一个咖啡罐里装满蕾妮最爱的甜点：因纽特冰激凌——用雪、酥油、蓝莓、砂糖做成的甜点。为了这一天，妈妈特地在冬天存了几大块雪。（除了她，家里其他人连尝都不肯尝。）

小迈从她怀里挣脱，得意地高举双手（两手都举起来，生怕他的曾外祖母看不见）。"我！我要吃蛋糕！"

外婆绕过摆满大量美食佳肴的野餐桌，站在蕾妮旁边。过去这几年，外婆变了不少，更柔和，但她的衣着风格依然不变，即使出来野餐也打扮得像是要去乡村俱乐部。

"蕾妮，我以你为荣。"外婆说。

"我也以自己为荣。"

"我在俱乐部的朋友珊德拉说，生活风格杂志《日落》（Sunset）正在招聘摄影助理，要我帮苏珊·葛兰特打通电话问问吗？"

"好。"蕾妮说，"麻烦外婆了。"她还是无法适应这里做事的方法，好像认识什么人比会做什么事重要。

她想着那些说不出口的话，她想拍的照片属于另一个地方、另一种人生。

现在他们经常聚在一起。小迈总是叽叽喳喳不停，活力太过充沛。安妮女王山那栋庄重的房子变得生气勃勃。晚上，他们会一起欢笑，一起收看蕾妮无法理解的电视节目。（她看书，已经连续读三遍《夜访吸血鬼》了。）小迈是方向盘，他们是轮子，对他的爱将他们凝聚。只要小迈开心，他们就快乐。而他是全天下最开心的小朋友，经常有人这么说。

蕾妮看到妈妈独自站在游乐场边抽烟，一手撑着后腰，感觉姿势有点儿不自然。

蕾妮望着妈妈的侧面，看到她的颧骨多凸出、嘴唇多苍白、手臂多细瘦。最近她很少化妆了，少了增添气色的腮红与染黑金色睫毛的睫毛膏，她几乎变成半透明了。几年前，她不再将头发染成棕色，现在顶着一头有些褪色、夹杂银丝的金发。

"我要吃蛋糕！"小迈大喊，拉扯蕾妮的袖子。他感冒还没好，说话略带鼻音。自从在外公家附近的私立学校入学以来，他一直在生病。

"要说什么呢？"蕾妮问。

"拜——托——"小迈说。

"好，去找外婆，叫她熄掉臭臭的烟，过来吃东西。"

他像闪电一样冲出去，瘦瘦的腿像打蛋器一样快速移动，金发往后飞，露出轮廓分明的洁白小脸。

蕾妮看着他将妈妈拉回野餐桌旁，她笑得满脸通红。

蕾妮看看左右，视线暂时离开儿子。她环顾公园，慢慢转头。妈妈和小迈坐在野餐椅上，外婆将食物盛进厚重的白色纸盘，说着："吃完饭才能吃蛋糕噢，大男生。"气球在半空中晃动，微风吹动聚酯塑料布，发出震颤声响，几乎像在哼唱。

就在这时，她看到一个人影，有点儿突兀。公园大门旁有一道明显的黑影。四周所有人都在移动，进入她的视线又离开，只有那道身影保持不动。金发。

是他。

他找到她了。

不可能。

蕾妮叹息。她很多年没有打过电话去长照中心了。不知多少次，她拿起电话，但没有拨号。虽然被抓到的威胁减轻了许多，但依然存在。此外，之前蕾妮每个星期都打电话，持续好几个月，每次都问同样的问题：迈修·沃克状况如何？答案总是一样：没有变化。永远不会有变化，她很清楚。

蕾妮知道迈修已经不是迈修了。她知道那次坠落造成了无法恢复的伤害，她深爱的男孩只存在她的梦中了。这是她每晚盼望入睡的原因。他会在梦境与她相会，虽然不经常，但她已经很满足了。在梦中，他还是那个满脸笑容的男孩，送她相机，让她知道并非所有爱都那么恐怖。

但知道与相信有时候是两条分岔路。偶尔她会抓不住现实，让梦境渗透，展开双翼，吞没所有光线，让她一头栽进黑暗世界，只有一道光。

"快过来吧。"外婆拉着蕾妮的手臂，带她到野餐桌旁。

"真棒。"蕾妮说。一开始感觉言语生硬、敷衍，但小迈跳起来，拍手大喊："耶，妈咪！"米妮老鼠似的声音让她忍不住笑了。

黑暗边缘重新后退，只留下此时、此地，阳光灿烂的日子，欢乐庆祝的日子，家人团聚的日子。蕾妮就像这样，如水银一般随时变化。欢乐像阳光一样，出乎意料地重新出现。

她很幸福。

真的。

* * *

那天晚上，小迈爬上汽车造型的床铺，拉起"美国鼠谭"被子，然后说："妈咪，说阿拉斯加的故事给我听。"

蕾妮揉揉儿子细致的金发，拨开落在前额的发束。"挤过去。"她笑着看他扭动身体往旁边挪，尖尖的手肘压着床垫，侧身移动到床铺里面。

蕾妮爬上床躺在他身边。他立刻把头靠在她肩上。

房间几乎全黑，只有床边的一盏"星球大战"小灯亮着。小迈和蕾妮不一样，从小生长在充满文化的美国。公园野餐加上一整天的玩乐，蕾妮知道小迈绝对累坏了，但他一定要听完故事才肯睡。

她往后靠,和他一起窝好:"从前、从前有个很爱阿拉斯加的女生……"

几年前,从这句话开始,一个世界在他们母子之间诞生、绽放。这些年来,她不停地将故事扩大。她想象出一个社会,建立在阿拉斯加峡湾的青蓝色冰河水中,伟大的阿库火山爆发,他们的建筑沉入水底。这群人,黑鸦族,想尽办法要回到光明世界,重新走在阳光下,但老鹰族的长子对他们施了诅咒,让他们永远只能住在冰冷的水中,只有通灵人才能呼唤他们回到地面。凯蒂雅歌就是那个通灵人,一个从外地来的女孩,拥有纯洁的心灵与沉静的力量。

一周又一周,这个故事持续发展,蕾妮一次只编出足够哄儿子睡觉的内容。凯蒂雅歌衍生自她小时候读过的阿拉斯加原住民神话,那块严酷美丽的大地也提供了不少灵感。凯蒂雅歌深爱的男孩——陆行者乌基——在海岸上呼唤她。

蕾妮心中非常清楚这对小情侣是谁,也知道为什么每次说这个故事她都会哽咽,总觉得这是个史诗大悲剧。

"凯蒂雅歌违背众神的旨意,鼓起勇气游到海岸。她应该无法做到才对,但她对乌基的爱带给她神奇的力量。她不停地踢水,终于挣脱波浪,感觉阳光照在脸上。

"乌基跳进像冰一样冷的水中,呼唤她的名字。她看到他的眼睛,像她的族人曾经居住的平静海湾一样碧绿,金发有如阳光。'凯蒂,'他说,'牵我的手……'"

蕾妮看到小迈睡着了。她弯腰亲吻他,轻轻下床。

只有一层楼的小平房很安静。妈妈大概在客厅看《朝代》影集。蕾妮走在租屋的狭窄走廊上,两边的墙壁挂满蕾妮的摄影作品和小迈的图画。刚搬来的时候,这里的人造木纹镶板与昏暗走道,曾经让她有幽闭恐惧症的感觉,但现在早已消失了。

她曾经以无比的决心驯服自然的野性,也以同样的决心驯服内心的野性。她学会如何在人群中移动,在墙壁的限制下生活,过马路之前要停看听。她学会寻找知更鸟而不是白头鹰,在喜互惠超市买鱼,在Frederick & Nelson百货公司花钱买衣服。她学会用吹风机、护发素打理那头有层次的及肩长发,在乎衣服的搭配。她修眉毛、刮腿毛和腋毛。

伪装,她学会融入人群。

她回房间打开灯。虽然在这里住了很多年,她却没有改变过房间的陈设,也几乎没有买什么装饰的东西。她觉得没必要。这个房间单调平凡,家具都是这些年在车库大拍卖买的二手货。真正表现出蕾妮本人的,只有她的摄影器材——镜头、相机、一卷卷鲜黄色底片。一堆堆照片与相簿,其中只有一本装着迈修与阿拉斯加的照片,其他都是最近的作品。梳妆台镜子的角落里夹着迈修祖父母的照片,旁边则是她第一次用拍立得相机为迈修拍的照片。

她打开落地窗,外面是环绕整栋房子的杉木露台。妈妈充分利用后院的每一寸土地,整理成高起的菜圃。她们搬进来的时候,这里就有两张躺椅,蕾妮走到露台上,在其中一张上坐下。头顶上,星空仿佛没有尽头,很熟悉。整条街的房子都亮着灯。她闻到远处传来的烤肉香,夏季的第一场烤肉派对开始了。她听到小朋友收起脚踏车的声音,狗儿吠叫,一只乌鸦发出的呱呱叫声,仿佛在骂人。

她往后躺下向上看,想在辽阔的天空中忘却自己。

"嘿。"妈妈在她身后说,"可以加入吗?"

"当然。"

妈妈坐在另一张椅子上,两张椅子距离很近,她们可以手牵手坐着。这些年来,这里成为她们休息的地方,窄窄的露台仿佛存在于另一个时空,既不属于过去,也不属于现在。有时候,空气中会洋溢着成熟西红柿的香气,尤其是这个季节。

"如果能看见极光,我什么都愿意。"蕾妮说。

"嗯,我也是。"妈妈忧伤的语调掏空蕾妮的心,让她感到虚无迷惘。妈妈咳嗽。

她们一起望着无垠夜空。两个人都没有说话,她们不需要说话。蕾妮知道她们都在想着曾经拥有的爱。

"不过,我们有小迈。"

蕾妮握住妈妈的手。

小迈,她们的喜悦,她们的爱,她们的救赎。

第 28 章

珂拉相当确定她得了肺炎。小迈学校里流窜的所有病毒,她全都逃不过。她妈妈说是因为珂拉太瘦,蕾妮则怪罪珂拉抽烟的恶习。很可能她们两个都没错。

终于家人施加的压力让她不得不屈服,她和妈妈的医生预约看诊。珂拉提早下班,离开工作的艺廊,现在坐在消毒过的等候室里。

等候。

医生做了一堆检查,说是以防万一。她非常感谢,但其实她只想快点儿拿到抗生素处方签之后回家。小迈就快放学了。

珂拉翻阅最新一期的《时人》杂志(头条很蠢,特德·丹森再度入住"欢乐酒店")。她试着做杂志后面的填字游戏,但她对大众文化的认识不足,所以难有进展。

三十多分钟后,顶着蓝色头发的护士回来说:"你可以进去了。"她带珂拉在走廊上前进,经过一扇扇紧闭的门,整栋建筑隐约飘着消毒水和橡胶的气味。

诊室狭小拥挤,墙上挂满自大的证据:证书、奖状之类的东西。医生指着一张黑色硬椅子。

她坐下,本能地脚踝交叠,拿出多年前乡村俱乐部时期学习的仪态。她突然有个很傻的念头,这象征了她这一生经历过的女权变化。现在是一九八六年,属于亮片、垫肩、雅痞的年代,"花的力量""爱之夏"[1]都已经过去将近二十年了,再也没有人在乎女人的坐姿。

"你好,依芙琳。"医生说。感觉她很严肃,头发像钢丝绒,显然热爱睫毛膏。她好像只靠黑咖啡和生食蔬菜存活,但珂拉哪有资格嫌别人太瘦。办公桌后面的灯箱挂着几张黑白图片,感觉像建筑效果图。

"那是什么?"珂拉抬起下巴指着那些图片。看起来像一只章鱼正在吞噬什么东西。

"你的肺。"医生说。

"然后呢?"

普瑞许医生指着诡异的图片说:"这些是肿瘤,这里、这里,还有这里。有没有看到这里的曲线?肿瘤造成你的脊椎弯曲,已经转移到肝脏了。"

等一下,什么?

怎么会这样?

哦,对噢,她抽烟,这是肺癌。多年来,蕾妮一直唠叨要她戒烟,吓她迟早会发生这种事。珂拉只是笑着说:"宝贝女儿,过马路也可能被车撞死呀。"

"我们准备进一步检查。"普瑞许医生继续说。

珂拉听见她说的话,但内容在她脑中变成一堆纠结的字,一连串吸气、吐气。

普瑞许医生继续说下去,以平凡的文字讲解无比重大、难以掌握的内容。肿瘤、切片、血流、变形、扩大、骨髓、积极治疗,然后出现她

---

[1] 花的力量(Flower Power):二十世纪六十年代末至七十年代初,美国反文化活动的口号,标志着消极抵抗和非暴力思想,源于反越战运动。爱之夏(Summer of Love):发生于一九六七年夏天,当时有多达十万人会聚在旧金山的海特-阿什伯利区附近,后来被称为"嬉皮革命"。

没听过的词语：化疗、顺铂[1]、肾毒性药物。

珂拉不听了，听了又有什么用？她已经知道重点了。"我可以活多久？"她没有察觉她打断了医生的话。医生正在讲什么不良反应的事。

"葛兰特女士，没有人能确切告诉你。不过你的癌症属于侵袭性，四期肺癌，而且已经转移到脊椎和肝脏了。"

珂拉很清楚真相有多残酷："普瑞许医生，我有孩子。我还能活多久？"

"我们将会采用积极治疗，化疗、手术。"

"嗯哼。"

"葛兰特女士，总是有希望的。"

"是吗？"珂拉说，"但也有报应。"

"报应？"

"他心里有毒，而我全喝了下去。"珂拉对自己说。

普瑞许医生蹙眉："依芙琳，癌症是疾病，不是什么报应或业障。那是黑暗时代的古老观念。如果真要说你做了什么导致罹癌，那绝对是抽烟。"

"嗯哼。"

"好。"普瑞许医生皱着眉头站起来，"我们要让你住院接受检查，需要通知什么人吗？"

珂拉站起来，因为太无力而不得不抓住椅背。她的后腰又开始痛，从身体里拧绞、撕裂她。知道疼痛的原因之后，她感觉更糟了。

癌症。

我得了癌症。

她无法想象说出这句话。

---

[1] 顺铂（Cisplatin）：一种含铂的抗癌药物。

转移。

她闭上眼睛，呼了一口气。想象——回忆——一个小女孩，有着狂野的红发和肥肥小手，脸上的雀斑像肉桂粉，敞开怀抱对她说："妈妈，我爱你。"

珂拉经历过太多，每次差点儿死掉都活了下来。她想象过一百种不同的生活，练习过一千种赎罪的方式。她想象自己变老，鸡皮鹤发，该哭的时候笑，该加糖的时候放盐。在梦中，她看到蕾妮再次坠入爱河，结婚，生下另一个孩子。

梦。

在一次呼吸的瞬间，珂拉的人生压缩成能够放在掌心的大小。她的所有恐惧、后悔、失望全部消失，只剩下一件最重要的事情。她怎么没有一开始就看出来？为什么浪费这么多时间寻找自我？她早该知道，从最初到永远。

她是妈妈，妈妈。而现在……

我的蕾妮。

她如何才能说再见？

* * *

蕾妮站在妈妈病房紧闭的门外，努力让呼吸平静。她听到四周的噪声，走廊上下，人们穿着橡胶底的鞋子匆忙奔走，推车进出一间间病房，喇叭在广播着什么。

妈妈从医院打电话回家。

说不定没什么，大概是肺炎。今年冬天，妈妈一直感冒好不了，害她不停地咳嗽。或许是腰椎间盘突出，导致她后腰疼，也可能是多年前断过的骨头遭到风湿纠缠。

蕾妮握住银色门把手，用力一转。

她走进一个大病房，天花板上的金属轨道挂着布帘，将房间分成两个部分。

妈妈坐在床上，背后垫着一堆洁白的枕头。她的样子像古董娃娃，精致的脸庞上，蛋壳般的肌肤很紧绷。她穿着尺寸过大的病人袍，领口露出锁骨，两边的肌肤都凹陷了。

"嘿。"蕾妮弯腰亲吻妈妈柔软的脸颊，"你怎么没告诉我要来看医生？我可以陪你。"

"小迈今天去校外教学。他们喜欢儿童博物馆吗？"

"很不错。"蕾妮拨开落在妈妈眼睛上细柔泛灰的金发，"你为什么住院？因为肺炎吗？"

"我得肺癌了。那个阴险的鬼玩意儿入侵了我的脊椎和肝脏，在我的血液里转移。"

"什么？"

"对不起，宝贝女儿，状况不妙。医生不抱太大的希望。"

蕾妮真的惊愕地后退一步。她差点儿举起手蒙住脸。

她想大喊别说了。

她无法呼吸。

癌症。

"你、你很痛吗？"

不对，她想说的不是这个。她到底想说什么？

"啊。"妈妈挥挥满是青筋的手。"我是阿拉斯加人，我很强悍。"她伸手经过蕾妮旁边要拿香烟。

"这里应该禁止吸烟吧？"

"我确定这里禁止吸烟。"妈妈点烟时手在发抖,"不过明天我就要动手术了……"她勉强挤出笑容。"接着要化疗,会掉发、恶心。那个造型应该很适合我。"

蕾妮靠近病床。她发不出声音,感觉好像她精心筑起的世界裂开崩塌了。

"你会努力对抗吧?"蕾妮眨眼忍住泪水,不想让妈妈看见。

"当然,我会狠狠修理这个贱货。"

蕾妮点头,抹抹眼睛。

"你会好起来。外公会让你接受全西雅图最棒的治疗。他有个朋友是福瑞德·哈金森癌症研究中心的董事。你不会……"

"我不会有事,蕾妮。"

蕾妮太想相信。

"我们要不要考虑搬回外公家?那里离医院比较近。"

"好主意。"蕾妮说。

妈妈摸摸蕾妮的手。蕾妮站在那里,感受和妈妈的联结,透过呼吸、接触,以及持续一生的爱。她想微笑,想说有安慰效果的话,但该说什么才对?面对汪洋般的癌症,几个单薄的字能有什么作用?"我不能失去你。"蕾妮喃喃说。

"嗯。"妈妈说,"我知道,宝贝女儿。我知道。"

* * *

亲爱的迈修:

距离上次写信给你只过了几天。真奇妙,人生竟然能在短短一个星期中改变这么多。

那种奇妙让人笑不出来。这点可以确定。

昨晚,我躺在舒适的床上,穿着商店买来的睡衣,发现有太多事情我不愿意去想。于是我只好来找你。

你妈妈过世的事情,我们好像太少谈起。或许是因为当时我们都还太小,或许是因为你创伤太深。但后来我们比较大的时候,应该要谈才对。我应该告诉你,我永远会聆听你的痛苦。我应该问你记得什么。

现在我知道痛苦会让人封闭、沉默,哀伤变成独特的薄冰。我还没有失去妈妈,但一个词就把她从我身边推开,在我们之间竖起前所未有的障碍。有生以来第一次,我们互相欺骗。我感觉得出来,我们为了保护对方而撒谎。

但再怎么保护也没用,对吧?

她得了肺癌。

老天,真希望你在这里。

蕾妮放下笔。这次写信给迈修没有带来半点儿安慰,反而让她更难过、更孤独。

真可悲,竟然没有其他人可以听她说这件事。她最要好的朋友根本不知道她是谁。

她把信折好,放进鞋盒里,里面装满这些年来不能寄出的信。

* * *

那年夏天,蕾妮眼睁睁看着癌症将妈妈抹去,最先失去的是头发,然后眉毛也没了。接着她肩膀挺直的线条也不见了,先是变得松垮,然后消失。再下来,她失去了姿态与步伐。最后癌症彻底夺走她行动的能力。

到了七月下旬，癌症抹去了那么多，现实终于被披露，她最近一次的正子断层扫描带来世界末日。医生所做的一切都无效。

蕾妮默默地坐在妈妈身边，握着她的手，听医生宣布所有治疗都失败了。癌症四处转移，有如不断移动的敌人，斩断骨头、摧毁内脏，已经不用讨论继续治疗或抵抗了。

于是她们回到葛理何家，在阳光室摆了一张病床，阳光从窗户照进来。他们联络安宁照护机构。

妈妈奋斗求生，这辈子从来没有这么努力过，但癌症不在乎她有多努力。

现在，妈妈以非常、非常缓慢的动作，随着床的角度换成弯腰驼背的坐姿，满是青筋的手上拿着一支没有点燃的香烟，不停地颤抖。当然，她已经不能抽烟了，但她喜欢拿着。枕头上有几束她的头发，在白色棉布上有如金黄藤蔓。床边摆着氧气桶，透明管子插进妈妈的鼻子里，帮助她呼吸。

蕾妮由床边的座位站起来，放下正在朗读的书，帮妈妈倒了一杯水端过去。妈妈伸手接过塑胶杯。她的手抖得太厉害，蕾妮双手握住妈妈的手，帮她拿稳杯子。妈妈像蜂鸟一样啜了一小口，然后开始咳嗽。她像小鸟一样单薄的肩膀不停地抖动，蕾妮敢发誓她听见蜡纸般的皮肤下，骨头互相撞击的声音。

"昨天晚上，我梦到阿拉斯加。"妈妈倒回枕头上。她抬起视线看着蕾妮。"其实也是有好的部分，对吧？"

听到妈妈如此轻松地说出这个词，蕾妮大为震撼。多年来，她们之间一贯的默契是绝口不提阿拉斯加，也不提起爸爸或迈修，但或许接近尽头的时候，难免要回顾一下开端。

"绝大部分都很棒。"蕾妮说，"我爱阿拉斯加。我爱迈修，我爱你。

我甚至爱爸爸。"她低声承认。

"在那里有很多欢乐，我希望你记住，还有冒险。我知道，回想过去，不好的事情很容易跟着浮现。你爸爸的暴力行为，我一再托词的借口，我对他的可悲爱情。不过也有好的爱，记住那个，你爸爸爱你。"

这番话让蕾妮心痛到难以承受，但她看得出来妈妈多需要说出口。"我知道。"蕾妮说。

"以后要告诉小迈我的事，好吗？告诉他，我每次唱歌都弄错歌词，我以前好爱穿热裤配凉鞋，而且穿起来很好看；告诉他虽然我很不情愿，但还是学会做阿拉斯加人，我从来不让那些坏事要我的命，我一直很努力。告诉他，我第一眼看到他妈妈就深深爱上她，我非常以她为荣，有时候甚至到了无法呼吸的程度。"

"妈妈，我也爱你。"蕾妮说，但这样还不够，远远不够，然而现在她们只剩下话语，有太多话要说，而时间太少。

"蕾妮，虽然你很年轻，但你是个好妈妈。我从来没有做到像你这么好。"

"妈妈——"

"不要说好听话，宝贝女儿。我没时间了。"

蕾妮弯腰将落在妈妈额头上的几根头发往后拨。她的头发像鹅绒一样细软。她的消逝令人难以承受。蕾妮只能眼睁睁看着，感觉有如浪潮侵蚀沙洲，不断淘空，最后终于无力支撑而倒塌，落入涨高的水中。每次呼气，妈妈就丧失一些力气。

妈妈缓缓伸手，打开床头柜最上层的抽屉，昂贵的工艺技术让抽屉无声滑出。她用颤抖的手拿出一封信，信纸整齐地折成三折："拿着。"

蕾妮不想拿。

"拜托。"

蕾妮接过那封信,小心翼翼地打开,看到第一页上面的内容,字迹潦草,几乎难以阅读,太多花哨笔画。上面写着:

本人珂拉琳·玛格丽特·欧布莱特,枪杀丈夫恩特·欧布莱特,因为他殴打我们的女儿,于是我对他的后背开枪。

我以捕兽夹作为重物,将他沉入玻璃湖。我因为害怕坐牢所以逃跑,不过,无论当时还是现在,我相信那天晚上我救了女儿和自己的性命。我丈夫多年来一直对我暴力相向,卡尼克的许多居民都猜到我遭受家暴,并且想伸出援手,但我拒绝接受。

他的死是我一手造成的,并成为我良心的重担。罪恶感化身为癌症夺走我的性命,这是上天在主持公道。

我独自杀死他并弃尸,我的女儿完全没有参与犯案。

珂拉琳·欧布莱特　敬上

在妈妈字迹抖动的签名下,外公以律师兼见证人的身份签名,然后还有公证章。

妈妈对着一团面纸咳嗽,剧烈咳嗽掏空了她,不停地大力震动,几乎折断她因为癌症变得脆弱的骨头。妈妈吸一口气,发出带痰的声音,然后抬起视线看蕾妮。在那可怕又美好的瞬间,时间在她们之间停止,世界屏息。"蕾妮,时间到了。宝贝女儿,你一直在过我的人生,现在你该过自己的人生了。"

"让你扛下杀人罪名,假装我毫无责任?你要我以这种方式开始新生活?"

"我希望你回家。外公说你可以把罪名全部推给我,只要说你毫不知情就可以了。当时你还小,他们会相信你,汤姆和大玛芝会帮你做证。"

蕾妮摇头，因为悲伤太过沉重而说不出话："我不会丢下你。"

"啊，宝贝女儿，这句话你这一生说了多少次？"妈妈疲惫地叹息，悲伤含泪的眼睛注视着蕾妮。她呼吸时很辛苦，发出咻咻声响。"但我要离开你了。我们无法继续逃避这个现实。"她轻声说，"拜托，为了我，你一定要做到，要比以前的我勇敢。"

* * *

两天后，蕾妮站在阳光室外，听着妈妈和外婆说话。妈妈的呼吸非常痛苦，每次都发出咻咻声响。

门开着，蕾妮听到外婆说对不起，她小心控制语气，但声音颤抖。

蕾妮越来越觉得"对不起"这句话并不重要。她知道过去几年来，妈妈和外婆已经把需要说的话都说完了。她们片片断断聊起过去。她们从不曾一次全部说出来，也没有哭泣拥抱的感人结局，她们只是一次又一次淡淡地提起过去，反省各自的行为、决定与想法，互相道歉、互相原谅。这一切让她们找回两人之间真正的关系，她们一直以来的关系——母女。她们之间最根本、最持久的联结——很脆弱，过往一句无情的话就足以造成断裂，但又很坚毅，就连死亡也无法消灭。

"妈咪！你在这里呀。"小迈说，"我到处找你。"

小迈蹦蹦跳跳过来，大力撞上她。他拿着最宝贝的《野兽家园》绘本。"外婆答应要讲故事给我听。"

"恐怕不行耶，宝贝儿子——"

"她答应我了。"说完之后，他从她身边挤过去，走进阳光室，姿势大摇大摆，像西部片里的约翰·韦恩要去找人打架。"外婆，你有没有想我？"

蕾妮听见妈妈微弱的笑声，然后听见小迈撞上氧气筒的声音。真是的,这孩子简直像刚出生的小马一样,毫无协调性。

不久之后,外婆走出阳光室,看到蕾妮时停下脚步。"她要见你。"外婆轻声说,"西塞尔已经进去过了。"

妈妈要求和每个家人单独见面,他们都很清楚这代表什么。

外婆紧握一下蕾妮的手又放开。外婆最后看了她一眼,神情满是苦痛忧伤,然后走向楼梯上楼,回到她的卧房。蕾妮猜想她大概终于允许自己为即将失去女儿而哭泣。他们都尽量不在妈妈面前落泪。

阳光室传出小迈高亢的声音:"外婆,讲故事给我听。"然后是妈妈模糊的回答。

蕾妮看看手表。妈妈和他在一起撑不了几分钟。小迈很乖,但他毕竟是男生,忍不住会蹦蹦跳跳、叽叽喳喳,总是动个不停。

蕾妮向来习惯仔细听妈妈的声音,现在更是如此,因为如今每个时刻都很重要,每次呼吸都是恩赐。蕾妮学会将恐惧藏在心里,埋在安静的角落,用笑容掩饰,但恐惧总是如影随形。她经常忍不住想,这次呼吸会不会是最后一次?这次要结束了吗?每当妈妈闭上眼睛,蕾妮就跌入更深的绝望。

到了这么接近结束的时候,很难相信还会有回光返照的机会。妈妈承受如此剧烈的疼痛,即使只是希望她多活一天、一个小时,感觉也很自私。

蕾妮听见妈妈说:"结束了。"这句话的双重意义令人痛心。

"再讲一个嘛,外婆。"

蕾妮走进去。所有白色藤编家具都推到墙边或搬走。那对鸟儿几年前死掉了,空荡荡的笼子依然放在原位。陶瓷花盆里长着茂盛的绿色植物。一棵柠檬树散发着香气。

妈妈的病床放在最能晒到太阳的地方,感觉很像童话故事中藏在森林深处的床,阳光照耀,四周都是温室花朵。

　　妈妈就像睡美人或白雪公主,躺在玻璃下的美人,全身只剩嘴唇还残留一些色彩。她的其他部位变得如此瘦小苍白,仿佛整个人融入白床单。透明塑料管从鼻子伸出,绕过耳朵,连接氧气筒。

　　"够了,小迈。"蕾妮说,"外婆需要休息。"

　　"哦,狗屎啦。"他的头和小小肩膀颓然垂下。

　　"不可以没礼貌。"蕾妮一手按住他的肩膀。

　　"只是狗便便的意思。"他抬起头,"便便可以吗?"

　　蕾妮努力憋笑:"曾外祖母烤了饼干给你吃,应该在厨房。"

　　小迈皱起鼻子:"她做的饼干像便便。"

　　妈妈大笑,但很快变成咳嗽。"这孩子对饼干很有品位。"她的声音气若游丝。

　　"外婆又咯血了。"小迈说。

　　蕾妮从病床边的盒子抽了一张面纸,靠过去擦拭喷在妈妈脸上和手上的血。"小迈,来亲一下外婆的手,然后出去吧。曾外祖父买了新的飞机模型,在等你一起组装呢。"

　　妈妈的手虚弱地从床上抬起,手指无力地垂落。因为癌症、点滴、化疗,她的整个手背都淤血了。

　　小迈弯腰时大力撞到病床,连她妈妈也跟着晃动,他的膝盖踢到氧气筒。不过他非常温柔地亲吻那只淤血的手。

　　他离开之后,妈妈叹口气,躺回枕头上。"那孩子简直是头公麋鹿,你该让他去学芭蕾或体操。"

　　"我觉得他只是长得太快了,像绿巨人浩克一样,瞬间就把衣服撑破。"

　　"唉,他爸爸是个大个子。"

　　"是啊。"蕾妮说,"你还好吗?"

"很累,宝贝女儿。感觉好像我一辈子都在拼命搏斗,却不知道为什么,也不知道自己想成为怎样的人。我让自己成为别人的倒影。"

蕾妮无法呼吸:"没有这回事。"

"我好累,但我……不能离开你。我……不能。我不知道为什么。你知道,你就是我这辈子最伟大的爱。"

"天生一对。"蕾妮低语,感觉泪水滑落脸颊。

"相亲相爱。"妈妈咳嗽,"想到只剩下你一个人,没有我……"

蕾妮弯腰亲吻妈妈柔软的前额,抚摩她光秃的头顶。她知道现在必须说什么,妈妈需要听她说什么。一直以来,她们总是这样。总有一方要为了对方坚强起来。"妈妈,不用担心我。我知道你会永远陪着我。"

"永远。"妈妈轻声说,声音细到几乎听不见。她举起手,抖得非常严重,摸摸蕾妮的脸颊。她的皮肤很凉,看得出来这么简单的动作都让她非常辛苦。"我好累……"

"你可以走了。"蕾妮低语。

妈妈深深地叹息。在那一声叹息中,蕾妮听出妈妈抗拒这一刻多久了,也感觉到她终于放弃了。妈妈的手离开蕾妮的脸,重重落在床上,像花朵一样绽放,露出握在里面的染血面纸。"啊,蕾妮……你是我一生的最爱……你知道吧?"

"我知道,不用担心我。"泪水滑落蕾妮的脸颊,"我爱你,妈妈。"

妈妈的眼睑颤抖着合上:"爱……你……我的宝贝女儿。"

她最后的一句话太小声,蕾妮几乎听不见。她深刻感觉到妈妈的最后一次呼吸,仿佛是她自己的呼吸。别走,妈妈。没有你的世界,我不知道该怎么办。接着只剩一片寂静,从来没有这么寂静过。

走了。

第29章

"她要我把这个给你。"

外婆一身黑衣地站在蕾妮的房门口。她成功让丧服也显得高雅。很久以前的妈妈会觉得很可笑——她看不起注重表面功夫的女人。但蕾妮知道,有时候为了能继续活下去,再无谓的东西也要抓住。或许这身黑衣只是盾牌,告诉大家:"不要跟我说话,不要接近我,不要拿那些平凡的日常问题来烦我,我的世界爆炸了。"

蕾妮是另一个极端,她仿佛是被海浪冲上岸的废弃物。妈妈走了之后,整整二十四小时,她没有洗澡、刷牙、换衣服。她只是坐在房间里,把门关起来。到了两点,她会努力振作,因为要去接小迈放学。他不在的时候,她独自在失落中漂流。

她掀起被子,动作非常缓慢,仿佛失去妈妈之后她的肌肉变得没用了。她走到门口,赤足陷进高级羊毛地毯里,没有半点儿声音。

她从外婆手中接过那个盒子,然后说:"谢谢。"

她们看着彼此,同样悲伤的神情,仿佛在照镜子。然后外婆一言不发转身离开——还有什么好说的?——姿态僵硬笔挺。如果蕾妮不够了解她,一定会说外婆像岩石一样坚毅,拥有完美的自制力,但蕾妮很了解她。外婆走到楼梯前,停顿一下,踩空一步,一手紧抓住扶手。外公从办公室出来,在她需要的时候伸出援手。

他们两个低着头靠在一起,有如哀恸的画像。

蕾妮讨厌自己帮不上忙。三个溺水的人要如何救助对方?他们需要站在陆地上的救生员。

蕾妮回到床上，钻进被窝，将檀木盒子放在腿上。当然，她看过这个盒子，以前装着他们家的扑克牌。

制作这个盒子的人一定充满了爱，反复抛光，最后表面感觉不像木头，比较像玻璃。这是纪念品，可能是开车一路去墨西哥蒂华纳那次买的。当时他们住在拖车里，感觉像上辈子的事了。蕾妮那时候还太小，对那次旅行毫无印象，那是爸爸去越南之前的事了，但她听爸爸妈妈讲过。

蕾妮做个深呼吸，掀开盖子，里面放着一堆杂乱的东西：一个廉价的缀饰手链；一串钥匙，钥匙圈上印着"卡车不停飙"；一个粉红扇贝壳；一个串珠麂皮零钱包；一盒扑克牌；一个因纽特人举着长矛的原住民牙雕工艺品。

她一样样拿起里面的东西，想从中组合出妈妈人生中她知道的部分。那条手链感觉像高中女生会送的礼物——或许来自妈妈念天主教女校的时代。蕾妮认得那串钥匙——多年前，他们在西雅图郊外租的房子，位于社区马路回转处。贝壳可以看出妈妈多爱在海滩上捡东西，麂皮零钱包可能是在原住民保护区礼品店买的。

里面还有个咸狗酒馆的烈酒杯；一块漂流木，上面刻着"珂拉与恩特，一九七三"；三块白玛瑙；一张爸爸妈妈结婚当天的照片，在法院拍的。照片里，妈妈笑容灿烂，穿着白色洋装，圆裙长度到小腿肚，戴着白手套，拿着一枝白玫瑰；爸爸紧紧搂着她，笑容有点儿僵硬，穿着黑西装，打着窄版领带。他们像两个玩扮家家酒的小孩。

下一张照片是他们的大众面包车，纸箱和行李箱堆到车顶。前门开着，可以看到里面堆满垃圾。这是他们出发北上前几天拍的。

他们三个站在面包车旁。妈妈穿着大喇叭裤配露出肚子的上衣。她的金发绑成两条麻花辫，额头上系着串珠麂皮头带。爸爸穿着浅蓝色聚酯长裤,同色衬衫的领片非常夸张。蕾妮站在爸爸妈妈前面。他们各自按住她的一边肩膀。她穿着有白色小圆领的红色洋装,搭配白色帆布鞋。

她笑得很灿烂、很开心。

照片变得模糊,在蕾妮手中颤抖。

蕾妮瞥见一个金红蓝三色的东西。她放下照片,抹抹眼睛。

是勋章,红白蓝三色丝带,下面的尖端挂着一个黄铜星星。她翻转星星,看到背面的铭文:"英勇或战绩表扬。恩特·A. 欧布莱特"。下面有一张折起来的剪报,标题写着"西雅图战犯获释",还有她爸爸的照片。他的样子像死人,双眼无神呆望前方,和婚礼照片中的他几乎毫无相似之处。

"真希望你记得他以前的样子……"这些年来,这句话妈妈说过多少次?

她将照片和勋章按在心头,仿佛想印在灵魂上。这些是蕾妮想保留的回忆:他们的爱,他的英勇事迹,他们全家人一起欢笑,妈妈在海滩捡贝壳的样子。

盒子里还剩下两样东西:一个信封、一张折起来的笔记本内页。蕾妮将勋章和照片放在一旁,拿起那张从笔记本上撕下来的纸,缓缓打开。她看到蓝色字迹,是妈妈优美的私立女校书法。

漂亮的宝贝女儿:

现在该让你从我的罪行中脱身了。因为我杀了人,害你必须以假身份生活,都是我不好。

或许你还不知道,但你有一个家,而家深具意义。你有机会过不一样的人生。你可以给儿子我无法给你的一切,要做到需要勇气。幸好勇气是你最不缺的东西。你只要回到阿拉斯加,将我的自首信交给警方,告诉他们我是杀人犯，让这件早该落幕的案子结束，而你不必受到牵连。他们结案之后，你就自由了。找回你的姓名与人生吧。

回家去，将我的骨灰撒在我们的海滩上。

我会保佑你，永远。

你也有孩子，所以一定懂。你是我的心，宝贝女儿。你是我所做过最对的事。我希望你知道，如果能重来，我绝不会改变一丝一毫，我要保留所有美好、痛苦的每一秒。只要能和你多相处一分钟，就算再次忍受年复一年的煎熬，我也甘愿。

放在这封信下面的信封里，装着两张去阿拉斯加的单程机票。

* * *

七月的最后一个周六，安妮女王山那栋精美豪宅的上上下下，生活照着正常步调前进，有如上足油的机器。外公家的邻居聚集在闪亮的红色 Weber 牌烤架前，一旁放着烧烤店里买来的肉，以及用果汁机打的特制玛格丽特酒。小孩子玩耍的秋千架价格可比一辆二手车。有没有人注意到葛理何家的百叶窗一直拉下来？他们是否能感受到从石头与玻璃渗透出的悲恸？这份伤痛不能公开。依芙琳·葛兰特不曾存在，要如何表达失去她的哀凄？

蕾妮从卧房窗户爬出去，坐在屋顶上，因为这些年来太常坐在这里，木瓦都磨光滑了。在这里，她最能感觉到妈妈在身边。有时这种感觉太强烈，蕾妮会以为听见妈妈的呼吸，但只是风吹过前院的枫树，盘子大小的叶片发出窸窣低语。

"你妈十三岁的时候，我抓到她在这里抽烟。"外婆轻声说，"她以为只要关上窗户,吃颗薄荷糖,就可以瞒过我。"

蕾妮忍不住微笑。这句话有如咒语,在这美妙神奇的瞬间将妈妈带回来,金发如火闪耀,笑声随风飘荡。蕾妮回过头,看到外婆站在二楼卧房敞开的窗前。清凉晚风吹动她的黑色上衣,吹歪了天鹅般颈项下的领口。一瞬间,蕾妮冒出一个莫名的念头,外婆的余生可能会一直穿黑衣,即使她穿上绿色洋装,失去女儿的哀伤依然会从毛孔涌出,将衣服染黑。

"我可以加入吗?"

"我进去好了。"蕾妮准备回房间。

外婆弯腰钻出窗口,上了大量发胶的灰发碰到窗框发出清脆声响,凹下去一块。"我知道你觉得我是侏罗纪恐龙,但只是爬个窗户,我还没问题。健身大师杰克·拉兰内六十岁还可以从恶魔岛游泳到旧金山。"

蕾妮往旁边移动让出位置。

外婆从窗口爬出来坐下,笔挺的背脊与墙面平行。

蕾妮后退和她坐在同样的高度,手里拿着那个檀木盒子。自从打开看过之后,她再也舍不得放下,总是抚摸着玻璃般光滑的表面。

"我不希望你走。"

"我知道。"

"你外公说这个决定很不明智,这方面的事情他很清楚。"她停顿一下,"留在这里,不要把那封信交出去。"

"这是她临终的心愿。"

"哦,谁在乎?她已经不在了。"

蕾妮不禁莞尔。她最爱外婆这种融合乐观与务实的性格。乐观的那一面让她愿意花上将近二十年等女儿回家,务实的一面让她忘记之前的所有痛苦。这些年来,蕾妮知道妈妈不仅是原谅了外公外婆。她渐渐了解他们，后悔当初不该那么鲁莽地对待他们。或许这是每个孩子终将经历的道路。"我有没有说过，我多感谢你们愿意收留我们，愿意爱我的儿子。"

"还有你。"

"还有我。"

"蕾妮，解释给我听，我很害怕。"

蕾妮想了整个晚上。她知道这么做很疯狂，甚至会有危险，但也有希望。

她想要，也需要，重新做回蕾妮·欧布莱特，过属于她的生活，无论要付出多大的代价。"我知道你认为阿拉斯加冰天雪地、不适人居、大得吓人，我们在那里迷失。不过老实说，我们也在那里找到自己。外婆，那个地方在我心里。我属于那里，离开这么多年对我是一种耗损。还有小迈，他已经不是小宝宝了，他是个男孩子，而且长得很快。不久，他就要开始打小联盟棒球了。他需要爸爸。"

"可是他爸爸……"

"我知道。这些年来，我一直尽量告诉小迈他爸爸的真实状况。他知道他爸爸发生意外住院，但这样还不够。小迈需要知道自己的出身，而且很快他就会开始问真正重要的问题了，应该让他知道答案。"蕾妮停顿一下，"我妈对很多事情的看法都不对，但至少有一件事情她说得没错，那就是爱永远存在，不会消失。无论遭遇多少考验，即使面对仇恨的挑战，爱依然在。我在心爱的人重伤病弱的时候，选择抛下他，因此我恨自己。迈修是小迈的爸爸，无论迈修是否能够理解，无论他是否能够抱他，小迈有资格知道自己的故事、家族的故事。汤姆·沃克是他的爷爷。爱莉斯佳是他的姑姑。他们不知道小迈的存在，这简直天理不容。他们会像你一样爱他。"

"他们会抢走他。监护权官司很棘手,你一定承受不住。"

这是个蕾妮无法忽视的黑暗角落。"重点不是我。"蕾妮轻声说,"逃避这么久之后,我终于要做对的事了。"

"蕾妮,这个计划真的不太好,根本很糟。如果你妈和她的遭遇有什么值得学习的教训,绝对是人生和法律都对女性很残酷。有时候就算做对的事也没用。"

* * *

夏季的阿拉斯加。

蕾妮不曾遗忘那令人屏息的绝美风光,现在她坐在小飞机里,从安克雷奇飞往荷马,她感觉灵魂终于敞开。多年来第一次,她彻底感受到真实的自己。

飞机经过安克雷奇外的翠绿沼泽地,到处都是点缀植物绿意的水域,广大的银色回转湾,退潮露出灰色沙质底层。许多粗心大意的人跑去钓鱼,却不知一旦涨潮,卷起来的大浪足以冲浪。世界第二大潮差,仅次于芬迪湾……

然后是库克湾,一抹碧蓝点缀着渔船。飞机侧身左转,飞向高耸入云的白头山区,然后飞过冰河蓝色调的哈丁冰原。在喀什马克湾上方,大地再次变成肥沃绿意,一连串青翠的小丘。数百艘船浮在水面上,后面拖着缎带般的白色水沫。

到了荷马,飞机笨重地降落在碎石跑道上。小迈开心地尖叫,指着窗外。飞机停妥之后,飞行员过来打开后门,帮蕾妮搬下有轮子的行李箱(非常外界的东西,甚至没有背带)。

她一手牵着小迈,一手拉行李箱,沿着碎石跑道走向小航站。墙上的大型时钟显示现在是上午十点十二分。

她去到柜台,好不容易让服务人员注意到她。

"请问一下,听说镇上新设了一间警察局。"

"不算新了,在希斯街,过了邮局就能看到。要帮你叫出租车吗?"

蕾妮太紧张,否则一定会觉得在荷马坐出租车这件事很好笑。"呃,好,麻烦你。太好了。"

蕾妮站在小小的航站,惊叹地看着一排排宣传语:轻艇与钓鱼团、赏熊团、布鲁克斯山脉飞蝇钓体验团。整面墙上摆满四色小手册,宣传野外观光活动:斯特灵的大阿拉斯加营、卡尼克的沃克湾野外活动营区、布鲁克斯山脉的飞行钓鱼营区、一日河流向导、费尔班克斯的狩猎之旅。阿拉斯加显然成为旅游胜地,一如汤姆·沃克所预期的。蕾妮知道夏季时,渡船每周载运数千游客前往苏厄德。

出租车来了,不久之后她和小迈抵达警察局,那是栋位于街角的长形低矮平顶建筑。

警察局里灯火通明,油漆还很新。蕾妮与行李箱搏斗了一阵,硬是拖过门槛。整个警察局里只有一个人在,一个穿制服的女警坐在柜台里。蕾妮坚决地往前走,握着小迈的手。因为太用力,他扭动抱怨,想要挣脱。

"你好。"她对柜台里的女警说,"我想见局长。"

"什么事?"

"关于一起……死亡事件。"

"死的是人吗?"

只有在阿拉斯加才会听到这个问题。"我想提供与一起案件相关的资料。"

"跟我来。"

女警带蕾妮经过一间没人的拘禁牢房，走到一扇门前，上面的牌子写着"寇特·瓦德局长"。

女警用力敲了两下门，里面传来闷闷的声音："请进。"她打开门。"局长，这位小姐说要提供与案件相关的资料。"

警察局长缓缓站起来，离开老旧的皮椅。搜救吉妮娃·沃克那次，蕾妮见过他。他的头发剃成军人的那种锅盖头，茂盛的红色八字胡，下巴有许多赭色胡茬，显然是早上刮过胡子之后又冒出来的。他高中时应该是过度热血的运动员，长大之后成为小镇警察。

"我是蕾诺拉·欧布莱特。"蕾妮报上身份，"我爸爸是恩特·欧布莱特。我们以前住在卡尼克。"

"见鬼了，我们以为你死了。搜救队忙了好几天，寻找你们母女。多久以前的事了？六七年？你为什么没有联络警方？"

蕾妮找张舒服的椅子安置小迈，翻开一本书给他看。她想起外公的建议："蕾妮，你还是别去比较好，如果你一定要去，那就必须非常小心，不能重蹈你妈妈的覆辙。不要说话，把信交给他们。跟他们说你不知道爸爸死了，拿到这封信才发现。就说你们因为害怕家暴所以逃跑，躲在他找不到的地方。你们所做的一切，改名换姓、搬到城市、隐瞒真相，全都符合逃离危险男人的受暴家庭模式。"

小迈在位子上躁动："妈咪，我想走了，我想去看爸比。"

"一下就好，宝贝。"她亲吻他的前额，然后回到局长的办公桌前。两人之间的灰色金属桌面上摆着家庭照，东一沓、西一沓粉红色的便利贴，到处是随手乱放的钓鱼杂志。一个钓鱼线严重纠结解不开的卷线器充当纸镇。

她从皮包拿出那封信。她交出妈妈的自首信时，手不停地发抖。

瓦德局长看完之后把信放下，抬起头问："你知道内容吗？"

蕾妮把一张椅子拖过去，面对他坐下。她担心腿会无法支撑。"我知道。"

"也就是说，你母亲开枪射杀你父亲，弃尸之后，你们两个一起逃亡。"

"就像信上写的那样。"

"你母亲在哪里？"

"她上个星期过世了。她在临终前把这封信交给我，要我送交警方。这是我第一次听说这件事，我爸爸……死亡的经过。我以为我们只是因为爸爸家暴所以才逃跑。他有时候……很暴力。有一天晚上，他发狂狠打我们，于是我们趁他睡着的时候逃跑。"

"很遗憾令堂过世了。"

瓦德局长眯起双眼注视蕾妮许久。他专注的程度令人不安。她有种想慌张乱动的冲动，但拼命忍住。终于他站起来，走向办公室后面的档案柜，打开抽屉翻找一阵之后拿出一个档案夹。他放在桌上之后坐下打开："好，你母亲珂拉·欧布莱特身高约一米六八，大家形容她身材苗条、纤细、过瘦。你父亲身高差不多一米八二。"

"对，没错。"

"她开枪杀死你父亲，将他的遗体拖到屋外，然后怎么来着？把尸体绑在雪地机动车上，在冬天一路骑上山到了玻璃湖，再切开冰层，装上捕兽夹之后沉入湖中。这所有事情都是她独自完成，当时你在哪里？"

蕾妮一动也不动，双手交握放在大腿上。"我不知道。我不知道事情是什么时候发生的。"她觉得有必要强调，用重复的词强化她的谎，但外公劝她尽量少说话。

瓦德局长将两只手肘撑在桌上，双手圆钝的指尖相触，立成三角形。"你可以把这封信邮寄过来就好。"

"没错。"

"但你不是那种人,对吧,蕾诺拉?你是个乖孩子,诚实的好人。这份档案里,很多人都称赞你。"他往前靠,"那天晚上究竟发生了什么事?他为什么发狂?"

"我……发现自己怀孕了。"她说。

"迈修·沃克。"他低头看档案,"大家都说你们两个在谈恋爱。"

"嗯。"蕾妮说。

"他发生那起意外真的让人很难过。你们两个一起出事,你复原了,他却……"瓦德局长没有说完。蕾妮感觉没说出来的话像钩子,吊着她的羞耻。"听说你爸爸讨厌沃克家的人?"

"不仅是讨厌而已。"

"你爸爸知道你怀孕的时候,他做了什么?"

"他完全疯了,用拳头和皮带打我……"多年来努力逃避的记忆瞬间挣脱,羞耻与疼痛勒住她的胸口。

"听说他是个很可恶的王八蛋。"

"有时候。"蕾妮转开视线,眼角余光看到小迈坐在角落里读书,嘴巴动着,研究该如何发音。她希望这些话不会偷偷钻进他潜意识的黑暗角落,有一天突然发作。

瓦德局长将一些文件推到她面前。蕾妮在角落看到珂拉琳·欧布莱特这个名字。"我手上有几份经过宣誓的证词,分别来自玛芝·博梭、娜塔莉·威金斯、蒂卡·罗德斯、瑟玛·胥尔、汤姆·沃克。他们全都做证多年来曾经看过你母亲身上出现淤血。做笔录的时候,很多人都哭了,可以说很多镇民都希望自己能多帮一点儿忙。瑟玛说她想亲手开枪杀死你爸爸。"

"妈妈从来不让人帮忙。"蕾妮说,"到现在我还是不懂为什么。"

"她有没有告诉任何人被丈夫殴打的事?"

"据我所知没有。"

"如果你真的想要得到帮助,就必须说实话。"瓦德局长说。

蕾妮呆望着他。

"真是够了,蕾妮。你我都很清楚那天晚上发生了什么事。你妈妈绝对不是独自犯案。那时候,你还小,不是你的错,你只是听妈妈的话而已,谁都会这么做吧?这个世界上,所有人都会理解。他打你,多可恶。法律会体谅。"

他说得对。那时候,她确实只是个孩子,是个害怕又怀孕的十八岁少女。

"让我帮你。"他说,"我可以解除你心头沉重的负担。"

她知道妈妈和外公会希望她怎么做:继续说谎,说她没有目睹杀人经过,也不知道妈妈把爸爸载去玻璃湖沉入冰水中。

她应该说:与我无关。

她应该让妈妈独自扛下所有罪行,坚持编出的故事。

永远怀抱黑暗可怕的秘密,永远做个骗子。

妈妈希望蕾妮回家,但所谓的家并不是位于森林深处、俯瞰平静海湾的那栋木屋。家是一种内心平静的状态,来自做自己、过诚实正直的生活。没有半吊子的家,她不能将新生活建立在旧生活的危楼上,不能以谎言为地基,不能再犯同样的错。家不是这样的。

她想找回人生,想让大玛芝得到自由,不必继续背负当年那个糟糕透顶、摧毁一切的决定,为了保护她们而撒谎。

"蕾妮,说出真相才能得到自由。这不就是你想要的吗?你来到这里不就是为了这个?告诉我那天晚上真正的经过。"

"他发现我怀孕于是打我,出手很狠。我的脸颊割伤、鼻梁断裂。我……我记不清楚细节,只记得他打我。然后我听到妈妈说,不准打我的蕾妮，然后枪声响起。我……看到他的上衣渗出血。她对着他的背开了两枪，为了阻止他打死我。"

"你帮她弃尸？"

蕾妮犹豫了一下，但他怜悯的眼神让她说出："我帮她弃尸。"

瓦德局长静坐片刻，低头看眼前的资料。他似乎想要说什么，但临时改变了心意。他打开办公桌抽屉（发出刺耳的摩擦声响），拿出一张纸和一支笔："可以写下来吗？"

"我已经全部告诉你了。"

"我需要书面笔录，然后就结束了。蕾妮，不要现在放弃，就快结束了。你希望抛开这一切，不是吗？"

蕾妮将纸笔拿过去，一开始她只是呆望着白纸："我是不是该请律师？我外公应该会建议我这么做，他是律师。"

"要请当然可以。"他说，"有罪的人当然会想请律师。"他的手伸向电话。"要我帮你找吗？"

"你相信我吧？我没有杀死他，妈妈也是迫于无奈。现在法律知道受虐妇女的苦了。"

"当然，任何人都会做同样的事情。更何况，你已经告诉我真相了。"

"所以现在只要写下来就没事了？我可以去卡尼克？"

他点头。

只是写下来，会有什么差别？她动笔慢慢写，一个字接着一个字，建构出那个恐怖夜晚的场景。拳头、皮带、鲜血、肉块，冰天雪地中前往湖边的路程。最后一次看见父亲的脸，在月光下呈现象牙色调，毫无血色，沉入水中。结冰泥水涌出洞口的声音。

她只隐瞒了大玛芝帮忙的事。她完全没有提到她，也没有提到外公外婆，也没有说出她们母女离开阿拉斯加之后的去向。

最后一句她只写了:"我们从荷马飞往安克雷奇,然后离开阿拉斯加,再也没有回来。"

她将写好的证词推到桌子对面。

瓦德局长从松垮的制服口袋拿出眼镜戴上,低头看她的自白书。

"妈咪,我看完了。"小迈说。她挥手要他过来。

他啪的一声合上书,急急忙忙跑过来。他总是这样,几乎是用冲的。他像猴子一样爬上她的腿,虽然他其实已经太大了。她抱住他,让他留在怀中。他瘦瘦的腿悬在半空中,运动鞋尖端踢着桌子,发出砰砰的声音。

瓦德局长看着她说:"我现在要逮捕你。"

"你不是说只要我写下来就没事了?"

"你和我之间的事情结束了,现在是别人的事情了。"他扒了一下头发,在锅盖头上留下一道痕迹,有如被犁过的干草地。"真希望你没有来。"

蕾妮确实感觉到世界在脚下崩塌。

这些年来听过的那么多警告,她怎么会忘记?她太需要得到原谅与救赎,以致忘记了现实常识。"什么意思?"

"蕾妮,现在已经由不得我了,要由法院裁定。我必须把你关起来,至少要关到提审。如果你负担不起律师费用……"

"妈咪?"小迈皱着眉头问。

局长拿着一张纸宣读米兰达警告,然后补上一句:"除非有人能帮你照顾儿子,不然必须将他交给社福单位。他们会好好照顾他,我保证。"

蕾妮不敢相信她竟然这么蠢、这么天真,轻易相信他。她怎么没有料到会这样?家人警告过她了,但她竟然依然相信警方。她明明知道世界有多危险,法律对女性有多严苛。

她想发狂、尖叫、哭喊、乱砸家具,但现在已经没有意义了。她已经犯了一个大错,绝不能再犯第二个。"汤姆·沃克。"她说。

"汤姆?"瓦德局长蹙眉,"为什么要找他?"

"通知他就对了。告诉他我需要帮助,他会来帮我。"

"你该找律师才对。"

"好。"她说,"这件事也跟他说。"

第 30 章

程序。

今天之前,对蕾妮而言,这个词最常用于食品加工,以各种"程序"将食物变成面目全非、对身体有害的东西,例如喷雾奶酪。

如今她体验到的却是逮捕程序。

采指纹、拍档案照。"请转到右边!"几只手在她身上拍打、搜身。

"好好玩噢!"小迈双手划过牢房栏杆,跑到尽头又回头,"像直升机的声音,你听。"他又跑一次,拍打栏杆。

蕾妮挤不出笑容。她无法看他,但也无法移开视线。她哀求了好久,他们才终于答应让他一起进来。感谢老天,这里是荷马,不是安克雷奇,在大城市里规定应该更严格,执行上也更没有通融的空间。显然这一带的犯罪率依然不高,这间牢房平常只有周末用得到,用来关酒醉闹事的人。

哐、哐、哐。

"小迈。"蕾妮厉声说。看到他惊恐的表情,充满担忧的圆睁绿眸,张大的嘴巴,她才惊觉刚才大吼了。

"对不起。"她说,"过来这里,宝贝。"

小迈的情绪就像大海,看一眼就知道状况如何。她刚才大吼不但伤了他的心,甚至可能吓到他了。

又多了一件让她自责的事。

小迈拖着脚步走过小牢房,故意用运动鞋的橡胶底摩擦地面。"我在溜冰噢。"他说。

蕾妮勉强挤出笑容，拍拍水泥长凳的空位，他在她身边坐下。牢房非常小，他的膝盖碰到没有盖子的马桶。透过栏杆，蕾妮可以看见警局里大部分的地方——柜台、等候室、瓦德局长办公室的门。

她好想用力抱紧小迈，但强迫自己忍耐。他是她的儿子，是她的心跳，是她脑中的歌曲。"我有话跟你说。"她说，"我们不是经常说爸爸的事情吗？"

"他脑子受伤了，但还是很爱我。那个马桶好恶心。"

"他住在一个专门照顾受伤的人的地方，所以没办法来看我们。"

小迈点头："而且他不能说话。他掉到洞里，撞坏了脑袋。"

"对，他住在这里，在阿拉斯加。妈咪也是在这里长大的。"

"我知道啦，傻妈咪，所以我们才来这里啊。他会走路吗？"

"应该不会。不过……你有个祖父也住在这里，还有一个姑姑，她叫作爱莉斯佳。"

小迈终于停止用塑胶三角龙敲栏杆，专注地看着她："另外一个祖父？杰森有三个噢。"

"现在你有两个了，很酷吧？"

她听见警局门打开的声音，仿佛来自很遥远的地方。外面传来卡车经过的声音，轮胎压过碎石，以及喇叭声响。

他来了，汤姆·沃克大步走进警局。他穿着褪色牛仔裤，裤脚塞进靴子里，黑色T恤正面印着大型彩色商标"沃克湾野外活动营区"。脏脏的卡车帽拉低，压住宽阔的前额。

他走到警局中央，环顾四周。

看到她。

蕾妮就算想坐着也坐不住，而她等不及想站起来。她轻轻将小迈放在旁边，然后站起来。

她感觉到颤动的情绪，一半是焦虑，一半是欢喜。此刻她才知道自己多想念他。这些年来，她将他变成神话人物，她和妈妈都是。对妈妈而言，他是她应该把握的机会。对蕾妮而言，他是理想中的爸爸。她们经常谈起他，但最后因为对双方都太痛苦，于是渐渐不提了。

他朝她走过来，摘下帽子握在手中。他变了，不是老，只是比较沧桑。他的金色长发绑成马尾，靠近脸部的地方变成灰白。显然瓦德局长打电话过去的时候，他正在森林里忙。他的头发间卡着落叶和树枝，法兰绒衬衫上也有。终于他来到牢房栏杆前。"蕾妮，寇特说你在这里的时候，我还不相信呢。"他因为做粗活而发红的大手握住栏杆。"我以为你被你爸爸杀死了。"

蕾妮羞耻地抬起头，她感觉自己脸红了。"他打我，所以妈妈杀死了他。我们不得不逃跑。"

"我会帮你们。"他靠过来压低声音说，"我们全都会帮你们。"

"我知道，所以我们才开不了口。"

"那个……珂拉呢？"

"过世了。"蕾妮哽咽着说，"肺癌。她……经常想起你。"

"哦，蕾妮，真遗憾。她以前……"

"嗯。"蕾妮轻声说，尽可能不去回想妈妈的特别之处，也不去想失去她有多痛苦。时间还不够久，蕾妮还没学会如何谈论丧母之痛。于是蕾妮放下这件事，往旁边跨一步，让他看到身后的孩子。"小迈——迈修二世——这是你爷爷，汤姆。"

沃克先生平常总是那么强大，不可思议，几乎超越人类的极限，但现在他只看了一眼那个孩子，长得那么像他儿子的小男生，她看出他瞬间崩溃了。"哦，我的天，原来是因为这样……"

小迈跳起来，手里拿着红色塑胶恐龙。

沃克先生蹲下,隔着栏杆注视着孙子的眼睛:"你让我想起另一个金发小男生。"

不能哭出来。

"我是小迈!"他露出大大的笑容,跳得非常高,好像装了喷射器一样,"要不要看我的恐龙?"小迈不等他回答,从口袋里拿出塑胶恐龙,用炫耀的动作一只只给他看。

小迈模仿恐龙叫声(恐龙的叫声像这样"噢,吼吼吼"),沃克先生说:"他长得好像他爸爸。"

"嗯。"往事强势推开现实,卡在他们之间。蕾妮低头看着脚,不敢对上沃克先生的视线。

"对不起,一直没有告诉你。"她说,"我们离开得太仓促,而且我不希望连累你。我不希望你为我们撒谎,但也不能让妈妈去坐牢……"

许久之后,沃克先生说:"啊,蕾妮。"他站起来。"你明明只是个孩子,却总是烦恼太多。既然杀死恩特的人是你妈妈,为什么你会在牢里?寇特应该颁奖给你才对,而不是把你关起来。"

他慈爱的眼神差点儿让蕾妮支撑不住,一定只是她的想象而已。他怎么可能不生气?她抛弃他脑伤的儿子,撒谎装死那么多年,偷走他孙子人生中很多年的时间,现在还厚着脸皮求他帮忙。"我是事后从犯。你知道……帮忙……弃尸。"

他靠过来:"你承认了?为什么?"

"局长用计谋让我说出来。总之,或许这样也好,我需要说出真相。我累了,不想继续假装成别人。我会想办法。我外公是律师,只是在我……出去之前……需要知道小迈安全无虞。你可以带走他吗?"

"当然没问题,但——"

"我知道我没有资格拜托你这件事,但求你,求求你,不要告诉迈修。我需要亲口告诉他小迈的事。"

"迈修不会——"

"我知道，他不会懂，但我需要亲口说出他有个儿子。这样做才对。"

她听见钥匙晃动的声音和脚步声。瓦德局长走过来。他经过沃克先生身边，解锁、开门。"时间到了。"他说。

蕾妮弯腰对儿子说："好了，宝贝儿子。"她努力坚强起来。"你先去爷爷家。妈咪……有事情要做。"她轻轻推他一把，让他离开牢房。

"妈咪，我不想走。"

蕾妮用眼神请沃克先生帮忙，她不知道该怎么办。

沃克先生长满老茧的大手按住小迈的小小肩膀。"小迈，今年是粉红年。"他的声音暗藏激动，像蕾妮的心情一样。"也就是说河里挤满了粉红鲑。我们今天可以去安克河钓鱼，你很可能会钓到这辈子最大的鱼噢。"

"妈咪和爸比可以一起去吗？"小迈问，"哦，对了，爸比不能动。我忘记了。"

"你知道你爸爸的事？"沃克先生问。

小迈点头："妈咪很爱他，超过月亮和星星，就像爱我一样。可是他的头受伤了。"

"这孩子必须马上离开。"瓦德局长说。

小迈看着蕾妮："我要和新爷爷去钓鱼，对吧？然后再回来玩监狱游戏？"

"嗯。"蕾妮尽力不哭。她教导儿子要永远信任她、相信她，他真的很听话。她将他拉过去抱住，将他的触感印在身上。她一次又一次鼓起勇气，回到家，说出真相，联络汤姆·沃克，没想到最难的竟然是放手让儿子走。她挤出颤抖的笑容。"拜，小迈。要乖噢，听爷爷的话，不要打破东西。"

"拜，妈咪。"

沃克先生抱起小迈，让他坐在强壮的肩头。小迈高声嬉笑。

"看，妈咪，快看！我变成巨人了！"

"她没有做错事，不该被关。"沃克先生对瓦德局长说，他耸肩，"你一直都是个只会死守规定的烂人。"

"你骂我有什么用？去法庭上骂吧，汤姆。我们很快就会安排提审。三点，法官希望四点能在河边钓鱼。"

"很遗憾，蕾妮。"沃克先生说。

她听出他温暖的语气，知道他准备给她安慰。蕾妮不敢接受，任何善意都会摧毁她仅存的一点儿自制力。"汤姆，好好照顾他，他是我的世界。"

一瞬间，不到一秒的时间，她抬头看着坐在爷爷肩上的儿子，心中祈求：拜托让我安然渡过这一关。然后牢门砰的一声关上。

这一天剩下的时间过得很慢，她的眼睛、耳朵接收到的东西都很陌生，电话铃声、门开关声、叫外送午餐声、无数靴子踩过警局地板的声音。

蕾妮坐在硬邦邦的水泥长凳上，颓然靠着墙。阳光从牢房的小窗户洒进来，让温度升高。她将汗湿的头发从眼睛上拨开。整整两个小时，她哭泣、流汗、低声咒骂。她全身都湿了，毫不夸张。她的嘴巴有股怪味，像旧鞋的里面。她走向没有盖子的小马桶，脱下裤子坐下，希望没有人看见。

小迈还好吗？希望沃克先生找到行李箱中的虎鲸玩偶（不知道为什么叫作巴伯）。没有巴伯，小迈晚上会睡不着。蕾妮怎么会忘记告诉沃克先生这件事？

警局的门开了，一个男人走进来。他弯腰驼背，头发非常乱，感觉像触过电。他穿着钓鱼用的吊带防水裤，拎着绿色尼龙公文包。"嘿，玛希。"他的声音非常洪亮。

"早安，丹比。"柜台里的女警说。

他看看左右："就是她？"

女警点头："对，蕾诺拉·欧布莱特，三点提审。约翰要从索尔多特纳过来。"

那个人朝她走来，在牢房外停下脚步。他叹口气，从脏兮兮的公文包里拿出档案开始读："真详细的自白，你没有看电视吗？"

"你是谁？"

"丹比·柯威，你的公设辩护人。我们要速战速决，进法庭，答辩无罪，然后出来。粉红鲑鱼正在洄游，好吗？你只要在法警说起立的时候站起来，然后说'无罪'，这样就好。"他合上档案。"有人可以帮你交保释金吗？"

"你不想听我说事情的经过吗？"

"我已经有你的自白书了，要说晚点儿再说。我保证，我们会聊很久。梳一下头发。"

蕾妮还没消化他来过这件事，他已经走了。

* * *

法庭让人感觉比较像小镇的诊所，不像司法殿堂。这里没有闪亮的木质装饰，没有教堂长凳般的旁听席，前方也没有大桌子。这里只有合成地板、几排椅子，检方和被告各有一张桌子。法庭前方，在里根总统的照片下，一张美耐板长桌恭候法官大驾光临，旁边的证人席只是一张塑胶椅。

蕾妮和律师一起坐下,他埋首桌前研究潮汐表。检察官坐在对面,他体格瘦削、胡须茂盛,穿着钓鱼背心配黑长裤。

法官进来了,后面跟着速记员和法警。法官穿着黑色长袍配 Xtratuf 钓鱼靴。他在放着"法官约翰·雷曼"名牌的位子坐下,抬头看一眼时钟:"双方,请速战速决。"

蕾妮的律师站起来:"若庭上同意——"

他们身后的法庭门砰的一声打开。"她在哪里?"

蕾妮就算活到一百一十岁也绝不会忘记这个人的声音。她的心欢喜翻腾。"大玛芝!"

大玛芝气势汹汹地上前,手环叮咚作响。她的深色脸庞点缀着许多黑痣,头发像钢丝绒缠成毛糙的发束,用折起来的发带挡住,以免披散到脸上。她的牛仔衬衫太小了,紧紧绷在保龄球般的胸前。她的长裤染上蓝莓汁,裤脚塞在橡胶靴里。

她一把将蕾妮从座位上拉起来,紧紧抱住。大玛芝身上有着自制洗发精和柴火的烟味——夏季阿拉斯加的气味。

"搞什么鬼?"法官敲法槌,"怎么回事?我们正在进行提审,这位小姐被起诉的刑事罪名很严重——"

大玛芝放开蕾妮,将她按回座位上。"去你的,约翰,起诉她才是犯罪。"大玛芝大步走向法官席,每一步靴子都发出咚咚声响。"这孩子是清白的,她什么都没做,那个神经病瓦德拐骗她写下自白书,费这么大的功夫为了什么罪名?协助犯罪?事后从犯?真是的。她那个烂人老爸不是她杀的,她只是太听话,惊恐的妈妈叫她逃,她就逃了。当年她才十八岁,家里有个会家暴的爸爸,谁不会逃?"

法官猛敲法槌:"玛芝,你的嘴巴比国王鲑还大,快点儿给我闭上。这里是我的法庭,而且现在只是提审而已,不是正式审判。等到审判的时候,你可以尽管提出证据。"

"亚卓安,撤销起诉吧。"大玛芝转向检察官,"鲑鱼季只剩几天了,难道你想全部耗在法庭上?错过今年洄游的粉红鲑和银鲑?卡尼克的所有镇民都知道恩特·欧布莱特很坏,油管那边的人八成也有同感。我会带源源不绝的证人来为这孩子做证,第一个就是汤姆·沃克。"

"汤姆·沃克?"法官说。

大玛芝点头,双手抱胸,传达出坚定的立场,她愿意整天死守在这里,不辩赢不罢休。她看着法官。"没错。"

法官看瘦巴巴的检察官一眼:"亚卓安?"

检察官低头看看摊在眼前的文件,用笔敲桌子:"这个嘛,庭上……"

法庭门打开。柜台女警走进来,她紧张兮兮地不停摸裤腿。"庭上?"她说。

"什么事,玛希?"法官没好气地说,"我们正在忙。"

"州长在线,他想跟你通话,立刻。"

　　　　　　　　* * *

前一分钟,蕾妮还和律师一起站在法庭的被告席上,一转眼,她已经离开警局了。

她看到大玛芝站在卡车旁。

"怎么回事?"蕾妮问。

大玛芝接过蕾妮的行李箱,扔进生锈的后斗。"阿拉斯加和其他地方没两样,有权有势的朋友很好用。汤姆打电话给州长,他撤销了起诉。"她拍拍蕾妮的肩膀。"结束了,孩子。"

"这只是一部分而已。"蕾妮说,"还有更多要面对的事情。"

"是啊。汤姆要你去他家，他会带你去看迈修。"

蕾妮不准自己多想，现在还不行。她点头，绕到前座上车，爬上铺着毛毯的长条座位。

大玛芝坐上驾驶座，扭动壮硕身躯调整姿势。她发动引擎，收音机跟着响起。

喇叭里传出歌声，"快点儿再拿走我的一小片心吧，宝贝"。蕾妮闭上双眼。她很想知道这份哀伤是否将持续到永远，是否每首歌、每种气味、每个影像都会重新撕开失落的伤痕。

"孩子，你好像很虚弱。"大玛芝说。

"我很难不虚弱。"她很想问大玛芝关于迈修的状况，不过老实说，蕾妮觉得再小的打击都能让她崩溃，于是她只是望着窗外。

车子经过码头，蕾妮忍不住惊叹地看着神奇的一束束阳光。世界仿佛从内部绽放光芒，梦幻的绚烂色彩，仿佛镶上金边，星星点点的白雪与岩石，绿草蓝海的颜色都非常不可思议。

码头上挤满渔船，各种声音十分嘈杂。海鸟呱呱叫，轰隆作响的引擎喷出黑烟，聒噪的水獭在渔船间悠游。

她们登上大玛芝老旧的红色渔船"公平狩猎号"，高速驶过平静碧蓝的喀什马克湾，朝高耸的雪白山区前进。水面反射的阳光太强，蕾妮举起手遮住眼睛，但她无法保护她的心，回忆从四面八方涌上。她想起当年那个十三岁的边缘少女，第一次看到这里的高山。当时她是否察觉阿拉斯加将占据她的心并重新塑造她？她不知道，也想不起来，感觉像是上辈子的事了。

船绕过赛迪湾，从两座青翠的隆起岛屿间钻过，沙滩上到处是泛白的漂流木与鹅卵石。船放慢速度，避开一块露出水面的大岩石。

阔别多年，蕾妮终于再次看到卡尼克码头，以及建立在高架平台上的小镇。她们将船绑好，踏上栈道，往作为码头出入口的铁丝网走去。大玛芝应该没有说话，但蕾妮不太确定。她只能听见自己身体的声音，因为回到这个塑造她的地方而重新活过来——她的心脏狂跳、肺部呼吸、脚踩在大街的碎石上。

这些年来，卡尼克发展了很多。面向海滨的护墙板漆成缤纷色彩，很像她在照片里看过的北欧峡湾小镇。联结整个镇的栈板好像换新了。路灯如守卫矗立，两侧伸出的支架上挂着威士忌酒桶，里面栽种着天竺葵和矮牵牛花。左手边的杂货店扩建成两倍大，装了红色的新门。街上开了一家又一家店铺：零食钓具店、餐馆、手工艺品店、纪念品店、冰激凌摊、运动用品店、导览公司、轻艇出租，还有全新的雪橇犬酒馆（命名的灵感来自罗伯特·谢伟思的一首诗）与吉妮娃旅舍，门上挂着巨大的白色鹿角装饰。

她想起来到这里的第一天，妈妈穿着新买的健行靴和轻飘飘的乡村风上衣，她说：用动物尸体做装饰的邻居有点儿可疑。

蕾妮不禁莞尔。老天，当时他们真的毫无准备。

观光客和当地人混杂（依然可以从穿着打扮上轻易分辨）。雪橇犬酒馆前停着一排车辆，几辆沙滩车、几辆越野摩托车、两辆卡车，一辆柠檬绿的小型福特品牌拖车，保险杠用强力胶带固定。

蕾妮坐上大玛芝的老旧国际收割机卡车，她们经过杂货店。清澈的河流上，桥梁刚油漆过（两旁满是垂钓的人），过桥之后不久，碎石路就变成泥土路。

在约八百米的距离内，出现许多文明的新迹象：一辆露营车停在路边，轮子固定住，旁边有台整个生锈的牵引机；两条新车道、一栋组合屋，沟渠边有辆旧校车，没有轮子。

蕾妮发现大玛芝在她家路口立起新招牌，上面写着：轻艇与独木舟出租!

"我喜欢惊叹号。"大玛芝说。

蕾妮正准备回话,却发现已经到了沃克家,拱门欢迎游客光临野外活动营区,并列出各种活动:钓鱼、轻艇、赏熊、飞行观光、飞蝇钓。

接近车道时,大玛芝放松油门。她看了蕾妮一眼:"你确定要进去?我们可以晚点儿再来。"

蕾妮听出大玛芝的关怀,知道她随时愿意给她安慰,给蕾妮时间,做好准备再与迈修重逢。"我准备好了。"

车子开过沃克家的拱门,摇摇晃晃前进,车道上现在铺了碎石,变得很平整。左手边的树林里建了新的木屋,每一栋的位置都可以将海湾美景尽收眼底。一道装了扶手的蜿蜒阶梯通往下面的海滩。

不远处就是沃克家的住房,现在变成沃克游客中心了,但依然是这一带最美的房子,两层楼高的原木建筑,宽敞门廊、大窗户,可以同时欣赏海湾与高山。前院的废弃物已经清除了,生锈卡车、一卷卷铁丝、堆起的栈板,这些全消失了。现在四处立起了木墙板,藏起不想让人看见的东西。露台上放着几张躺椅。畜栏移到远处的树林边缘。

在码头边,一架水上飞机和三艘铝制渔船系在一起。到处都是人,在小径上散步,在海滩钓鱼。员工穿着棕色制服,客人则穿着色彩搭配的防水衣物与全新的羊绒背心。

她一到,小迈立刻从屋里冲出来。他蹦蹦跳跳穿过露台,绕过躺椅,来到她面前,手里挥着一个东西。

蕾妮弯腰把他举起来抱住,因为抱得太紧,他扭动想挣脱。她现在才发现她多害怕失去他。

汤姆·沃克走向她,身边跟着一位美貌宽肩的原住民女性,黑色及腰长发中有一片银丝。她穿着褪色牛仔衬衫,衣摆塞进卡其裤,腰带上挂着刀鞘，胸前的口袋有两把剪线钳探出头。"嘿，蕾妮。"沃克先生说，"这是我太太，爱特卡。"

那个女人伸出手微笑："我听过很多关于你们母女的事情。"

蕾妮握住爱特卡粗糙的手，喉咙有点儿紧绷，她说："很高兴认识你。"她看着沃克先生。"知道你提起过她，妈妈一定会很高兴。你知道，她最喜欢成为注目的焦点。"蕾妮哽咽。"她会为你感到高兴。"

之后，他们三个都沉默了。

小迈跪在草地上，让蓝色三角龙和黄色暴龙对打，自己负责配音。

"我想现在就去见他。"蕾妮说。她本能地知道，沃克先生在等她表明准备好了。"如果你们不介意，我想一个人去。"

沃克先生对妻子说："爱特卡，麻烦你和大玛芝帮忙照顾一下小家伙。"

爱特卡微笑，将长发拨到背后："小迈，记得我跟你说过的海星吗？我们族人称为'幽特'的那种生物，大海摔跤手。你想看吗？"

小迈跳起来："要！要！"

蕾妮双手抱胸，目送大玛芝、爱特卡和小迈走向通往海边的阶梯。小迈高亢的说话声渐渐远去。

"你恐怕会有点儿难接受。"沃克先生说。

"真希望我有写信回来。"她说，"小迈的事，我一直很想告诉你和迈修，不过……"她做个深呼吸。"我们担心回来会遭到逮捕。"

"你们应该信任我们，我们会保护你们。不过，这些都已经过去了，不必再提。"

"我抛弃了他。"她轻声说。

"当时他承受太大的痛苦，连自己是谁都不知道，更不会知道你是谁。"

"知道他有多痛苦，让我良心更不安。"

"你也很痛苦，应该超过我所知道的状况。你离开的时候已经知道怀孕了吗?"

她点头:"他好吗?"

"这条路非常艰辛。"

两人陷入沉默,蕾妮感到极度难过和内疚。

"来吧。"汤姆握住她的手臂,给她扶持。他们经过住宿木屋,走过以前是羊栏的地方,穿过一片收割过的干草田,进入一片黑色杉木林。

沃克先生停下脚步。蕾妮以为会看到卡车,但并没有。"我们不是要去荷马吗?"

沃克先生摇头。他带她进入树林,走上一条木栈道,两旁装上歪扭的树枝作为扶手。下方,在一片树林围绕的土地凸出处,矗立着一栋俯瞰海湾的木屋——吉妮娃的木屋。一道很宽的木桥从栈道通往门口,不是桥,是坡道。

轮椅坡道。

沃克先生走在前面,靴子踩在像坡道的桥上。

他敲敲门。蕾妮听见模糊的回应,沃克先生打开门,带蕾妮进去。"去吧。"他轻轻推她进去,舒适的小木屋有一整面落地窗,俯瞰海湾美景。

蕾妮首先看到许多大型绘画作品,一幅正在进行的作品立在画架上,上面有着各种色彩。颜料滴落、喷溅、挥洒,虽然很奇怪,但蕾妮总觉得这幅画在描绘极光,她说不上来为什么。那所有色彩中藏着变形的奇异字母,她几乎可以看出来,但又看不清楚。她只知道这幅画带给她奇特的感受,先是深沉持久的痛,然后升起希望。

"我不打扰你们了。"沃克先生说完这句话的同时,蕾妮看到一个坐在轮椅上的人。他在后面,在一个贴着旧式白瓷砖的厨房里,背对着她。

那个人缓缓转动轮椅,沾满颜料的手灵活地操作轮椅,转过来面向她。

迈修。

他抬头看她。他脸上有许多纵横交错的粉红色凸起疤痕,让他有种像是缝在一起的奇异感觉。他的鼻子扁塌,像是身经百战的老拳手,右边颧骨上有块星形伤疤,将眼角微微往下拉。

他的眼睛。她看到了他,她的迈修。

"迈修?是我,蕾妮。"

他蹙眉。她等他说话,什么都好,但他没有开口。他们曾经有说不完的话,现在却只剩下漫长的沉默。

她感觉眼泪涌上,但无法制止。"我是蕾妮。"她用更轻柔的语气重复。他呆望着她,只是望着,好像在做梦。"你不认识我。"她抹抹眼睛。"我知道,我知道你不会认得我。你也不会明白小迈的事。我知道,我一直都知道,只是……"她后退一步。看来她毕竟做不到,她感觉自己被撕裂成两半。

晚点儿再来好了,先练习一下要说什么。她会向小迈解释,让他做好心理准备。现在他们有很多时间,她想好好完成这件事。她转身准备离开。

第31章

"等一下。"

迈修坐在轮椅上,拿着一支黏黏的画笔,心脏跳得飞快。

他们跟他说过她会来,但他忘记又想起来又忘记。有时候他会这样,事情消失在受损大脑的混乱回路中。最近次数比较少,但依然会发生。

也可能他只是不敢相信,或许只是他的想象,只是家人编造出来逗他开心,希望他会忘记。

有些日子他依然会觉得陷入浓雾,什么都不会出现,没有文字,没有想法,没有语句,只有疼痛。

但她真的在这里。这些年,他经常梦见她回来了,在心中反复思考各种可能,想象并塑造各种情景。他练习过该对她说什么,一个人在房间里,没有人会嘲笑他的地方,也不会因为压力过大而说不出话来,他可以假装自己值得她回来。

他变了很多,令他汗颜、惊恐的改变。他尽可能不去想自己的脸有多丑,受伤的腿总是不太对劲儿。他知道改变的意义,改变就是当你发现再也无法思考,发现语言变成难以捕捉的生物,一接近就逃跑;发现曾经充满力量的声音失去作用,只会发出很白痴的声音。你想着,这不可能是我,但事实上就是。

他丢下湿画笔,握住轮椅的扶手,强迫自己站起来。因为疼痛太剧烈,他发出怪声音,不像人类的低吼,那个声音让他觉得很丢脸,但他无能为力。他咬紧牙关,重新摆好受伤的腿。他坐太久了,这幅画让他太过投入,标题是《她》,主题是记忆中在她家海滩上的夜晚,使他忘记要站起来动一动了。

他摇摇晃晃着前进,脚步歪斜不稳,她八成觉得他随时会摔倒。他确实经常摔倒,但站起来的次数更多。

"迈修?"她走向他,脸抬起来。他看到她在哭。

她的美让他也想哭。他想告诉她,当他作画的时候,能够感觉到她,想起她。一开始绘画只是作为复健的职能治疗,现在成为他热衷投入的天职。作画的时候,他偶尔可以忘却一切,痛楚、回忆,还有十八岁那年曾经瞥见过的梦想——和蕾妮在一起,爱情如同阳光与温暖的海水,养儿育女,一起老去。这一切。

他用尽力气想说出这些话,感觉好像突然落入黑暗的房间,虽然知道有门,却怎样都找不到。

可恶的烂大脑。

呼吸,迈修,心急只会让状况更严重。

他深吸一口气,呼出。他一跛一跛走向床头柜,拿起一个盒子,里面放着他住院时她写的信,还有在他受丧母之痛折磨的少年时期,她寄去费尔班克斯的信。他靠着这些信重新学会阅读。他将盒子交给她。

她低头,看到盒子里她写的信,然后又抬起头看他:"你留着?我离开你之后,你还留着?"

"你的信。"他缓缓地说。他知道他把每个字都拉得很长,慢吞吞的,零散拼凑在一起,他必须集中精神才能说出想要的字句组合。"让我,重新学会阅读。"

蕾妮凝视着他。

"我祈求,你会,回来。"他说。

"我很想回来。"她低语,"真的很想……"

他对她微笑,知道笑容会扯动那只下垂的眼睛,让他显得更丑。

她抱住他，真的很神奇，他们依然完美贴合，有如卷上海岸的波浪。即使他的身体经过修补，用缝线重新穿起，用螺栓重新固定，他们的身体依然完美贴合。她抚摸他满是疤痕的脸。

"你好美。"

他抱紧她，拼命稳定情绪，忽然莫名感到害怕。他们曾经被硬生生拆散过。

"你还好吗？会痛吗？"

他不知道如何述说他的感受，也可能是担心一旦说出来，她会看不起他。这些年，没有她，他就像溺水的人。她是他的海岸，他拼命挣扎，只为了能找到她。不过，她一看到他，一看到这张毁容缝合的丑脸，绝对会立刻逃跑，而他将独自漂流沉入黑暗大海的深处。

他后退，回到轮椅前坐下，发出痛苦的呼声。他不该抱她，不该感觉她的身体与他相贴。要他如何再次忘记她的触感？他很想重回正常的轨道，却找不到路。他在发抖。"你去了，哪里？"

"西雅图。"她走向他，"这个故事很复杂。"她跪在他身边，抚摸他的脸。

她的触碰让世界——他的世界——敞开，也可能是崩塌，总之发生了变化。他想享受这一刻，像钻进毛皮堆取暖一样，但感觉太不真实、太不安全。"说给我听。"

她摇头。

"我让你，失望了。"

她的眼眸闪烁着泪光。"迈修，你没有让我失望，是我让你失望了，一直都是。是我离开你，而且是在你最需要我的时候。就算你无法原谅我，我也能理解。我之所以离开，是因为，呃……"她缓缓站起来。"我要先让你见一个人。见过之后，如果你还想谈，我们可以慢慢谈。"

迈修蹙眉:"一个人?这里?"

"他在外面,和你爸爸跟爱特卡在一起。你想见他吗?"

男人。

失望深深刺入,直透入他用螺栓固定的骨头:"我不需要见。你的他。"

蕾妮抬头看他:"你很生气,我懂。你说过,我们要永远守在所爱的人身边。我没有做到,我逃跑了。"

"别说了。走。"他用粗鲁的语气说,"拜托,你走。"

她看着他,泪水盈眶。她好美,他无法呼吸。他想哭、想大叫。他想画她。他要如何放手让她走?他等了好久,为这一刻、为她、为他们,他有记忆的这么多年,忍受着剧痛在夜里哭泣,但每天醒来想到她,就有动力继续奋斗。他想象过他们的未来,百万种版本,甚至包括她再也不回来的可能,但他从来没想过会这样。她回来了,但只是为了道别。

"迈修,你有个儿子。"

他有时候会这样。他会听错别人说的话,解读成不存在的意思。他的烂大脑。他来不及防备,来不及运用学会的工具,痛苦已经全面压境。他想要让她知道,他误解了她的话,却只能发出吼叫,低沉翻腾的痛苦哀号。语言抛弃了他,他只剩下单纯的情绪。他蹒跚着离开轮椅,摇摇晃晃地后退,离开她,用力撞上厨房流理台。他受损的大脑在作怪,让他听到想听的话,而不是对方真正说的话。

蕾妮走向他。他看出她有多伤心,她一定觉得他是疯子,耻辱让他想要逃。"走吧。既然你要离开,快走吧。"

"迈修,拜托,别这样。我知道我伤了你的心,看来真的很严重。"她对他伸出手,"迈修,对不起。"

"拜托,快走。"

"你想恨我就尽管恨吧,我不会走。"

"恨，你。"他说。这次语气很轻柔，双眼看着她。她怎么会这么想？

"我知道，我懂。我抛弃了你，我明白。"她的双眼牢牢注视他，缓缓地说，"你有个儿子。儿子，我们有个儿子。你有没有听懂？"

"宝宝？"

她抹抹眼睛："对，我带他回来见你。"

一开始，他感觉到纯粹极致的欢喜，然后现实狠狠地打击他。他的孩子，他们的孩子。她带他来见迈修。

"不行。"

"什么不行？"

"我不行。"

"为什么不行？"

"看看我。"他轻声说。

"我正在看。"

"我的样子，像是有人，用坏掉的裁缝车，把我重新拼装在一起。我的动作像笨拙的机器人，有时候很痛，痛到我不能说话。我花了整整两年的时间，才停止吼叫、大喊，说出第一个，真正的字。"

"所以呢？"

所有他曾经想象要教导儿子的事，全部崩落在他四周。他自己这么破烂不堪，要怎么撑起另一个人？"我不能抱起他，不能让他骑在肩上。他不会要这样的人做，爸爸。"他知道蕾妮听出他的渴望，他的整个宇宙浓缩在这两个字里。

她轻触他的脸，手指描过将他重新拼凑在一起的疤痕，凝望他的绿眸："你知道我看到了什么吗？一个经历大难活下来的人。我看到一个曾经垂危，却不肯放弃的人。我看到一个拼命努力说话、走路、思考的人。你的每一条疤痕，都让我的心碎裂之后重新愈合。天下所有父母都有着和你一样的恐惧。我看到我深爱一辈子的人，我们儿子的父亲。"

"我，不知道，怎么做。"

"没有人知道，相信我。你可以牵他的手吗？可以教他钓鱼吗？可以帮他做三明治吗？"

"我会害他丢脸。"他轻声说。尽管她对他的信心，让他质疑是否对自己不够有信心。

"小孩子很坚强，他们的爱也是。相信我，迈修，你一定可以。"

"我一个人不行。"

"你不会是一个人。有我和你在一起，我们一直都该这样。我们会一起努力，好吗？"

"保证？"

"我保证。"

她双手捧着他的脸，踮起脚尖吻他。这个吻和多年前一样，简直像上辈子的事了，两个相信幸福结局的少年男女，第一次的吻，因为这个吻，他的世界恢复秩序。"去看看他。"她贴着他的唇呢喃，"他打呼的声音和你一模一样。他动不动就撞到家具，什么都能撞。他很喜欢罗伯特·谢伟思的诗。"

她牵起他的手，握住不放。他们一起走出木屋。他缓步跛行，紧握住她的手，靠向她，让她帮他走稳。他们一言不发，走走停停，缓慢离开树林，经过现在已经成为一流野外活动中心的大木屋，走向通往海滩的新阶梯。

海边一如往常挤满客人，他们穿着新买的阿拉斯加防水衣物在水边钓鱼，海鸟在天上呱呱叫，等着捡食不要的东西。

他一手握着蕾妮的手，另一手抓住扶手，走走停停地慢慢下去。

到了海滩，大玛芝在右边喝啤酒。爱莉斯佳在海湾上教客人划轻艇。

爸爸和爱特卡跟一个小孩子在一起。金发的男孩，他蹲着观察一只紫色大海星。

迈修停下脚步。

一看到蕾妮，那个孩子大喊："妈咪！"他跳起来，转了一圈，大大的笑容点亮整张脸。"你知不知道海星有牙齿？我看到了噢！"

蕾妮抬头看迈修："我们的儿子。"她放开迈修的手。

他跛行走到小迈面前停下。他原本想弯腰，结果却一只膝盖跪倒在地上，痛得皱起脸，发出低吼。

"嘿。"小迈说，清脆的童音，"你发出的声音好像熊。我喜欢熊，我的新爷爷也是。你呢？"

"我喜欢熊。"迈修有点儿没把握。

他们面对面，感觉像在照镜子。他凝视儿子的脸，看到自己的童年。他突然想起很多早已遗忘的事——青蛙卵的触感，大笑到全身颤抖的感觉，在营火旁说故事，在海岸上玩海盗游戏，在树上建秘密基地。所有他可以教他的事情。这些年来，他梦想过的所有事情，当疼痛最难熬的时候，他用尽全力相信的事情，他甚至不敢奢望的事情。

我的儿子。"我是迈修。"

"真的？我是迈修二世，大家都叫我小迈。"

迈修感到强烈的爱与感激，他从来没有过这样的心情。我的儿子，他再次想。他发现笑容有点儿撑不住，这才惊觉自己在哭。"我是你的爸爸。"

小迈转头看蕾妮："妈咪？"

蕾妮来到他身边，一手按住迈修的肩膀点头："小迈，没错，他是你爸爸。他等了好久，终于见到你了。"

小迈笑嘻嘻，露出两个缺牙的洞。他扑向迈修，用力抱住他，导致他们一起翻倒。他们坐起来时，小迈笑得好开心。"要不要看海星？"

"好啊。"迈修说。

迈修想要站起来，一手按住地面。贝壳碎片卡在他的手上，他身体一晃，受伤的膝盖支撑不住。幸好蕾妮在旁边，抓住他的手臂，扶他站起来。

小迈冲向海边，一路叽叽喳喳，他高亢的说话声压过了海浪、海鸟和船只引擎的声音。

迈修无法让双脚移动。他只能站在那里，浅浅呼吸，有点儿害怕只要一碰、一吹气，这一切就会像玻璃般碎裂。那个很像他的男孩站在海岸边，金发在阳光下闪耀，裤管被海水打湿。他笑得很开心。在这个疯狂有时又太危险的世界上，这样的时刻，一瞬间的恩典，足以改变人生。

"迈修，快去吧。"蕾妮说，"我们的儿子遇到想要做的事，会变得很没有耐心。"

他低头看她，心里想着，老天，我爱她，但他发不出声音，迷失在这个一切都不一样的全新世界。在这里，他是个父亲。

他们走了好远，他和蕾妮一开始只是两个受伤的孩子。或许所发生的一切都是必然的，或许他们各自渡过自己的汪洋重新回到这里。她承受扭曲的爱与失落，他承受疼痛，只是为了在这个他们归属的地方重逢。

"幸好我有你们。"

他看到这句话对她造成的影响。

"我想要守在你身边，我想——"

"蕾妮·欧布莱特，你知道我最爱你什么吗？"

"什么？"

"全部。"他将她拉进怀中抱住亲吻，给予他所拥有的一切，以及希望拥有的一切。他终于不情愿地放开后退，他们凝视彼此，在呼吸中默默交流。这是全新的开始,他想,走到中途却遇到新起点,始料未及,美丽无比,珍贵稀有。

"快去吧。"蕾妮终于说。

迈修小心走过高低不平的卵石海滩,走向站在水边的孩子。

"快来。"小迈挥手要迈修过去看一只很大的紫色海星,"在这里。快看,快看!爸比。"

爸比。

迈修看到一块扁平的灰黑色石头,像新起点一样小,被大海打磨得光亮如镜,他捡起来,重量刚好,大小也恰到好处。他递给儿子:"来,我教你,打水漂,很酷噢。我也教过你妈妈,同样的事情,很久以前……"

* * *

"他知道你会回来。"沃克先生来到蕾妮身边,"他说的第一个字就是'她'。我们很快就明白他说的是你。"

"我抛弃了他,要怎么才能弥补?"

"啊,蕾妮,人生就是这样,事情不会总顺着人意。"他耸肩,"比起我们任何人,迈修更有体会。"

蕾妮感觉喉咙紧绷:"他的状况到底怎样?不要瞒我。"

"他有辛苦的时候,偶尔会很痛。他太心急的时候会无法将想法变成言语。他也是最棒的河流向导,很受客人欢迎。他在长照中心担任志工。你也看过他的画了,简直像是老天给他的补偿。或许他的未来不会和别人一样,不是你们十八岁时想象的那样。"

"我也有辛苦的时候。"蕾妮轻声说,"那时候,我们都还太年轻,现在我们长大了。"

沃克先生点头。"现在只剩一个最重要的问题，知道答案之后其他事情自然能解决。"他转头看她。"你会留下来吗？"

她尽力挤出笑容。他应该是特地过来问这件事。她自己也有孩子，她能理解。他不希望儿子再次受伤害。"我不知道新生活会是什么样子，但我要留下来。"

他按住她的肩膀。

在海滩上，小迈跳起来："我成功了！我会打水漂了。妈咪，你有没有看到？"

迈修回头，歪着头对蕾妮露出笑容。他们父子长得好像，她差点儿忘记呼吸。他们一起对她笑，并肩站在矢车菊蓝的天空下。

* * *

虽然这些年来她经常想念，几乎奉为神话，但蕾妮发现自己忘记了永昼夜晚的真正神奇之处，夜晚不会降临，天空只是变成紫色，越来越深。

现在她坐在沃克海滩的野餐桌旁，空气中残留着烤棉花糖的香味，让咸咸的海水味增添一丝甜蜜。海浪不断来回冲刷海岸，小迈站在岸上，将钓鱼线抛入水中再卷回。沃克先生站在一边教他秘诀，当线缠住或卡到东西时出手帮忙。爱莉斯佳站在另一边抛线。蕾妮知道小迈随时可能站着睡着。

虽然她很喜欢坐在这里，单纯沉浸在人生的新风貌中，但她知道她在逃避一件很重要的事情。每一分钟过去，逃避就变得更加沉重，有如一只手按在肩上，温柔提醒她。

她离开座位站起来。她已经无法凭天色判断时间了——现在的天空有如璀璨紫水晶，点缀着星光——于是她看看手表，九点二十五分。

"你还好吗?"迈修问。他握住她的手,她轻轻拉扯,于是他放开。

"我要回以前的家看一下。"

他站起来,因为重量落在受伤的脚上而痛得皱起脸来。她知道他今天已经站太久了。

她摸摸他满是疤痕的脸颊:"我自己去。我看到游客中心旁边有脚踏车。我只想站在那里一下,很快就回来。"

"可是——"

"我自己去没有关系。我知道你很痛,你在这里陪小迈。等我回来,我们一起带他去睡觉。我会给你看他最喜欢的动物玩偶,告诉你他最爱听哪个故事。那是我们的故事改编的。"

她知道迈修会争辩,于是不给他机会开口。这是她的往事,她的包袱。她转身离开他,走上海滩阶梯,去到上面的草地。几个客人依然坐在游客中心的露台上,高声谈笑,大概正在练习回去之后要向亲友吹嘘的钓鱼故事。

她从游客中心旁的架子边选了一辆脚踏车,骑上去之后缓缓踩踏板,小心骑过凹凸不平又松软的沼泽地,到了大马路之后右转,骑向尽头。

墙还在,至少还有部分残骸。木板被人砍断,从柱子上拆下来,破掉的木板堆在一旁,长满青苔,因为多年风吹雨打而发黑。有人把这道墙砍得面目全非。

大玛芝和汤姆,或许瑟玛也有加入。她能够想象他们满怀悲愤,拿着斧头砍破木板。

她转进车道,现在杂草长得有膝盖那么高了,没有人清理。阴影吸走光线,这里非常安静,属于树林与废弃房屋的死寂。她必须放慢速度,用力踩踏板。

她终于到了前院。小屋往左歪,受到光阴与气候侵蚀,但依然矗立。

旁边的畜栏空荡颓圮，闸门敞开，栅栏遭到掠食动物破坏，里面八成住着各种啮齿动物。他们留下的废弃物周围长出高草丛，里面掺杂桃红色的柳兰，还有多刺的刺人参。四处可以看到一堆堆生锈的金属与腐烂的木头。旧卡车往前倾倒，像老马一样垂头丧气。烟熏室的木板泛白发霉，在原地崩塌。不知为何，晒衣绳还在，上面的夹子在风中颤动。

蕾妮下车，小心地将脚踏车放倒在草丛中。她全身麻木，往小屋走去。蚊子像乌云一样聚集在她周围。到了门前她停下脚步，想着你行的，然后打开门闩。

感觉像时光倒流，回到第一次来到这里的那天，地板上积着厚厚一层虫尸，脏兮兮的阳光从天窗与厨房窗户照进来。所有东西都和她们离开时一样，只是蒙上了一层灰。

过去的声音、话语、影像飘过她的脑海，好的、坏的、有趣的、恐怖的，全部如白炽电流一样蹿过，一瞬间全部想起。

她握住脖子上的骨雕心形链坠，这是她的护身符，感觉尖端刺痛掌心。她在屋里游走，拨开迷幻色调珠帘，这道珠帘曾经给她爸妈隐私的假象。进到他们的卧房，一堆堆蒙尘的物品显现出他们曾经是怎样的人。床上是乱七八糟的毛皮，外套挂在墙上，一双尖端被啃光的靴子。

她发现爸爸的建国二百周年纪念头带，拿起来放进口袋。妈妈的麂皮发带挂在墙上的挂钩上，她也拿走，像手链一样缠在手腕上。

上到阁楼，她看到她的书堆倒下四散，书页泛黄，被咬得破破烂烂，许多成为老鼠的温床，她的床垫也是。她闻到老鼠的臭味，腐败、污浊的气味。

荒废弃置的气味。

她爬下阁楼阶梯，跳到黏黏的肮脏地板上，环顾四周。

太多记忆。她很想知道要多少时间才能一一检视。即使现在，站在这里,她依然无法确切说出对这个地方的感觉,但她知道,她相信,一定能设法想起所有美好的部分。她永远不会忘记不好的部分,但她愿意放下,她必须放下。在那里有很多欢乐,还有冒险。妈妈这么说过。

她身后的门打开,听见跛行的脚步声来到身后。迈修出现在她身边。"独自面对没有那么伟大。"他简单地说,"你想整修吗?搬回来住?"

"或许吧。说不定干脆一把火烧了,灰烬是很好的肥料。"

她还没有想法。她只知道,离开这么多年之后,她终于回来了,回到这个疯狂、坚毅、到处是边缘人的州。世界上再也没有这样的地方,这片壮丽的天地塑造了她、定义了她。曾经,感觉像上辈子,她因为少女失踪而胆战心惊,那些女孩只比她大几岁。十三岁时,那些故事让她做噩梦,现在她知道数百种失踪的方式,以及更多寻获的方式。

他牵起她的手。

她万分感动,其实深受震撼,如此简单的接触,竟能让人如此安心。

* * *

过去与现在之间只隔着一层薄纱,同时存在于人心中。任何事情都能让你回到过去——退潮时的气味、海鸥的叫声、冰河水注入河流带来的青绿色调。风中传来的声音可能同时是真的也是想象,尤其是在这里。

在这个炎热的夏日,基奈半岛色彩鲜活,天空万里无云。山区混合多种魔幻色调,深紫、翠绿、冰蓝——山谷、峭壁与山峰,过了森林的高处依然白雪皑皑。今天的海湾有如蓝宝石,几乎没有一丝波浪,非常平静,像是可以滑水的湖。几十艘渔船发出引擎声,旁边还有很多轻艇与独木舟。今天是阿拉斯加人出海的日子。蕾妮知道,荷马俄国教堂下方的主教海滩,那片笔直的沙滩上一定停着一长排卡车和空空的拖船架,也会有很多毫无概念的观光客跑去沙滩挖蛤蜊，完全不知道涨潮时水面会瞬间升高约七米，一不注意就会被灭顶。

有些事情永远不会变。

此刻，蕾妮站在她家杂草丛生的院子里，迈修在她身边。他们一起走向俯瞰海滩的草地高起处，沃克先生夫妇、爱莉斯佳、小迈已经在那里等了。爱莉斯佳对蕾妮露出温暖笑容表示欢迎，好像在说：现在我们是一家人了。过去两天，她们没什么时间说话，蕾妮重新回到阿拉斯加之后，有太多事情要处理，但她们知道以后会有很多时间，可以慢慢将她们的人生缝合在一起。想必很容易，她们爱的人大多相同。

蕾妮牵起儿子的手。

一群人在海滩上等候。蕾妮感觉到他们的视线集中在她身上，注意到她接近时大家停止交谈。

"快看，妈咪，有海豹！那只鱼跳出水面耶！哇！今天可以和爸比去钓鱼吗？爱莉姑姑说粉红鲑鱼还在洄游。"

蕾妮望着聚集在海边的亲朋好友。四艘独木舟停在海滩上等候，另外还有两艘平底小船、一艘铝制快艇。今天卡尼克镇民几乎全员到齐，就连几位隐士也现身了，他们通常只会偶尔出现在酒馆和杂货店。她抵达时，没有人说话。他们一个接一个上船出发。她听见海浪拍打船首的声音，以及推船下水时压过贝壳和卵石的声音。

不要哭。

迈修带她走向沃克湾野外活动营区的小艇。他帮小迈穿上鲜黄色救生衣，让他坐在船头的长凳上，面向船尾。蕾妮上船，他们漂浮出海，划向其他船聚集的地方，迈修坐在中间负责划桨。

这个晴朗灿烂的傍晚，海湾很平静。在阳光下，深 V 形的峡湾很壮丽。更远方，大海深处几乎呈黑色，有些地方没人知道有多深。

船只缓缓进入海湾，聚集在一起，船首接触。蕾妮看看四周，汤姆与他的新妻子——爱特卡·沃克，爱莉斯佳与她的丈夫达若和三岁大的双胞胎儿子，大玛芝、娜塔莉·威金斯，蒂卡·罗德斯和丈夫、泰德、瑟玛、娃娃，以及哈兰家的所有人。全都是属于她童年的面孔，也属于她的未来。

蕾妮感觉到他们注视着她。她瞬间猛然想到，这些人来道别，会让妈妈多感动。妈妈知不知道他们多关心她？

"谢谢大家。"蕾妮清清嗓子。这句无足轻重的话，消失在海浪拍打船身的声响中。她该说什么？

她看看沃克先生，他坐在印着营区广告的亮蓝色轻艇里。他眼中映着与她相同的哀痛。

"说说她的事情就好。"他温和地说。

蕾妮点头，抹抹眼睛。她再试一次，尽可能拉高音量。"应该没有人来阿拉斯加的时候比她更毫无头绪。她不会煮饭、烘焙、做果酱。来阿拉斯加之前，对她而言，所谓的生存必备技能是粘假睫毛和穿高跟鞋。她带着紫色热裤来这里，有没有搞错。"

蕾妮做个深呼吸："但她渐渐爱上这里，我们母女都一样。她走之前对我说的最后一句话就是回家。我懂她的意思。如果她看到你们大家都来了，一定会亮出她的招牌灿烂笑容，问你们来这里做什么，怎么不去喝酒跳舞。汤姆，她会给你一把吉他；瑟玛，她会问你在打什么鬼主意；大玛芝，她会紧紧抱住你，让你无法呼吸。"蕾妮哽咽。她看看四周，回忆涌上。"看到你们聚集在这里，她一定会感动到不行，夏季明明有那么多事要做，一秒都不得空闲，但你们特地腾出时间来纪念她，来道别。她跟我说过，她觉得自己什么都不是，只是其他人的倒影。她从来不太明白自己的价值。我希望现在她从天上往下看，终于……知道……有多少人爱她。"

众人喃喃附和一阵之后,安静下来。从今以后,蕾妮只能在心中听见妈妈的声音,透过妈妈的认知思考,持续追求联系与意义。就像所有失去妈妈的女儿,蕾妮将探索各种情绪,等不及想找寻自己失落的部分——那个曾经孕育、滋养、疼爱她的妈妈。蕾妮将既是母亲也是孩子;透过她,妈妈将继续成长、老去。只要蕾妮还记得她,她就永远不会消失。

大玛芝将一束花抛进水中。

"珂拉,我们会想你。"大玛芝说。

沃克先生将一束柳兰抛进水中,漂过蕾妮旁边,波浪间有一抹桃红。

迈修对上蕾妮的双眼。他拿着一束花,他早上和小迈一起去采的柳兰与鲁冰花。"她在这里。"他简单地说,"她知道。"

蕾妮从箱子里拿出装骨灰的玻璃罐。在美好的一瞬间,世界变得朦胧,妈妈来到她身边,对她露出招牌灿烂笑容,用屁股撞她一下,然后说:"跳舞吧,宝贝女儿。"当蕾妮抬起头,船只变成青蓝世界中的一抹抹色彩。

她打开罐子,缓缓将骨灰撒入大海:"再见,妈妈。我们全都很想你。"

众人齐声说再见。小迈大喊:"外婆,我会讲故事给你听!"

"妈妈,我爱你。"蕾妮呢喃,感觉失落的痛沉到深处。她知道那将永远是她的一部分。她们不只是最好的朋友,也是彼此的依靠。妈妈说蕾妮是她这辈子最伟大的爱,蕾妮觉得或许亲子之间永远是如此。她想起妈妈说过的话——爱不会消逝、离去、死亡,宝贝女儿。当时她说的是迈修与悲伤,但母子之间应该也是同样的道理。

她看到花朵随波漂流,有些聚集在船边,有些漂向远方,被风和潮流带走。身边传来儿子高亢清澈的笑声,迈修低沉的男中音断断续续地跟儿子解释如何分辨海豹与水獭。大玛芝和瑟玛低声讨论她们的菜园。

生活。

继续向前。就像这样,有如高速行驶的车辆,大风将头发往后吹,你还在专心看后视镜,车却已经转了个大弯。忧伤与欢喜交织,只能全部收进口袋里,继续往前走。

她感受到的爱永远不会毁坏,对妈妈、儿子、迈修,对身边所有人,这份爱像这片大地一样辽阔,像这片大海一样永恒。

她弯腰探出船身,将一朵桃红色的柳兰放在轻柔的波浪上,看着花漂走,往海岸而去。

* * *

我的阿拉斯加

蕾诺拉·欧布莱特·沃克 著

二〇〇九年七月四日

如果有人告诉小时候的我,有一天会有报社邀请我在建州五十周年纪念时谈谈阿拉斯加,我一定会觉得是笑话。我拍摄的照片竟然为那么多人带来那么重大的影响,谁想得到?我只是拍了一张"瓦尔迪兹号"漏油事件[1]的照片,竟然改变了我的人生,并且登上杂志封面,谁又想得到?

老实说,你们应该采访我的丈夫才对。他克服了阿拉斯加给予的所有挑战,依然没有被打倒。他就像生长在花岗岩峭壁上的树,即使风强、

---

[1] 一九八九年三月二十四日午夜,欲前往加州长滩的埃克森油轮"瓦尔迪兹号"(Valdez)在阿拉斯加州威廉王子湾触礁,导致泄漏了一千一百万加仑原油。这起事件被认为是当时最严重的环境污染事件。该事故导致威廉王子港的鱼和野生动物大量消亡,当地渔民赖以生存的捕鱼业亦不复存在。

雪大、天寒地冻，即使身在注定会凋零的环境中，却没有倒下，反而顽强坚持，成长茁壮。

我只是一个平凡的阿拉斯加妻子和母亲，最大的荣耀来自养儿育女、经营生活，设法在这片严峻大地的考验下求生。然而，就像所有女人一样，我的故事也不像表面看起来这么单纯。

我的夫家可说是阿拉斯加王族，他们是来这里寻找机会的人。丈夫的祖父母凭着手斧与梦想，在偏远荒野披荆斩棘创造人生。他们是真真实实的美国拓荒先锋，开垦了几平方千米的土地，建立小镇的雏形，然后安顿下来。我的子女——小迈、基奈、珂拉，是在那块土地上生长的第四代。

我的娘家不一样。我们在二十世纪七十年代来到阿拉斯加。那是个很不平静的时期，动乱频繁，抗议、游行、爆炸、绑架，泰德·邦迪在大学校园掳走年轻女性。有些日子就算有钱也买不到汽油。越战导致国家分裂。

我们为了逃离那样的世界而来到阿拉斯加。就像从以前到未来的所有奇恰客一样，我们想得太简单。我们没有足够的粮食、物资和金钱，几乎没有技能可言。我们搬进一栋位于基奈半岛偏远处的木屋，很快就发现自己懂得不够多。就连我们的面包车也是很不合适的选择。

曾经有人告诉我，阿拉斯加不会塑造人格，只是揭露。

悲哀的是，阿拉斯加的黑暗揭露了我父亲内心的黑暗。

他是越战老兵，是战俘。当时我们不明白那样的经历会造成什么影响，现在我们知道了。身在先进的现代世界，我们知道如何帮助像我父亲那样的人。我们了解战争会以许多方式摧毁心灵，即使最坚强的人也不堪折磨。那个时代，没有资源能帮助他，也没有多少资源可以帮助沦为他施暴对象的妻子。

阿拉斯加，黑暗、寒冷、孤立，以一种可怕的方式进入我父亲，从内而外让他整个人扭曲,将他变成这片大地上的野蛮动物。

但一开始的时候,我们不知道会变成那样,我们怎么可能想到?我们满怀梦想,像所有人一样,规划路线,用强力胶带在车身贴上"去阿拉斯加赌一把"的海报,然后出发北上,毫无准备。我们满怀信心来到这里,找到人生,也失去人生。

这个州,这个地方,无比独特,既美丽又可怕;既给予救赎,也带来毁灭。在这里,生存是必须一次又一次做出的决定。在美国最荒野的地带,文明的边缘,与世隔绝的天地,一切以生存所需为重,你会发现最核心的自我,不是你梦想成为的人,不是想象中的人,不是教养要你成为的人。这里的生活以暴烈手法撕去那一切,只留下赤裸的自己。在冰天雪地的永夜月份,结冰的窗户让人看不清,世界变得比睫毛还小,你会在盲目中撞见真实的自己,发现为了生存究竟需要做到什么地步。

那样的一课,那样的揭露,是阿拉斯加最伟大,也是最可怕的礼物。我母亲曾经用同样的方式形容爱。那些为了美景而来的人,追求梦想生活的人,寻找安全的人,注定会失败。

在这片难以捉摸的广大荒野中,倘若无法成为最好的自己,并且茁壮绽放,就只能尖叫着逃离黑暗、寒冷与艰辛。这里没有中间地带,没有安全所在;在这里没有,在伟大的孤独中不存在。

而我们这些吃苦耐劳、强壮坚韧、怀抱梦想的少数,阿拉斯加将成为家,永恒不灭,也将成为在寂静中听到的歌声。你只能选择属于这里,让自己也变得有点儿狂野不羁,或是不属于这里。

经过这么多年,我知道一件事,每次呼吸都加深我的体会:我属于这里。

致谢

我的祖先代代都是冒险家。我的祖父十四岁离开威尔士,来到加拿大当牛仔。我的父亲年近八十依然出发寻找亚马孙河的源头。他毕生都在寻找不凡、遥远、罕见的事物,去过许多一般人只能想象的地方。

一九六八年,我父亲嫌加州变得太拥挤。他和我母亲决定改变现状。他们将全家(三名年幼子女、我们的两个朋友、一只狗)塞进一辆大众面包车,在炎夏酷暑中,毅然决然出发。我们环游美国,经过十多个州,寻找能够安身立命的地方。我们在青翠碧蓝的美丽西北太平洋地区找到了。

几年后,我父亲再次出发寻求冒险。他在阿拉斯加壮丽的基奈河岸找到了。在那里,我的父母结识了经营开垦园的萝拉与凯西·彼德森母女,她们多年来一直在美景无双的河滨经营度假村。二十世纪八十年代早期,这两个爱冒险的拓荒先锋家庭携手合作,一起经营事业,后来成为知名的大阿拉斯加野外活动营区。现在,我们家三代都在营区工作。我们所有人都爱上最后的疆界。

我想感谢劳伦斯、雪伦、戴比、肯特、茱莉,以及凯西·彼德森·哈利,他们无边无际的热情与远见,建立了如此神奇的地方。我最爱待在你们的营地。

我也要感谢凯西·彼德森·哈利与安妮塔·莫其斯,她们的专业知识与编辑能力，帮助我重新创造二十世纪七八十年代阿拉斯加与喀什马克湾野性的垦荒世界。你们对这个写作计划的洞见与支持对我意义重大。若依然有任何错误，当然是我的责任。

另外也要感谢我的手足肯特，他也是个爱冒险的人，他回答了我没完没了的一大堆问题，每个都回答得很仔细。你一直是我的摇滚巨星。

感谢卡尔与克莉丝汀·迪克森，以及喀什马克湾的土克塔湾营区的杰出团队。

我也想感谢几位对此书助益良多的特别人物，尤其是在我想要放弃的艰难时刻。我杰出的编辑珍妮佛·安德林，感谢她耐心等待，在我需要时给予建议，然后继续耐心等待。我非常感激你付出的额外时间与支持。感谢吉儿·玛莉·蓝狄斯与吉儿·柏奈特，她们在我最需要的时候帮我打气；感谢安·派蒂，她教我要相信自己；感谢安洁雅·西瑞罗与梅根·钱斯，她们永远在我身边；感谢金·费许，她从一开始就对这个故事以及阿拉斯加背景有信心，而且不怕说出来。

感谢塔克、莎拉、凯莉，以及其他好友，你们为我扩展了爱的疆界，在我人生的中途给了我全新的世界。

最后，感谢与我结婚三十年的丈夫——班杰明。从一开始，我们就是写作的伙伴，若没有你的爱与支持，这一切都不会成真。爱上你是我此生做过的最棒的事。